骈文通论

修订版

莫道才◎著

齊魯書社
·济南·

图书在版编目（CIP）数据

骈文通论 / 莫道才著. -- 修订版. -- 济南 : 齐鲁书社, 2024.4
ISBN 978-7-5333-4817-5

Ⅰ. ①骈… Ⅱ. ①莫… Ⅲ. ①骈文 – 文学研究 – 中国
Ⅳ. ①I207.22

中国国家版本馆CIP数据核字(2024)第066266号

策划编辑　杨德乾
责任编辑　周梦雨
装帧设计　亓旭欣

骈文通论（修订版）
PIANWEN TONGLUN XIUDINGBAN
莫道才　著

主管单位	山东出版传媒股份有限公司
出版发行	齊鲁書社
社　　址	济南市市中区舜耕路517号
邮　　编	250003
网　　址	www.qlss.com.cn
电子邮箱	qilupress@126.com
营销中心	（0531）82098521　82098519　82098517
印　　刷	日照日报印务中心
开　　本	720mm × 1020mm　1/16
印　　张	21.75
插　　页	1
字　　数	270千
版　　次	2024年4月第1版
印　　次	2024年4月第1次印刷
标准书号	ISBN 978-7-5333-4817-5
定　　价	98.00元

自 序

这是一部关于骈文的解析报告。

在世界文学中，骈文是中国文学独有的艺术形式，是一种纯粹的语言艺术，但它一直是中国文学研究的最薄弱的领域。骈文在中国文化史上有过辉煌的历史、至尊的地位，后来却无可奈何地衰落了。这种文化现象引起了我的极大兴趣，我希望深入这座象牙之塔，探寻其中的究竟。于是，就写作了这本书。

本书对骈文的方方面面作了粗浅的考察和分析，试图构筑骈文学的一个理论体系。虽然这个体系还不是尽善尽美的，但我力图使之完整、系统。同时，我试图把骈文放在人类文明史的大背景上来剖析，探讨它的组织结构及有关“生命”的基因和运动过程，寻求它存在的合理性以及对当代社会、当代文化的启示。因此，我尽量做到打通古今、纵横比较和多方位审视，以求更全面完整地认识这种伴随我们民族生存了两千年的传统文学形式。所以，我在研究中注重文化学的阐发、民族文化心理底蕴的发掘和中西文化的比较。求其上而得其中，不知我做到了没有，还希望大方之家多加指正。

但愿我的研究对关心中国文化的朋友们有一点作用，那我就十分知足了。

是为序。

莫道才

于桂林广西师范大学听雨轩寓所

1993年8月10日

目 录

绪 论

骈文学及骈文研究的历史与现状

研究骈文首先要解决四个问题：为什么要研究骈文？什么是骈文学？什么是骈文学的研究方法？骈文学的历史发展过程如何？

一、为什么要研究骈文

任何科学的产生及发展首先是基于需要，自然科学如此，人文科学也不例外。研究骈文也是出于需要，需要了解它，需要借鉴它为当代文化建设服务。可以说，研究骈文也是人类了解自身的一项科学活动。之所以具有这种现实的与未来的需要，主要基于下面三个原因：

1. 骈文是中国古代文明中突出而奇特的文化现象，也是人类文明在发展过程中产生的有趣的文化现象。它的产生、兴盛、消亡具有某种意义上的神秘性，成为人类文明史上令人费解的一幕。而目前学术界对它还缺乏全面且深入的探索，只有对其进行系统的研究，才能充分地认识这一文化现象。

2. 骈文作为中国古代文学的重要形式之一，长期受到忽略，受到片面的评价，这影响了人们对文学史的全面认识。只有对骈文作出客观的评价，才能对文学史有完整、全面的认识。

3. 中国当代文化的建设面临如何对待传统文化的问题。对传统文化的精华与糟粕的鉴别，对优秀传统文化的吸取，是摆在当代文化建设面前的重要命题。文化虚无主义绝不是文化现代化。因此，研究骈文对当代文化建设具有一定的启迪和借鉴作用。

可见，研究骈文是非常必要的。同时，研究骈文也是可能的。虽然骈文研究的对象芜杂繁多，骈文的可鉴资料十分有限，但骈文研究并非不可能，经过几十年的探索，训诂学、古音韵学、古文字学、格律学、古代美学等相关学科都取得了很大进展，这都为骈文研究创造了良好的条件。

二、什么是骈文学

“骈文学”一词的出现最早可追溯到1927年李审言的《骈文学自序》（见《李审言文集·学制斋文钞》），正式使用是1934年由商务印书馆出版的刘麟生著《骈文学》一书。到20世纪80年代，张仁青又撰写了一部新的《骈文学》。“骈文学”这一学科名称已为学术界承认。那么，什么是骈文学？骈文学是以中国文化特有的骈文为研究对象的文艺学分支学科，属于文艺学中文体学这一学科范畴。它具有自己的学科体系，以骈文的文体特征、结构形式、美学特征、文化内蕴以及发生、发展、消亡过程为其研究内容。概言之，骈文学是关于骈文的诸性质、过程的知识体系。

三、什么是骈文学的研究方法

骈文学的研究方法应是多样的，角度也应是多方位的。就方法论而言，它可以用结构分析法来解剖骈文的语言特性、结构形式、句法特征、音韵特征，以探究骈文的内在结构，也可以用文化比较的方法，来比照中西文化异质看骈文所体现的东方文化诸特性，也可以比较骈文与诗、散体文、戏曲、小说、对联的诸异同及其互相影响、互相联系，也可以用美学分析法发掘骈文的审美内蕴及特质。骈文学的研究角度也是多方位的，既可以从语言学、修辞学角度分析，也可以从音韵学、格律学角度分析，还可以从文化人类学、比较文化学、审美学、接受美学角度分析。只有这种多角度、多侧面的分析才能立体地展示骈文的真实面貌，使我们的认识更全面，更接近于真理。骈文的复杂性使得研究方法必须多样化，研究角度必须多方位。

以上说的是骈文学研究具体操作的方法。就哲学层次的方法来说，历史唯物主义和辩证唯物主义的方法是我们进行骈文学研究的根本方法，对于我们把握整体、抓住本质、辨明主流、分清主次、鉴别优劣具有重大指导性作用。这种马克思主义的分析事物的方法论是骈文学的最基本的方法。只有在此基础上，具体操作的方法才有正确运转的可能。否则，就很容易陷入主观臆断的泥潭，导致片面的甚至歪曲的结果，从而在学术上步入唯心主义和形而上学的误区。

四、骈文学的历史发展过程如何①

并非出现了“骈文学”一词后才有骈文学，骈文学在此之前早就产

① 参见拙文：《骈文研究的历史与现状》，载《语文导报》1987 年第 9 期。

生了。可以说，自从骈文兴盛之后就有了骈文学的研究。总体来说，骈文研究的历史过程可分为四个时期：

1. 前研究期——齐梁至宋；
2. 准研究期——元、明、清；
3. 成熟期——民国；
4. 发展期——新中国成立后。

这四个时期骈文学的研究状况可以分述如下：

由齐梁至宋代是骈文学的孕育时期。最早的骈文研究应是刘勰的《文心雕龙·丽辞》。刘勰在这一章中以“丽辞”称骈体，首次对骈体进行了总结，为骈文的存在和发展提供了理论依据。刘勰的贡献之一是提出骈体的产生是肇乎自然的，所谓：“造化赋形，支体必双；神理为用，事不孤立。夫心生文辞，运裁百虑，高下相须，自然成对。”并提出骈偶在《尚书》《周易》中早已肇其端。刘勰的贡献之二是对骈偶的形态作了初步的分类，即言对、事对、反对、正对四种形式，并对此作了解释和分析。之后，唐代刘知几在其所著《史通》中作了批评式的剖析，指出了骈文的诸弊病：强为骈偶和因循袭旧。他提出骈文作者有故意强作之习：“应以一言蔽之者，辄足为二言；应以三句成文者，必分为四句。弥漫重沓，不知所裁。”有滥用古语之病：“论逆臣则呼为问鼎，称巨寇则目以长鲸。邦国初基，皆云草昧；帝王兆迹，必号龙飞。”等等。刘知几是比较早从学术角度分析骈文弊病的。

到了宋代，开始出现了专门谈论骈文的笔记体著作。这种仿效诗话的形式、以漫谈式的随笔写作的笔记，我们称之为“骈文话”。比较有名的有王铚的《四六话》、谢伋的《四六谈麈》、杨囦道的《云庄四六馀话》。王铚的《四六话》只有一卷，其意义却是划时代的，《四库全书简明目录》称："古无专论四六之书，有之自铚始。"指出了该书在骈文学史上的重要地位。这本小书的主要内容也正如《四库全书简明目录》所云："所论多宋人表启之文，大抵举其工巧之联，而气格法律，皆置不道……"因而其内容是单薄的。谢伋的《四六谈麈》共二卷，其特点是"多以命意遣词分工拙，所见在王铚《四六话》上。其论长句、全句，尤切中南宋之弊也"(《四库全书简明目录》)。《云庄四六馀话》只有一卷，多采撷宋人笔记论骈文的语录编撰而成，因此清人阮元是书提要总结道："凡宋人说部中之言四六者，若《玉壶清话》《容斋随笔》《能改斋漫录》《文章丛说》之类，莫不广搜博采。其论四六，多以剪裁为工。"(《〈云庄四六馀话〉一卷提要》，《揅经室集·外集》卷三）此外，洪迈的《容斋随笔》(后人辑有《容斋四六丛谈》)、杨万里的《诚斋诗话》、刘克庄的《后村诗话》等诗话、笔记也有一些谈骈文的片断。清人彭元瑞采集 169 种诗话、笔记、别集，爬罗剔抉，集成《宋四六话》十二卷，使后人得以"见古人巧思浚发，妙义环生，揽各体之菁华，存一朝之典故"(曹振镛《宋四六话序》)。总体来看，宋代骈文学研究的共通之处是多局限于个别骈句的评赏和单纯的枝节性技巧问题上，具有明显的指导写作意味。评点也多是三言两语，缺乏系统的理论概括。以上为骈文学的第一个时期，这是前研究期。

元明两代的骈文创作和理论批评都是衰微的。所以，第二个时期实际上是指清代的骈文学研究。清代不但骈文创作日富，而且骈文理论批评也日众。清代骈文学的最高成就应是孙梅的《四六丛话》。是书凡三十三卷，近四十万言，分类汇集了清以前有关骈文的各种资料，可谓骈文研究的一部总结性工具书。前二十八卷分十九目汇集论各类文体骈文的资料，后五卷为明代以前的作家辑评。在一些条目、材料之后，他往往还加上自己的评点。本书的贡献不仅在于其资料的丰富性，而且还具有很强的理论性。孙梅在每目前有叙论。其论述的形式仿效刘勰《文心雕龙》的体制，但理论的辨析性和概括性都大大提高了。孙梅在叙论中论及了各体骈文的特质、体制、源流、代表作家作品、时代风格等。其见解多有独到之处。许多叙论都可视为缩微的各体骈文史来读。孙梅的骈文思想代表了清代骈文学的最高水平。他具有敏锐的鉴赏力，分析精辟、概括准确、见解深刻。如卷二十《总论》云："夫瑰丽之文，以唐初四杰为最，而四子之中，尤以王氏子安为尤。"其观点是高人一等的，实际上指出了王勃是骈文艺术发展的高峰。

除此之外，清代骈文学研究有影响的还有两个人：刘开和阮元。刘开有《刘孟涂集》，其中有几篇重要的骈文论著：《与王子卿太守论骈体书》《书〈文心雕龙〉后》《与阮芸台宫保论文书》，尤以第一篇比较深刻。他分析了骈与散的内在关系，还首次提出了"骈文"这一概念。在《与阮芸台宫保论文书》中，他对古文与骈文的关系也作了比较公正的评价。阮元是清代著名学者。他写的《文言说》《文韵说》《书梁昭明太子文选序后》三篇论著在骈文学史上影响很大。在《文言说》中，他从文化史角度分析了骈文的产生原因，为后人所折服。伴随清代骈文复兴而来的是大量骈文选本的出现，主要有李兆洛的《骈体文钞》、王先谦的《骈文类纂》、蒋士铨的《评选四六法海》、陈均的《唐骈体文钞》、彭元瑞的《宋四六选》、汪传懿的《骈体南针》、曾燠的《国朝骈体正宗》。其中以李兆洛的《骈体文钞》影响最大。李氏在这本书中按骈文的内容和功能分作"庙堂之制、奏进之篇""指事述意之作""缘情托兴之作"三类，并对每一类的特点和源流作了一番叙论，还于每篇选文之后加以评点，从中可见李兆洛的骈文思想。总之，清代骈文学研究进入了准研究的时期。这体现在理论的自觉性提高了，见解的系统性加强了。

从“五四”运动到中华人民共和国成立前这段时间是骈文学发展的第三个时期。这个时期骈文学成为专门之学，出现了大量的专著，计有谢无量的《骈文指南》、刘麟生的《骈文学》和《中国骈文史》、钱基博的《骈文通义》、金秬香的《骈文概论》、瞿兑之的《中国骈文概论》、金敏伦的《骈体应用文》、王承治的《骈体文作法》、蒋伯潜和蒋祖怡的《骈文与散文》，此外还有一些选本，如吴虞的《骈文读本》、金敏伦的《骈文观止》。这些研究著作都把骈文作为一种重要的文化现象来对待，进行理论阐发，从而确立了骈文学的学科独立性。这个时期的研究虽然分析失之简陋、不够深刻，阐述不够充分，但已完全摆脱了评点式的批评，进入了科学研究的领域，从而使骈文学进入了它的成熟期。而且这个时期的研究首先总结了前人的成果，并在此基础上提出并初步解决了一些理论问题，如骈文的产生问题能从语言特质上去寻找答案。其次大致勾勒出骈文史的发展轨迹，为后来的研究奠定了基础。这都是第三个时期的贡献。不足的是缺乏理论深度、广度，材料的排比多于理论的阐述，列举现象多于分析。

新中国成立后到目前是骈文学的第四个时期。20 世纪 70 年代末以前，骈文研究在大陆几乎是空白。20 世纪 80 年代后逐渐受到重视，其中以胡国瑞的研究领先一步。之后逐渐出版了黄钧、贝远辰、叶幼明选注的《历代骈文选》和谭家健主编的《历代骈文名篇注析》。姜书阁撰著的《骈文史论》成为新中国成立后大陆第一部骈文史，为骈文学研究树立了里程碑。[①] 于景祥的《唐宋骈文史》则是第一部断代骈文史。在

---

① 参见拙文：《建国以来的第一部骈文史——评姜书阁的〈骈文史论〉》，载《语文导报》1987 年第 11 期。

台湾地区，自 20 世纪 60 年代以来对骈文学研究相当重视。成惕轩有《骈文选注》、陈耀南有《清代骈文通义》，张仁青的成就最大，出版了《历代骈文选》《骈文学》《中国骈文发展史》《中国骈文析论》《六朝唯美文学》《六十年来之骈文》等著作。

第四个时期还在发展中，但它作为骈文的发展期已显示出了许多特点：首先，研究的理论深度、广度都超越了上一个时期。许多著作都是皇皇巨著，分析的透彻性、理论的概括性得到了充分加强，并注重与各门文艺学科、语言学科和其他文化学科相联系来发掘骈文的底蕴。其次，学科的独立性得到了加强。由于理论体系的建立，理论与史论都获得了发展，研究向纵深跃进，学科的体系不断充实。可以预言，骈文学必将作为一门文化科学而日益受到重视，研究成果将越来越多，学科队伍越来越壮大，骈文的面貌将更准确地揭示在世人面前。

第一章　骈文的名称与界说

第一节　骈文名称的演变与定型

骈文的名称有一个演变的过程，在历史发展的各个时期，呈现出诸多的异名。这充分反映了人们对它的认识受时代的局限，也受骈文在各个时期的不同特征形态的影响。关于骈文的名称嬗变过程，兹述如下：

一、连珠

骈文作为一种特殊文体形成于汉代，成熟于汉魏，南北朝时期方盛。就今天所能考索的材料来看，最早的名称应是“连珠”。

为什么说最早的名称是“连珠”呢？因为“连珠”是骈文的初始形态，或称准骈文形态，可以说“连珠”是骈文的乳名。严格地说，“连珠”并不是中国古代文学中的一种独立文体，只是骈文的变体。“连珠”的兴盛与骈文的兴盛基本重合，兴于汉魏，盛于六朝，衰于唐宋。“连珠”是作为习骈文者的练笔而用的，这从它以“臣闻”开头的格式就可以看出，它是为写奏疏之类文章而练习的。“连珠”只是一种泛义的微型骈体。王瑶先生在《徐庾与骈体》中指出："从连珠的文字组织看来，就是简短的骈文。而且都是假喻达旨，是说理的。……习作连珠是文士间普通的现象……这种说理方式的起源是很早的。后来逐渐为文人所采用，如扬雄、班固等，便成了骈体的滥觞。到骈文成立以后，这便成了属文的初步练习，好像现在练习造句一样。"① 明人吴讷在《文章辨体序说》中指出，"连珠"的文体特征是"其体则四六对偶而有韵"。从这个意义上说，把"连珠"作为一种单独的文体是没有必要的。

刘勰在《文心雕龙·丽辞》中追踪骈文产生时，认为是始于扬、马、张、蔡的："自扬、马、张、蔡，崇盛丽辞，如宋画吴冶，刻形镂法，丽句与深采并流，偶意共逸韵俱发。"在《杂文》一章中又云："扬雄覃思文阁，业深综述，碎文琐语，肇为连珠，其辞虽小，而明润矣。"就是说"连珠"之名最早是汉代扬雄使用的。身处齐梁的沈约在《注制旨连珠表》中也认为："窃寻连珠之作，始自子云。"（《艺文类聚》卷五十七）扬雄今存题为《连珠》的有两则，每一则都很短。

其一是：

> 臣闻：明君取士，贵拔众之所遗；忠臣荐善，不废格之所排。是以岩穴无隐，而侧陋章显也。

其二是：

> 臣闻：天下有三乐，有三忧焉。阴阳和调，四时不忒，年谷丰遂，无有夭折，灾害不生，兵戎不作，天下之乐也。圣明在上，禄

① 王瑶：《中古文学史论》，北京大学出版社1998年版，第322页。

不遗贤，罚不偏罪，君子小人，各处其位，众臣之乐也。吏不苟暴，役赋不重，财力不伤，安土乐业，民之乐也。乱则反焉，故曰三忧。

前一则为两对骈句组成，后一则较松散，但可看出对仗之迹。这即为微型骈体。

那么，何以称为"连珠"呢？据晋人傅玄《连珠序》称："其文体，辞丽而言约，不指说事情，必假喻以达其旨，而览者微悟，合于古诗讽兴之义，欲使历历如贯珠，易看而可悦，故谓之连珠。"（《文选》卷五十五）他指出，得名"连珠"是因为其外在形式"历历如贯珠"。之后，沈约在《注制旨连珠表》中也谈道："连珠者，盖谓辞句连续，互相发明，若珠之结排也。"（《艺文类聚》卷五十七）可以看出，"连珠"之名其实本是比喻之称，是从其表面的语言形式而归结出的。"连珠"的每一则形式是相对固定的，但作者往往同时写作数则或十数则甚或数十则，在内容上有某种联系、形式上又如珠之连缀的文辞，所以才名之为"连珠"。虽然在骈文兴盛的六朝或衰变的唐宋甚或明清，仍有"连珠"之作，但多为"拟作"，如陆机有《演连珠五十首》，庾信有《拟连珠四十四首》，都是对扬雄、班固之作的摹拟、发挥。因此，把"连珠"作为骈文的初始名称尚是可以立论的。

二、今文与今体

骈文在六朝大盛，几乎除诗外的一切文字之作都以骈体行文。这样，在六朝时期骈文成了时文，另外给骈体取一名称就无必要，正如今天人人都用白话文写作，就没有必要专门取一名称。

那么，六朝时期是如何称骈文的呢？据可考的资料，当时以“今文”“今体”称骈文。《南史·庾肩吾传》载梁简文帝萧纲《与湘东王书》有云：“吾既拙于为文，不敢轻有掎摭，但以当世之作，历方古之才人，远则杨、马、曹、王，近则潘、陆、颜、谢，观其遣辞用心，了不相似。若以今文为是，则昔贤为非，若以昔贤可称，则今体宜弃。俱为盍各，则未之敢许。”可以看出，“今文”“今体”是与古文相对的，古文是指先秦的散体文。这样看来，当时人们已经认识到骈文与散体古文的对立性，人们对骈文特征的认识已经深入一步了。

“今文”“今体”之称到唐代仍广泛使用。古文运动兴起后，“今文”“今体”更能表明骈文与古文的不同特性。所以，唐人对骈文尚多称“今文”“今体”，如《旧唐书·李商隐传》记李商隐原来“不喜偶对”及“从事令狐楚幕，楚能章奏，遂以其道授商隐，自是始为今体章奏”。其实，“今文”“今体”之称只是表明与古之文体的不同，是指时下流行之文体的意思。而在使用中，“今体”用得更普遍。

三、丽辞

丽辞，即华丽的文辞之意。这是从词采富赡的特征上来称骈文的。“丽辞”之名亦见于六朝，首见于刘勰《文心雕龙》。刘勰很重视当时盛行的骈文，其《文心雕龙》即用骈文写作的皇皇巨著。在这部专论文章之学的巨著中，《丽辞》作为第三十五章来论述。周振甫先生在《文心雕龙注释》中指出：“《丽辞》即骈文。”清人纪昀亦评云：“骈偶于文家为下格，然其体则千古不能废。其在六代，犹为时尚，故别作一篇论之。”（《文心雕龙注释》转引）但“丽辞”之称后代绝少使用。这大概与“丽辞”一词容易引起歧义，不便作为文体之名有关。刘勰使用这个名词亦兼指诗中的对仗，如其举例征引“张华诗称‘游雁比翼翔，归鸿知接翮’，刘琨诗言‘宣尼悲获麟，西狩泣孔丘’”说明“若斯重出，即对句之骈枝也”。可见，刘勰的“丽辞”之名的义界尚宽泛。

四、四六

“四六”之称是从骈文的句型特点方面总结的名称。骈文句型以四字句和六字句为主，并互相夹用，故有此称。

最早有关“四六”的说法见于刘勰《文心雕龙》第三十四章《章句》，其中谈到骈文的句法云：“若夫笔句无常，而字有常数，四字密而不促，六字格而非缓。或变之以三五，盖应机之权节也。”但这还并未总结“四六”以称骈文。之后，到了唐代，柳宗元在《乞巧文》中更明显使之联系起来，其中有云：“骈四俪六，锦心绣口。”虽尚未把“四六”连用，但与“骈俪”并举，以“四六”指骈文之意已很明朗。这乃是看到六朝骈文的句型多四六句之反映。到了晚唐，骈文更是以四六句为时尚，李商隐、薛逢等人更是径直把骈文集子取名“四六”。李商隐有《樊南四六》（亦称《樊南甲集》）二十卷，薛逢有《四六集》一卷（据陈振孙《直斋书录解题》），说明当时人们已接受了这个名称。李商隐在序中更明确说明了“四六”之名是按文章的外在形式取的。从此，骈文的别名“四六”或“四六文”正式使用。近人孙德谦的《六朝丽指》指出：“四六之名，当自唐始。李义山《樊南甲集序》云：‘作二十卷，唤曰《樊南四六》。’知文以四六为称，乃起于唐，而唐以前则未之有也。且序又申言之曰：‘四六之名，六博格五、四数六甲（笔者案：唐时游戏之一种）之取也。使古人早名骈文为四六，义山亦不必为之解矣。”这个分析是合乎逻辑的。

自唐代“四六”之名形成，后代多袭用之，因为它比起以前诸名称更能反映骈文的特点。五代时南唐的田霖就把其一卷骈文集命名为《四六集》（据《直斋书录解题》），宋代更通行“四六”之说。清人钱大昕《十驾斋养新录》指出：“骈俪之文，宋人谓之四六。”据苏轼《司马温公行状》记载，神宗召司马光为翰林学士，司马光以不会“四六”为理由推辞：

> 神宗即位，首擢公为翰林学士，公力辞，不许。上面谕公：“古之君子，或学而不文，或文而不学，惟董仲舒、扬雄兼之，卿有文学，何辞为?”公曰：“臣不能为四六。”上曰：“如两汉制诏可也。”公曰：“本朝故事不可。”上曰：“卿能举进士，取高等，而云不能四六，何也?”公趋出。上遣内臣至阁门，强公受告，拜而不受。趣公入谢，曰：“上坐以待公。”公入，至廷中，以告置公怀中。不得已乃受。

从这则轶事可以看出，宋代朝廷制诰文书都以骈文起草。当时骈文家就被称为四六家。刘克庄就曾说：“四六家以书为料，料少而徒恃才思，未免轻疏。”（王应麟《辞学指南》引）宋代的骈文集如李刘的《梅亭先生四六标准》（其门人罗逢吉编）是用四六为名的。宋代产生的几部骈文话著作亦是以“四六”称骈文的，如王铚的《四六话》、谢伋的《四六谈麈》、杨囦道的《云庄四六馀话》等。可见，有宋一代“四六”是最普遍的名称。许多人因此产生了误解，以为宋代骈文尽为四六句。这是望文生义所致。宋代骈文更多长联对，诸如八言、九言、十言者十分普遍，而这种风气在宋代之前只有中唐时代有一些。宋之前的晚唐五代至宋初的骈文多四六句，所以宋人据此以“四六”称骈文。

此后，明清两代，“四六”亦作为骈文的一种名称继续使用。明代马朴的骈文集曰《四六雕虫》，清陆繁弨的骈文集称《善卷堂四六》，清代吴鼒编的选集《八家四六文钞》、张寿荣编的《后八家四六文钞》、孙梅编的批评著作《四六丛话》、彭元瑞编的批评资料《宋四六话》，等等，都是以“四六”或“四六文”称骈文。

近代以来则很少使用“四六”这一名称。于是到了现代就有了一个误解，以为“四六”与骈文并非一致。有的学者如张仁青在其《中国骈文析论》中更主张“二者之主要区别，在骈文较自由，四六更工整，骈文不必尽为四六句，而四六文实为骈俪之文无疑”。如果要从语义学角度对“四六”与“骈文”二者的词义作区别的话，张仁青的分析是正确的。但“四六”之名即为骈文，不过是因时代不同而名称不同罢了。正如从前水泥叫“水门汀”，是英语“cement”的音译词。其实，“水门汀”与“水泥”同为一种物品，只因时代不同而称谓有别而已。至于有的论者以为宋人的骈体文才是“四六”，骈文是指南北朝文，则更是偏执了。

五、骈体、骈体文、俪体文、骈俪文等

有清一代，关于骈文的名称五花八门，最为多样。除前面所说的“四六”外，尚有骈体、俪体、骈体文、骈俪文、丽体、骈俪、偶体、骈文等，令人眼花缭乱。

可以说，这种种名称都能反映骈文的形式特征。其中使用最为广泛的是“骈体”和“骈体文”。用“骈体”者如曾燠编选的清代骈文选本《国朝骈体正宗》及张鸣珂辑的《国朝骈体正宗续编》，还有汪灏撰著的

骈文集《骈体新编》。用“骈体文”者，如李兆洛编的选本《骈体文钞》、陈均编的《唐骈体文钞》、李慈铭撰著的《越缦堂骈体文》和《湖塘林馆骈体文钞》、张维屏撰著的《听松庐骈体文钞》。刘开（孟涂）的集子《刘孟涂集》（据《续修四库全书》影印清道光六年姚氏檗山草堂刻本《刘孟涂集》，其中《前集》《后集》卷二均为诗，全书末后有二卷《骈体文》，收录骈文批评文稿）。用“俪体”者如陈维崧的骈文集《湖海楼俪体文集》。“骈俪文”或“骈俪”出自柳宗元的《乞巧文》“骈四俪六”一句，俪者骈也。清人用此词多在行文中，如《刘孟涂集》中《书〈文心雕龙〉后》云：“以骈俪之言，而有驰骤之势。”用“偶体”者如刘孟涂《与王子卿太守论骈体书》论及南朝骈文云：“偶体于焉大备。”用“丽体”者如马俊良辑的选本名为《丽体金膏》。此外，清代还有其他使用不很多的名称，诸如骈语、骈偶、偶文、偶语、藕文、俪语、俪辞、骈丽、丽文、俳语、律语，等等。这些都是历史上出现的未规范的名称。

六、骈文

作为现代比较规范的名称，“骈文”也是最早出现在清代。刘开在《与王子卿太守论骈体书》中云：“夫骚人情深，犹能有资于散体，岂芳草性僻，不欲助美于骈文。”(《刘孟涂集·骈体文》)这里，“骈文”作为与“散体”对立的概念而出现。在清代及民国时期亦多以此命名骈文集，如李详的集子即题名为《学制斋骈文》，顾森书的集子名为《篁韵盦骈文稿》，孙星衍的集子名曰《问字堂骈文》。由于“骈文”在众多名称中最为简明，最能反映其文体的特性，所以，自民国以后，逐渐取得了正式的地位。至此，关于这一文体的名称即告定型，虽然仍有人在使用其他名称，如成惕轩命其集曰《楚望楼骈体文》。

民国初年骈文的选本基本上采用了这一名称，如王文濡编的《清代骈文评注读本》。之后，出版的大量有关骈文的论著几乎无一例外地使用“骈文”这一名称，如谢无量的《骈文指南》、钱基博的《骈文通义》、刘麟生的《骈文学》和《中国骈文史》、金秬香的《骈文概论》、蒋伯潜和蒋祖怡的《骈文与散文》、瞿兑之的《中国骈文概论》。当代的研究著作更通行“骈文”这一名称，如陈耀南著的《清代骈文通义》、成惕轩的《骈文选注》以及张仁青的《骈文学》《中国骈文析论》《中国骈文发展史》《历代骈文选》《六十年来之骈文》，姜书阁著的《骈文史论》等，说明当代学术界已普遍接受了这一规范名称。因此，在本书中自然亦必须使用这一规范术语。当使用其他称谓时则不是指文体之名，如“骈体”仅指对仗这一形式。

从以上对骈文名称嬗变的梳理和定型的过程可以看出，名称的递变反映着人们对骈文主要特征的认识逐渐明确。兹把骈文名称嬗变的过程制成下表：

时代	汉	六朝	唐、五代	宋	明、清	现代
名称	连珠	今文 今体 丽辞	今文 今体 四六	四六 四六文	四六 骈体 骈体文 骈文等	骈文

第二节　骈文的界说

关于骈文的界说，宜从内涵和外延两个方面来分析。从内涵分析是为了探求其内在的本质，从外延分析则是为了寻找意义的界限、涵盖的范围。

一、从内涵看骈文的定义

先从语义学和古文字学角度来看。

据《说文解字》的解释："骈"是"驾二马也。从马，并声"。这是从字形上来解释的，把"骈"析为"六书"中的形声字。一般说来，这是对的。根据康殷先生的古文字学研究成果，在象形字和形声字之间并没有绝对的先后关系，并非在文字很成熟之后才有形声字，在形声字中就有很靠近象形字的，他把这种形式称为"含声象形"和"附声象形"，这些还不是真正的形声。（参见其《古文字学概论》，南开大学油印未刊稿，1982 年。）"骈"字正是一种"附声象形"向形声的过渡。"骈"的声符部分"并"其实亦有意符作用。"并"，据《说文》篆体为幷，许慎释为"相从也"，是两人相随从之意。据徐中舒主编的《甲骨文字典》（四川辞书出版社 1989 年版），篆体的"并"字，在一期甲骨文中为幷，在三期甲骨文中为幷，在四期甲骨文中为幷。编撰者解释"象连结二人相并立之形"，并指出："自卜辞辞例观之，无相从之意。"实际上推翻了许慎的解释。我认为，这是较圆满的解释。这说明"并"本身在初始就有相并立、相对立之意。而在甲骨文中未见"骈"字，说明"骈"字的产生是较晚的事，"骈"所指的"驾二马"是较晚的事物。所以，探讨"骈"之本意应更往上追寻至"并"。"并"的初义决定了"骈"的初义。许慎释"骈"为"驾二马"，实际是从"并"之意衍生而来的。当然，他主要是从古代生活现象中领悟的，因为这些字的创造本身就是基于对生活现象的记录。所以他释"骖"为"驾三马"，释"驷"为"一乘"。但"骈"字含有"双"之意则是无疑的，所以清人段玉裁《说文解字注》云："骈之引伸，凡二物并曰骈。""骈文"之"骈"正是在这个意义上引申来的。虽然以"骈"字来总结骈文是较晚的事（始于柳宗元"骈四俪六"之说），但"骈"从"驾二马"之义引申来喻指骈文是很合适的。因为"骈"恰当地反映了骈文的文体特征，即主要用两两相对的文句来写。正因为如此，它在后代才逐步获得了人们的广泛承认。

再从文体本身的特点来看骈文的特质。

要对某一文体进行科学的界说，必须抓住其根本特质。事物的本质才是起区别意义的决定性作用的。骈文的形式特点有诸如对仗、用典、声律、藻饰等。初始的骈文并不讲究用典，也没有声律之说，也没有讲求藻饰之习。在骈文发展过程中，并不是所有骈文家的骈文都有用典、声律、藻饰的特点，如中唐时期和宋代大多数骈文家的骈文并无以上这些特点。因此，用典、声律、藻饰并不是骈文的根本要求。刘师培在《中国中古文学史讲义》中就说："无韵而偶，亦得称文。"那么，骈文的根本特质是什么？这就是我们上文所讲的两两相对的文句即对仗。至于用典、声律、藻饰，虽是骈文的重要艺术特点，它们使骈文形式更为完美，但它们只是骈文极盛时期的特征，作为判断骈文的依据，它们最多只是从属的条件。骈文最基本的因素就是主要运用成双成对的修辞方式即对偶来表现。因此，我们可以给骈文下一个定义，即骈文就是基本由对偶的修辞格句子组成的文章。由此，我们又可以进一步说，骈文是从修辞学角度划分出的散文分类概念。

既然骈文最基本的要素是对偶，那么，区别骈文与非骈文的主要标准就是看一篇作品是否基本由对偶文辞组成。如果是，那么就属于骈文，否则就不属于骈文。骈文的对偶一般体现在四个方面：

（一）字数的基本对等；

（二）意义的基本对举；

（三）词性的基本对称；

（四）结构的基本对应。

字数的基本对等指出句与对句的字数是基本相同的。当然，不排除个别例外，比如有衬字、领字的出句就会比对句多一二个字，而有衬字的对句也会比出句多一二个字。但一般而言，出句与对句的字数总是相等的。出句是四言则对句亦应是四言，出句为六言则对句亦应为六言，依此类推。例如庾信的《思旧铭序》：

①高台已倾，稷下有闻琴之泣；
②壮士一去，燕南有击筑之悲。

这是一个隔句对，即间隔一句与前一句相对。出句中的前一个单句“高台已倾”与对句中的前一个单句“壮士一去”均为四言，同样“稷下有闻琴之泣”与“燕南有击筑之悲”均为七言，这样字数就对等了。意义的基本对举指出句与对句在意义上有某种对应关系，相成或相反。如上例中①与②的内容相同，即痛失知己之意，这是一种相成关系。词性的基本对称指出句与对句在相当位置上的词性要基本一致，名词对名词，动词对动词，虚词对虚词。如上例中“壮士”与“高台”、“燕南”与“稷下”、“悲”与“泣”都是名词相对，“去”与“倾”、“击”与“闻”都是动词相对，“一”与“已”都是副词相对。结构的基本对应指出句与对句在句法结构上是一致的。如上例“高台已倾”与“壮士一去”都是主谓结构，“稷下”句与“燕南”句都是含“有”字的存现句型的主谓宾结构。如果是运用固定句型，出句与对句也须同时使用类似句型。如韦庄的《又玄集序》：

沙之汰之，始辨辟寒之宝；
载雕载琢，方成瑚琏之珍。

出句用“……之……之”句型，表示“又……又……”之意，对句也用“载……载……”句型，也表示“又……又……”之意。

判断是否骈文就应从以上四个方面去辨识。

二、从外延看骈文的义界

在确定骈文的内涵之后，再来考察一下它的外延。既然骈文是从修辞学角度划分出的散文分类概念，它是指用对偶文辞组成的篇章，那么这就是确定骈文外延的依据。凡是符合这个标准的都是骈文。这个解释包含两个方面的内容：一是基本用对偶文句组成，二是必须是散文。因此，近体诗或民歌中有整篇用对仗写成的①，也就不能称为骈文，因为它不符合第二个义项，不是散文的范畴。可以说，除诗、词、曲，几乎所有的古文，只要是用对偶文句组成的篇章，都可以属于骈文之列。

最有争议的是赋。自古至今许多论者论及骈文时都把赋中的骈赋摈弃于骈文之外，如清代李兆洛的《骈体文钞》这样很有影响的骈文选本及后来如民国初王文濡的《清代骈文评注读本》都未把骈赋算作骈文，

---

① 如杜甫《登高》：“风急天高猿啸哀，渚清沙白鸟飞回。无边落木萧萧下，不尽长江滚滚来。万里悲秋常作客，百年多病独登台。艰难苦恨繁霜鬓，潦倒新停浊酒杯。”

现代如谭家健主编的《历代骈文名篇注析》亦如此。谭家健先生并认为："辞赋与骈文虽有交叉关系（如六朝骈赋），但它毕竟是一种独立文体，其产生比骈文早，形式变化比骈文多，其发展大体与骈文平行，应当自成体派。故本文和本书所谓骈文，都不包括辞赋。"（《历代骈文发展概述〔代前言〕》）这种观点和理由都很有代表性。这种观点的出发点是否定骈文包括辞赋而得出骈文不包括骈赋的结论。这是犯了逻辑错误，即偷换概念的错误。辞赋和骈赋不是同一的概念，通过否定骈文包括辞赋不能得出骈文不包括骈赋的结论。骈文、辞赋、骈赋（含律赋）的关系应是这样的（如右图所示）：辞赋是从铺排的表现手法发展而来的一种特殊文体，而骈文是从对仗手法发展而来的一种特殊文体。两者划分的原则是不同的，固然可以说是平行发展的，但两者必然是互相交叉的，这交叉部分为双方共同拥有。骈赋既是辞赋的一部分，也是骈文的一部分，因为它具有双方的特殊本质。所以，虽然骈文不等于辞赋，但骈文是包含辞赋中的骈赋的。正鉴于此，我们认为骈文的义界涵盖了骈赋（当然也包括骈体律赋）。

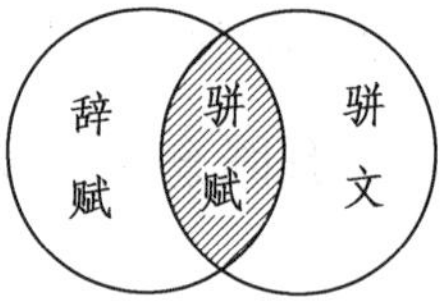

第三节　骈文与韵文、散文、古文、文学诸概念的关系

一、骈文与韵文、散文、古文的关系

由于骈文是古代的一种特殊文体，是从修辞学角度划分出的类别，它与诗歌、辞赋、小说、戏曲以及各体文章划分的角度和依据的标准是不同的。因此，骈文与韵文、散文绝不是并列的互不交叉的关系。

齐梁时代划分类别多依有韵无韵为区别标准。《文心雕龙·总术》记载："今之常言，有文有笔，以为无韵者笔也，有韵者文也。"当时只分为"文"与"笔"两类，其实两者都是泛义的"文"，只是一用韵，一不用韵而已。而"韵文"的概念亦是以用韵为区别依据的，凡用韵的篇章均为韵文。这实际上沿袭了齐梁时代的"文笔说"。因此，在韵文门下既可包括诗、词、曲等属于诗歌的门类，也包括部分赋和箴、铭、颂、赞、哀祭等属于散文的类别，十分庞杂，既有纯文学性的文体，也有应用性文体。严格地说，"韵文"这个概念在研究使用的范畴中是不很实用的。骈文与韵文正是互有交叉的概念。赋中用韵者多为骈体，箴、铭、颂、赞、哀祭凡用韵者亦多为骈体之作。即使序、书、碑志、公牍文亦有用韵者，亦多为骈体。如果是泛义的韵文，即不仅指押韵之作亦指讲究平仄宫商对应之作的话，则韵文的外延就更宽泛了。阮元在《文韵说》中论道："梁时恒言所谓韵者，因指押脚韵，亦兼谓章句中之音韵，即古人所言之宫羽，今人所言之平仄也。""八代不押韵之文，其中奇偶相生，顿挫抑扬，咏叹声情，皆有合乎音韵宫羽者。诗骚而后，莫不皆然……又沈约《答陆厥书》云：'韵与不韵，复有精粗，轮扁不能言之，老夫亦不尽辨。'休文此说，乃指各文章句之内，有音韵宫羽而言，非谓句末之押脚韵也。是以，声韵流变而成四六，亦只论章句中之平仄，不复有押脚韵也。四六乃有韵文之极致，不得谓之为无韵之文也。"（《揅经室续集》卷三）这样说来，骈文中的较大部分都可列为韵文的范畴。但仍有一部分并不讲究平仄的骈文与韵文无缘。所以，骈文与韵文是一个互相交叉的概念。

而现代意义的散文（prose），是从西方文学理论中移植过来的概念，是相对于诗、小说、戏剧而存在的文学体类，应是包括骈文的。

古代意义的散文，则是指散体文，即“古文”。作为文体意义上的“古文”之名，得于齐梁之时，萧纲作《与湘东王书》把“今文”与“古文”相对立。“古文”指先秦时代未骈化之文。到唐代“古文运动”，韩愈、柳宗元更高举“古文”之大旗，以先秦两汉之文风矫正雕饰浮藻之病。“古文”是作为骈文的对立物而存在的，专指以单体单行的散文（本书用此意义时则称“散体”或“散体文”）。一切非全用对偶修辞格组成的篇章（散文），都可称为“古文”或“散体文”。它的涵盖范围包括非骈文的一切散文体裁。

所以，骈文与现代意义的散文是内含关系，与古代意义的散文（散体文）是对立关系。我们把骈文与韵文、散文、古文三者的关系用以下示意图表示：

图示一：
骈文与散文的关系：
内含关系

图示二：
骈文与韵文的关系：
交叉关系

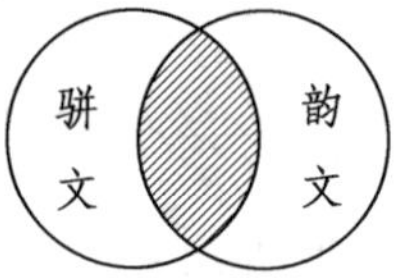

图示三：
骈文与古文的关系：
对立关系

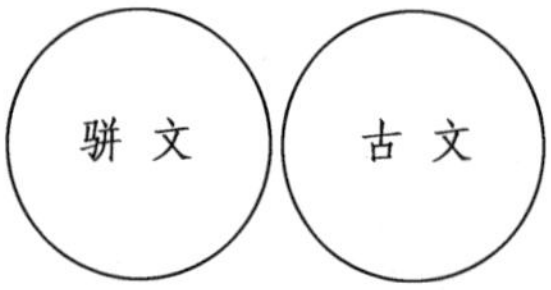

二、骈文与文学的关系

骈文与文学的关系也有古今之别。按古人的泛文学（文学的内涵较宽泛）观念，骈文基本上都是文学的范畴。

古人的文学观强调的是文采。阮元的《文韵说》明白了当地总结了古人的文学观念："综而论之，凡文者在声为宫商，在色为翰藻。"（《揅经室续集》卷三）在古人看来，一切文章只要有文采都可位于文学之列。中国古代的"文"即文学之意。而"文"本义是"错画也"（《说文解字》），所谓"错画"即文采斑斓之意。《易·系辞》亦云："物相杂，故曰文。"《广雅·释诂》则更明确说："文，饰也。"所以清末俞樾指出："物相杂谓之文。《说文》曰：'文，错画也，象交文。'盖必相交相错而后成文。故骈俪之文，文之正轨也。"（《王子安集注·序》）这是古人文学观最好的自白。清人梁光钊在《文笔考》中云："沉思翰藻之谓文，纪事直达之谓笔。"（《学海堂集》卷七）其实，他谈的已非齐梁时代的文笔之分，而是文学与非文学的界限。有文采的即文学，没有艺术修饰的即非文学。阮元在《书梁昭明太子〈文选序〉后》中亦谈到他的认识："专名为文必沉思翰藻而后可也。"他指出："昭明所选，名之曰文，盖必文而后选也，非文则不选也。经也，子也，史也，皆不可专名之为文也。故昭明《文选序》后三段特明其不选之故，必沉思翰藻，始名之为文，始以入选也。"他又指出："言必有文，专名之曰文者，自孔子《易·文言》始。传曰：'言之无文，行之不远。'故古人言贵有文。孔子《文言》实为万世文章之祖。此篇奇偶相生，音韵相和，如青白之成文，如咸韶之合节，非清言质说者比也，非振笔纵书者比也，非佶屈涩语者比也。"（《揅经室三集》卷二）他认为孔子《易·文言》当为"万世文章之祖"并不完全出于宗经崇圣观念，而是由于其文采斐然。可见，“文采”乃是古代人们文学观的中心。因此在古人眼里，富于文采的骈文都毫不例外地属于文学的范畴。所以，古代骈文家结集时，常把许多实用的应用文章也收罗进去，使人大惑不解，而这正是古人文学观念所致。这种文化现象中外都有某种相似性，据《韦氏第三版新国际英语大词典》的权威解释，西方古代对文学的理解也是泛义的，指有文学性的文化知识著作。可见，古代泛文学观也许是历史发展的某种必然阶段。

按现代的文学观念，骈文中的一部分作品不能算是文学。现代文学观念强调文学是语言的艺术的同时，强调文学是对生活的形象反映，是对思想感情的形象表现。骈文是语言艺术技巧的极致，自然是语言的艺术，这是无疑的。但骈文中的许多应用文（如公牍的诏令、奏议和碑志、书牍等）很难谈得上是用形象对生活的反映、对思想感情的表现和抒写。因此，今天看来，并非所有的骈文都是文学。如李兆洛在《骈体文钞》中选的许多骈文都很难说是文学。该书选的骈文基本上是碑志、铭文、颂箴、哀诔、诏令、策对、奏议、表疏等类文章，这些只有对仗的文辞，很难说有形象和抒写感情、反映生活。这正是文学观念的历史时代性的体现。

综上所述，在古代，骈文是内含于文学之中的；在现代，骈文与文学是交叉的关系，骈文中的一部分是文学，文学中包含了部分骈文。这些关系可以用下列图示来表述：

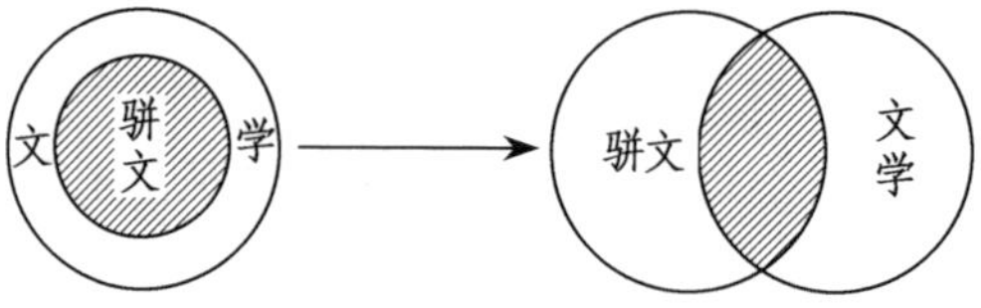

古代　　　　　　现代

内含关系　　　　交叉关系

第二章　骈文的分类

第一节　从古代文章分类得失看骈文分类的价值取向

了解了骈文与文学的关系后，我们再来看骈文的分类问题就容易多了。但在对骈文进行分类之前有必要回顾一下古代文章的分类特点。

最早提出文体分类的是曹魏时代的曹丕。他在《典论·论文》中云："夫文本同而末异，盖奏议宜雅，书论宜理，铭诔尚实，诗赋欲丽。此四科不同，故能之者偏也，唯通才能备其体。"（《文选》卷五十二）他提出的四分法，前三者都是应用文体，后者才是现代意义的文学。但他把复杂的文体作了简明的归类，并提出各类文体的要求，特别是明确了"诗赋欲丽"的文学特性，其贡献是不言而喻的。晋代的陆机发展了曹丕分类理论，提出了十分法。《文赋》云：

> 诗缘情而绮靡，赋体物而浏亮，碑披文以相质，诔缠绵而凄怆，铭博约而温润，箴顿挫而清壮，颂优游以彬蔚，论精微而朗

畅，奏平彻以闲雅，说炜晔而谲诳。(《文选》卷十七)

陆机虽细分为十类，但只是文体的体裁之别。除诗、赋外，绝大多数是泛文学范畴。他对每一类文体提出了更具体的要求，则是新的发展。之后，晋代的挚虞在《文章流别论》中作了进一步的区别。他把文章分为十一类：颂、赋、诗、七、箴、铭、诔、哀辞、解嘲、碑、图谶，并对其源流作了剖析。

到了刘勰《文心雕龙》又有发展，刘勰依据当时文笔之分，将文章分为"文"十种，"笔"十种。"文"的十种是：诗、乐府、赋、颂赞、祝盟、铭箴、诔碑、哀吊、杂文、谐隐。"笔"的十种是：史传、诸子、论说、诏策、檄移、封禅、章表、奏启、议对、书记。与此同时的任昉作《文章缘起》分论了八十四种文章，没有归类，其中有九种为诗歌类。这个时期的萧统《昭明文选》是第一部按文体聚类区分的著名文学总集。它将文学分为三十九类，分别为：赋、诗、骚、七、诏、册、令、教、策、表、上书、启、弹事、笺、奏记、书、移书、檄、难、对问、设论、辞、序、颂、赞、符命、史论、史述赞、论、连珠、箴、铭、诔、哀文、碑文、墓志、行状、吊文、祭文。《文选》将文章的体类区别得更细，也许是为了选文的方便，却显繁琐。其特点和贡献正如褚斌杰在《中国古代文体概论》中所指出的："它企图通过选文来进一步区分文学和非文学的界限。"(见该书《绪论》第二节《中国古代文体的分类和文体论》)《文选》的分类对后代影响甚大。

唐以后的文集编选分类体例多在《文选》的基础上增删、改易。如宋人姚铉编的《唐文粹》则将《文选》的三十九类删减改易为二十二类，分为赋、古调、颂、赞、表奏书疏、状、檄、露布、制策、文、论、议、古文、碑、铭、记、箴、诫、铭（指物铭）、书、序、传录记事。《唐文粹》比之《文选》有所简明，但其子目过于繁琐，其中将“古文”与“论、碑、记”等类并列也有失严密，因为它们并非并列关系，而是包含关系、交叉关系。但《唐文粹》对《文选》进行的合并是积极的，如将《文选》的骚、七、辞、连珠四类统归于赋之门下，将符命、诔、哀文、吊文、祭文统合为文，同时根据选文的特点，新增设了状、露布、文、议、古文、记、诫、物铭八类。

到了明代，吴讷的《文章辨体》和徐师曾的《文体明辨》是当时出现的两部重要的文体论著。吴讷对文体的分类加以纳新，把律诗、词、曲、原、题跋、判等唐代新文体也吸收进去。《文章辨体》分为五十一类，除古歌谣辞、乐府、古诗、律诗、排律、绝句、联句诗、杂体诗、近代词曲等九类为诗歌外，其余四十二类均为文，分别是：古赋、谕告、玺书、批答、诏、册、制诰、制策、表、露布、论谏、奏疏、议、弹文、檄、书、记、序、论、说解、辩、原、戒、题跋、杂著、箴、铭、颂、赞、七体、问对、传、行状、谥法、谥议、碑、墓碑等、诔辞哀辞、祭文、连珠、判、律赋。其分类亦失之零碎，有的与文学完全不搭界，如谥法、谥议、玺书、谕告、册等。而《文体明辨》在《文章辨体》的基础上，增加了部分文体，同时将原有的文体划分得更细，共分为一百二十一类。虽说收罗比较齐全，但有些细分从分类角度来说似无必要，如墓志类就有墓志铭、墓碑文、墓碣文、墓表、碑文、碑阴文六类，这样就过于繁琐了。

由于类别越来越多，到清代就有先分门后别类的分类趋向，像清康熙时储欣纂集的《唐宋十大家类选》就分为六门三十类，先把所有文章分为奏疏、论著、书状、序记、传志、词章六大门类，然后在各门类下再细分小类，如奏疏门下列有六小类：书、疏、札子、状、表、四六表；又如论著门下列有八小类：原、论、议、辩、解、说、题、策。这种分门别类的方法比从前的分类法有所进步，可以看出门与类之间的内在关系。同门类为一组，这就减少了分类的繁琐之病。到桐城派姚鼐编《古文辞类纂》更有意识地吸收了前人分门归纳的长处，把所有文体分为十三大类：论辩、序跋、奏议、书说、赠序、诏令、传状、碑志、杂记、箴铭、颂赞、辞赋、哀祭。可以说到姚鼐手下，文体分类更趋完善、合理。

从以上叙述可以看出，古代文章分类有一个逐渐完善的过程。分类是为了更清楚地认识、把握作为客体的众多文章、作品。因此，必须建立一个合乎客体内在联系的体系来统帅，否则，就只能是毫无章法的堆积、排比，没有任何意义。在今天看来，给古代文章分类主要是要把握文学与非文学的界限。否则，就不是在论作为文学的骈文了，而是在论作为文章写作学的骈文了。这正是骈文分类所应当有的价值取向。

第二节　历代对骈文的分类与现代对骈文的分类

就今天所能见到的材料，古代对骈文的分类不会早于清代。

如前所述，清人的分类研究比起前代来说是很有进步了，他们多采取先分门后别类的方式。《四六金针》称分类为“目”，首先把骈文分为三大门：台阁、通用、应用，然后在各门下列了共十六类。其分门别类如下：

台阁：诏、诰、表、笺、露布、檄、牒

通用：青词、朱表、功德疏、致语、上梁文、宝瓶文

应用：启、疏、记

这个分类只包括骈文中的应用之作，大量富有文学性的文体均未包含其中，应该说是不够全面的，而且就“应用”门类而言，远不止所列举的三种。

李兆洛在《骈体文钞》中则把骈文分为三大门三十一类。这是清代对骈文较全面的分类。其分类方式吸收了同时期其他分类的特点。其划分细目如下：

上编：庙堂之制、奏进之篇

铭刻类、颂类、杂扬颂类、箴类、谥诔哀策类、诏书类、策命类、告祭类、教令类、策对类、奏事类、驳议类、劝进类、贺庆类、荐达类、陈谢类、檄移类、弹劾类

中编：指事述意之作

书类、论类、序类、杂颂赞箴铭类、碑记类、墓碑类、志状类、诔祭类

下编：缘情托兴之作

设辞类、七类、连珠类、笺牍类、杂文类

总体来说，李兆洛对各类文体有所归纳，而不是无统帅地排列。他是按内容和表达特点来归类，而不是简单地按文体分类。三大门类的区分可以看出，编者有意要区别文学与非文学的界限，“庙堂之制、奏进之篇”这一大门类多被作为非文学来看待，“指事述意之作”和“缘情托兴之作”则多被视作文学。

清人孙梅的《四六丛话》把骈文分为十九类：选、骚、赋、制敕诏册、

表、章疏、启、颂、书、碑志、判、序、记、论、铭箴赞、檄露布、祭诔、杂文、谈谐。这样分类似乎是为了编排资料的便利，没有分门，但总体来看，分为十九类还是比较简明的，它包括了古代文体中的主要部分。

到民国初年王文濡编选的《清代骈文评注读本》并未分类，但从所选的作品来看，主要是序、书、启、碑铭、哀辞等类，可见有意识地对一些非文学性文体作了排除，《骈体文钞》中的“庙堂之制、奏进之篇”基本被扬弃了。民国年间刘麟生在《中国文学概论》中把骈文分为论辩、序跋（赠序）、诏令奏议（公牍）、传状碑志、杂记、小说、联语、八股文、赋、箴铭颂赞、哀祭十一类（见《中国文学八论》，世界书局1936年版）。今人张仁青在《骈文学》《中国骈文析论》《中国骈文发展史》诸书中基本承袭了刘麟生的分类方式。

通过以上回顾，可以看出历代对骈文的分类基本上是与文章的分类相近。较进步的是先分门后别类的方法。在别类中不是排比陈列，而是把相关的文体合为一类，这种方法是值得借鉴的。如前所述，骈文与文学是一种交叉关系，因此，我们为骈文分类的价值取向应是区别文学与非文学的界限。由于我们的对象是从修辞学角度划分的文体，这就比较复杂多样，要求我们在文学与非文学之间尽量圆满、协调。因此，我们把骈文的分类作如下表示：

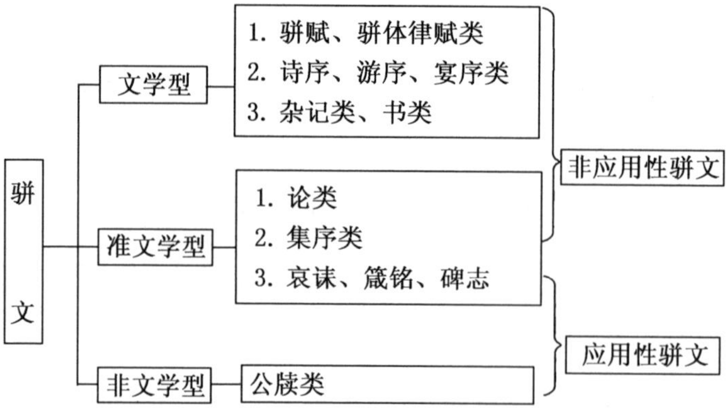

骈文的内部分类组成也可以用下图表示：

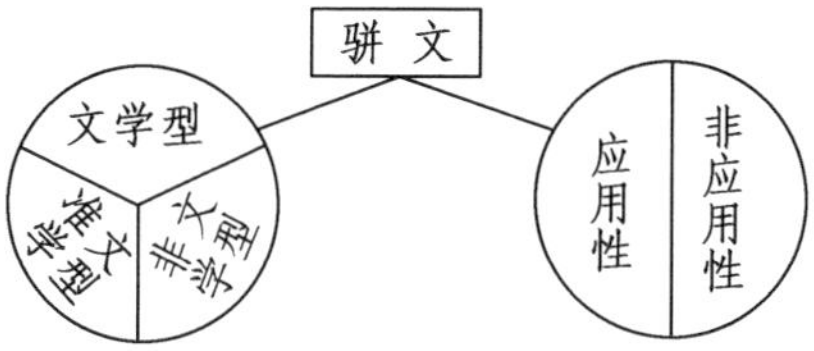

A式　　B式

我们把骈文分为文学型、准文学型、非文学型三大类，这是以文学和非文学的区分为标准的分类。文学型指以审美为旨归，完全符合现代文学观念的骈文。准文学型指具有审美性而有实用目的的骈文，它介乎文学型骈文与非文学型骈文之间，因此具有两者的一些特点。非文学型骈文指虽有一定审美性但纯以实用为目的的骈文。根据骈文的功利标准，又可把骈文分为应用性骈文与非应用性骈文两大类。

任何真理都有某种相对性。这种门类的划分也只能是相对正确的。某种非文学型的骈文在某个高明的骈文家笔下也可能写出完全属于文学型的作品。相反，某些虽属文学型的文类在某个拙劣的骈文家笔下也会写出毫无审美意味之作。所以，我们说，任何分类都只能是相对的，我们只寻求接近真理。

第三章　骈文的产生与起源

骈文是中国特有的文体类别，是中国文化土壤滋生的独有的文化现象。因此，探讨其产生的原因，必然要涉及导致其产生的各种文化基因，而骈文的产生与起源首先是骈体文辞的出现。因此，探讨骈文起源的原因有时即探讨骈体的产生原因。

第一节　汉语的特质为骈文产生提供了语言基础

我们认为，骈文产生的文化基因，最主要的乃是汉语汉字的特殊性。这是骈文之所以能产生的内在动因，即它的语言基础。

世界的语言有成百上千种，但这众多的语言可以分为四种类型：词根语、黏着语、屈折语、多式综合语。汉语是一种词根语。它属于汉藏语系。汉语这种词根语的如下特点为骈文产生提供了必要的条件：

1. 汉语词几乎都是单音节词根结构；

2. 不以词的内部屈折而以词序与虚词作为表达语法意义的主要手段；

3. 每个音节都有固定的声调；

4. 具有大量表示事物类别的量词和大量同（近）义词。

而汉字又是从象形文字系统发展而来的独体方块字，属于非拼音文字，具有一字一音的特点。汉语与汉字的这些特点使骈文的产生具有可能性。

一、单音节优势

西方语言多系拼音文字，大多为多音节词，与汉语的单音节词根结构完全不同。欧洲诸语言的词因系记录口语而成，在漫长的语言演变、互渗过程中，词汇中词的音节少则单音节，多则七八个音节，缺乏规律性。加之其文字是拼音系统，这样记录下的文字就有长短不一的特点，少到一个字母，多达十多个字母，这样在空间感觉上就参差不齐，缺乏整齐之美。作为语言艺术的文学，在某种意义上，语言的特质就决定了文学的形式。由于欧洲语言的多音节结构文字，致使欧洲的文学不可能产生有严格意义的对偶，更不可能有骈体的文学，而充其量只能有“平行语气”（parallel construction）。为了说明这个问题，我们不妨举几个例子来看。

以英语为例，先看英国大戏剧家莎士比亚的名剧《理查二世》（《*Richard* Ⅱ》）第二幕中的一段：

I am the last of noble Edward's sons,

Of whom thy father, Prince of Wales, was first.

In war, was never lion raged more fierce,

In peace, was never gentle lamb more mild.

（Richard Ⅱ，Ⅱ. i. 171—4）

朱生豪译为：

我是高贵的爱德华的最小的儿子，

你的父亲威尔士亲王是我的长兄。

在战场上他比雄狮还凶猛，

在和平时他比羔羊还温柔。

这一段中的后二行为平行语气，类似汉语中的对仗手法，文句的结构是一致的，词性是对称的，甚至部分用词都相同，而且都只用八个词，但由于音节的长短不一，故难以产生严格对称的骈体，只能是平行语气。而同是这两句在汉语里却可以成为工整的对偶，我们试把朱生豪的译文改动一下就成为如下两句：

战场上他如凶猛之狮，

和平时他像温顺之羊。

由此可以看出汉语言之特长，单音节文字更利于各种组合。

又如英国大诗人雪莱（Percy Bysshe Shelley）的一首诗《致——》：

Music, when soft voice die,

Vibrate in the memory——

Odours, when sweet violets sicken,

Live within the sense they quicken.

（To—〔music, when soft voice die〕）

查良铮译为：

音乐，虽然消失了柔声，
却仍旧在记忆里颤动——
芬芳，虽然早谢了紫罗兰，
却留存在它所刺激的感官。

这一段前面二行与后面二行是平行语气，是有意构造的一种对称关系，以加强语气，表现难以忘怀的情思。但由于多音节拼音文字的限制，使它未能最大限度地达到效果。这不仅表现在最后一句多了两个单词，而且所有对称的地方音节都未完全一致。同是这两句，我们用文言的隔句对翻译如下：

音乐早已逝，
记忆难平静；
花芳虽凋谢，
感觉总如新。

可以看出汉语构造对仗的灵活性了。这样的例子还有很多，又比如英国大诗人拜伦（George Gordon Byron）的代表作《查尔德·哈罗尔德游记》（*Childe Harold's Pilgrimage*）的第四章第177小节中的两行：

There is a pleasure in the pathless woods,
There is a rapture on the lonely shore.

这里也是语法结构一样，也是都使用了八个词，在英语中算是很对称的

“平行语气”，但音节的数目毕竟不能完全对称，每行最后两个词的音节都有多少不同，而且轻重音位置也不可能完全一样，这就在一定程度上影响了其节奏的整齐。又如拜伦的另一首《致托马斯·摩尔》（To Thomas Moore）第一节中的两行：

My boat is on the shore,

And my bark is on the sea.

假如除去连接词 and，也算是很对称工整了。但这样工整的对称在西方文学中十分少见，更何况第二句必须加一个连词 and，在语气上才流畅、自然。在汉语里，却能简洁又对仗工稳：

小舟靠岸边，

大船停海上。

从以上诸例的分析可以看出，西方文学中要构造严格的对称句子都难以做到，更何况整篇的文章了。

而在汉语中，单音节与方块字的结合，使得汉语词在所占的空间上具有某种统一的固定性，特别是在后来印刷字中更是如此。单音节的词根结构造就了古代汉语词汇系统中词的形态基本上是单音节（即字词重合）和双音节的形式，而以单音节居多。这就为骈文创造了足以任意调遣、任意构造的便利，也使骈文能在有限的篇幅形式中运用精炼的词语包含更多的内容。如唐代王勃的《滕王阁序》中的一对仗句：

渔舟唱晚，响穷彭蠡之滨；

雁阵惊寒，声断衡阳之浦。

其中除人名“彭蠡”和地名“衡阳”为双音节词外，其他均为单音节词。这一骈文对仗句的容量是很大的，写出了归隐之乐、离别之哀，短短二十个音节就容纳了十八个词。

汉语的人名、地名多以双音节为主，骈文遇人名是单名时则以姓名称，或以字号称，人名为双名时则只称名，也有称姓及后一字的（如“钟子期”则称“钟期”），复姓单名时则多称后二字（如“司马迁”则称“马迁”或“史迁”），复姓双名亦多称后三字（如“司马相如”则称“马相如”）。这种可分离性为对仗特别是用典创造了运用自如的方便。而西方语言如英语中则音节相差很大，如 Oxford（牛津）与 Cambridge（剑桥）在英语中一个是五个音节，一个是四个音节，一个是六个字母组成，一个是九个字母组成，无法对仗，在意译的汉语里却可以对仗。在人名中，Shakespeare（莎士比亚，可简称“莎翁”）与 Shelley（雪莱）也是因音节差异较大而无法严格对称，但汉语可以使之工整对仗，这也可以看出汉语汉字在构造对仗时的优越性。

汉语的单音节文字的语音构造规律很简单，基本上由声母与韵母组成，只有少数字为零声母，即无声母（如 a 音、ai 音、an 音、ao 音，e 音、en 音、eng 音、er 音等）。而英语等西方语言的语音规律则复杂得多，词中有的字母可以不发音，有的一个字母一个音，有的几个字母一个音，有的一个字母几个音，其复杂性远远超过汉语。这样就使得在“平行语气”中难以创造整齐的音韵对称。但汉语的发音很简单，基本上是一字一音。由于语音由声母与韵母构造，还可以创造出叠音、叠韵、双声等富于音乐感的词。叠音词即字的重叠，如梁元帝《荡妇秋思赋》中“日黯黯而将暮，风骚骚而渡河”。叠韵即两个音节韵母相同，如“凄迷”与“惨淡”，均为叠韵，前者韵母同为［i］，后者韵母同为［an］。例如清人吴锡麒《洪稚存同年机声灯影图序》中的两句：

声易凄迷，寡女千丝之泪；
光何惨淡，贫家一碗之灯。

而双声与叠韵相反，为两个连续音节的声母相同，比如“慷慨”与“流离”，前者声母均是［k］，后者声母均为［l］，例如司马相如《长门赋》中的两句：

贯历览其中操兮，意慷慨而自卬；
左右悲而垂泪兮，涕流离而从横。

像这样在汉语中有助于表现技巧的天生优越特点，在英语等西方多音节拼音文字中是绝难有的。

汉语字词的语音以开音节（开口呼）为主，闭音节（闭口呼）为辅，与西方诸语言如英语以闭音节为多、开音节少恰恰相反。开音节有助于延绵语音，增强其音韵美，加强骈文的表现力。

二、语法的灵活性

在当今世界四大语言类型中，作为词根语的汉语，与其他三种语言类型的语法系统有很大不同。黏着语与屈折语都有词的内部形态。黏着语没有内部屈折，每一种构词形态只表示一种语法意义，每一种语法意义只由同一个构词形态表示。一个词要表示多少种语法意义就要多少种构词形态。黏着语的词根与构词形态之间的结合是松散的，各自具有独立性，其构词形态好像是黏附在词根上的，如日语、匈牙利语、芬兰语等。而屈折语主要通过内部屈折来表现不同的语法意义，其名词、代词、系动词或因格位（主格、宾格）、或因单复数、或因性别关系的不同而有不同的内部屈折，动词则因时态不同而有不同屈折，如因现在时、过去时、将来时等时态的不同，其动词的时态则通过内部屈折变化而有不同的形态，如英语、俄语、德语等。多式综合语则在动词中含有各种复杂的成分，包括各种成分的动词相当于其他语言中的一个句子，相同的意义在不同的句法中有不同的词，变化极为复杂，代表了人类语言的较原始状态，如美洲的各种印第安语。

汉语的语法特殊性主要表现在它没有内部屈折，而主要依靠词序和虚词来表示语法意义。在古汉语中，甚或主要依靠具体句子的词的组成及逻辑联系来完成句子的表达功能。古汉语的名词、代词全无格位的变异形态，亦无单复数之别，完全依据具体句子而确定主宾关系、单复关系。时态的关系则依句中副词、助词来表示，甚或依句子的内容来确定，而且词性的交换极灵活，名词用为动词、形容词，动词、形容词用为名词，极自由、普遍，全依句中的位置、结构关系而确定其词性。古汉语的这些特点就为作者在结构骈句时，灵活安排、任意调遣词语提供了可能性。加之国人的语态观念极淡薄，故古汉语中语态、时态关系亦多模糊，这为骈文在组织骈句时有意忽略语态、时态创造了社会语言心态上的条件。语态上的灵活性，亦使得容易创造简洁凝练的文句。

三、声调的美

汉语还有一个最大的特点，是西方诸语言所没有的，即具有四个声调。古代有平、上、去、入四声调，普通话有阴平、阳平、上声、去声。由于汉字是单音节文字，没有四声则容易呆板，缺少变化；有了四声则有了强弱之别、高低之分、轻重之异、缓促之不同，于是有了变化、有了抑扬顿挫，便有了起伏跌宕之美。西方诸语言只有轻音与重音、长音与短音之异，其变化的丰富性则逊于汉语。汉语具有歌唱般的圆润流转之美感，正是得益于四声的交互结合。

最早人们并未意识到四声的存在，因此，初始的骈句与最早的骈文都是不自觉地运用四声。待文学自觉时代之后，特别是齐梁之后，人们开始自觉地运用四声的原理来构筑篇章。四声的存在，为骈文的完善提供了声韵上的条件。人们在实践过程中，并不是把四声分作四种声音系统来处理，否则就过于复杂了，而是根据声音的轻或重、抑或扬分作两大类——平声与仄声。又根据节奏美学原理，确立以偶字为顿。于是，就把同一声类的字排列两个单音节，即每个双音节为一声类，如平平、仄仄，这样就产生了声调运用的最佳组合范式。这种音韵分割关系在西方诸语言中是不可能产生的。

四、丰富的量词与同（近）义词语汇

汉语还有一个特点，即在名词与数词之间还嵌有一个量词，这是与西方诸语言的又一大不同。西方诸语言只有数词，没有量词，如汉语的“一本书”，英语为“a book”，没有“本”的对译词。汉语的量词除了丰富的表义性，还有鲜明的形象性。如前面说的“一本书”用“本”作量词也暗示了“书”的形态。而如果用“摞”来替换“本”则成了“一摞书”，“摞”指重叠堆放之意，形象性是极鲜明的，其数量的意义远不是“本”作量词的意义了。而“一箱书”“一屋书”“一车书”等的含义有极大差别且形象很鲜明。

在表示泛义的数量时更见其魅力，如“一川烟草，满城风絮”等。由于汉语丰富的量词以及量词包孕的丰富内蕴及形象性，使得骈文在对偶时有足够的语汇任其变化，亦占尽了形象的色彩。如“三尺微命，一介书生”（王勃《滕王阁序》），“一抔之土未干，六尺之孤安在”（骆宾王《为徐敬业讨武曌檄》），“一寸二寸之鱼，三竿两竿之竹”（庾信《小园赋》）。像这些例子，量词的运用使骈文增辉不少。

汉语的同义词、近义词极丰富，也为骈文提供了丰富的语言材料。一义多词现象极普遍，以“大”这种词义为例，《尔雅·释诂》中就有三十九个词；又如以园林建筑的词为例，就有楼、阁、堂、馆、院、台、观、榭、园、池、塘、圃等。而且由于同义词、近义词很丰富，且多为单音节，这就为构造双音节的新词提供了方便，为骈文的存在创造了客观语言优势。

综上所述，单音节的优势、语法的灵活性、声调的美、丰富的量词与同（近）义词语汇，这些方面的语言特质是骈文产生所依赖的语言土壤，离开了这些，骈文就不可能产生，更不可能发展。这是骈文产生的内在文化基因。

第二节　客观的对立对应事物为骈文提供了摹写对象

骈文基本以摹写为主，所摹写的对象有两种：一是自然景物，一是社会与人生。在这两类事物中都客观存在着骈文摹写所需要的对立与对应关系。刘勰在《文心雕龙·丽辞》中首先指出：“造化赋形，支体必双；神理为用，事不孤立。夫心生文辞，运裁百虑，高下相须，自然成对。”就是说，大自然赋予人的形体，四肢都是成双成对的，客观事物也是对立的，因此，人们在构思骈句时就把自然界的这种对立关系记录下来。所以近人钱基博在《骈文通义》中解释刘勰这一段话时说："此见文之用偶，出于天然。"可见，前人已认识到这种关系。

这种关系可以分作对立关系与对应关系两种形态。对立形态指事物的内容处于两个相反的互相排斥的方面，对应形态指事物的内容处于相近的或相类似的、相并列的方面。如骆宾王《为徐敬业讨武曌檄》中的一骈句："虺蜴为心，豺狼成性，近狎邪僻，残害忠良……"这里"虺蜴"与"豺狼"、"心"与"性"为对应关系，"邪僻"与"忠良"为对立关系。下面我们细分说之。

一、自然界的对立对应法则

在自然界的万物中，总是有奇有偶，奇是偶的对立物，没有奇也无所谓偶。黑格尔在《美学》中论自然美时指出："一致性与不一致性相结合，差异闯进这种单纯的同一里来破坏它，于是就产生平衡对称。""如果只是形式一致，同一定性的重复，那就还不能组成平衡对称，要有平衡对称，就须有大小、地位、形状、颜色、音调之类定性方面的差异，这些差异还要以一致的方式结合起来。只有这种把彼此不一致的定性结合为一致的形式，才能产生平衡对称。"（《美学》第一卷，第174页）在自然界中就存在这样的辩证法则。

关于这样的思想，我们的前人也已认识到了，不过多是以阴阳之道为根源。《易》中关于太极生两仪、两仪生四象之说即可视为此之源头。清人曾国藩在《送周荇农南归序》中云：

> 天地之数，以奇而生，以偶而成。一则生两，两则还归于一。

一奇一偶，互为其用，是以无息焉。物无独，必有对，太极生两仪，倍之为四象，重之为八卦，此一生两之说也。两之所该，分而为三，淆而为万，万则几于息矣。物不可以终息，故还归于一。天地细缊，万物化醇；男女构精，万物化生，此两而致于一之说也。一者阳之变，两者阴之化。故曰一奇一偶者，天地之用也。文字之道，何独不然。(《曾国藩全集·诗文卷》)

曾国藩的这种观点在李兆洛《骈体文钞序》中也有更明确的阐述：

天地之道，阴阳而已。奇偶也，方圆也，皆是也。阴阳相并俱生，故奇偶不能相离，方圆必相为用。道奇而物偶，气奇而形偶，神奇而识偶。孔子曰："道有变动，故曰爻，爻有等，故曰物，物相杂，故曰文。"又曰："分阴分阳，迭用柔刚。"故《易》六位而成章，相杂而迭用。文章之用，其尽于此乎！

前人这些论断充分说明了人们认识到自然界中客观存在着一种对立对应的自然法则，这是不以人们的意志为转移的必然存在，只是许多人尚未觉察。诚如《冷斋夜话》引东坡所云："世间之物，未有无对者，皆自然生成之象。虽文字之语亦然，但学者不思耳。"

自然界中的对立对应事物，必然在语言词汇中有所反映，或者说，必然记录这些客观事物的名词体现了这种特性。兹举例说明之。

1. 对立的事物	2. 对应的事物
A　单音节	A　单音节
天—地	风—雨

阴—阳

阴—晴

河—岸

方—圆

内—外

水—火

寒—暖

南—北

曲—直

长—短

高—低

昼—夜

远—近

B 双音节

万里—咫尺

千年—瞬间

天空—大地

新年—旧岁

昨夜—今晨

高山—低谷

远山—近水

光明—黑暗

西园—东馆

朝阳—落日

江—海

花—草

山—峰

春—秋

云—雾

赤—橙

楼—台

芳—香

泉—河

池—馆

田—园

月—露

耳—目

B 双音节

平原—山川

春草—秋风

锦衾—罗衣

金石—骨肉

碧色—绿波

明日—光阴

翡翠—流苏

夏日—秋天

寒水—秋风

金屋—兰宫

丽日—阴雨	玉管—锦瑟

这些从历代骈文中摘选出的例子说明，大自然里存在的对立对应事物正是骈文的描摹对象，也为骈句的构造提供了客观物质材料。

二、社会人生的对立对应法则

大千世界的对立对应法则不仅存在于自然界中，也存在于人类社会之中。在丰富的社会人生中同样也有各种存在形式的对立对应法则。在人类社会的舞台上，扮演了无数的历史、无数的悲剧或喜剧或正剧的人生，同样也造就了这样既抽象又具体的事物。它们是社会人生的必然伴随物，也成了骈文摹写的对象。关于这个方面的内容，我们亦可从历代骈文作品中寻找到许多例证。

1. 对立的事物	2. 对应的事物
A　单音节	A　单音节
功—罪	心—性
谦—满	忠—良
生—死	德—才
美—丑	强—盛
难—易	愤—怒
悲—喜	珍—贵
人—鬼	质—实
君—臣	贫—贱
文—武	疾—劳
兴—亡	情—意
老—少	悲—恨

贫—富

壮—弱

忠—奸

归—去

智—愚

送—迎

胡—汉

祸—福

B 双音节

忠良—奸邪

君子—小人

苍生—君王

老夫—少年

壮士—懦夫

治世—乱国

世俗—朝廷

美言—诈泣

得意—伤心

故里—异乡

牛郎—织女

凡人—仙子

华艳—朴质

明主—奸臣

京—都

玄—道

思—念

家—国

尧—舜

父—兄

欺—惑

浇—淳

B 双音节

逍遥—清旷

赵国—吴宫

精笔—妙墨

佳人—丽姬

玉环—飞燕

帝后—王孙

黎民—百姓

迁客—骚人

时运—命途

社稷—家邦

百龄—千载

仁政—王风

稼穑—征戍

宫室—苑囿

可以看出，在社会生活、人生命运中，总存在或对立或对应的事物。这些现象的客观存在，为骈文提供了摹写的内容与材料。

当然，只具备以上这一条件是不能产生骈文的，因为它对中西文化都是等量存在的，绝非中国文化所独有。摹写对象仅提供了潜在的可能，须与其他三个条件配合才能具有现实的可能。

第三节　从摹仿机能看骈文产生的心理基础

一、摹仿机能是人类的天性

在文学起源问题上，一些先哲们已做过探讨。马克思认为文学最终起源于劳动，但他也谈到人与自然关系的问题。他指出："从理论领域说来，植物、动物、石头、空气、光等等，一方面作为自然科学的对象，一方面作为艺术的对象，都是人的意识的一部分，是人的精神的无机界，是人必须事先进行加工以便享用和消化的精神食粮……在实践上，人的普遍性正表现在把整个自然界——首先作为人的直接的生活资料，其次作为人的生命活动的材料、对象和工具——变成人的无机的身体……动物只生产自身，而人再生产整个自然界。"（《1844 年经济学哲学手稿》，《马克思恩格斯全集》第 42 卷，第 95-97 页）马克思精辟分析了人与自然界的关系，指出了人与自然是和谐的，自然是人的生命的一部分，特别是作为艺术的对象存在的一部分。就艺术领域而言，人对自然是"再生产"的关系，通过加工自然而使之成为人类自我享用的精神食粮。那么，人类是如何"加工""再生产"的呢？马克思并未具体解释。摹仿，是先人们提出的一种解说。

古希腊的文艺理论家亚里士多德最早提出了著名的"摹仿说"。他在《诗学》第四章中指出："一般说来，诗（指文学——笔者）的起源仿佛有两个原因，都是出于人的天性。人从孩提的时候就有摹仿的本能(人和禽兽的分别之一，就在于人最善于摹仿，他们最初的知识就是从摹仿得来的)，人对于摹仿的作品总是感到快感。……摹仿出于我们的天性，而音调感和节奏感（至于'韵文'则显然是节奏的段落）也是出于我们的天性。"英国科学家达尔文从科学考察的角度得出同样的结论，他在《人类的由来》一书中通过人类进化过程的考察，指出："就人说，摹仿的原则是很强有力的，而根据我所目睹的一些情况而言，野蛮人尤其如此。"(《人类的由来》，第109页）这里的"野蛮人"指文明程度很低的远古人类。二位哲人的基本精神就是，人类具有摹仿的本能，并能从摹仿中获得快感。

那么，人类是采取什么方式来摹仿的呢？亚里士多德指出："摹仿所用的媒介不同，所取的对象不同，所采的方式不同。有一些人（或凭艺术，或靠经验)，用颜色和姿态来制造形象，摹仿许多事物，而另一些人则用声音来摹仿；同样，像前面所说的几种艺术（指史诗、悲剧、喜剧、酒神颂和双管箫乐、竖琴乐——笔者)，就都用节奏、语言、音调来摹仿，对于后两种，或单用其中一种，或兼用两种……而另一种艺术则只用语言来摹仿，或用不入乐的散文，或用不入乐的'韵文'，若用'韵文'，或兼用数种，或单用一种……"(《诗学》第一章）应该说，亚里士多德对摹仿机能和方式作了清楚的表述。

其实，摹仿说并不像后来有些诘难的人所理解的那样简单，而是更内在深刻。邓福星在《艺术前的艺术》一书中通过对史前艺术的研究后，指出："摹仿，不能仅仅看成是创作过程中单纯的方式、方法、手段，从根本上说，它是人类比较原始的一种心理倾向和心理机能。只有就此而言，摹仿对于艺术的起源才有更加深刻、更近本质的内在意义。”（《艺术前的艺术》，第35页）其实，人类的摹仿机能是在人类演化过程中从动物身上带来的，这种说法似乎有损人类的形象，而恰恰是真理。邓福星又指出：“人类近亲猿猴、猩猩所表现出的摹仿能力是对这种人与动物连续性的证明。亚里士多德所以把人的摹仿能力说成是出于天性，其实是关于人对动物‘心理特质’继承性的模糊表述。”（《艺术前的艺术》，第36页）这样的理解是合乎实际的，并揭示了其深层的内蕴。应该特别指出，不能把摹仿理解成机械的、简单的复制、重复，而应理解为驻守在人类心理深层的一种机能和倾向，它通过主体的活动来实现，并体现在一定外在的物质形式上或某种行为的过程中。

摹仿这种心理深层的机能，正是骈文产生的内在心理基础。这个问题是为人所忽略的。

二、骈文与摹仿机能

就具体表现而言，骈文对自然界与社会生活中对立对应事物的摹写是摹仿自然（广义）的反映，骈文的形式特征——对称——也是对自然摹仿的反映。

人类初始的艺术都是融注在人类生活之中的。现今已发掘出土的远古社会的生活用品，如陶罐、瓦盆、钟鼎及发现的壁画，从中可以看出，最早的艺术如装潢、人体装饰，无论是摹仿自然界中的飞禽走兽、鱼木花草，还是抽象的几何图形，都有一个共同的特点，即注重对称的比例关系。格罗塞在《艺术的起源》一书中通过对诸原始艺术的研究分析，指出：“在这许多不同的装饰形式中，已足够指示美的原则来。它们正和主宰各文化阶段的身体装饰的原则相同——就是对称和节奏。对称是随顺身体性质的，节奏是随顺饰品性质的。身体的对称形式，使他不能不作对称的装饰。实际上，不论是原始民族的固定或活动的装饰，都是用对称式的，除非在某种情形之下，想从有些使人不测和不安的不对称求得一种可笑的或可惊的效果。”（《艺术的起源》，第77页）“对称的原则自有其直接而广大的基础，因为没有一个民族间会没有对称的艺术的……”（《艺术的起源》，第115页）这种对称的原则为什么具有普遍性呢？那是艺术发展过程中必然要走过的一步，是人类从自然中领悟的真谛，是人类对自然的一种摹仿。格罗塞也告诉了我们关于他的研究结论：“既然节奏的原则是由工艺上摹拟出来的，则另种主要的形式上的原则——对称——也可推断是由于对自然界的摹拟了。我们已经明了，原始的装潢艺术，多应用自然的实物，尤多用人类和动物的形式。自然界中的实物都是两端的形状对称的，所以摹拟自然的艺术上的图形也成了是对称的。”（《艺术的起源》，第114页）徐一青、张鹤仙在《信念的活史：文身世界》一书中，通过对文身文化的研究也得出了同样的结论。可见，对称的原则是摹仿自然的结果，是初民创造艺术的共同心理倾向。

骈文的基本原则是对偶，不是排比，或是其他。对偶就是一种对称的形式。对偶的形式也是摹仿自然的结果。首先，它是对人体自身的摹仿。人体的自身以鼻、嘴、肚脐、会阴为中轴线，所有的肢体、外部器官都是对称的，双耳、双眉、双眼、双肩、双手、双腿、双脚，通过对称达到了一种匀称、平衡。正如马克思在《1844年经济学哲学手稿》中所说的：“人也按照美的规律来建造。”“并且懂得怎样处处都把内在的尺度运用到对象上去。”“人不仅像在意识中那样理智地复现自己，而且能动地、现实地复现自己，从而在他所创造的世界中直观自身。”（《马克思恩格斯全集》第42卷，第97页）马克思深刻地揭示了人的这种倾向。从某种意义上说，人的摹仿是一种高层次的升华。骈体的对偶也是人通过语言的形态“复现自己”，把“内在的尺度运用到对象上去”的一种方式。刘勰正是这样认识骈文的产生的。他所说的“造化赋形，支体必双”（《文心雕龙·丽辞》）正是从人身上看到了摹仿的对象。清人袁枚也认为骈文是摹仿的心理机能所致：“文之骈，即数之偶也。而独不近取诸身乎？头，奇数也；而眉目，而手足，则偶矣。而独不远取诸物乎？草木，奇数也；而由蘖而瓣萼，则偶矣。山峙而双峰，水分而交流，禽飞而并翼，星缀而连珠，此岂人为之哉！”（《胡稚威骈体文序》，《小仓山房文集》卷十一）他从人及物，认为骈文是对人和自然的摹仿的结果，这种解释是符合事实的。

综上所论，探讨骈文的产生，不可忽略其心理基础。其心理基础就是人的摹仿机能。

第四节　传播的需要是骈文产生的外在动因

一、传播与文化

传播学是随着新闻事业日益发达而兴起的一门科学，主要探讨信息传播的有关媒介、手段、时效、方式、效果等问题。在现代社会中，信息越来越成为一项重要的资源，它可以创造价值，而传播却不仅是新闻的事情。可以说，整个文化都与之有关。就现代社会来说，一种时装款式的大流行在某种意义上可以说是传播作用的结果，一种文风、诗风、画风的影响力也离不开传播的作用，甚至一个作家的知名度也离不开传播的帮助。当然，一种文体的流播也是离不开传播的作用的。

在现代社会如此，在古代社会更是如此。白居易在日本的知名度以及对当时及以后日本诗坛的影响，如果离开了日本遣唐使的输入之功和中国高僧们的输出之功，是不可能的。柳永在当时就使西夏各地“凡有井水处即能歌柳词”，这种广远的影响力，使身居相位的晏殊也望尘莫及，这首先得助于歌妓的传播。李白寻名山、访大川，在走遍神州的同时，也使其诗篇和诗名流传开了。宋代的活字印刷革命使传播技术大大改进，因此，宋人流传下来的文章诗作就比唐人远甚。这些例子都可以看出传播之于文化的重要性。可以说，文化与传播关系密不可分。因此，在考察文化起源时，应从传播的角度加以深究。否则，这种考察仍是不全面的，对骈文产生及起源的考察亦是如此。

二、口耳传播方式需要骈体

从书写材料角度划分，中国古文化经历了甲骨（钟鼎）时代、竹简（绢帛）时代、纸张时代三个时期。这是一个大致的划分。前两个时期基本是以刀为工具铭刻（钟鼎文虽为铸造而成，但铸模也是事先雕刻的；绢帛用笔书写，但用者寥寥），后一个时期则以毛笔为工具蘸墨书写。自东汉蔡伦发明纸张后，中国文化发展的步履就快了。甲骨文时期主要是夏、商、西周三朝。夏朝约五百年，商朝约五百年，西周约三百年，共一千三百多年的历史。竹简（绢帛）时代主要是东周（春秋战国）和秦、西汉，共约七百多年。可以说，自有可考的历史以来，两千多年的漫漫岁月，中国文明是在甲骨、钟鼎、竹简、绢帛这些极原始或极昂贵的书写材料中度过的，它们也深深影响了文明的发展进程。特别是在甲骨时代，人们书写过程之艰难就可想而知了。由于书写材料的昂贵、书写过程的艰难，因此，无论是甲骨、钟鼎，还是竹简、绢帛，都难以成为普遍的传播材料工具。这就首先要求文字简约、有一字千金之功。

事实上，口耳传播是这两个时期的主要传播方式。这种传播方式很难保证内容的稳定性和准确性。而要使信息传播的空间范围广远，使其内容的变形系数降到最低限度，这样，整齐的句式和对偶句法的运用就很必要了。关于这种文化传播方面原因，前人也已意识到了。清人阮元已指出："古人无笔砚纸墨之便，往往铸金刻石，始传久远，其著之简策者，亦有漆书刀削之劳；非如今人下笔千言，言事甚易也。许氏《说文》：'直言曰言，论难曰语。'《左传》曰：'言之无文，行之不远。'此何也？古人以简策传事者少，以口舌传事者多；以目治事者少，以口耳治事者多。故同为一言，转相告语，必有愆误。（原注：《说文》：'言，从口从辛，辛，愆也。'）是必寡其词，协其音，以文其言，使人易于记诵，无能增改，且无方言俗语杂于其间，始能达意，始能行远。"(《文言说》，《揅经室三集》卷二）阮元对骈体产生的文化传播方面原因的解释是令人信服的。

阮元在《数说》中解释"数"的起源时，实际上为他在《文言说》中提出的观点做了注脚。他说："古人简策繁重，以口耳相传者多，以目相传者少，是以有韵有文之言，行之始远。不第此也，且以数记言，使百官万民易诵易记，《洪范》《周官》尤其最著者也。《论语》二十篇名之曰'语'，即所谓'论难曰语'，'语'非文矣。然语虽非文而以数记言者，如'一言''三省''三友''三乐''三戒''三畏''三愆''三疾''三变''四教''绝四''四恶''五美''六言''六蔽''九思'之类，则亦皆口授耳受心记之古法也。秦汉间伏生《尚书》《公羊春秋》传经说经，尚复全以口授，数传之后始著竹帛，复何疑于简策之少，记诵之多哉！古人简策在国有之，私家已少，何况民间？是以一师有竹帛，而百弟子口传之，非如今人，印本经书，家家可备也。”（《揅经室三集》卷二）古人对于传播之艰难的体验远甚于信息时代的今人，作为古人的阮元的正确分析应更受到今人的重视。近人章太炎在《文学总略》中也有分析：“古者简帛重烦，多取记忆，故或用韵文，或用耦语，为其音节谐适、易于口记，不烦记载也。战国纵横之士，抵掌摇唇，亦多积句，是则耦丽之体，适可称职。”

可以说，上古时期的社会生活方式和文明发展进程，使骈体的产生成为一种可能。因为在口耳传播的时代，一切靠记忆，“记忆首先在原逻辑思维中起着比在我们的智力生活中大得多的作用”（列维-布留尔《原始思维》第三章，第103页）。为了加强记忆，一定要文其词，其方式则是选择对偶的形式，这样富有节奏感，而且把内容相近的话或相对立的话作为一个骈偶文句，则充分发挥了人类思维中的联想性。这样，为了这种现实功利目的的需要，或者说，由于这种实用功利目的的刺激，加之前文所述其他三种原因的综合作用，骈文的产生就成为现实的可能。

关于这一点，我们在最古的文献中可以找到许多佐证。如《易》中的《乾·文言》据说是孔子所作，其中就多骈偶句法、对偶之章。譬如“君子体仁足以长人，嘉会足以合礼”“利物足以和义，贞固足以干事”“乐则行之，忧则违之”“闲邪存其诚，善世而不伐”“居上位而不骄，在下位而不忧”“同声相应，同气相求”“云从龙，风从虎”“本乎天者亲上，本乎地者亲下”“贵而无位，高而无民”“知存而不知亡，知得而不知丧”，等等，都是有意识地运用骈句来传播圣人之言。又如《尚书》是现存最早的文献之一，其中记言部分多用骈句构成，如“以亲九族，九族既睦；平章百姓，百姓昭明”(《尧典》)，“用罪伐厥死，用德彰厥善”(《盘庚》)，“慎徽五典，五典克从；纳于百揆，百揆时叙”(《舜典》)，“皇天无亲，惟德是辅；民心无常，惟惠之怀。为善不同，同归于治；为恶不同，同归于乱”(《蔡仲之命》)，“穆穆在上，明明在下”(《吕刑》)等，这些都是用骈偶句法的。古代早期的文献多是当时哲人领袖的话，这些话具有人生的某种指导性。它们是人生经验的总结、概括。

在人类文化中，我们可以看到这样的一个事实，在民间，特别是不太发达的地区或民族的民间，常有许多箴言、谚语。这些箴言、谚语多是人们对生活道德标准的约束，对生产经验、社会经验的总结，它们在民间广泛流播，在一定程度上对人们的生活生产具有指导性意义。这些箴言、谚语在语言形式上有一个特点，即多用对仗手法，比如“江山易改，本性难移”“良药苦口，忠言逆耳”“擒贼先擒王，斩草须除根”，等等。实际上，在各个民族早期先人的言论集中，许多就是当时人们流传的这类谚语、箴言的总结、概括和汇聚。因为，“文化是依靠个人而存在下去的”（基辛《当代文化人类学概要》第六章第十四节），先哲的言论其实正是他们所处时代的文化的集中反映，这些先哲正是作为一种文化载体而存在的。

早期社会以箴言、谚语的形态传播知识、经验，这种情形在中外都是如此，并且也多以对仗的形式出现。以犹太民族早期的文化结晶《旧约全书》为例，其中的《箴言》就有很多是当时人们的道德指南和生活经验的总结。其中多以对仗的形式出现，这样的例子俯拾即是。虽然原文是希伯来文，但汉译的这部文化经典也忠实于原文的句法，如：“愚昧人背道，必杀己身；愚顽人安逸，必害己命。”（第一章）“正直的人纯正，必引导自己；奸诈的人乖僻，必毁灭自己。”（第十一章）“回答柔和，使怨消退；言语暴戾，触动怒气。”（第十五章）等等。在被汉族人视为五种经典的《诗》《书》《礼》《易》《春秋》中，就有不少这种以对仗形式出现的句子，这些句子多具有箴言性质。如前面引述的《易·乾·文言》中的例子。这种箴言式的句子要在民间容易流播，就需要运用骈偶的形式。正如范文澜在《文心雕龙注》中所说：“古人传学，多凭口耳，事理同异，取类相从，记忆匪艰，讽诵易熟，此经典之文所以多用丽语也。”当然，他把“传学”作为唯一内容则嫌狭窄了。姜书阁在《骈文史论》中指出：“最早的丽辞必先存在于口语、俗谚，而不会是起于‘古人传学’。口语、俗谚成为人民口耳相传的治事传事的格言，古今这类成语，往往多是对偶俪语。”（《骈文史论》，第18-19页）

综前所论，我们认为，上古时期口耳传播方式也是骈体产生不可或缺的重要原因。

第四章　骈文的结构形式与句型模式

第一节　骈文的结构形式

一、结构体制：起、铺、结

骈文是一种“美文”形态，十分讲究形式美。这种形式不仅表现在对偶、声律、用典、藻饰上，还表现在文章的篇章结构上，这种篇章构架就是骈文的结构体制。

结构体制，古代又称为“制”。《四六金针》首先提出了骈文的“制”，认为骈文的结构体制可以分作五个步骤，即“起”“承”“中”“过”“结”。所谓“起”就是破题，“承”就是解题，“中”就是“述德或在作入事”，“过”就是“自述或在述德之前”，“结”就是“述意”，并说明这是“四六制大概，此其准也。其余各具于式，变换为之，或不用解题，或不用自叙，或变自叙为叙他人，此又随题变换者也”。就是说，以上所列的五种规制只是一般形态，由于各种具体文体的不同，还有些变化。《四六金针》列了十三种，称为“式”，兹举数条如下：

诏

多用散文，亦有四六者，今代四六诏文赦书，多作三段：一破题，二入事，三戒敕，或奖喻，或奖劝。

诰

多用散文，亦多用四六，今代词头宣命，多作三段：一破题，二褒奖，三戒敕，或奖喻封赠，则用慰喻。

表

谏表、论事表、请表、陈情表、陈乞表、荐表，皆用散文。贺表、谢表、进表，皆用四六。贺祥瑞表四段：一破题，二解题，三颂圣，四述意。贺正旦、冬至、圣节、登极、册后、建储等表，皆三段：一破题，二颂圣，三述意。谢官、谢赐、杂谢表皆四段：一破题，二自述，三颂圣，或颂圣后自述，四述意。进书表：一破题，二解题，或自述，三颂圣，四述意。进贡物表：一破题，二颂圣，三入事，或先入事，四述意。

露布

出师胜捷播告之文：一冒头，二颂圣，三声罪，四叙事，五宣威，六慰喻。出师喻众之文：一冒头，二声罪，三颂圣，四论理，五宣慰，六招慰。

启

人间通问之辞。谢启：一破题，二自述，三颂德，四述意。通启：一破题，二颂德，三自述，四述意。陈献启：一破题，二入事，三颂德，四述意。定婚启：一合姓，二入事，三述意。聘婚启：一破题，二入事，三述意。贺启：一破题，二入事，三颂德，或从入事，四述意。小贺启：一破题，二颂德，三述意。

疏

请疏：一破题，二颂德，三述意。劝缘疏：一破题，二入事，三述意。

这个总结在当时来说应属有较高理论水平的了，但今天看来仍有不少缺陷。一是所统列的文体只限于一些实用性很强的应用文体，而且即使应用文体也未全包括进去，像碑志、诔祭、箴铭、书等，都未列举，文学型的骈文更是没有任何涉及，如赋、序等都被拒之门外，这样就使其分析的涵盖面太窄。二是分析方法受桐城派及八股文格式的影响很大，把八股制义那种破、承、起、比（提比、虚比、中比、后比）、结的范式借用了过来。或者说，所总结的正是清代受八股影响的应用骈文。但提出的“起”“承”“中”“过”“结”的“五式说”还是有一定意义的，对今天研究骈文的结构体制不无启发性。对具体的几种文体的结构体制的总结亦尚称妥帖。

由于骈文是从修辞学角度划分出的类别，而其包括的文体既有文学型的，也有准文学型的，还有非文学型的，比较复杂多样，要总结出一套能涵盖如此广大范围的程式、体制，确实不易。而且各个时期骈文发展的形态不一，稍有差异，所以总结其结构体制，应以成熟期为标准。

骈文的结构体制可以归结为三段式：一曰起，二曰铺，三曰结。

所谓起，即开头的话，它可以是破题，亦可以是导语式的话，或是引出正文的引语。它只是正文的过渡性句子或段落，有一定的叙述性，或散体，或骈体，因各篇具体情况而有别。应用型骈文的"起"稍长，需交代的内容较多。如丘迟的《与陈伯之书》的"起"："迟顿首，陈将军足下，无恙。幸甚幸甚。"此为散体，起引入正文之作用。而非应用型骈文则稍短，因需交代的内容较少之故。如江淹的《别赋》之"起"是导语式的："黯然销魂者，唯别而已矣！"这是以破题作"起"，简洁明快，是"起"的优秀例子。有的文学型骈文（如骈赋）需交代较多的背景，则在文前加以"序"，这个"序"的作用即为"起"，正文就可直接进入"铺"了。如庾信的《哀江南赋》前就有一长篇序，叙作赋之由，它以骈体行文，是作"起"之用的。但它本身又可独立为一篇骈文。

"铺"，即铺衍正文。这是骈文的主体结构。它既可是应用型骈文中的颂赞、述事，也可是文学型骈文中的写景、抒情，也可是准文学型骈文的叙述、礼赞。这一部分骈文铺采摛文，铺张扬厉。这是作者施展才华的天地。大量的藻饰，工整的对仗，精妙的声律，深雅的典事，主要是在这一部分运用。在这部分里，各种句型往往穿插运用，相映生辉，能充分展示作者驾驭语言的娴熟技艺。最能体现作者的艺术水平和骈文特点的也就是这一部分。在篇幅上，它占据了全文的绝大部分。由于篇幅较长，因此要求文章在笔势上要避免平直、达到有张有弛。张处节奏稍快，多为铺尽华丽辞藻、典事；弛处多用叙述句，较少用典事、丽辞，有时还夹用几句散体，恰似紧张旅途中的小憩。这种张弛变化有时通过句式的变换来达到，如在以短句子为主的一段夹用一两句长联句则起到调节文章气势张弛的作用。这种张弛变化有时又通过文章的语气变换或叙述描写角度的变换来达到。全文正是通过张弛交替，来达到一种完美的艺术境地。

“结”即煞尾、结束。一般来说，“结”宜干净利落，不拖不沓，既能总结全文内容又能简短明快。好的“结”有一唱三叹之效，令人回味无穷，如江淹的《别赋》之“结”：

> 赋有凌云之称，辩有雕龙之声。谁能摹暂离之状，写永诀之情者乎？

这个“结”则达到上述的功能，总结全文，点出题旨，最后以反问句收束全篇，余音绕梁之味，油然而出。骆宾王的《为徐敬业讨武曌檄》的“结”则坚毅刚强，义正词严，表现了与武则天斗争到底的信念：“请看今日之域中，竟是谁家之天下！”雄浑有力，震动山河。这样就加强了其号召力。而王勃的《滕王阁序》则以通篇对仗的诗作“结”，更显余韵不尽：“滕王高阁临江渚，佩玉鸣鸾罢歌舞。画栋朝飞南浦云，珠帘暮卷西山雨。闲云潭影日悠悠，物换星移几度秋。阁中帝子今何在？槛外长江空自流。”诗巧妙概括全篇，又引出人生有限宇宙无穷的感慨，可谓精妙绝伦，技高一筹。

综上所述，我们可以把骈文的结构体制归纳如下表：

段式	起	铺	结
作用	1. 破题 2. 导语 3. 引语	1. 文章主体结构 2. 铺衍正文 3. 颂赞、述事、描写景物、抒情等内容	收束全篇 总结全文
形式特点	1. 或骈或散 2. 有的骈赋可独立为序	1. 张弛交换并举 2. 各种句型交互 3. 大量的丽辞、典事、对仗、声律	简洁明快

二、游离构形：领、衬、夹

骈文的文气以流畅而不板滞、生气勃勃为上，章法以起伏变化又浑然天成为上。要达到这样的目的，除整体结构安排要妥帖外，还须注意领、衬、夹诸技艺问题。领、衬、夹诸作用的词语都是游离于骈体之外的，然而是骈文结构形式中不可缺少的，我们称之为游离构形。

1. 领

领者，导也，起也，即导引文章向新的方面发展。这种导引作用往往通过领字来完成。领字在骈文中有领起下文的作用。它是文章文气变换的调节，往往领起另一个层次。领字多为一至两个字，以虚词为多，很少用一句话的。如常用的“嗟乎”“呜呼”即为这种领字，通过感慨而引起另一个层次。以王勃《滕王阁序》为例，用到“嗟乎”处一次，用到“呜呼”处亦一次，均为领起下文之作用。如用“嗟乎”处的上下文是：

关山难越，谁悲失路之人；
萍水相逢，尽是他乡之客。
怀帝阍而不见，
奉宣室以何年。
嗟乎！
时运不齐，
命途多舛。
冯唐易老，
李广难封。

通过“嗟乎”的关联，后一段的意思就比前一段有了深化，有了另一重感思，把因眼前景引发的羁旅之思升华到人生与历史的感怀。又如该文用“呜呼”处的上下文为：

杨意不逢，抚凌云而自惜；
钟期既遇，奏流水以何惭。
呜呼！
胜地不常，
盛筵难再。
兰亭已矣，
梓泽丘墟。

同样，“呜呼”也是起引领下文的作用。通过“呜呼”之连接，把知音难遇之意引领到历史岁月的追思之中。

骈文的领字与词的领字有些差别。词的领字多为动词、副词、介词。如“念去去，千里烟波”（柳永《雨霖铃》）之中的“念”，“渐霜风凄紧，关河冷落”（柳永《八声甘州》）之中的“渐”，“对长亭晚，骤雨初歇”（柳永《雨霖铃》）之中的“对”，等等。骈文的领字则除多为叹词外，还有连词、发语词、代词、名词、介词、动词、谦词等。像“夫”“若夫”“且夫”“且”“故”是最为常用的，比如沈约的《桐柏山金庭馆碑》中的几段：“夫生灵为贵，有识斯同。道秂云及，终天莫反。故仙学之秘，上圣攸尊。”这是开头一小段。“若夫上玄奥远，言象斯绝”“且禁誓严重，志业艰劬”中的加点字则为领起的助词和连词。又如江淹《恨赋》很善用领起之法，每一层次的深入、变化关系都是以领字发挥作用的。且看：

至如秦帝按剑，诸侯西驰……

若乃赵王既虏，迁于房陵……

至如李君降北，名辱身冤……

若夫明妃去时，仰天太息……

至乃敬通见抵，罢归田里……

及夫中散下狱，神气激扬……

或有孤臣危涕，孽子坠心……

若乃骑叠迹，车屯轨……

虽然形式各不相同，意思却一样，都是领起下文的。主谓短语也是常见的领起字，如王融《求自试启》多以“臣闻”为领字，譬如：“臣闻春庚秋蟀，集候相悲；露木风荣，临年共悦。”

总之，领字在骈文中是不可缺少的。单靠对偶的骈体达到层次的流畅连贯不易做到，所以须有领起的文辞。正因为如此，领字从骈文产生即存在，不管各个时期骈文的变化如何，都离不开领字。它是骈文结构形式中一个不可忽略的方面。领字以叹词、连词、发语词等词类使用频率最高。它们在骈文作品中具有调节文气、推进层次展开等不可替代的作用。

骈文作品中常见的领字可列表如下：

词　性	词　　例
发语词	夫、若夫、若乃、若、乃
连　词	且、故、而、则、至如、至于、及夫、或有、或乃、是以、况、既而、于是
叹　词	嗟乎、呜呼、已矣哉、噫、噫嘻
代词（+动词）	臣、臣闻、臣等、其后、吾闻夫、吾想夫
名　词	方今、昔
谦　词	伏惟、门下
动　词	闻夫
介词（介宾短语）	于时、于是、自

2. 衬

衬者，托也。在骈文中它有过渡文章内容、转接文气的辅助作用，同时具有填充一部分用骈句难以叙述或不必用骈句叙述的内容的作用。因此，它的存在是为衬托文章的流畅发展。

我们把在骈文中起衬托作用的非骈体文字称为衬字。衬字可以是一个字、若干个字，有时是一句话。衬字与领字的区别在于，领字只起引领下文的作用，而衬字往往以填充或补充句子内容为主。如王勃《滕王阁序》中的两句“勃三尺微命，一介书生”中的“勃”即为衬字，它填充的内容是补充主语以使文句完整、圆满。当然，它同时也有领起下文的作用。又如该篇中的“所赖君子安贫，达人知命”，其中的“所赖”二字亦为衬字，补充所衬二句的意义。王勃的另一篇《益州夫子庙碑》中的两句“国家袭宇宙之淳精，据明灵之宝位”，其中“国家”二字亦是衬字，作补充主语用。又如沈约的《桐柏山金庭馆碑》中“高宗明皇帝以上圣之德，借宗玄之念”也用了衬字，即开头的五字。又如丘迟的《与陈伯之书》中的“圣朝赦罪责功，弃瑕录用”，其中的“圣朝”亦是衬字，补充主语。这是衬字最常见的方式。又比如骆宾王《为徐敬业讨武曌檄》的开头：“伪临朝武氏者，性非和顺，地实寒微”，也有兼语式的衬字，既作主语，又作宾语。如江淹的《别赋》：“使人意夺神骇，心折骨惊。”“使人”是使动短语，“人”既是主语，又是宾语，它是一个兼语式。

总之，衬字以补充主语为其特征，其作用主要是完成句子的表达完整性。

3. 夹

夹者，夹用散体句之谓也。骈文并不是没有一句散体句。有时，骈句难以完成某些叙述内容；有时，有的内容由散句来叙述比用骈句的表达效果更好；而且，夹用散句可以疏通文气，使之更流畅。像中唐时期和宋代的骈文就多有意识夹用散句。一般来说，夹用散句的目的是避免通篇骈句带来的文气不畅。因此，散句的使用是有限的，一般不超过全篇的四分之一，否则，就很难说是骈文了。大多数夹用散句多分别各处使用，每处以一句为多，也有用二句或三句的，个别作者也有用至四五句的，最多达七八句，但极少见。

我们通过一些例子来看一下。王勃的《益州夫子庙碑》为记孔庙之文，其中就采用了“夹”的游离构形方式。如开头一段：

> 夫子姓孔氏，讳丘，字仲丘，鲁国邹人也。帝天乙之灵苗，宋微子之洪绪。自玄禽翦夏，俘宝玉于南巢；白马朝周，载旌旗于北面。五迁神器，琮璜高列帝之荣；三命雄图，钟鼎冠承家之礼。商丘诞睿，下属于防山；泗水载灵，遥驰于汶上。礼乐由其委输，人仪所以来苏。排祸乱而构乾元，扫荒屯而树真宰。圣人之大业也。

这里开头四句十五字即为散体句。介绍孔子这段文字难以用对偶文辞来表述，故以散体出之。结尾处的一句六字亦为散体句，是总结上文、点明要旨的，用散体更有强烈的表达效果，通过奇来反衬偶，达到了烘托之效。王勃在这篇庙碑文中的每一段结尾处，都以这样夹用散体句的形式来表现。其他几处结尾的散句分别是“圣人之至象也”“圣人之降迹也”“圣人之成务也”“圣人之救时也”“圣人之立教也”“圣人之赞易也”“圣人之观化也”“圣人之应化也”“圣人之遗风也”，等等。

盛中唐的骈文多喜夹用散句，如李华《吊古战场文》是夹用散句较多者，以此表现其拗折郁愤的心情。且看其前半部分：

> 浩浩乎平沙无垠，敻不见人；河水萦带，群山纠纷；黯兮惨悴，风悲日曛，蓬断草枯，凛若霜晨。鸟飞不下，兽铤亡群。亭长告余曰：“此古战场也。常覆三军，往往鬼哭，天阴则闻。”伤心哉！秦欤汉欤？将近代欤？

吾闻夫：齐魏徭戍，荆韩召募，万里奔走，连年暴露。沙草晨牧，河冰夜渡。地阔天长，不知归路；寄身锋刃，腷臆谁诉？秦汉而还，多事四夷；中州耗斁，无世无之。古称戎夏，不抗王师；文教失宣，武臣用奇。奇兵有异于仁义，王道迂阔而莫为。呜呼噫嘻！

吾想夫：北风振漠，胡兵伺便；主将骄敌，期门受战。野竖旌旗，川回组练；法重心骇，威尊命贱；利镞穿骨，惊沙入面；主客相搏，山川震眩；声析江河，势崩雷电。至若穷阴凝闭，凛冽海隅，积雪没胫，坚冰在须；鸷鸟休巢，征马踟蹰；缯纩无温，堕指裂肤。当此苦寒，天假强胡，凭陵杀气，以相翦屠。径截辎重，横攻士卒；都尉新降，将军覆没；尸填巨港之岸，血满长城之窟；无贵无贱，同为枯骨，可胜言哉！鼓衰兮力尽，矢竭兮弦绝，白刃交兮宝刀折，两军蹙兮生死决。降矣哉，终身夷狄；战矣哉，暴骨沙砾。鸟无声兮山寂寂，夜正长兮风淅淅，魂魄结兮天沉沉，鬼神聚兮云幂幂。日光寒兮草短，月色苦兮霜白，伤心惨目，有如是耶？

在所引这三段中，随文章的起伏变化，较多地夹用散体句，特别是首段夹用更多。这些散句与骈句融为一体，虽为游离构形而无游离之感，达到了浑然天成的境界。散句的运用，使文章的文气灵活舒展，一脉贯注。

本来，骈与散并无优劣之分、高下之别，只是表达的方式不同而已。因此，骈文中夹用散句其实正是运用多种表现方式完善骈体的表达效果，是一种结构形式的局部变异形态。清人刘开说："夫文辞一术，体虽百变，道本同源，经纬错以成文，玄黄合而为采。故骈之与散，并派而争流，殊途而合辙。千枝竞秀，乃独木之荣；九子异形，本一龙之产。故骈中无散，则气壅而难疏；散中无骈，则辞孤而易瘠。两者但可相成，不能偏废。”（《与王子卿太守论骈体书》，《刘孟涂集·骈体文》卷二）这番精要之言正是揭示了夹用散句之法在骈文中存在的合理性和必要性。夹用散句在骈文的发展历程中是贯穿始终的，只是每个时期每个作家笔下表现的多少或形式有别而已。论骈文不能因夹用了一定的散句而诋毁其不工，否认其为骈文；如果这样，则是不了解骈文艺术的辩证法。

第二节　骈文句式的构造

骈文是一定规范化的文辞构成的篇章，那么这种规范化的文辞就有某种规律性。在这一节里，我们试图揭示骈文句式的构造特征和规律。骈文的基本句式大体有：骚体句、诗体句、叠字句、虚词句、箴体句、散体句等。这些虽然不能概括所有的骈文句式，却毕其精了。下面仅对其中一些句式加以分析。

一、骚体句

骚体句系自屈原《离骚》而来，是带“兮”字的句式，是从骚体赋带入骈文中来的。早期的汉赋受楚骚的影响产生了骚体赋。骚体赋在发展过程中逐渐骈化，这样，其他文体的骈文就从中有所摹仿、借鉴，因此，骚体句就被较广泛地引入骈文中，成为骈文的基本句式。

屈原作品中用荆楚之地的方言叹词“兮”（楚地方言作“些”）是其最大的语言特色，而其作品以《离骚》最具代表性，故后人常把带

“兮”字的诗赋文章称为骚体，所以也把带“兮”字的句式称为骚体句。在楚骚中，用“兮”字的句式有两种用法：

1. 用于出句结尾处。例：“帝高阳之苗裔兮，朕皇考曰伯庸。”“朝饮木兰之坠露兮，夕餐秋菊之落英。”“制芰荷以为衣兮，集芙蓉以为裳。”（《离骚》）

2. 用于两句的各句中间。例：“悲莫悲兮生别离，乐莫乐兮新相知。”（《少司命》）

前一种句式由于“兮”字附着于句子之后，因此造成出句与对句的字数长短不齐。在骈体借鉴骚体的过程中，“兮”字逐渐脱落，成为不像骚体的句式了，但仍可看出其祖源的痕迹。比如清人汪中的名作《哀盐船文》：“挟惊浪以雷奔（兮），势若阶而终坠。逃灼烂之须臾（兮），乃同归乎死地。积哀怨于灵台（兮），乘精爽而为厉。出寒流以浃辰（兮），目睊睊而犹视。知天属之来抚（兮），慭流血以盈眦。诉强死之悲心（兮），口不言而以意。”出句其实都是脱落“兮”字的骚体句，它的句式特点是多用“以”“而”“之”“于”等连词将两个动宾短语或两个主谓短语连接为一紧缩句子，或表示一种限定关系，成为一个定语修饰句。

在楚骚中，后一种句式（即两句的各句之中夹以“兮”字）的较少，而其中一个句子中间嵌以“兮”字的很多。这种句式对骈文的影响很大，后代的骚体句主要是由此演化而来的。中间嵌入“兮”字的句式在《离骚》中没有出现，主要在《九歌》中，有六言、七言两种形式，六言者如“浴兰汤兮沐芳”（《云中君》）、“采薜荔兮水中”（《湘君》），七言者如“怨公子兮怅忘归”（《山鬼》）。

骚体句对后代骈文的影响主要是在骈赋和碑志作品中。这种骚体句大体可分作如下两类：

（一）“兮”为句末后缀式

1. 名词短语+兮

这里的“兮”字纯为后缀，无语法意义，对句可以不加“兮”字。如祢衡《鹦鹉赋》：“惟西域之灵鸟兮，挺自然之奇姿。”其结构是“发语词+名词限定语+名词+兮”。又如王粲《登楼赋》：“惟日月之逾迈兮，俟河清其未极。”其结构是“发语词+名词+后置动词+兮”。

2. 主谓短语+兮

这种结构中的“兮”字同样为后缀，无语法意义。比如王粲《登楼赋》：“风萧瑟而并兴兮，天惨惨而无色。兽狂顾以求群兮，鸟相鸣而举翼。”阮籍《首阳山赋》：“凤翔过而不集兮，鸣枭群而并栖。”这两例的结构均为“名词+动词+而（以）+动词短语+兮”。这种结构在“兮”为末字后缀中较常用。

3. 动宾短语+兮

这种句式也较常用，动词短语中的宾语往往兼作后一部分的主语，如阮籍《清思赋》：“望南山之崔巍兮，顾北林之葱菁。”有的隔句对也无兼作主语之职，如唐代顾垂象的《题致仕武宾客嵩山旧隐诗序》：“吞露华兮，漱烟液而乐天和；吟酒赋兮，唱琴歌焉知帝力。”

（二）“兮”为句中嵌入式

这种嵌入式句式为骚体句中最为普通的用法，其嵌入往往与整句的表意功能无直接联系，少数有语助或连接功能，大多无语法意义。这类例子很多，如徐陵《鸳鸯赋》：“飞飞兮海滨，去去兮迎春。”江淹《别赋》：“织锦曲兮泣已尽，回文诗兮影独伤。”王勃《采莲赋》：“听菱歌兮几曲，视莲房兮几株。”梁元帝《荡妇秋思赋》：“秋风起兮秋叶飞，春花落兮春日晖。”鲍照《芜城赋》：“边风急兮城上寒，井径灭兮丘陇残。千龄兮万代，共尽兮何言。”从这些例子可以看出，“兮”字的嵌入使文句语气有了延宕舒缓的作用。应该指出的是，骚体句的运用以六朝的骈赋为多，唐以后则以碑志、赞颂作品为多，例如唐代吕温的《药师如来绣像赞》：“地万里兮天一极，往无由兮来不得。”又如宋代徐铉的《大宋左千牛卫上将军追封吴王陇西公墓志铭并序》：“俨青盖兮裶裶，驱素虬兮迟迟。即隧路兮徒返，望君门兮永辞。”骈文中的许多四言句、六言句多是骚体句变异的结果，是骚体句脱落“兮”字造成的。前面举汪中《哀盐船文》为例可以看出六言句从“兮”为后缀式的骚体句演化的结果。“兮”为嵌入式的骚体句亦然，如“飞飞兮海滨，去去兮迎春”这一联，当“兮”字脱落则变异为“飞飞海滨，去去迎春”的四言句。

二、诗体句

诗体句，指在节奏形式和字数上与近体七言、五言诗句形式同样的句式。这种句式在骈文中使用的频率不高，但因其有点缀、调节语言的作用或总结全文、收束全篇的功能，六朝骈文家比较喜用。这种句式大多也从《楚辞》中演化而来，像《离骚》中“众皆竞进以贪婪兮”之类的句式，去掉“兮”字即为七言诗体句。一般来说，诗体句的对仗可以很工整，也可以较任意。

诗体句以五言和七言两种形式为主。它既可以用于篇首，也可用于篇中，也可用于篇末。用于篇首者如庾信《春赋》：“宜春苑中春已归，披香殿里作春衣。新年鸟声千种啭，二月杨花满路飞。河阳一县并是花，金谷从来满园树。”用于篇中者如是篇：“绿珠捧琴至，文君送酒来。”“艳锦安天鹿，新绫织凤凰。”“树下流杯客，沙头渡水人。镂薄窄衫袖，穿珠帖领巾。”后者与后来的五绝很相近了。用于篇末者在《春赋》中也有表现：“百丈山头日欲斜，三晡未醉莫还家！池中水影悬胜镜，屋里衣香不如花。”这一节与七绝亦相差无几了。大概由于这种诗体句在齐梁时期还是很新鲜、很时髦的句式，所以在骈赋中经常运用，成为一种时尚。

诗体句由于其节奏的铿锵顿挫、明快顺畅，所以在发展过程中，文末的诗体句甚至独立为诗了，如王勃《滕王阁序》的末八句，即独立为后人所称的《滕王阁诗》了：

滕王高阁临江渚，佩玉鸣鸾罢歌舞。
画栋朝飞南浦云，珠帘暮卷西山雨。
闲云潭影日悠悠，物换星移几度秋。
阁中帝子今何在？槛外长江空自流。

这是用诗体句的形式对全文的总结与收束。六朝骈文中诗体句的句式对后来格律诗的形成是有影响的，这一点许多人尚未注意到。

三、叠字句

叠字句是指在句中运用了一处以上叠字的句式。叠字句多用来摹景、状物、拟声、拟情，具有渲染气氛、强化效果的作用。这种句式在《诗经》和《楚辞》中就有了，如《诗·小雅·采薇》：“昔我往矣，杨柳依依；今我来思，雨雪霏霏。”又如《楚辞·九歌·山鬼》：“石磊磊兮葛蔓蔓”“雷填填兮雨冥冥”“风飒飒兮木萧萧”。虽然叠字句在这些文学古籍中早已有了，但大多尚未以对仗的句式存在，而后来骈文的叠字句从此而来却是不可否认的事实。

我们可以从摹景、状物、拟声、拟情四个方面来看叠字句。

摹景是通过色彩、状态、声音等方面来描摹景色，有时它又与状物、拟声合为一体，比如梁元帝《荡妇秋思赋》："山则苍苍入汉，水则涓涓不测。"这个对句中，出句以"苍苍"叠字摹景，写山之青翠，对句以"涓涓"叠字状泉，写流水之细小、潺湲，通过叠字的作用使之鲜明、生动。又如该文中的另一叠字句："日黯黯而将暮，风骚骚而渡河。"前句以叠字写其昏暗貌，属状写气氛、环境，后句以叠字拟其声劲貌，也属状写气氛、环境。

状物既包括对物品形态的摹写，也包括对动作状态的摹写，如梁陈时代的沈炯有一篇《归魂赋》，其中一联："履峨峨之层冰，面飕飕之岩雪。""峨峨""飕飕"分别状写层冰和岩雪，是对物品形态的描摹。又如北齐祖鸿勋的《与阳休之书》："心悠悠以孤上，身飘飘而将逝。"这则是对某种心理、行为、动作状态的摹拟了。至于庾信《小园赋》"谅天造兮昧昧，嗟生民兮浑浑"亦是状物，不过这个"物"较抽象一些罢了。以叠字句来拟情者，如宋末文天祥的《贺赵侍郎月山启》："悠悠四顾于山河，落落一麾于江海。""悠悠"和"落落"均状写了其心中之情愫。

一般说来，由于叠字句主要用于摹景、状物、拟声、拟情，因此它大多在骈赋中使用，在应用性作品中使用不多，而且以六朝骈文用叠字句最多，唐以后渐少。这大概与六朝骈文尚华美之风有关。

第三节　骈文的句型模式

骈文的句型模式，指骈文在字数上形成的一套可替换内容的固定格式。这种格式是骈文形式的重要组成部分。研究骈文的形式结构，不可不研究骈文的句型模式。

骈文的句型之所以称为模式，说明它具有可替代性的特征。这种句型模式是骈文句子的基本单位。它可分为齐言单联型、齐言复联型、杂言复联型三大类。如四言对四言、六言对六言之类，即为齐言单联型模式；而两句四言或两句六言对两句四言或两句六言，则为齐言复联型模式；而四六相杂的句子对四六杂言句，则为杂言复联型模式。下面具体分析之。

一、齐言单联型

齐言单联型的句子，由于出句与对句节奏完全等同，因此一般具有流畅的节奏感，使骈文流转运行。其依字数的不同可以分作双三式、双四式、双五式、双六式、双七式、双八式、双九式、双十式、双十一式九种主要句型。其节奏既有偶顿，也有奇顿，或奇偶相间。

1. 双三式

双三式即出句三言对句三言的句型。一般为一、二或二、一节奏，都是奇偶相间。这种句型使用不是很多，可能因为节奏太短促，使文章行进速度过快，与骈文温文尔雅的文风不一致。比如鲍照的《登大雷岸与妹书》："智吞愚，强捕小。"这里是用一、二节奏。又如鲍照的《芜城赋》："当昔全盛之时，车挂轊，人驾肩。"亦是一、二节奏。用二、一节奏者如庾信《对烛赋》:“夜风吹，香气随，郁金苑，芙蓉池。”又如王勃《滕王阁序》:“四美具，二难并。”双三式的结构以主谓结构为主，部分为名词短语。

2. 双四式

双四式即出句四言对句四言的句型。一般由两个节奏停顿组成，为二、二式节奏，偶字顿，如鲍照《芜城赋》:“格高五岳，袤广三坟。”“东都妙姬，南国丽人；蕙心纨质，玉貌绛唇。”前者为动补结构，后者为名词短语。又如王勃《滕王阁序》:“时运不齐，命途多舛；冯唐易老，李广难封。”这两联则都是主谓结构。双四式句型占骈文的句型一半以上，有的骈文几乎通篇为双四式句型。大概双四式的节奏形式二、二停顿方式具有平衡稳定的最佳性，在人们感觉习惯上最易于接受，所以成为骈文的最基本句型。后来，以“四六文”目骈文者就是看到了双四式这种基本句型的概率很高。

3. 双五式

双五式即出句五言对句五言的句型。这种句型有三个节奏点，一奇二偶，或为一、二、二节奏，或为二、一、二节奏，或为二、二、一节奏。用一、二、二节奏者，如唐代张九龄的《祭张燕公文》:“应有期之运，降不世之英。”又如张说的《洛州张司马集序》:“抗埋轮之章，执惊马之议。”用二、一、二节奏者，如庾信《对烛赋》:“烬高疑数剪，心湿暂难然。”“楚人缨脱尽，燕君书误多。”用二、二、一节奏者，如庾信《对烛赋》:“还持照夜游，讵减西园月。”双五式具有诗体的特点，特别是后面两种节奏与近体诗无异。而一、二、二节奏更具骈文的魅力。

4. 双六式

双六式即出句六言对句六言的句型。一般有一、二、一、二节奏和

二、二、二节奏两种节奏形式。这类例子很多，如陆贽的《奉天改元大赦制》："致俗化于和平，拯生灵于涂炭。""暴命峻于诛求，疲氓空于杼轴。"前者为一、二、一、二节奏，后者为二、二、二节奏。又如王勃《滕王阁序》："临帝子之长洲，得天人之旧馆。""山原旷其盈视，川泽纡其骇瞩。"前者为一、二、一、二节奏，后者为二、二、二节奏。双六式以偶顿节奏为主，一般有四顿或三顿，停顿的方式比较易于接受，所以也成为骈文最常用的句型。"四六文"之说，也是看到了双六式句型出现的频率很高这一现象。

5. 双七式

双七式即出句七言对句七言的句型。这也是骈文的基本句型之一。不过，除个别作者有意追求诗体的节奏外，一般以二、一、二、二式节奏为主，在平稳中不失变化。如庾信《小园赋》："荆轲有寒水之悲，苏武有秋风之别。"又如王勃《滕王阁序》："落霞与孤鹜齐飞，秋水共长天一色。"杨炯《大周明威将军梁公神道碑》："驶騠将驸騄齐衡，骥骝共驹騋伏枥。"又如唐代崔融《嵩山启母庙碑》："帝唱动而烂星云，天歌发而跄鸟兽。"也有三、二、二式节奏的，如骆宾王《与博昌父老书》："张学士溘从朝露，辟闾公倏掩夜台。"出句和对句的前三字均为人名，所以用三字为一顿。

6. 双八式

双八式即出句八言对句八言的句型。这种句型以五代、宋代常用。一般有一、二、一、四式节奏，如韦庄《又玄集序》："入华林而珠树非多，阅众籁而紫箫唯一。""夺造化而雷云喷涌，役鬼神而风雨奔驰。"又如欧阳炯《花间集序》："唱云谣则金母词清，挹霞醴则穆王心醉。"也有一、二、三、二式节奏，如宋代汪藻《建炎三年十一月三日德音》：

“虽朕意日求于民瘼，而人情终壅于上闻。”又如宋代李廷忠《谢王枢使荐举启》：“虽十夫不得以挠椎，信百金难比于重诺。”一般来说都是奇偶顿相间，协调节奏的变化和整齐。

7. 双九式

双九式即出句九言对句九言的句型。这种句型的节奏多为二、二、一、四式，如陆游《谢葛给事启》：“但欲负耒慕许行之学，岂复叩角歌宁戚之诗。”也有二、三、四式节奏的，如李白的《奉饯十七翁、二十四翁寻桃花源序》：“绮皓不得不遁于南山，鲁连不得不蹈于东海。”又如宋代晁补之《亳州谢到任表》：“未敢当江湖飞集之数，何足挂朝廷论议之闲?”也有三、二、四式节奏的，如宋代文天祥《贺赵侍郎月山启》：“自傍天而行斗牛之渚，便拔地而起湖海之楼。”

8. 双十式

双十式即出句十言对句十言的句型。这种句型较少见，其节奏比较多样，有四、四、二式节奏的，如唐代梁肃《中和节奉陪杜尚书宴集序》：“急管参差长袖袅娜之美，阳春白雪流徵清角之妙。”也有一、四、一、四节奏的，如苏轼《贺欧阳少师致仕启》：“虽外为天下惜老成之去，而私喜明哲得保身之全。”还有四、二、四节奏的，如唐代崔融《嵩山启母庙碑》：“郭璞所谓阳城西启母石，李彤所谓嵩山南启母祠。”此外，还有二、一、四、三节奏的，如宋代魏了翁《潼川路安抚到任谢表》：“民夷有侏儒忧杂之难齐，郡国有赤子龙蛇之未定。”也还有二、二、二、二、二节奏的，如鲍照的《登大雷岸与妹书》：“（则有）江鹅海鸭鱼鲛水虎之类，豚首象鼻芒须针尾之族。”

9. 双十一式

双十一式即出句十一言对句十一言的句型。这种句型更少用。其节奏有一、三、三、四式和三、一、四、三式两种主要形式。前者如宋代方岳《两易邵武军谢庙堂启》:“恐郡国难而朝廷处之亦难，既江东可则福建奚其不可?”后者如宋代李廷忠《谢王枢使荐举启》:“既不能饰固陋之心以取容，复未免折凄凉之腰而逐食。”像类似的长联，一般是唐以后才出现，特别是宋人喜用。

二、齐言复联型

齐言复联型模式基本上是在单联模式基础上的创造。在语意上两对双式结构才组成一个语义整体，这就是齐言复联型句式的特点。一般有四四式、六六式、七七式、八八式和四四四式几种。下面分别说明之。

1. 四四式

这是指出句为两个四言句，对句亦为两个四言句，共四句四言句组成的对仗形式。在语意结构上，第一个双四式与第二个双四式具有内部的统一性、完整性，彼此之间又有某种独立性、对立对应性。如庾信《谢赵王赉丝布启》:“庄周车辙，实有涸鱼；信陵鞭前，原非穷鸟。”前两句为一个语意整体，后两句亦为一个语意整体，两个语意单元具有对立对应性。又如北齐祖鸿勋的《与阳休之书》:“月松风草，缘庭绮合；日华云实，傍沼星罗。”前二句的语意单元与后二句的语意单元是对应的。又如北齐杨暕的《与逸人王贞书》:“（是知）毛遂颖脱，义感平原；孙惠文词，来迁东海。”骆宾王《和学士闺情诗启》:“平子桂林，理在文外；伯喈翠鸟，意尽行间。”李商隐《上尚书范阳公启》:“邺下词人，夙蒙推奖；洛阳才子，滥被交游。”都是四四式齐言复联型。在齐言复联型中，四四式是最常使用的句型，在骈文作品中，它是历代骈文家使用频率最高的句型之一。之所以如此，在于它的语意容量要比双四式大得多。

2. 六六式

六六式即出句为两个六言句，对句亦为两个六言句，共四句六言句组成的句型。如宋人方岳《贺李右史启》：“虽莫陪鸳鹭班，肃上宾荣之贺；傥得与牛马走，愿窥帝典之晖。”又如宋代李廷忠《谢王枢使荐举启》：“三已而三无愠，空惊忧废之余；四问而四不知，可笑庸虚之甚。”这也是一种长联句型，不是很多，以宋人最喜用之。其节奏多为二、一、三和二、四式。

3. 七七式

七七式即出句为两个七言句，对句亦为两个七言句的句型。如杨炯《王子安集序》：“薛令公朝右文宗，托末契而推一变；卢照邻人间才杰，览清规而辍九攻。”这种句型的节奏多为三、四和三、一、三式，很少用。

4. 八八式

八八式即出句为两个八言句，对句亦为两个八言句的句型。如清代胡天游的《拟一统志表》：“履至尊而制六合者，必有权舆宇宙之奇；席鸿宝而抚八方者，必有囊括乾坤之业。”其节奏则为一、二、一、四和二、二、四式。这类句型属长联对，亦极少用。

5. 四四四式

这是指出句为三个四言句，对句亦为三个四言句组成的句型。这是一种长联句，多为宋人使用，如苏轼《谢赐对衣金带马表》：“枯羸之质，匪伊垂之，而带有余；敛退之心，非敢后也，而马不进。”

三、杂言复联型

杂言即不整齐的句子，自然无所谓单联了。所以，杂言只有复联形式。杂言复联型可以说是齐言句型的变异形态，它是以齐言句型为基础的组合形式。它的组合特点与齐言复联型的最大不同是由长短不同的句子组合而成。这种杂言的复联形态以四句为主，即出句与对句各两句为主，以六句（出句与对句各三句）次之。在杂言复联型中，又可根据句子的奇偶组合的不同分为奇言复联型、偶言复联型和奇偶复联型三种。杂言复联型一般是前一句稍短，后一句（或后二句）稍长，也有相反者，即前一句稍长，后一句稍短。长短相结合有助于节奏的互相映衬，以达到抑扬顿挫、曲折往复的音韵效果。

（一）奇言复联型

在杂言复联型的句型中，出句与对句的内部全由奇言句（三言、五言、七言、九言之类）组成的，称为奇言复联型。主要有三五式、三七式、七三式、五七式、七五式、七九式、三三七式、三三九式、三五七式等形式。

1. 三五式

所谓三五式即出句对句的第一单句为三言句，第二单句为五言句的句型。三言句可以有两个节奏顿，五言句可以有三个节奏顿。如王勃《寒梧栖凤赋》："之鸟也，将托其宿；之人也，焉知此情？"又如李白《春夜宴从弟桃李园序》："天地者，万物之逆旅；光阴者，百代之过客。"这种句型由于较短促，所以使用者不多。

2. 三七式

所谓三七式即出句对句的第一单句为三言句，第二单句为七言句的句型。如张说的《洛州张司马集序》："开国籍，鳞次乎史传之首；入文场，羽仪乎天下之半。"又如清代洪亮吉的《伤知己赋序》："秦声扬，不能激已沮之气；鲁酒薄，不能消未来之忧。"三七式由于有强烈的对比映衬效果，所以颇受作者们喜爱。

3. 七三式

七三式即出句对句的第一个单句为七言句，第二个单句为三言句的句型。它也是由三言句、七言句组成，不过位置的次序与前一种句型正好颠倒。如唐代杨炎的《大唐燕支山神宁济公祠堂碑》："阳崖有栝柏之材，备干革；阴壑有坚刚之璞，化五兵。"

4. 五七式

五七式就是出句对句的第一个单句为五言句，第二个单句为七言句的句型。如欧阳修的《谢致仕表》："虽伏枥之马，悲鸣难恋于君轩；而曳尾之龟，涵养未离于灵沼。"

5. 七五式

七五式即出句对句的第一个单句为七言句，第二个单句为五言句的句型。它的排列顺序正好与前面的五七式相反。如王勃《益州夫子庙碑》："虽秋礼冬诗之化，以洽于齐人；而宣风观俗之规，实归于上宰。"

6. 七九式

七九式即出句对句的第一个单句为七言句，第二个单句为九言句的句型。如王勃《益州夫子庙碑》："抚铜浑而观变化，则万象之动不足多也；握瑶镜而临事业，则万机之凑不足大也。"其节奏为三、一、三和一、四、四式，具有散句的效果。这种句型很少用。

7. 三三七式

三三七式即出句对句依次为三言句、三言句、七言句的三个单句组成的长联。这种长联句型亦有散句的效果，以宋人使用最多。如王子俊的《知成都谢到任表》："不泄迩，不忘远，要皆如出于京畿；在知人，在安民，是以不轻于牧守。"又如李刘的《贺丞相明堂庆寿并册皇后礼成平淮寇奏捷启》："事天明，事母孝，新《周南》正始之基；有文德，有武功，策召公平夷之绩。"

8. 三三九式

三三九式即出句对句依次为三言句、三言句、九言句的三个单句组成的长联。这种句型更有散句的效果。如李白的《为宋中丞请都金陵表》："（虽）平嵩丘，填伊洛，不足以掩宫城之骸骨；决洪河，洒秦雍，不足以荡犬羊之膻臊。"

9. 三五七式

三五七式即出句对句依次为三言句、五言句、七言句三个单句组成的长联。这种句型亦极具散句的效果。如清代洪亮吉的《蒋清容先生冬青树乐府序》："言缔造，则东南置尉，拓疆无刘濞之雄；嗟沦胥，则五百从亡，归骨少田横之岛。"

（二）偶言复联型

在杂言复联型句型中，出句和对句内部全由偶言句（四言、六言、八言、十言之类）组成的，称为偶言复联型。这种句型主要有四六式、四八式、四十式、六四式、六八式、八四式、八六式、四二四式、四四六式、四六四式十种。这类句型的最大特点是，多重单句中每一单句都是偶言的。

1. 四六式

四六式指出句对句由两个单句组成，依次为四言句、六言句的句型。这种句型是骈文的基本句型，使用频率最高。骈文在发展过程中，逐渐把四六式作为最佳句型来发展。如王勃《滕王阁序》："腾蛟起凤，孟学士之词宗；紫电青霜，王将军之武库。""老当益壮，宁移白首之心；穷且益坚，不坠青云之志。"又如王维《送秘书晁监还日本诗序》：

“必齐之姜，不归娶于高国；在楚犹晋，亦何独于由余?”再如李商隐《祭全义县伏波庙文》：“扶风里中，讵守钱而为虏?德阳殿下，宁相马以推工?”从前数例来看，四六式的节奏有二、二/三、三式，二、二/二、二、二式和三、一/三、三式三种。

2. 四八式

四八式即出句对句由两个单句组成，依次为四言句、八言句的句型。这种句型不是很多见，以宋代骈文较喜用。如徐铉的《大宋左千牛卫上将军追封吴王陇西公墓志铭并序》：“盛德百世，善继者所以主其祀；圣人无外，善守者不能固其存。”汪藻的《建炎三年十一月三日德音》：“边陲岁骇，而师徒不免于屡兴；馈饷日滋，而征敛未遑于全复。”方岳的《代贺李右史》：“韬涵雅训，盖平生无未见之书；刊落尘言，有古人所不到之妙。”四八式产生了鲜明的节奏对比，后一单句的长度是前一单句的一倍。节奏形态有二、二/三、二、三式和二、二/一、二、三、二式。

3. 四十式

四十式即出句对句各由两个单句组成，前一单句为四言句，后一单句为十言句的句型。如清代袁枚的《上尹制府乞病启》：“人虽草木，必不谢芳华于雨露之秋；水近楼台，益当效涓滴于高深之世。”前一单句基本仍为二、二节奏，后一单句节奏更多，为二、三、一、二、二式，更富于抑扬顿挫。这种句型也不多见。

4. 六四式

六四式是指出句对句各由两个单句组成，前一单句为六言句，后一单句为四言句的句型。它与四六式的单句组成相同，但位置正好相反。如王勃的《滕王阁序》：“屈贾谊于长沙，非无圣主；窜梁鸿于海曲，岂乏明时？”李商隐的《祭全义县伏波庙文》：“龙伯高之故人，出言有所；公孙述之刺客，相待何轻？”李商隐的《道士胡君新井碣铭并序》：“窦将军之府内，玄甲朱旗；王太尉之幕中，红莲绿水。”司空图的《擢英集述》：“当西施之玩镜，不赏娥眉；岂伯乐之停车，空收骏骨。”可以看出，六四式作为骈文的基本句型，其节奏有两种：一、二、三/二、二式和三、三/二、二式。

5. 六八式

六八式即出句对句由两个单句组成，前一单句为六言句，后一单句为八言句的句型。这种句型使用不多。如清人陈维崧的《陆悬圃文集序》：“昔者吴陵握手，殊感豫州知我之言；兹焉燕市邮书，频叨敬礼定文之托。”

6. 八四式

八四式即由两个单句组成，前一个单句为八言句，后一个单句为四言句的句型。如陆游的《谢葛给事启》：“杜门讼六十年之非，久安散地；起家忝二千石之重，忽奉明恩。”

7. 八六式

八六式是指出句对句由两个单句组成，前一单句为八言句，后一单句为六言句的句型。这种句型并不常用。如陈维崧《陆悬圃文集序》：“敢曰韩非之附老子，传还私幸其同；亦云江神之见秦皇，貌则自嫌其寝。”又如袁枚《上尹制府乞病启》：“在朝廷无枚数百辈，未必遽少人才；在老母抚枚三十年，原为承欢今日。”其节奏形式或为二、二、四/二、二、二式，或为三、二、三/二、四式。

8. 四二四式

四二四式是出句对句均由三个单句组成，依次为四言句、二言句、四言句的句型。如唐代张说的《故开府仪同三司上柱国赠扬州刺史大都督梁国公姚文贞公神道碑》:“画为九州,禹也,尧享鸿名;播时百谷,弃也,舜称至德。”

9. 四四六式

四四六式即出句对句均由三个单句组成,依次为四言句、四言句、六言句的句型。如宋代方岳的《两易邵武军谢庙堂启》中的两例:“失一老兵,得一老兵,似无伤于毫发;待以国士,报以国士,敢敬布其腹心。”“畏首畏尾,吾身余几,谁云天地之宽?何蓑何笠,尔牧来思,孰与山林之密?”这种句型的散体化气息很浓。

10. 四六四式

四六四式即由三个单句组成,依次为四言句、六言句、四言句的句型。如杨炯的《登秘书省阁诗序》:“刘向沉研,扬雄寂寞之士,于兹翰墨;马融该博,傅毅文章之才,此焉游处。”其散句韵味亦极重。

(三)奇偶复联型

在杂言复联型中,出句和对句是奇言句与偶言句混合组成的句型,称为奇偶复联型。这类句型主要有三四式、四五式、四七式、四九式、五四式、五六式、五八式、六五式、六七式、六九式、七四式、七六式、九四式、十七式、三三四式、三三六式、三四四式、四四七式、四七五式、五五四式等二十种。这些句型的特点就是在所组成的复联型中,是奇言句与偶言句相交织,在节奏上更丰富多样。下面分别述之。

1. 三四式

三四式句型的复联对仗由两个单句组成,第一个单句为三言句,第二个单句为四言句。如唐代李华《吊古战场文》:“降矣哉,终身夷狄;战矣哉,暴骨沙砾。”这种句型节奏短促,在骈文中主要起调节文气的作用。

2. 四五式

四五式复联句型也是由两个单句组成，出句对句的第一个单句均为四言句，第二个单句均为五言句。这种句型长短适中，节奏亦适中，所以也成为骈文的基本句型，很受历代骈文家喜爱。如陆机《与赵王伦荐戴渊疏》："安穷乐志，无风尘之慕；砥节立行，有井渫之洁。"齐梁时代丘迟的《与陈伯之书》："佩紫怀黄，赞帷幄之谋；乘轺建节，奉疆埸之任。"又如唐代张说的《洛州张司马集序》："汉王问策，知帝者之师；楚子闻名，实诸侯之选。""万象鼓舞，入有名之地；五音繁杂，出无声之境。"又如晚清王闿运的《秋醒词序》："罗帱轻扬，而已惊蚊宿；琐窗无听，而坐闻虫语。"四五式句型的节奏一般为二、二/一、二、二形式。

3. 四七式

四七式复联句型也是由两个单句组成，前一个单句为四言句，后一个单句为七言句。这也是骈文的基本句型。如李商隐《为李贻孙上李相公启》："亚夫拒吴，惊东南而备西北；韩信击魏，舣临晋而渡夏阳。"又如韩偓《香奁集自序》："遐思宫体，未敢称庾信工文；却诮玉台，何必倩徐陵作序？"再如苏轼《答丁连州朝奉启》："七年远谪，不知骨肉之存亡；万里生还，自笑音容之改易。"从中可以看出，这种句型的节奏形式是二、二/一、二、一、三式，二、二/二、一、四式和二、二/二、二、三式三种，可以灵活变化，比较丰富。

4. 四九式

四九式复联句型由两个单句组成，前一单句为四言句，后一单句为九言句。这是一种长联句型，以其内容含量大而受骈文家青睐。如王勃《益州夫子庙碑》："功有所服，龟龙不能谢鳞介之尊；器有所归，江汉不能窃朝宗之柄。"又如宋代方岳《两易邵武军谢庙堂启》："痛绳治之，真是驱龙蛇而搏虎豹；稍惩艾矣，幸无舞鳅鳝而号狐狸。”又如明代黄淳耀《上座师王登水先生启》：“书忘寝食，思起班、扬、贾、董而与游；学论精微，将求濂、洛、关、闽所未发。”再如清人陈维崧《三芝集序》：“杜门却轨，跌宕于妇人爱子之间；席地幕天，徜徉于丽日和风之候。”其句型的节奏形式主要有三种：二、二/二、三、四式，二、二/二、四、三式，二、二/三、四、二式，也比较丰富。

5. 五四式

五四式复联句型也是常用句型，它与四五式复联句型所用单句的字数相同，而顺序正好倒置。如梁代吴均的《与宋元思书》：“鸢飞戾天者，望峰息心；经纶世务者，窥谷忘反。”庾信《哀江南赋序》：“潘岳之文采，始述家风；陆机之辞赋，先陈世德。”“畏南山之雨，忽践秦庭；让东海之滨，遂餐周粟。”李商隐《上尚书范阳公启》：“荐祢衡之表，空出人间；嘲扬子之书，仅盈天下。”欧阳修《上随州钱相公启》：“秉珪璋之德，何恤瑕疵？挺松筠之心，不变霜雪。”其节奏不外乎三种形式：二、二、一/二、二式，二、一、二/二、二式和一、二、二/二、二式。

6. 五六式

五六式也是常用句型之一，它由两个单句组成，第一个单句为五言句，第二个单句为六言句。如宋代李刘的《贺丞相明堂庆寿并册皇后礼成平淮寇奏捷启》：“太姒嗣徽音，正九重之宝册；王母受介福，奉万岁之玉卮。”又如袁枚《上尹制府乞病启》：“第养之一言，固须臾所难缓；而终之一字，非人子所忍言。”其节奏形式基本都是二、一、二/一、二、三式。

7. 五八式

五八式是一种长联句型，也是由两个单句组成，前一单句为五言句，后一单句为八言句。如陆游《谢葛给事启》："虽饭豆羹藜，不敢望功名于老大；然书绅铭座，尚思复玷缺之艰难。"其节奏形式为一、二、二/二、一、二、一、二式。这种句型用得不多。

8. 六五式

六五式复联句型与五六式复联句型在字数上相同，但两个单句的位置相反，第一个单句为六言句，第二个单句为五言句。这种句型也常见，特别是唐以后。如王勃《益州夫子庙碑》："魏文侯之拥彗，道在而谦尊；董相国之垂帷，风行而俗易。"又如清人刘嗣绾《贻友人书》"（彼）叶公所好之龙，腾笑乎公卿；羊公不舞之鹤，贻嗤乎宾客。"其节奏形式有两种：三、一、二/二、一、二式，二、二、二/三、二式。

9. 六七式

这种复联句型也是由两个单句组成，前一单句为六言句，后一单句为七言句。这种句型不多见，以宋人较为喜用。如李廷忠《谢王枢使荐举启》："谢傅之卧东山，将复为苍生而起；潞公之居洛水，岂徒从耆老之游。"其节奏形式为二、二、二/三、二、二式。

10. 六九式

六九式是一种长联句型，具有散体的韵味。它由两个单句组成，前一单句为六言句，后一单句为九言句。如宋代方岳《两易邵武军谢庙堂启》："当汲黯之妄发，不能为性命而忍须臾；虽李广之数奇，未尝以屈辱而遽摧沮。"其节奏形式为一、二、三/二、三、一、三式。这种句型较少使用。

11. 七四式

七四式复联句型与四七式复联句型正好相反，第一单句为七言句，第二单句为四言句，也是一种常用句型。如王勃《滕王阁序》："都督阎公之雅望，棨戟遥临；宇文新州之懿范，襜帷暂驻。”李商隐《道士胡君新井碣铭并序》：“郭太医两难之说，无乃疏乎？徐从事九转之方，既闻命矣。”李商隐《祭全义县伏波庙文》：“比颍川袁氏之台，悲同异日；方汝水周公之渡，感极当时。”又如司空图《擢英集述》：“世上之九霄梯级，纵阻争先；机中之五色烟霞，无妨倍价。”其节奏形式有四种：四、一、二/二、二式，三、二、二/二、二式，一、四、二/二、二式，二、一、二、二/二、二式。

12. 七六式

七六式复联句型与六七式复联句型的结构相反，第一个单句为七言句，第二个单句为六言句。例如宋代李刘《贺丞相明堂庆寿并册皇后礼成平淮寇奏捷启》：“黄河如带山如砺，畴高萧相之功；西平有子我有臣，请继柳侯之雅。”又如宋代文天祥《贺赵侍郎月山启》：“长江为备不数处，可共险于万人；朝廷养兵三十年，当成功于儒者。”又如清代陈维崧《陆悬圃文集序》：“郭翁伯形容眇小，居然闾里之雄；嵇叔夜状貌傀俄，信是仙灵之器。”其节奏形式有三种：二、二、三/二、二、二式，二、二、三/一、三、二式，三、二、二/二、二、二式。这种句型也不常用。

13. 九四式

九四式是一种长联句型。它由两个单句组成，前一单句为九言句，后一单句为四言句。如清代黄之隽的《香屑集自序》：“授仆以幽忧孤愤之性，不解衾裯；博我以风赋比兴之旨，空持砚席。”其节奏形式为三、四、二/二、二式。这种句型很少见。

14. 十七式

十七式也是长联句型。它由两个单句组成，前一单句为十言句，后一单句为七言句。如王勃《益州夫子庙碑》："高祖武皇帝以黄旗问罪，杖金策以劳华夷；太宗文皇帝以朱翟承天，穆玉衡而正区宇。"其节奏形式为二、三、三、二/一、二、二、二式。这种句型更少用。

15. 三三四式

三三四式是由三个单句组成的句型，依次为三言句、三言句、四言句。如宋代王子俊的《知成都谢到任表》："一龙蛇，一赤子，人谓斯何？为保鄣，为茧丝，策将安出？"

16. 三三六式

三三六式句型的出句对句也是均由三个单句组成，依次为三言句、三言句、六言句。如宋代方蒙的《谢李丞相启》："防侫幸，杜私门，深绝鱼仇之祸；抑诡怪，畅皇极，潜销牛李之萌。"其节奏形式为一、二/一、二/二、二、二式，具有很强的流动性。

17. 三四四式

三四四式是节奏短促的三个单句组成的复联句型，三个单句依次为三言句、四言句、四言句。如清代黄之隽的集句骈文《香屑集自序》："疑者曰，鼓扇轻浮，班、扬扫地；识者曰，模拟窜窃，庄、列寓言。"

18. 四四七式

这是由三个单句组成的长联句型，依次为四言句、四言句、七言句。如宋代方岳《两易邵武军谢庙堂启》："谓尔湖广，谓我江东，了然汉地理之志；劾此邻邦，劾彼朝士，岌乎唐藩镇之忧。"

19. 四七五式

四七五式是由三个单句组成的长联句型，三个单句依次为四言句、七言句、五言句。如题名黄庭坚的《谢氏世谱序》："史馆弛声，擢谏垣而赐金紫，泌之名重矣；鸾台著绩，登枢府而掌丝纶，涛之誉巍然。"

20. 五五四式

五五四式也是由三个单句组成的长联句型，三个单句依次为五言句、五言句、四言句。如宋代李刘《贺丞相明堂庆寿并册皇后礼成平淮寇奏捷启》：“南方之强欤，北方之强欤，风移俗易；东夷之人也，西夷之人也，气夺胆寒。”

以上这些句型是构成骈文的重要元素和单位。句型的不同反映了一定的时代性，可以看出骈文内部的调整、变化、发展，比如唐以后的骈文多用长联句，就反映了骈文在古文运动的影响下积极进行自我调整的情形。我们可以把骈文的句型模式总结为下表：

<table>
<tr><th colspan="2">句型类别</th><th>最常用句型举例</th></tr>
<tr><td colspan="2">齐言单联型</td><td>双四式、双六式、双七式</td></tr>
<tr><td colspan="2">齐言复联型</td><td>四四式、六六式</td></tr>
<tr><td rowspan="3">杂言复联型</td><td>奇言复联型</td><td>三七式、五七式</td></tr>
<tr><td>偶言复联型</td><td>四六式、六四式</td></tr>
<tr><td>奇偶复联型</td><td>四五式、五四式、四七式、五六式</td></tr>
</table>

应该指出的是，在骈文句型的发展中，宋代骈文的句型是最为多样化的，在骈文句型方面有所创新和突破，丰富了骈文的句型类型。但骈文自身选择最常用的句型往往跟四言句和六言句有难解之缘。

第五章　骈文的修辞形态及其文化内蕴

前面把骈文界说为从修辞学角度划分出的散文类别。因此，研究骈文必须研究它的修辞形态。骈文的修辞形态大致有四个方面：1. 对仗，2. 声韵，3. 典事，4. 藻饰。这四个方面构筑了骈文的审美形态。

第一节　骈文修辞形态之一：对仗

对仗是骈文最基本的修辞形态。失去了对仗，也就无所谓骈文了。关于骈文的对仗，我们要讨论这样两个问题：一是骈文对仗的诸方式，二是骈文对仗透视出的文化内蕴。

一、骈文对仗的诸方式

对仗，即如古代仪仗队一样互相整齐相对而成形之谓。因其必须一一相对，故亦可称为对偶。至于“骈偶”之说，亦是同义。关于对仗的方式，刘勰在《文心雕龙·丽辞》中最早作了总结：

> 故丽辞之体，凡有四对：言对为易，事对为难，反对为优，正对为劣。言对者，双比空辞者也；事对者，并举人验者也；反对者，理殊趣合者也；正对者，事异义同者也。长卿《上林赋》云："修容乎礼园，翱翔乎书圃。"此言对之类也；宋玉《神女赋》云："毛嫱障袂，不足程式；西施掩面，比之无色。"此事对之类也；仲宣《登楼》云："钟仪幽而楚奏，庄舄显而越吟。"此反对之类也；孟阳《七哀》云："汉祖想枌榆，光武思白水。"此正对之类也。凡偶辞胸臆，言对所以为易也；征人之学，事对所以为难也；幽显同志，反对所以为优也；并贵共心，正对所以为劣也；又以事对，各有反正，指类而求，万条自昭然矣。

刘勰从直抒胸臆和曲折表达的不同，把对仗分作言对和事对两类，又从命意表达的正反上分作正对和反对两种。在这四种不同类别中，他又区分了难易、优劣之别。到了唐代，日本来华的弘法大师遍照金刚在《文镜秘府论》中总结了对仗的二十九种形式。虽然他是从诗中总结出来的，但对骈文的对仗也有相通之处。这二十九种对仗方式是：的名对、隔句对、双拟对、联绵对、互成对、异类对、赋体对、双声对、叠韵对、回文对、意对、平对、奇对、同对、字对、声对、侧对、邻近对、交络对、当句对、含境对、背体对、偏对、双虚实对、假对、切侧对、双声侧对、叠韵侧对、总不对对。

到了清代，程杲在《四六丛话序》中又提出了单对、偶对、长偶对、借对、巧对、虚实对、流水对、各句自对等新说。可以说，中国古代对于对仗的技巧是最有研究的。关于对仗的方式可以从各个不同的角度来分析。任何一个角度的分析都使我们对其内部形式有深入的认识。但各个不同角度的划分有时又是互有交叉的。

（一）从语言句法的表面形式上看，对仗可有当句对、单句对、隔句对、长联对四种分类。

1. 当句对

当句对指句子内部自身成对的对仗形式。宋人洪迈在《容斋四六丛谈》中说："于一句中自成对偶，谓之当句对。"他指出，此法起于屈原而发扬于齐梁诸子，并举例说："王勃《滕王阁序》一篇皆然，谓若'襟三江带五湖，控蛮荆引瓯越''龙光牛斗''徐孺陈蕃''腾蛟起凤''紫电青霜''鹤汀凫渚''桂殿兰宫''钟鸣鼎食之家，青雀黄龙之舳''落霞孤鹜''秋水长天''天高地回''兴尽悲来''宇宙盈虚，丘墟已矣'之辞是也。"这种对仗是对仗中的精工形式，它是除了对句与出句的对仗外，出句和对句内部自身又具有某种对偶形式。例如梁元帝的《荡妇秋思赋》：

秋风起兮秋叶飞，
春花落兮春日晖。

这个例子中，在出句里"秋叶飞"与"秋风起"，在对句里"春日晖"与"春花落"都是当句对。又如江淹《恨赋》：

拔剑击柱，
吊影惭魂。

出句中的“击柱”与“拔剑”、对句中的“惭魂”与“吊影”都是属于句内对仗，因为它们在句法结构及词类上都是同一的。这就是当句对。又比如唐人司空图的《擢英集述》：

舍麟作凤，孰降等夷？
捐璧握珠，自能辉映。

例中“捐璧握珠”与“舍麟作凤”对仗，它们自身又对仗，“握珠”与“捐璧”是珠宝类之对，“作凤”与“舍麟”是珍禽动物类之对，都是当句对。一般说来，凡是出句用了当句对，对句也应用当句对。

2. 单句对

单句对又称单对，指“一句相对者”（程杲《四六丛话序》），即只有两句组成的对仗形式。它是骈文最普遍的对仗方式。这种对仗形式往往具有流动之美，如庾信《春赋》：

月入歌扇，
花承节鼓。

绿珠捧琴至，
文君送酒来。

移戚里而家富，
入新丰而酒美。

马是天池之龙种，
带乃荆山之玉梁。

这类对仗都是由两个句子组成的一对一的对仗，都属于单句对。

3. 隔句对

隔句对是出句和对句各由两个单句组成的对仗形式。清人程杲《四六丛话序》说："两句相对者为偶对。"所谓"偶对"指的就是隔句对。因为出句对句各由两个单句组成，故谓之"偶"。就对句而言，它是间隔一句与前一句对仗，所以称之为隔句对。这也是骈文最普遍的对仗方式。比如王勃《还冀州别洛下知己序》：

河阳古树，无复残花；
洛浦寒烟，空惊坠叶。

王生卖畚，入天子之中都；
夏统乘舟，属群公之大会。

前一例是四四式句型，"洛浦寒烟"与"河阳古树"成对，但中间嵌入了"无复残花"一句。"空惊坠叶"与"无复残花"成对，但中间间隔了"洛浦寒烟"一句。后一例是四六式，亦是间隔成对。

4. 长联对

长联对主要是指出句对句分别由三个以上的单句组成的对仗形式。长联对即程杲在《四六丛话序》中说的"长偶对"。如宋代王子俊的《知成都谢到任表》：

不泄迩，不忘远，要皆如出于京畿；
在知人，在安民，是以不轻于牧守。

这是三三七式的三联对。又如苏轼《乞常州居住表》：

圣人之行法也，如雷霆之震草木，威怒虽盛，而归于欲其生；
人主之罪人也，如父母之遣子孙，鞭挞虽严，而不忍致之死。

这是四联对，出句和对句各由四个单句组成。又如欧阳詹的《征君洪涯子图赋》：

矫矫征君，居幽行闻，朗咏尧年之日，栖迟姑射之云；
英英时杰，好奇艺绝，窥穷图绘之能，写得隐沦之哲。

这也是四联对。长联对以三联对、四联对最为常用。由于长联对具有散体的疏朗活泼的文风，自唐以后很受人欢迎。

（二）如果从语言词法形式上看，对仗又可分为正名对、异名对、虚字对、叠字对和数字对五种方式。

1. 正名对

正名对指同类事物的对仗方式。如庾信《小园赋》：

桐间露落，
柳下风来。

“桐”与“柳”同属木科植物类，“风”与“露”则同属自然气候类。

这就是同类事物的工整对仗，故称正名对。又如该赋另一例：

陆机则兄弟同居，
韩康则舅甥不别。

在这个对仗句中，“韩康”与“陆机”为人名类对仗，“舅甥”与“兄弟”属称谓类对仗，都是同类事物的对仗。又如庾肩吾《谢东宫赉内人春衣启》：

阶边细草，犹推缐叶之光；
户前桃树，翻讶蓝花之色。

“阶”与“户”同为建筑类事物，“细草”与“桃树”、“叶”与“花”同为植物事物，“缐”与“蓝”同为色彩类事物，“光”与“色”同为属性类事物，这就是正名对。正名对是从事物的类别属性角度划分的。

2. 异名对

与正名对相反，异名对是指不同类（异类）事物的对仗。比如庾信《谢赵王赉白罗袍裤启》：

凤不去而恒飞，
花虽寒而不落。

在这个例子中，“凤”与“花”一属珍禽动物类，一属植物类。这是不同类事物的对仗。又如庾信《灯赋》：

窗藏明于粉壁，
柳助暗于兰闺。

“窗”与“柳”是不同类的事物。这也是异名对。一般说来，在对仗中，异名对比正名对要多，因为异名对比正名对宽松。异名对是宽对，正名对是工对。

3. 虚字对

虚字对是指对仗中运用了虚字的对仗方式。虚字即表示感叹的语助词。比如骆宾王《为徐敬业讨武曌檄》：

宋微子之兴悲，良有以也；
袁君山之流涕，岂徒然哉！

“也”与“哉”都是虚字，故此为虚字对。虚字对可以增添文章的感叹语气，加强其表现力。又如唐代崔融的《嵩山启母庙碑》：

壮矣丽矣，
神之听之。

《礼》云乎哉：“无取于周旋揖让”；
《乐》之谓也：“必在于移风易俗”。

表谶记，奏河图，四十六事之著明，曷云尚也？
登太山，禅梁甫，七十二封之可识，何以加乎？

这些运用了虚字的对仗，都是虚字对。

4. 叠字对

叠字对是指句中运用了重叠词的对仗方式。如江淹《别赋》：

风萧萧而异响，
云漫漫而奇色。

“萧萧”“漫漫”是叠字词，状饰“风”“云”，是为叠字对。又如唐代崔融《嵩山启母庙碑》：

肃肃习习，天媛来风雨；
氛氛霏霏，神姬下霜雪。

这个隔句对的前一个单句都是叠字，而且是双重叠字，故是联亦为叠字对。又如唐代张文成《永安公主出降有司奏礼钱加长公主二十万造第宅所费亦如之群下有疑》：

金机札札，灵婺皎洁于云间；
银汉亭亭，少女逶迟于巽位。

叠字对在语音上实际是运用叠音的效果。

5. 数字对

数字对是指运用数字作对的对仗方式。如唐代骆宾王的《兵部奏姚州破贼设蒙俭等露布》：

东西三十余里，
马步二十余万。

斩甲卒七十余级，
获装马五千余匹。

这里的特点就是以数字作对偶，故为数字对。数字对往往是叙述、交代有关过程、情形、结果，非用数字不可的。其数字既有实数者，也有虚数者，上两例基本上是实数。又如李商隐《为张周封上杨相公启》：

击水三千，暂随鹏运；
墱流十二，免使鱼劳。

这里的数字则为虚数了。又如韦庄《又玄集序》：

左太冲十年三赋，未必无瑕；
刘穆之一日百函，焉能尽丽。

(总其) 记得者，才子一百五十人，
诵得者，名诗三百首。

这两例都是实数，后者为了忠实于内容，不得已使后一单句有两个字的差异。这些都是数字对。

（三）如果从音韵技巧上来分，对仗又可有双声对、叠韵对、双声叠韵交互对三种方式。

1. 双声对

双声对是指句中连续两个字运用了相同声母的对仗方式，如徐陵《与北齐尚书令求还书》：

卢龙之径，于彼新开；
铜驼之街，于我长闭。

“卢龙”与“铜驼”均为双声词，前者的共同声母为［l］，后者的共同声母为［t′］。

2. 叠韵对

叠韵对是指句中连续两个字运用了相同韵母的对仗方式，如清代吴锡麒《洪稚存同年机声灯影图序》：

声易凄迷，寡女千丝之泪；
光何惨淡，贫家一碗之灯。

其中“凄迷”与“惨淡”同为叠韵词，前者均以［i］为共同韵母，后者以［an］为共同韵母。

3. 双声叠韵交互对

这种对仗是指对仗中双声词对叠韵词或叠韵词对双声词的对仗方式。如徐陵《玉台新咏序》：

琉璃砚匣，终日随身；
翡翠笔床，无时离手。

例中的联绵词“琉璃”为双声词，其共同声母是［l］，对句中的联绵词“翡翠”则是叠韵词，其共同韵母为［ei］。又如萧统《林钟六月启》：

披庄子之七篇，逍遥物外；
玩老聃之两卷，恍惚怀中。

这也是双声叠韵交互对。例中联绵词“逍遥”为叠韵，其共同韵母是［ao］，联绵词“恍惚”为双声，其共同声母为［h］。

（四）如果从描写角度来分，又可有方位对、颜色对、人名对、典事对四种。

1. 方位对

方位对指运用表示方位的词作对的对仗方式。如东、西、南、北、上、下、左、右、中、前、后之类的方位词运用在对仗中，一般就构成了方位对。譬如王勃《滕王阁序》：

层台耸翠，上出重霄；
飞阁翔丹，下临无地。
北海虽赊，扶摇可接；
东隅已逝，桑榆非晚。

前一例中，出句对句的后一单句运用了“上”“下”这样的方位词，后一例中，出句对句的前一单句分别运用了“北”“东”这样的方位词，所以它们都构成了方位对。又如卢照邻的《乐府杂诗序》也有许多方位对的例子：

南浦动关山之役，作者悲离；
东京兴党锢之诛，词人哀怨。

鼓吹乐府，新声起于邺中；
山水风云，逸韵生于江左。

同晨风之鲂北林，
似秋水之归东壑。

这些都是运用了表示方位词的对仗，都是方位对。

2. 颜色对

颜色对是指运用表示颜色的词的对仗方式。像赤、白、青、蓝、绿、紫、素之类词运用在对仗之中，都可构成颜色对。如梁元帝《采莲赋》：

紫茎兮文波，
红莲兮芰荷。

绿房兮翠盖，
素实兮黄螺。

这两例中“紫”与“红”、“绿”与“素”、“翠”与“黄”都是表示色彩对仗的例子。又如卢照邻《益州至真观主黎君碑》：

青牛道士，按锦节于中都；
白鹿仙人，列瑶坛于八表。

“青”与“白”为色彩之词，此联亦属颜色对。再比如骆宾王《为齐州父老请陪封禅表》：

河浮五老，启赤文于帝期；
海荐四神，奉丹书于王会。

“赤”与“丹”为色彩之词，此联也属于颜色对。

3. 人名对

人名对是指运用人名作对的对仗形式。如庾信《小园赋》：

荆轲有寒水之悲，
苏武有秋风之别。

“荆轲”“苏武”均为人名，故此联为人名对。又如卢照邻《乐府杂诗序》：

秦皇灭学，星琯千年；
汉武崇文，市朝八变。

“秦皇”与“汉武”也属人名之对。又如韦庄《又玄集序》：

班、张、屈、宋，亦有芜辞；
沈、谢、应、刘，犹多累句。

这里虽仅举其姓，亦属人名之对。

4．典事对

典事对指出句对句都用了典事的对仗方式。如王勃《滕王阁序》：

物华天宝，龙光射牛斗之墟；
人杰地灵，徐孺下陈蕃之榻。

例中出句用了《晋书·张华传》之典事，对句用了《后汉书·徐穉传》之典事。又如李商隐《为张周封上杨相公启》：

顾逢伯乐，但伏盐车；
听属钟期，不调绿绮。

这个典事对中，出句用《战国策·楚策四》伯乐识千里马的故事，对句则用《吕氏春秋·本味篇》有关钟子期听伯牙鼓琴成知音的故事。一般说的典事对主要指有故事内容之对。

二、骈文对仗透视出的文化内蕴

骈文以对仗为基本修辞手段，在中国几千年古老文化演变的漫长岁月中兴盛不衰，自有其民族文化心理方面的原因。我认为，可以从两个方面来看骈文对仗透视出的文化内蕴：一是安稳平和心理，二是高级游戏心理。

1．骈文对仗体现出的民族安稳平和心理

中华民族的文化心理可以用一个“和”字来概括。普通中国人都知道“和为贵”这句话，它恰恰典型地体现了我们民族的文化心理结构，即强调平衡、安稳、和谐。这句话出自《论语·学而》，其记载有子的话说：“礼之用，和为贵。先王之道，斯为美；小大由之。有所不行，知和而和，不以礼节之，亦不可行也。”杨伯峻先生在《论语译注》中把“和”训为“恰当”，杨遇夫先生在《论语疏证》中说：“事之中节者皆谓之和。”意思相同。这都是演绎《礼记·中庸》里的话：“喜怒哀乐之未发谓之中，发而皆中节谓之和。”儒家的思想以“仁”为中心，其终极目的也就是“和”。“和”是我们民族人生哲学的中心内涵。《孟子》说：“天时不如地利，地利不如人和。”把“人和”当作至高的追求。不仅如此，“和”的观念也是我们民族艺术审美的最高风范。

“和”的内涵是平衡、安稳、和谐、平静。因此，在诗中是“温柔敦厚”（沈德潜语），是“乐而不淫”“哀而不伤”（《论语·八佾》）的审美规范。这就形成了中国文学特有的中庸美学观。而骈文之所以长盛千年而不衰，自然也与这种“和”的审美观有关。骈文的对仗必须是两句相同字数、相同句法、相同词性的对等形态。它们以彼此的存在为存在前提，缺一不可。这种两两存在的方式，具有对称、平衡的效果，在欣赏心理上就比较容易接受。因为它在出句的语意进展过程中，有对句起稳定作用的补偿。这样出句的“起”与对句的“伏”就具有互补性，互相协调，和谐地组合为一个整体。而对仗句的意义往往具有相同或相似性内容，这样，这个整体的内容是处于安稳状态的，是和谐相处的，不是矛盾对立的。这样就使欣赏者在阅读时产生安和、平衡、稳定感。这种审美感觉是容易为人接受的，因而，人们才乐于采取这种艺术形式来表现自己的情志、意趣。

2. 骈文对仗体现出的高级游戏心理

骈文对仗是一门关于文字组合技巧的学问。它要求作者的语言功底扎实。它不仅仅是一两副对联，而是用对仗贯联的文章。所以，它对作者的水平提出了很高的要求，不是一般作者所敢涉足的。

而文学究其初始意义而言，具有某种游戏性质。文学是人类在劳作过程中或劳作之余，借助语言文字而进行的娱情活动之一。娱情活动是为了身心获得某种满足而进行的游戏活动。它通过心灵情感的表现、感觉组织获得的快感来完成。格罗塞在《艺术的起源》中说："游戏和实际活动的区别，却因为它本身也含有愉快的情感因素。"（《艺术的起源》，第 38 页）科林伍德在《艺术原理》中也指出："儿童游戏和真正艺术之间的一种同一性。"（《艺术原理》，第 83 页）实际上，作为艺术的文学与游戏是具有某种相通性或相似性的。游戏是低级的艺术或曰艺术的初始形态，艺术则是高级的游戏或曰游戏的进化形态。娱情性就是其共同的特点。

中国士大夫文人在文学活动中又极重才学的表现。因为才学反映了一个人的学问高低，而学问高低往往又影响了社会知名度的大小。骈文的对仗艺术是最显才学根底的，它必须有对语言技巧的纯熟把握，对各方面知识的通晓，对文献典籍的博览。这些都是足以显示才学的。所以骈文的对仗讲究音韵之谐美、藻饰之繁富、典故之铺排。骈文的出句与对句交互展开，具有一定起伏感，而古代士人又多以骈句的对仗来玩高雅的文字游戏。这样骈文实际又具有一定的刺激娱乐的作用，在出句对句的构筑过程中获得了一种赏玩与创造的满足。古代笔记中记载了许多士大夫文人进行对仗联句的逸事，其实就是一种赏玩与创造的竞赛活动。如宋代司马光《温公续诗话》记载北宋石曼卿以"月如无恨月长圆”对李贺的“天若有情天亦老”的逸事之类，正反映了这种高级游戏心理。骈文长盛不衰，成为“美文”“贵族文学”，也与这种高级游戏心理有关。骈文对仗要求词性相同、词义相对、字数相等、词法相似，这些严整的格式、规矩与寻求娱情的高级游戏心理是相吻合的。

第二节　骈文修辞形态之二：声韵

声韵指声律与叶韵。声韵不是骈文的必备修辞手段，却是骈文常见的修辞手段。它是骈文大盛时期形成的修辞形态。在本节里，我们要讨论两个问题：骈文声韵内部形态诸方式和骈文声韵的功能与意义。

一、骈文声韵内部形态诸方式

骈文声韵内部形态的方式有三种：一是平仄对应关系，二是黏接关系，三是押韵关系。下面依次述之。

（一）平仄对应关系

平仄对应关系指骈文要求出句对句的平声字与仄声字相对应，就是说，出句的节奏停顿位置上的字是平声，则对句相应位置上的字就应是仄声，或者反之。这是最基本的声律规则。骈文的格律规则比之诗要宽松，它不要求每一个字都要平仄对应，只是在节奏停顿处作要求，而且并不是所有的骈文都要讲究声韵。古汉语中，以平声（包括现代的阴平、阳平）为平声，以上、去、入声为仄声。我们通过下面例句的分析来看这种平仄对应关系（在下面格律中凡标示符号“·”者即为节奏停顿处）。如王勃《滕王阁序》：

物华天宝，龙光射牛斗之墟；
人杰地灵，徐孺下陈蕃之榻。

对句中的“杰”“孺”为古代入声字。古代入声字已经划入平、上、去三声中了。这一联的平仄格律关系，我们可以作如下表示（加圆圈者表示可平声亦可仄声）：

(仄)平(平)仄　(平)平(仄)(平)仄(平)平
(平)仄(仄)平　(仄)仄(仄)(平)平(平)仄

这联对仗是下面标准格式的变通形式：

(平)平(仄)仄　(平)平(仄)(仄)仄(平)平
(仄)仄(平)平　(仄)仄(平)(平)平(仄)仄

从中可以发现，在相同的声律（如出句第一单句的“平平”）中的最后一个字的格律必须要依规则外，其他都可以变通，即不一定要按格律要求来安排平仄。如上例中的一、三、五、七、八、十字都是可以变通的。除特殊情况外，一般偶字顿处不能变通，奇字处可以变通。所谓特殊情况指“射牛斗”和“下陈蕃”这样三字连用仄声或连用平声的情形。又如：

龙伯高之故人，出言有所；
公孙述之刺客，相待何轻？

这是李商隐《祭全义县伏波庙文》中的一段。其对仗的平仄对应关系为：

(平)(仄)平(平)(仄)平　(平)平(仄)仄

(平)(平)仄(平)(仄)仄　(平)仄(平)平

这联的标准格律应为：

(仄)(仄)平(平)(仄)平　(平)平(仄)仄

(平)(平)仄(仄)(平)仄　(平)仄(平)平

在出句对句的前一单句中，因为是六言句，可分割为两个三字顿，所以，第三字虽为奇字，但因是节奏停顿处，故而也不能变通平仄，第一、二、四、五字都可以变通。

按照骈文各种句式的节奏不同，它们的主要平仄对应关系可以陈列如下：

1. 三言句

三言句的平仄对应关系有三种：

A.

平(仄)仄

仄(平)平

例如王勃《还冀州别洛下知己序》：

辞故友，

谢时人。

实际格律为：

平仄仄

仄平平

B.

仄⃝平̣平⃝
平⃝仄̣仄⃝

例如庾信《对烛赋》：

夜风吹， 香气随。	实际格律为：	仄平̣平 平仄̣平

C.

平⃝平⃝仄̣
仄⃝仄⃝平̣

例如张说《唐昭容上官氏文集序》：

经天地， 究人神。	实际格律为：	平平仄̣ 平平平̣

2. 四言句

四言句的平仄对应关系主要有两种：

A.

平⃝平̣仄⃝仄̣
仄⃝仄̣平⃝平̣

B.

(仄)仄(平)平
(平)平(仄)仄

例如王勃《秋晚入洛于毕公宅别道王宴序》:

茅君待客，自有金坛;
王烈迎宾，还开石架。

其平仄格律为:

平平仄仄　仄仄平平
仄仄平平　平平仄仄

这是四四式句型，前一单句为A式格律，后一单句为B式格律。此二式格律的节奏点都在二、四字，所以此二处不可变通。

3. 五言句

五言句的格律形式也主要有两种:

A.

(仄)仄(仄)(平)平
(平)平(平)(仄)仄

例如杨炯《彭城公夫人尔朱氏墓志铭》:

晨昏展敬，事极于移天;
蘋藻絜诚，义申于中馈。

这一联的后一单句为五言句，其格律为：

仄仄平平平
仄平平平仄

出句后一单句的第一节奏顿“极”为入声字。第二、五字节奏顿处均不可变通，非节奏顿处的出句“于”、对句“义”和“中”均可变通。

B.
平(平)平(仄)仄
仄(仄)仄(平)平

例如张九龄《祭张燕公文》：

应有期之运，
降不世之英。

其平仄关系为：

平平平平仄
仄仄仄平平

其节奏点在一、三、五字，这是稍特殊的节奏点。不是节奏点的二、四字可以变通平仄。

4. 六言句

六言句也主要有两种格律形式：

A.

(平)(仄)仄(仄)(平)平

(仄)(平)平(平)(仄)仄

其节奏点在三、六字，此二处不可变通平仄。除这二处节奏顿外，一、二、四、五字都可变通平仄。例如王勃《滕王阁序》：

临帝子之长洲，

得天人之旧馆。

其平仄关系为：

平仄仄平平平

平平平平仄仄

例中出句第四字、对句第一字为变通用法。

B.

(仄)(平)平(平)(仄)仄

(仄)(平)仄(仄)(平)平

这种格律也是三、六字为节奏顿。例如王勃《滕王阁序》：

俨骖騑于上路，

访风景于崇阿。

其平仄关系为：

平平平平仄仄
仄平仄平平平

例中出句的第一字和对句的第一、二、四字都是变通用法。

5. 七言句

七言句的平仄格律关系主要有三种：

A.
平平仄仄仄平平
仄仄平平平仄仄

这种格律的二、五、七字为节奏顿处，其平仄关系不可变通，其余各字都可变通。例如王勃《滕王阁序》：

落霞与孤鹜齐飞，
秋水共长天一色。

例句的平仄对应关系为：

仄平仄平仄平平
平仄仄平平平仄

这里出句的第一、四字和对句的第一、三、六字均为变通用法。

B.

平(仄)平(平)(仄)(仄)平
仄(平)仄(仄)(平)(平)仄

这种格律则全为奇言顿，一、三、七字不可变通，其余各字均可变通。例如王勃《滕王阁序》：

襟三江而带五湖，
控蛮荆而引瓯越。

其平仄对应关系为：

平平平平仄仄平
仄平平平仄平仄

例中对句第三字应为仄声，但用了平声，犯了拗。但这种情况比较少见。而且，骈文的声律比较宽松，并不讲究拗救。

C.

(仄)(仄)仄(平)(平)(仄)平
(平)(平)平(仄)(仄)(平)仄

例如王勃《滕王阁序》：

潦水尽而寒潭清，
烟光凝而暮山紫。

其平仄对应关系为：

仄仄仄平平平平
平平平平仄平仄

例中第三、七字为节奏顿字，没有变通平仄，而出句第六字、对句第四字则变通了格律。

6．八言句

八言句的平仄对应关系主要有两种：

A.
平平仄仄平仄仄平
仄仄平平仄平平仄

在这一格律中，第二、五、八字为节奏顿字，必须严守格律，其他位置则可以变通运用。例如崔融《嵩山启母庙碑》：

其山则古文之外方，
其地则新邑之中土。

其平仄对应关系为：

平平仄仄平平仄平
平仄仄平仄平平仄

在这个例子中，出句第六字和对句第一、三字为变通用法。

B.

(平)(仄)仄(仄)(平)平(仄)仄

(仄)(平)平(平)(仄)仄(平)平

其中第三、六、八字为节奏顿处，其平仄不能变通。如宋代汪藻的《隆祐太后告天下手书》：

虽举族有北辕之衅，

而敷天同左袒之心。

例句的出句中“族”（入声）、“辕”、“衅”和对句中“天”“袒”“心”都是节奏顿处，不能变通，所以其平仄关系为：

平仄仄仄平平平仄

平平平平仄仄平平

只有出句的第七字、对句的第一字为变通用法。

从以上所列骈文的主要句型的平仄格律及例句分析可以看出，骈文的格律要求比近体诗和词来说，要相对宽松一些。它没有孤平和三平调之犯禁，也无拗救之讲求。它主要强调节奏顿的平仄对应和其他未变通处的平仄对应。这就形成了骈文抑扬顿挫的交织，产生了起伏流动变化之感。

（二）黏接关系

所谓黏接关系指对仗的句子每上一联与下一联之间的音韵关系。所谓黏接，就是融合、融贯、贯通之意。在音韵上要构筑上下贯通之意，就是要在每一联出句的最末一字的平仄格律与上一联对句最末一字的平仄格律相同。如果是复联型句子，则出句的第一单句的最末一字须与上一联对句的最末一字的平仄相同，并且在复联型对仗内部，出句第二单句的最末一字与对句的第一单句的最末一字的平仄格律相同。这样，通过其平仄格律的同一性而达到了黏接的目的。这种黏接关系相对削弱了每一对仗句的独立性，使之在音韵上成为一个整体。这就达到了使文章音韵既抑扬顿挫又流转畅达的效果。兹引王勃《滕王阁序》前一部分为例：

1. 豫章故郡，
   洪都新府。(仄)

2. 星分翼轸，(仄)
   地接衡庐。(平)

3. 襟三江而带五湖，(平)
   控蛮荆而引瓯越。(仄)

4. 物华天宝，(仄) 龙光射牛斗之墟；(平)
   人杰地灵，(平) 徐孺下陈蕃之榻。(仄)

5. 雄州雾列，(仄)
   俊彩星驰。(平)

6. 台隍枕夷夏之交，(平)
   宾主尽东南之美。(仄)

……

……

如上所示，第一联对句的最末一字“府”为仄声，第二联出句的最末一字“轸”亦为仄声，是为黏接。这样从第一联过渡到第二联就有了音韵上的保证。同样，第二联对句的最末一字“庐”为平声，第三联出句的最末一字“湖”亦为平声，这也是黏接。第四联为复联型对仗，这样第三联与第四联的黏接关系则是通过第三联对句的最末一字“越”（仄声）与第四联出句的前一单句的最末一字“宝”（仄声）来实现。由于第四联内部有四个单句，因此，它们内部也有一个黏接关系，即出句的后一单句的最末一字“墟”（平声）与对句的前一单句的最末一字“灵”（平声）组成一个黏接关系。

从上面的例子还可以看出，黏接关系总是平仄交换递进的，第一个黏接关系为平声，则第二个黏接关系为仄声，第三个黏接关系又为平声，依此类推，平仄交换，逐次递进。这样，不但句子内部有平仄对应，而且联与联之间的过渡、衔接也有声韵的贯通和起伏变化，形成一种串珠式的链状结构：

平起式：平平仄仄平平仄仄平平仄仄……

仄起式：仄仄平平仄仄平平仄仄平平……

这种链状结构就创造了一种回环往复的整体感，使之在音韵上成为密不可分的整体。

（三）押韵关系

押韵即押脚韵。骈文并不都押韵，应用文字的骈文多不押韵，诸如书、表、启之类，而抒情描写文字则多押韵，如骈赋、序之类。骈文的押韵没有固定格式或规则，比较自由、随意，可以句句押韵，亦可间用韵语，可以一韵到底，亦可轮换数韵，没有多少限制。只有唐代律赋在题后规定多少韵及什么韵，那是科场考试之故，或是模拟考场考题之作。

今存最早的限韵之赋是王勃的《寒梧栖凤赋》，题下自注："以孤清夜月为韵。"王勃高宗麟德三年举幽素科及第，然未见是年试该赋，可能是游戏之作。兹引该文如后：

> 凤兮凤兮，求何所图？（虞韵）出应明主，言栖高梧。（虞韵）梧则峄阳之珍木，凤则丹穴之灵雏。（虞韵）理符有契，谁言则孤。（虞韵）游必有方，哂南飞之惊鹊；音能中吕，嗟入夜之啼乌。（虞韵）
>
> 况其灵光萧散，节物凄清；（庚韵）疏叶半殒，高歌和鸣。（庚韵）之鸟也，将托其宿；之人也，焉知此情？（庚韵）月照孤影，风传暮声；（庚韵）将振耀其五色，似箫韶之九成。（庚韵）
>
> 九成则那，率舞而下。（马韵）怀彼众会，罔知淳化。（祃韵）虽璧沼可饮，更能适于醴泉；虽琼林可栖，复忆巡于竹榭。（祃韵）念是欲往，敢忘昼夜。（月韵）苟安安而能迁，我则思其不暇。（祃韵）
>
> 故当披拂寒梧，翻然一发。（月韵）自此西序，言投北阙。（月韵）若用之衔诏，冀宣命于轩阶；若使之游池，庶承恩于岁月。（月韵）可谓择木而俟处，卜居而后歇。（月韵）岂徒比迹于四灵，常栖栖而没没？（月韵）

在这篇律赋中，限为四韵，"孤"（虞韵）、"清"（庚韵）为平声韵，"夜"（祃韵）、"月"（月韵）为仄声韵，每韵押五次，依次而叶，而且可邻韵通押，较为宽松。

律赋初始与整个过程中，限韵多少并无定制。据吴曾《能改斋漫录》卷二"试赋八字韵脚"条云：

> 唐之初，专以（赋）取士，止命以题，初无定韵。至开元二年（公元714年），王邱员外知贡举，试《旗赋》，始有八字韵脚，所谓“风日云野，军国清肃”，见伪蜀冯鉴所记《文体指要》。

据此所知，从开元二年以后律赋多限入韵。但王邱的《旗赋》已亡佚。开元二年所试赋文，今只有李昂的《旗赋》留存，见《文苑英华》卷六十四。该赋的韵脚依次为：工、空、风、鸿、雄、律、出、日、膝、谧、尘、勋、文、云、野、者、寡、舍、军、国、北、清、旌、萦、旌、倾、盈、育、肃，也是依韵之顺序赋之。

从现存于《全唐文》中的律赋来看，限韵以八韵为主，或以古语、箴言为韵，或以古诗为韵，或以题为韵；韵数也多寡不一，或统一为某一韵数，或参差不齐、长短有别。除律赋对用韵有限制外，像骈赋、序等非限韵之文亦有用韵的风尚。如唐代张说《畏途赋》：

> 青泥路，白马关。（删韵）云足蹑，霞手攀。（删韵）忠臣往兮孝子还。（删韵）
>
> 陟羊肠，临鸟道。（皓韵）搏绝岸，援蔓草。（皓韵）悬梁娈娜以树接，虚阁穹崇而烟抱。（皓韵）
>
> 风雨栉汩兮，崩泉而险湍，（寒韵）图画诡屈兮，红峰而碧峦。（寒韵）林黝黝而人静，山嵾嵾而地寒。（寒韵）
>
> 客有梦兮在城阙，（月韵）背芳萱兮心不歇。（月韵）悯秋草之坠露，吊穷崖之飞月，（月韵）闻哀猿之一鸣，忧人宿昔兮生白发。（月韵）

这里虽不限韵，却用了四个韵，平仄韵交替，依次为平声删韵、仄声皓韵、平声寒韵、仄声月韵。韵数以三次为多，也有四次者。骈文用韵，不一定偶句即对句用韵，也有奇句即出句用韵者，如该篇《畏途赋》的第三、四段开头即出句入韵，这也就是奇句用韵。

二、骈文声韵的功能和意义

骈文声韵的三大特点：平仄对应、黏接、押韵，这是骈文成熟期形成的特征。它们虽然不是所有骈文必须遵循的原则，但是丰富了骈文的表现手段，具有独特的功能和意义，这表现在：1. 使骈文具有诗化特性，2. 使骈文具备易诵易记的特性，3. 使骈文富于才学的展示。

（一）诗化特性

所谓诗化特性，指骈文显示了格律诗式的形式结构特征。近体诗是中国古典格律诗的代表，是中国诗艺成熟的标志。格律诗的形式结构特征是讲究平仄对应、注重声韵黏接、要求合辙押韵。这是中国古典格律诗的完备形态，否则，不能称之为格律诗，只能叫作古体诗。古体诗即不具备格律诗的完备形态的诗。它往往只要求合辙押韵，而且这种押韵也是宽泛的。它一般不讲究平仄对应和黏接关系，或者虽也有时注意平仄对应，但并不完备。而成熟的骈文，它的极致形态则也如同格律诗一样，也格律化了，也讲究平仄对应、黏接关系和押韵。这些正是它的诗化表现。正由于有如此的诗化特性，所以作为骈文的一部分的律赋（律化骈赋）究竟属于诗的范畴抑或散文的范畴，总存在歧见，争论不休，其原因正在于此。

骈文的诗化特性，不是与生俱来的特征，而是在其发展过程中形成的。齐梁时代以沈约为代表的人，对声律的规律进行自觉的研究认识，把已知的汉语声律规律的知识逐渐运用到骈文之中去，就如同把这种规律运用到诗歌中去一样。骈文的诗化特性是中国的“诗国”文化的产物。华夏文明中诗歌文化极为发达，这种发达与具有广泛而深厚的群众基础是分不开的，诗歌已成为中国人生活的一部分，使得他们把诗生活化、把生活诗歌化了。看看民间广泛盛行的对联应用场合和有关诗谜的逸闻趣事，就明白这个结论并非诬断。正是民众心理的这种对诗的特征的认同性，使得诗歌的一些技巧性艺术手段很容易移植到其他文学形式中去，骈文便是其中之一。

（二）易诵易记

骈文的诗化特性也就形成了它易于吟诵和记忆的功能。我们知道，格律诗由于字数整齐、句数统一、平仄对应、黏接恰宜、合辙押韵，因此易诵易记、容易流播、传之广远。这主要是因为它声韵上的作用。如果仅仅字数整齐，而不注意声韵上的种种搭配关系，则格律诗未必有易诵易记的特点。散文往往由于篇幅较长，句式不齐，更是不易吟诵和记忆。而骈文却有意避免了这一短处，吸收了近体诗的长处，以诗为骈文，使骈文具有诗才具有的声韵特征。这样就使骈文也有了音乐的宛转流利，从而也就容易吟诵和记忆了。当吟诵骈文时，具备了抑扬顿挫的情韵，也就有了起伏变化、流畅自如的听觉享受，而它押韵的特点又容易记忆，便于流布。

（三）显示才学

要灵活、熟练地驾驭平仄对应、黏接关系、押韵关系，就需要对声律的规律精通。自魏晋以后，人们就开始探讨汉语声韵的内在规律，曹魏时期的李登著有《声类》这一韵书，齐梁时代的沈约也著有关于四声八病的韵书，可惜都已失传。之后，隋代陆法言撰有《切韵》，唐代李舟撰有《切韵》，孙愐撰有《唐韵》，宋代陈彭年等人撰有《广韵》，丘雍等撰有《韵略》，丁度等撰有《礼部韵略》和《集韵》，等等。宋以后各代韵书更多。可以看出人们对声律的认识逐渐加深。但汉语词汇丰富，要掌握如此丰富词汇的声律规则绝非易事。能否驾轻就熟地运用声韵就可以看出学问之高低、才学之深浅。文章用声律对作者提出了很严格的要求，对语言的声律不通晓则不敢涉足骈文。因此，骈文足可以成为显示才学的工具。这也使骈文成为高雅、深奥的文学形式，做骈文本身就表现出一种有学问、富才学的姿态和风度。在士大夫阶层，做骈文便成为一种时髦的精神活动。正如宋人洪迈所指出的："上自朝廷命令诏册，下而缙绅之间笺书祝疏，无所不用。"（《容斋四六丛谈》）

第三节　骈文修辞形态之三：典事

用典事是骈文修辞的又一突出形态，虽然它不是骈文的必备条件。典事包括两个方面：历史或传说的故事及有历史文献出处的语词。有时两者又融合为一体，既是历史或传说的故事，又出自历史文献典籍。关于典事的修辞，下面将讨论三个问题：1. 典事的种类，2. 用典的方式，3. 骈文用典的文化内蕴。

一、典事的种类

骈文所用典事大致可以分作两类：事典和语典。关于事典和语典的不同及其在骈文中的运用可以分述如下。

（一）事典

关于事典，其实就是传统对典故的理解。刘勰在《文心雕龙》中称为“事类”，并界说云：“事类者，盖文章之外，据事以类义，援古以证今者也。”（《文心雕龙·事类》第三十八）他认为，事典这种修辞手段就是根据文章内容与历史故事、传说故事的某些相似性，用古代的故事来说明所写的内容。这是从用事典的作用来界定的，基本上概括出了事典的特点。然而，刘勰认为事典的目的是“明理引乎成辞，征义举乎人事”（《文心雕龙·事类》第三十八）。把用典的目的仅仅归为“明理”“征义”，则似嫌狭窄了。

事典，是指典实本身包含一个故事、一段情节、一种事件。它必须是具有某种故事性的内容。不了解这个故事（情节或事件），就不能理解这个典事的含义，也不可能理解文中这个用典之处的含义。就是说，故事性是事典的中心内涵。比如庾信《春赋》中的两句：“绿珠捧琴至，文君送酒来。”这一对仗里出句与对句分别用了一个事典。如果不了解这两个事典的故事性内容，这两个事典也就不可解，这两句的内容也无法破译。出句“绿珠捧琴至”是用《晋书·石崇传》之典：“崇有妓曰绿珠，美而艳，善吹笛。”原来绿珠是豪门士族石崇的家妓，以美艳绝代名世，又通晓音乐。这就是这个事典的故事性背景，那么这句“绿珠捧琴至”则是写舞女的美艳、乐工的高超技艺了。对句“文君送酒来”是用《汉书·司马相如传》之典：“相如与俱之临邛，尽卖车骑，买酒舍，乃令文君当卢。”原来是用汉代大文学家司马相如的爱妻卓文君婚后穷困被迫当垆卖酒的故事。用这个典实表示舞宴上送酒的都是才貌双全的佳人。

事典的故事性背景或内容常常是具有一定涵盖性的，不是具体的某个事件或故事。它是人物一生的概括，或是其他具有概括性的内容。比如王勃《滕王阁序》中的两句：“冯唐易老，李广难封。”如果不了解冯唐与李广的故事，则是很难明白这两句的含义的。出句用《史记·冯唐传》之事典。西汉的冯唐是个以孝著称的人，先后事过文帝、景帝，自中郎署长累官至楚相，后免官家居，武帝立，求贤良，举冯唐，然冯唐时已九十余，不能再出山了。“李广难封”是用《史记·李将军列传》之典：李广是武帝时期的名将，一生与匈奴作战七十余次，功盖天地，勇冠三军，然而命途多舛，竟未得封侯，而军事才能和英勇顽强精神都远不及他的人却多可以封侯。这两个事典都是对人物一生的概括。这两句用典写出了王勃对人生易逝、功名难就的感触。如果不了解这两个典故的故事，则不能体会作者的良苦用心。

事典的故事性有时未必有具体性，而是泛义的、概括的。譬如庾信《对烛赋》中的两句：“秦皇辟恶不足道，汉武胡香何物奇？”前一句就是泛义的故事性事典。据崔豹的《古今注》：“辟恶车，秦制也。”而辟恶是一种香的名称。南朝梁代宗懔《荆楚岁时记》有云：“六月伏日并作汤饼，名为辟恶饼。”可见，辟恶车应是香车。秦始皇出巡时不仅让一些假的幸辇随行以混淆耳目避免被暗害，而且车上还放着据说可以辟邪除恶的名贵香料。“秦皇辟恶不足道”就是说连秦始皇所用的名贵香料都不足以比拟。这个意思从后一句用典的内容也可以看出。“汉武胡香何物奇”用的是《博物志》中的典：“汉武帝时，弱水西国有人乘毛车以渡弱水来献香者，帝谓是常香，非中国之所乏，不礼其使。留久之。帝幸上林苑，西使千乘舆闻，并奏其香。帝取之看，大如鸾卵，三枚，与枣相似。帝不悦，以付外库。后长安中大疫，宫中皆疫病。帝不举乐。西使乞见，请烧所贡香一枚，以辟疫气。帝不得已听之。宫中病者登日并瘥。长安中百里咸闻香气，芳积九十余日，香犹不歇。帝乃厚礼发遣饯送。”这一事典是有故事性的，其内容亦是关于香之珍奇的。后一句与前一句在意思上互文见义，可知前一句也应是指香。

（二）语典

语典指骈文所用语词有历史文献的出处，但不一定有故事性内容的典事。它仅仅表示某一词语有文献典籍出处，而这一词语往往要依据所出自的文献典籍的原文才能更好地理解。如江淹《恨赋》中的“或有孤臣危涕，孽子坠心”两句，指身处逆境者居危思变，不知典源也可明白，如果知道典出《孟子·尽心上》：“人之有德慧术知者，恒存乎疢疾。独孤臣孽子，其操心也危，其虑患也深，故达。”就更可理解领会此语典在用其字面意义的同时也表示“其操心也危，其虑患也深”之意。这是互文见义，心当言危，涕当言坠。

我们再举一例来说明。唐代李善《上〈文选注〉表》历数文学之变迁时有两句：“楚国词人，御兰芬于绝代；汉朝才子，综鞶帨于遥年。”这也是用了语典。“楚国词人”无疑指屈原、宋玉，“汉朝才子”指司马迁、司马相如、扬雄等人。出句中的“兰”“芬”则是用语典，众所周知，《楚辞》多以香草美人喻君子。“兰”“芬”就是《楚辞》特别是屈原作品最喜欢用的，如《离骚》“纫秋兰以为佩”“朝饮木兰之坠露兮”“兰芷变而不芳兮，荃蕙化而为茅”“芳菲菲而难亏兮，芬至今犹未沫”。而“鞶帨”则是用扬雄《法言》的语典。《法言·寡见篇》：“今之学也，非独为之华藻也，又从而绣其鞶帨……”鞶是小囊，专门盛放帨巾。文中用“鞶帨”是指雕饰文辞之意。

由以上两例可以看出，非故事性是语典与事典的最大不同。因为事典也常是有文献出处的。语典与事典的不同还在于，事典可以使用文献中的既成词语，也可以不使用文献中的既成词语，而语典是必须使用文献典籍中的既成语词，如上例中的“孤臣”“孽子”“兰”“芬”“鞶帨”。有时语典也可以将典源文献中既成语词稍加变动，但必须不失其貌。如骆宾王《为徐敬业讨武曌檄》中的两句："一抔之土未干，六尺之孤何托？"其中，"一抔之土"本意是指盈一掬之土，此指高宗陵寝，可以说是用了语典。典源出自《史记·张释之传》："有人盗高庙坐前玉环，捕得，文帝怒，下廷尉治。释之案律盗宗庙御物者为奏，奏当弃市。上大怒曰：'……欲致之族……'释之免冠顿首谢曰：'……假令愚民取长陵一抔土，陛下何以加其法乎？'"文献的本来语词是"一抔土"，但作者为了行文的需要稍加以变动改为"一抔之土"，仍不失其面貌。上例中的"六尺之孤"也是用了语典，典源出自《论语·泰伯篇》："曾子曰：'可以托六尺之孤，可以寄百里之命，临大节而不可夺也……'"何晏集解云："孔曰：'六尺之孤，幼少之君。'"邢昺引郑玄注云："六尺之孤，年十五已下。"骆宾王文中指后来登基的唐中宗李显。"六尺之孤"是用典源文献中的既成语词。

语典的典源文献与事典的典源文献也有差异。事典由于故事性是其内涵特质，因此典源文献主要是史书和具有叙事性的散文体笔记杂书。最常用的典源史书是《左传》《史记》《汉书》《后汉书》《三国志》《晋书》《南史》等，前引诸例可以看出这一点。六朝骈文的事典多用《史记》，唐人骈文的事典多用《晋书》《汉书》《后汉书》。宋元明清各代骈文多用宋以前各代史书。事典的典源最常用的是《列子》《西京杂记》《博物志》《穆天子传》《搜神记》《晏子春秋》《酉阳杂俎》等野史笔记。也有部分典源是具有叙事性的赋，如宋玉《高唐赋》《登徒子好色赋》经常成为后代骈文的典源文献出处。

语典由于其非故事性特征，因此典源文献很少为史书和笔记。又由于语典必须使用既成语汇，因此，典源文献必须具有广泛的知名度，有很广的普及面。因此，语典的典源文献主要是圣贤的经典性、权威性著作和前代诗文，如《山海经》《论语》《孟子》《老子》《庄子》《礼记》《中庸》《法言》《抱朴子》等；还有一些佛教典籍也是典源，如《大品经》《楞严经》《圆觉经》《法苑珠林》等。例如王勃《益州绵竹县武都山净慧寺碑》中的两句："王舍城之宫阙，白玉犹存；给孤独之园林，黄金尚在。"这是状写净慧寺的壮观景色。"王舍城"就是用了语典。宋僧法云编《翻译名义集》卷七曰："《摩竭提西域记》云：'摩竭陀中印度境，城名王舍。'"王勃文中只是借用其名。"白玉"与"黄金"也是语典。《法苑珠林》中《千佛篇·纳妃部》的《灌顶部》曰："大梵天王，地神坚牢，于菩提树南，以黄金白玉，造大金刚坛，众宝庄严。"王勃以"黄金""白玉"状写其装饰之豪华富丽。"给孤独之园林"则是用了《释迦谱》中的事典。

语典的一部分典源文献是《诗经》《楚辞》和历代名家扬雄、曹操、曹植、阮籍、嵇康、左思、谢灵运、庾信等人的诗文。如王勃《滕王阁序》中"怀帝阍而不见"，即用《楚辞·离骚》："吾令帝阍开关兮。"当然，作者在用语典时已有内部含义的变动。《离骚》中的"帝"指天帝，"阍"指看门人。而王勃文中"帝阍"则以之喻君门。又如唐人杨炎的《大唐燕支山神宁济公祠堂碑》中的"维石岩岩，日月不老"，其中前一句就是用《诗经·小雅·节南山》的"维石岩岩"。

典源为诗文的语典，有时具有某种概括性，即以典源文献中的几个字代替某一句或某几句文字。如韦庄《又玄集序》的首两句："谢玄晖文集盈编，止诵澄江之句；曹子建诗名冠古，唯吟清夜之篇。""澄江"和"清夜"两处即为有某种概括性的语典。"澄江"是指谢朓的《晚登三山还望京邑》诗中的名句："余霞散成绮，澄江静如练。""清夜"出自曹植的《公宴诗》："清夜游西园，飞盖相追随。"以古语为己辞，虽用古而使人不觉，这种语典也很多，如欧阳炯《花间集序》："有唐已降，率土之滨，家家之香径春风，宁寻越艳？处处之红楼夜月，自锁嫦娥。"其中"率土之滨"即出自《诗经·小雅·北山》的"率土之滨，莫非王臣"。

二、用典的方式和手法

这里所说的方式是指用典的外部特征形式。所说的手法是指用典的具体表现方法。明人高琦在《文章一贯》中提出过"用事十四法"，把用典事分为正用、历用、列用、衍用、援用、评用、反用、活用、设用、借用、假用、藏用、暗用、或上或下或错综引用等。我认为，骈文用典的方式主要有六种：明用、暗用、正用、反用、借用、活用。骈文用典的手法也主要有六种：人名引带法、地名（物名）引带法、中心概括法、以偏代全法、原文照录法、局部改动法。下面分别述之。

（一）用典的方式

1. 明用

明用，也可称为实用，指明白无误是在用典的方式。这种方式往往在行文中有意表现出用典的痕迹，不弄清典事的全部内容就不知所云，与上下文无法关联。明用以事典为多。如北朝杨暕《与逸人王贞书》是谈招纳贤士的书信，其中有两句："背淮之宾，徒闻其语；趋燕之客，罕值其人。"就字面语义来看，是说离开淮河之宾客，只听说这个话；到燕地的客人，很少比得上这个人。这是无法理解其意义的，这就是明用。原来，出句是用了汉代邹阳《上吴王书》的一个典事。邹阳在这篇书信中说："然臣所以历数王之朝，背淮千里而自致者，非恶臣国而乐吴民也，窃高下风之行，尤悦大王之义，故愿大王之无忽，察听其至。"

“背淮之宾”原来是指邹阳背淮千里而事吴王之事。对句“趋燕之客”则用《史记》之典。《史记·燕召公世家》云：“郭隗曰：‘王必欲致士，先从隗始，况贤于隗者，岂远千里哉！’于是昭王为隗改筑宫而师事之。乐毅自魏往，邹衍自齐往，剧辛自赵往，士争趋燕。”原来是用燕昭王招纳天下贤才之事。只有检索出典事的内容，才可理解用典文辞的含义。

2. 暗用

暗用，或称虚用，指用典痕迹不很明显，不作用典解释亦可理解的用典方式。暗用以语典为多。如梁简文帝《与萧临川书》开头二句：“零雨送秋，轻寒迎节。”第一句中的“零雨”可作用典观，因《诗经》有“零雨其濛”之句，《尔雅》解释云“徐雨曰零”，但不作用典看亦容易理解，没有阅读阻滞。又如《与萧临川书》最后有两句“瞻之歧路，眷慨良深”。其中“歧路”也可作用典观，用《列子·说符篇》：“杨子之邻人亡羊，既率其党，又请杨子之竖追之。杨子曰：‘嘻！亡一羊何追者之众？’邻人曰：‘多歧路。’既反，问：‘获羊乎？’曰：‘亡之矣。’曰：‘奚亡之？’曰：‘歧路之中又有歧焉，吾不知所之，所以反也。’”但不作用典观，把“歧路”作一般意义理解亦可。

3. 正用

正用是指所用典的目的与典源文献中表示的意义相一致的用典方式。这是用典的一般表现形态，绝大多数用典都是取典源的原本含义。如徐陵《玉台新咏序》：“惊鸾冶袖，时飘韩掾之香；飞燕长裾，宜结陈王之佩。”出句用《世说新语》之事典：“韩寿美姿容，贾充辟以为掾。充每聚会，贾女于青琐中看，见寿，说之……充觉女盛自拂拭……闻寿有奇香之气，是外国所贡，一著人，则历月不歇。充……疑寿与女通……充乃取左右婢考问，即以状对。充秘之，以女妻寿。”典源的本义是贾充由韩寿之衣袖有异香之气而知其与女私通。《玉台新咏序》用此典为正用，其表示的意义与典源内容是一致的。事典一般取正用，语典亦然。如上例对句第二单句：“宜结陈王之佩”出自陈思王曹植《洛神赋》中的两句：“愿诚素之先达兮，解玉佩以要之。”这也是与典源的内容一致的。

4. 反用

反用是指用典的内容与典源文献的内容意思相反的用典方式。如徐陵《玉台新咏序》：“虽非图画，入甘泉而不分；言异神仙，戏阳台而无别。”出句用《汉书·外戚传》：“李夫人少而蚤卒，上怜闵焉，图画其形于甘泉宫。”但是徐陵用此典云“非图画”、言“不分”，与典源本义相反，是反用。对句用宋玉《高唐赋》：“昔者先王尝游高唐，怠而昼寝，梦见一妇人曰：‘妾，巫山之女也。为高唐之客。闻君游高唐，愿荐枕席。’王因幸之。去而辞曰：‘妾在巫山之阳，高丘之阻，旦为朝云，暮为行雨。朝朝暮暮，阳台之下。’”徐陵用此典亦为反用。因为典源内容是阳台有别，而徐陵却说“无别”，与典源内容相反。这种方式比较少用。

5. 借用

借用是指用典时表达的意思与典源原意是借用关系，作者往往在使用中赋予了新意。明人高琦《文章一贯》云：“事与本说不相干，取其一端相似者而借之。”如王勃《滕王阁序》：“无路请缨，等终军之弱冠。”用《汉书·终军传》之典：“南越与汉和亲，乃遣军使南越，说其王，欲令入朝，比内诸侯。军自请：‘愿受长缨，必羁南越王而致之阙下。’军遂往说越王，越王听许，请举国内属。……军死时年二十余，故世谓之‘终童’。”作者借典源中有“自请愿受长缨”这一内容，而自己是报国无门，所以发挥为“无路请缨”，虽然年龄与终军相仿，同为弱冠之年，但功业远不能与之相比。这是借用典事的用法。这种方式也很少用。

6. 活用

活用指把典源的内容加以变化或把使用范围扩大化的用典方式，一般是根据具体行文环境的特殊情况而灵活运用典故。如庾信《小园赋》："黄鹤戒露，非有意于轮轩；爰居避风，本无情于钟鼓。”出句用《左传·闵公二年》："卫懿公好鹤，鹤有乘轩者。”又据周处《风土记》“鸣鹤戒露”。但作者不但把这两个典事合成为一体，而且为了文章的表情达意需要，把典故内容作了改变，说黄鹤“非有意于轮轩”，这是典源内容所没有的。对句用《左传·文公二年》“臧文仲……祀爰居”。《国语·鲁语上》曰："海鸟曰爰居，止于鲁东门之外三日，臧文仲使国人祭之。展禽曰：‘……今兹海其有灾乎？夫广川之鸟兽，恒知避其灾也。’是岁也，海多大风，冬暖。”又江淹有诗云："《咸池》飨爰居，钟鼓或愁辛。”庾信在这里也对《左传》的典源内容作补充，“本无情于钟鼓”这句加入了江淹的诗意和作者的价值判断。之所以这样活用典事，是用鸟来比喻北魏、北周强要留自己在北方为仕，而自己本无意于禄仕之途，这样就曲折表达了自己的心志。

（二）用典的手法

1. 人名引带法

以人名为中心引带一些与典源内容有关的词语构成的典事，称为人名引带法。如庾信《小园赋》："陆机则兄弟同居，韩康则舅甥不别。”出句用《世说新语》："蔡司徒在洛，见陆机兄弟住参佐廨中，三间瓦屋，士龙（陆云）住东头，士衡（陆机）住西头。”作者用典时以人名（陆机）为中心，引带出“兄弟同居”四字，这四字概括了典源故事的内容。对句用《晋书·殷浩传》：“浩甥韩伯（韩伯字康伯），浩素赏爱之，随至徙所。经岁还都，浩送至渚侧，咏曹颜远诗云：‘富贵他人合，贫贱亲戚离。’因而泣下。”作者用这个典事时采取的也是以人名（韩康）为中心引带出能概括典源故事内容的四字“舅甥不别”，以此构成这个用典的内容。

人名引带法是骈文用典的最常见手法。有些虽不是具体人名而是泛指人称的亦可归入人名引带法。如庾信《对烛赋》：“楚人缨脱尽，燕君书误多。”出句用《说苑》之典事，对句用《韩非子》中的典事。《说苑》云：“楚庄王赐群臣酒，日暮灯烛灭，乃有人引美人之衣者，美人援绝其冠缨告王，趣火来上，视绝缨者。王曰：‘饮人酒，使醉失礼，奈何欲显妇人之节而辱士乎！’乃命左右曰：‘与寡人饮，不绝冠缨者不欢。’群臣百余人皆绝去其冠缨而上火。”例句中“楚人”是泛指人称，以此引带出概括典源故事的“缨脱尽”三字，由此构成典事。《韩非子》记载：“郢人有遗燕相国书者，夜书，火不明，因谓持烛者曰：‘举烛。’而误书‘举烛’。‘举烛’，非书意也。燕相受书而说之，曰：‘举烛者，尚明也；尚明也者，举贤而任之。’燕相白王，王大说，国以治。治则治矣，非书意也。”例句中用此典的“燕君”亦是泛指人称，指燕国的丞相，以此为中心引带出“书误多”三字，概括出典源的本事。像这类例子亦是人名引带法的用典手法。人名引带法用典多为事典。

2. 地名（物名）引带法

以地名（物名）为中心引带出与典源内容有关的一些词语构成的典事，称之为地名（物名）引带法。如唐代杜之松的《答王绩书》：“敦煌孝廉，守琴书而不出；酒泉太守，列钟鼓而空还。”出句中的“敦煌”、对句中的“酒泉”都是地名，以这两个地名为中心各自引带出与典源文献内容有关的词组构成典事。出句用《晋书·隐逸传》：“汜腾，字无忌，敦煌人也。举孝廉，除郎中。属天下兵乱，去官还家。……柴门灌园，琴书自适。”对句亦《晋书》典事，据《晋书·隐逸传》云：“宋纤，字令艾，敦煌效谷人也。……隐居于酒泉南山。……酒泉太守马岌，高尚之士也，具威仪，鸣铙鼓，造焉。纤高楼重阁，距而不见。”作者由“敦煌”而引出出句典事主人公“孝廉”，继而引出“守琴书而不出”，六字概括了典事的故事内容；又以“酒泉”之地名引带出对句典事主人公“太守”，继而引出“列钟鼓而空还”，以六字概括出这一典事的全部内容。

以物名为中心引带出典事内容的例子也常见，如李商隐《上河东公启》：“梧桐半死，才有述哀；灵光独存，且兼多病。”这里分别用了两个典事，出句用枚乘《七发》：“龙门之桐，高百尺而无枝……其根半死半生。”而同时化用潘岳悼亡诗题《述哀》。这些都是以“梧桐”这一物名为中心引带出来的。对句用汉代王延寿《鲁灵光殿赋序》：“自西京未央建章之殿，皆见隳坏，而灵光岿然独存。”作者对这则典故采用以“灵光”这一物名为中心引带出“独存”。运用这两个典事曲折表现出丧妻后的凄凉孤独心境。

3. 中心概括法

作者以自己的语言概括出典源内容的用典手法，称之为中心概括法。如欧阳炯《花间集序》：“名高白雪，声声而自合鸾歌；响遏青云，字字而偏谐凤律。”出句是对两个典事内容的概括，一是宋玉《对楚王问》：“客有歌于郢中者……其为阳春白雪，国中属而和者，不过数十人。”二是《山海经·海外西经》：“诸夭之野，鸾鸟自歌，凤鸟自舞。”这是语典用法。对句也是对两则典事内容的概括，一是《列子·汤问》：“秦青抚节悲歌，声振林木，响遏行云。”作者为了与出句的“白雪”相对，把“行云”改为“青云”。二是《吕氏春秋·古乐篇》：“伶伦……听凤皇之鸣，以别十二律。”作者以“凤律”二字概括了此典事的内容。但作者笔下已不是四个典故的简单并列相加，而是进行了再创造，进行了新的组合概括。又如李商隐《祭全义县伏波庙文》：“事嫂冠戴，诫侄书成。”就是分别概括两个典事。这两个典事都出自《后汉书·马援传》，前句是概括下面一段传文：“敬事寡嫂，不冠不入庐。”后句则概括如下一段：“兄子严、敦并喜讥议，而通轻侠客。援前在交阯，还书诫之……”中心概括法的用典手法往往加入了作者的主观创造活动，因为这种概括本身就包含了其理解与取舍。

4. 以偏代全法

用典源文献内容中的部分内容代指全部内容的用典手法，称之为以偏代全法。如骆宾王《兵部奏姚州破贼设蒙俭等露布》：“拥拔山超海之师，当其步阵。”这句中以“拔山”二字语典代指了《史记·项羽本纪》中的一段典事：“项王自为诗曰：‘力拔山兮气盖世。’”同时以“超海”二字语典代指了《孟子·梁惠王上》“挟太山以超北海”的全部内容。又如王勃《秋晚入洛于毕公宅别道王宴序》：“虽源水桃花，时时失路。”是用陶渊明《桃花源记》之典。作者仅以“源水桃花”“失路”这些典源故事中的部分内容代替全部内容。

5. 原文照录法

全部用典源文献中的现成语句表示这个典事的用典手法，称之为原文照录法。原文照录法多为语典。如欧阳炯《花间集序》：“有唐已降，率土之滨，家家之香径春风，宁寻越艳？处处之红楼夜月，自锁嫦娥。”前面两句为夹用散句，其中“率土之滨”是《诗经·小雅·北山》中的原文：“率土之滨，莫非王臣。”又如张说《洛州张司马集序》：“增繁荣叶，桂林之一枝；弥广源流，荆江之九派。”称赏张司马的文采。出句中的“桂林之一枝”用《晋书·郤诜传》的原文：“诜对曰：‘臣举贤良对策为天下第一，犹桂林之一枝，昆山之片玉。’”

6. 局部改动法

用典源中的现成语句略加以部分改动的用典手法称为局部改动法。也多是语典用此法。如李商隐《祭全义县伏波庙文》中的“向我来思，停车展敬”。前一句则是以《诗经·小雅·采薇》“今我来思，雨雪霏霏”用现成语句同时加以改造。“思”是先秦时代常见的语助词，唐代已不再使用。可见作者是在用古语，但根据上下文的需要，把“今”改为“向”，调整了时间副词。又如温庭筠《上学士舍人启二首》之二：“常叹美玉在山，但扬异彩；更恐崇兰被径，每隔殊榛。”出句用《荀子·劝学篇》“玉在山而草木润”句，取前三字同时加了一个“美”字，成为“美玉在山”。对句中“崇兰被径”是用《楚辞·招魂》“皋兰被径兮斯路渐”句，作者用前四字成语时又略作改动，用《招魂》另一处的“氾崇兰些”中的“崇兰”替换了“皋兰”。这都是局部改动的用典手法，这种手法也多是语典所用。

以上六种用典手法是骈文用典的常见技巧性表现手段。当然每个作者可以有各自用典的习惯，也就还有其他用典手法。

三、骈文用典的文化内蕴

用典并不是中国文化特有的现象。在西方文化中也有用典，但丁的

《神曲》、弥尔顿的《失乐园》、莎士比亚的戏剧以及现代派作家艾略特的《荒原》中都有不少用典的事例。钱锺书先生在《谈艺录》和《管锥编》中也谈到过西方文学中用典的例子。但是，用典不是西方文学中普遍的文化现象。用典是中国文学中普遍的文化现象，骈文、近体诗、词、戏曲都用典事。其中，尤以骈文用典最盛。骈文的用典艺术代表了中国文学中用典艺术的最高水平。

骈文用典体现出的文化内蕴，可以从三个方面来认识：一是用典可以拓展作品的内在容量，二是用典体现了经验型文化的背景，三是用典有助于显示作者的才学功力。下面略作阐析。

（一）用典可以拓展骈文的内在容量

用典这种文风自古就存在。从《左传》中可以看到春秋战国时代人们在交往中引《诗》为证的风气。用典这种文化现象伴随我们民族的发展而发展，在中国文学的各种文体样式中都有它存在的形式。之所以在骈文中能最活跃、最普遍地存在，不是简单的一句“唯美主义”或“贵族文学”可以骂倒的，必有它存在的合理性，也就是说在表情达意方面它有独到的功能。这种独到的功能就是它能拓展文句内在的容量。用典的这种功能可以称之为内含式拓展。

内含式拓展是通过两重语义来实现的。表层语义内含深层语义。表层语义是深层语义的符号紧缩或替代形式，而深层语义是表层语义的终极形式。它们的关系可以表示为：

骈文语句（表层语义）

紧缩或替代↑　↓内含典源本事

（深层语义）

表层语义指用典语句表层包含的意义，深层语义指透过表层词句所蕴含的典源本事的意义。它们互为表里。表层的一个词句可以是包容量很大的无数词句的逻辑集合，可以表示为如下图示：

表层语义层面：（用典语链）

深层语义层面：

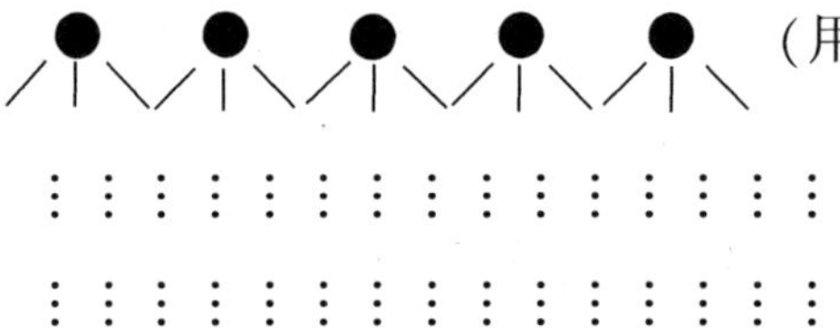

（一个表层语义紧缩或替代符号可以表示为众多语词含义的集合）

骈文用典的内含式拓展功能就是指一个表层语义紧缩或替代符号可以表示为众多语词含义的集合。如王勃《滕王阁序》：“物华天宝，龙光射牛斗之墟；人杰地灵，徐孺下陈蕃之榻。”在这一语链中，有两处明用典事。“龙光”句和“徐孺”句，这各为七言的语句形成的表层语义本身是单薄的，如果仅依词生义的理解不能说是真正的诠释。我们只有透过表层语义追究其典源，找到深层的语义才能破译其真正的内蕴。这样表层的语义符号只起到提示、暗示的作用，引起读者联想到其典源本事，以对本事的理解来接受正文语句传达的信息内容，而深层语义的语言符号无疑是表层语义符号的倍数。以上例为个案剖析如下：

（物华天宝）

……龙光射牛斗之墟

／｜＼

深层语义层面

《晋书·张华传》："吴之未灭也，斗牛之间常有紫气……吴平之后，紫气愈明。华闻豫章人雷焕妙达纬象，乃要焕宿……登楼仰观，焕曰：'宝剑之精，上彻于天耳。'……因问曰：'在何郡？'焕曰：'在豫章丰城。'……华大喜，即补焕为丰城令。焕到县，掘狱屋基，入地四丈余，得一石函，光气非常，中有双剑，并刻题：一曰龙泉，一曰太阿。其夕，斗牛间气不复见焉。焕……遣使送一剑并土与华，留一自佩。"

（人杰地灵）

徐孺下陈蕃之榻

／｜＼

《后汉书·徐稺传》："徐稺字孺子，豫章南昌人。……时陈蕃为太守……在郡不接宾客，惟稺来特设一榻，去则县之。"

在"龙光射牛斗之墟"这七个紧缩符号的后面是一百余符号的内在含量，这就是内含式拓展，无形中增加了作品的内容含量。这一百余符号的紧缩语词，只是为前面提及的"物华天宝"作一例证说明性作用的。"徐孺下陈蕃之榻"亦类似，在七言紧缩语句中包含有三十余言的本事内容，也只是用以证明"人杰地灵"而已。这两则典事都与"豫章"有关，所以最恰当、妥帖又有说服力。

由于表层语词具有丰富的含量，因此，在客观上使骈文形成了中国文学特有的简洁、凝练、含蓄。作者往往可以用几个字表达数十字乃至数百字才能表达的内容。这种巨大的包容性，使骈文用典语言以一为十，内涵十分丰富，这样就使骈文具有简洁精炼的文体特征。同时，作者的感情倾向、是非观点、好恶褒贬可以不直接表述，而是通过典事的运用间接地传达出来，这样也就使骈文具有含蓄的特征。精炼与含蓄这两个最能反映中国文学特性的特点，在骈文中通过典事的运用得以体现。这就可以看出骈文深厚的文化内蕴。

（二）用典是经验型文化的体现

如果把海洋文明与内陆文明分为实践型文化和经验型文化两类形态的话，那么富于冒险开拓的海洋文明属于实践型文化，而内陆文明则属于经验型文化。虽然中国的海岸线漫长，但海洋性格对中国文明的影响并不大。中国一直以"中央之国"自居，对于其漫长的海岸线是忽视的。她的文明孕育于黄河流域和长江流域，可以说，中国文明基本上是属于内陆文明。在数千年的民族发展史中，中国文明崇尚平和、安详、宁静、和谐、圆满、平衡，这是内陆文明的特征。台湾学者徐文珊在《中华文化概论》中指出中国文化具有"尚和平""讲中庸"等特性。对中国文明产生了深远影响的几部圣贤著作，如《论语》《孟子》《庄子》《老子》以及后来的佛教经典，其张扬的都是一种安和、平静、和谐的思想。这种思想的潜移默化作用，慢慢成为华夏民族文化心理结构的集体无意识。宋人赵普为相时雄心勃勃地对宋太宗赵匡义说："半部《论语》治天下。"（《鹤林玉露》卷七）他是参透了这一点。内陆文明往往缺乏冒险、开拓精神，带着更多的血缘宗法制残余，在社会人生中更重视的是经验。这种文化心理结构也必然影响到文学创作中，骈文的用典不能说不是这种经验型文化的必然体现。

从先秦文献中，我们经常可以看到，在春秋战国时代，各诸侯国之间的外交往来，在言谈中的外交辞令，都常常引用《诗》的句子来为自己的话作证。这种曲解式的引用，或断章取义式的引用，在某种意义上说就是用典。当然这种用典的方式很特别，但可以看出用典已深深嵌入民族文化的血脉之中。所以孔子教导弟子们："不学诗无以言。""言之无文，行之不远。"正是基于这种背景，关于"不学诗无以言"的例子在《左传》《战国策》《国语》中可以大量读到。在之后的文学发展中，文人作诗用典已成风气。宋人黄庭坚说杜诗"无一字无来处"。后人说辛弃疾作词用典连篇是"掉书袋"，都可以看出这种文化风气的普遍性。其实，这正是民族文化心理的必然反映。

经验型文化重视经验，而不重视理性和实践。而经验是靠漫长的时间和人生的阅历换取的。因此，在传统的中国社会氛围里，经验是一种资本。华夏文化尊老风气的背后隐藏的正是这种民族文化心理结构的深层原因。因为愈老者经验愈丰富，而经验愈丰富也就认识愈"正确"。在人类文明的某些阶段，人们更多的是承认经验而不是实践和理性精神。从中国社会中辈分观念是如此强烈就可以看出经验型文化的社会里对经验的重视了。反映在文学中，用典愈多也就证明其知识愈多、学识愈深。这种以多用古事古语为荣的文化心态，其深层的原因正是经验型文化的社会的产物。所以，骈文用典体现的正是华夏文明尚经验的这一特点。

（三）用典有助于显示作者的才学功力

宋人谢伋在《四六谈麈》中说："四六全在编类古语。"虽有夸张，但也说出了骈文的一大特点。他又说："（四六）以经语对经语，史语对史语，诗语对诗语方妥帖。”反映了骈文家对用典的观念。宋人王铚在《四六话》中说：“四六尤欲取古人妙语以见工耳。”强调用典尚精工的观点。他更具体提出了“生事对熟事”之说：

> 四六有伐山语，有伐材语。伐材语者，如已成之柱桷，略加绳削而已。伐山语者，则搜山开荒，自我取之。伐材谓熟事也，伐山谓生事也。生事必对熟事，熟事必对生事。若两联皆生事，则伤于奥涩，若两联皆熟事，则无工，盖生事必用熟事对出也。

他谈的是陌生的事典要与熟悉的事典放在一起用，可以避免文章生涩。可以说历代骈文家对用典的艺术进行了不断的探索，用典的标准越来越高。这就对作者提出了严格的要求。它要求作者学识渊博，涉猎广泛，经、史、子、集都必须了然于心，才能兴到笔随。杜甫说：“读书破万卷，下笔如有神。”他说的是诗，而骈文用典更是如此。中国古代典籍浩瀚众多，经、史、子、集各类著作数以万卷，如果能通读已是不易，而且要铭记于心，更是难上加难。正因为如此，就愈加显出用典者的才学功力，并非等闲之辈所能做到。所以，骈文用典成为学识高深的象征，也成为一些作者炫耀才学的方式。但是并非人人都是具有超凡记忆的，也并非人人都博学多才，于是专门为人们提供查寻典事的类书就出现了。

从骈文正式形成开始，就有类书这种性质的书编撰流行，以后每代必有，且规模愈来愈大。以魏晋南北朝为例，仅据《隋书·经籍志》《唐书·艺文志》《四库全书总目提要》就知道这段骈文兴盛时期的类书有二十余种。曹魏时代的桓范、王象、缪袭等人编有《皇览》，晋代挚虞编有《文章流别集》，刘宋时代的何承天编有《皇览》，颜延之编有《纂要》，南齐时代的萧子良编有《四部要略》，梁代的沈约编有《袖中记》《袖中略集》《珠丛》，庾肩吾编有《采璧》，无名氏编有《皇览》，徐爰有《全皇览目》，萧琛有《皇览抄》，刘峻有《类苑》，无名氏有《梁七录》，徐勉有《华林遍略》，无名氏有《要略》，刘杳有《寿光书苑》，元晖有《科录》，萧子显有《法宝联璧》，张率有《文衡》，萧统有《文选》（按：欧阳询《艺文类聚序》云："《流别》《文选》专取其文，《皇览》《遍略》直书其事。"可见古人视《文选》为类书）和《文章英华》，萧纲有《长春义记》，陈代张式有《书图泉海》，北魏的李穆叔有《典言》，北齐的祖珽有《修文殿御览》，等等。到了唐代有名的大型类书就有《北堂书钞》《艺文类聚》《初学记》，到宋代有名的大型类书就有《太平御览》《册府元龟》《事物纪原》，明代有《永乐大典》，清代有《佩文韵府》《渊鉴类函》《子史精华》，等等。

这些众多类书的出现，既是骈文（当然后来也包括诗、词）用典促发的结果，同时对骈文用典又起了推波助澜的作用。以梁代为例，当时就有竞赛典事的风气，以比才学之多寡。《南史·刘峻传》记载这样一件事：

> 梁武帝招文学之士，有高才者多被引进，擢以不次。峻率性而动，不能随众沉浮。武帝每集文士策经、史事，时范云、沈约之徒皆引短推长，帝乃悦，加其赏赉。会策锦被事，咸言已罄。帝试呼问峻，峻时贫悴冗散，忽请纸笔，疏十余事，坐客皆惊，帝不觉失色。自是恶之，不复引见。

刘峻因学富五车、杰出超群而为身居皇位的梁武帝萧衍嫉妒，以至不复引见，可以看出当时攀比典事之风极盛。又如《南史·王摛传》：

> 尚书令王俭尝集才学之士，总校虚实，类物隶之，谓之隶事，自此始也。俭尝使宾客隶事多者赏之，事皆穷，唯庐江何宪为胜，乃赏以五花簟、白团扇。坐簟执扇，容气甚自得。摛后至，俭以所隶示之，曰："卿能夺之乎？"摛操笔便成。文章既奥，辞亦华美，举坐击赏。摛乃命左右抽宪簟，手自掣取扇，登车而去。俭笑曰："所谓大力者负之而趋。"竟陵王子良校试诸学士，唯摛问无不对。

这则故事活灵活现地勾画出文士们竞相隶事之风尚。正是这种风气的作用，在有梁一代，骈文用典才达到极盛。透过用典的表面特征，可以看出文士们以显示才学功力而攀比典事的这一心态。

第四节　骈文修辞形态之四：藻饰

许多修辞学著作并未把藻饰作为一种修辞方式，大概因为它有泛义性，如前所述的对仗、声韵、典事都可以列入广义的藻饰范围之中。我们这里所讨论的藻饰指的是狭义的敷藻装饰，即用具有夸饰性的辞藻来修辞文句。在这一节里，我们将讨论两个问题：骈文藻饰的方式和骈文藻饰的文化内蕴。

一、骈文藻饰的方式

根据骈文作品藻饰反映出的整体特征，骈文藻饰的方式大致有如下几类：色彩藻饰、形态藻饰、数量藻饰、比拟藻饰、摹状藻饰、铺排藻饰等。前三种为修饰的角度，后三种为修饰的手段。

（一）色彩藻饰

在骈文藻饰中，从色彩的角度来藻饰是最常用的。花有颜色之别，服饰有色彩之异。自然界中的各种事物多是五彩缤纷的。柳宗元《乞巧文》说骈文“抽黄对白”正是指出了其色彩藻饰的特点。这类例子很多，如：

紫茎兮文波，红莲兮芰荷。绿房兮翠盖，素实兮黄螺。（梁元帝萧绎《采莲赋》）

眉将柳而争绿，面共桃而竞红。……苔始绿而藏鱼，麦才青而覆雉。（庾信《春赋》）

辉辉朱烬，焰焰红荣。（庾信《灯赋》）

左右青霭，表里紫霄。（鲍照《登大雷岸与妹书》）

度白雪以方洁，干青云而直上。

青松落阴，白云谁侣？（孔稚珪《北山移文》）

青牛帐里，余曲既终；朱鸟窗前，新妆已竟。（徐陵《玉台新咏序》）

绿縢朱绂，且混以萝裳。

青溪数曲，幽人长往；白云万里，帝乡难见。（王勃《秋晚入洛于毕公宅别道王宴序》）

白藏开序，青女御律。

亦有红蘋绿荇，亘渚连翘。（王勃《宇文德阳宅秋夜山亭宴序》）

一般说来，骈文家们多喜用白、青、紫、绿、朱（丹、红）等表示色彩的词，大概因这几种色彩比较纯净、鲜明、富于对比性的缘故。以色彩状饰就可以使骈文显得五彩纷呈，具有华美之形象。用色彩藻饰必须恰到好处，不可滥用，正如刘勰《文心雕龙·物色》所说："凡摛表五色，贵在时见，若青黄屡出，则繁而不珍。"因为滥用则难起到突出色彩的作用。杨炯在《王勃集序》中批评过"糅之金玉龙凤，乱之朱紫青黄"的毛病，认为这种"竞为雕刻"的文风是不足取的。

（二）形态藻饰

形态藻饰是指从形态描写角度用华美的辞藻来修饰。形态既指人的外貌、装束、动作、行为、心理，也指物的形态，但以指人的形态为主。如徐陵《玉台新咏序》："楚王宫内，无不推其细腰；卫国佳人，俱言讶其纤手。"这里以"细腰""纤手"从外貌上状饰人物。又如此文中的其他几段："妆鸣蝉之薄鬓，照堕马之垂鬟。反插金钿，横抽宝树。南都石黛，最发双蛾；北地燕脂，偏开两靥。"这是从服饰、装束、容貌角度来藻饰。又如沈约《丽人赋》："出暗入光，含羞隐媚。垂罗曳锦，鸣瑶动翠。来脱薄妆，去留余腻。沾粉委露，理鬓清渠。落花入领，微风动裾。"这一段文字写丽人的外貌、服饰、动作、心理，都是以夸饰性的华美言辞来状写的，也是形态藻饰。对物的形态藻饰，如谢庄《月赋》中："绿苔生阁，芳尘凝榭。"庾信《小园赋》中："桐间露落，柳下风来。"庾信《春赋》中："出丽华之金屋，下飞燕之兰宫。""芙蓉玉碗，莲子金杯。"都是以华美的具有夸饰性的辞藻来状饰景物的外观形态。一般说来，形态藻饰对描写对象都有美化成分，如《月赋》中以"芳"饰"尘"，《春赋》中以"金"饰"屋"，以"兰"饰"宫"，以"芙蓉""玉"饰"碗"，以"莲子""金"饰"杯"。写人的例子就更明显，往往把丽人当作天生丽质、美玉无瑕的美的化身来状饰，如五代时期欧阳炯的《花间集序》："举纤纤之玉指，拍按香檀。"以"纤纤""玉"形容手指就是夸饰性的形态藻饰，是一种美化对象的描摹。

（三）数量藻饰

从数量上状饰也是骈文藻饰的一个方面。骈文善用数量来修饰文句。这里所说的数量既有实的，如三、五、九、百、千、万，也有泛指的，如尽、满、并、皆等。即使是用数字的也多是虚数，泛言其大、其多、其广，具有一定的夸饰性。

这种数量藻饰的例子很多，如庾信《春赋》中描写春天景色的句子：

> 新年鸟声千种啭，二月杨花满路飞。河阳一县并是花，金谷从来满园树。一丛香草足碍人，数尺游丝即横路。

这一段就是多用数量藻饰，以"千种"写鸟啭，夸饰了鸟的数量，以"满路"写杨花，夸饰了落英的众多，以"满园"写树之数量众多，"数尺"游丝即可横断路面，亦具有一定的夸饰性。又如谢朓《辞随王子隆笺》："东乱三江，西浮七泽。""三江""七泽"都是虚言其多，写其随王子隆东奔西走的情形，状饰其经过的地域之广。类似的例子还有许多，如：

> 暂游万里，少别千年。（江淹《别赋》）
>
> 吞吐百川，写泄万壑。（鲍照《登大雷岸与妹书》）

五城韬海，接昆阆于大都；八洞藏云，冠瀛洲于巨阙。

何必九虬齐骛，直访银宫；八骏长驱，遥临石室？

飞廉作气，被万吹于中岩；帝项司寒，宅千霜于北谷。

闾阎当四会之街，城邑辨三分之地。

九服失图，三灵在疚。

万国顺，百灵朝。

千香宝树，自起风烟；九乳仙钟，独鸣霜雪。

周行数里，直上千仞。（以上均王勃《益州绵竹县武都山净慧寺碑》）

有的虽未使用数量词，但在内容上与此相同，也是数量藻饰，如欧阳炯《花间集序》："家家之香径春风，宁寻越艳？处处之红楼夜月，自锁嫦娥。"其中的"家家""处处"都具有数量的意义，并具有夸饰性。

（四）比拟藻饰

用比喻或拟人手法来修饰文句的方式，通过比喻或拟人达到一定的夸饰性美化的目的，称为比拟藻饰。一般说来，比拟藻饰中的比喻以明喻为主，如江淹《别赋》："秋露如珠，秋月如珪。"鲍照《芜城赋》写山"崒若断岸，矗似长云"。其另一篇《飞白书势铭》："轻如游雾，重似崩云。"用以形容书法之气韵。又如沈约《丽人赋》："狭邪才女，铜街丽人。亭亭似月，嬿婉如春。"这是写女子。又如庾信《谢赵王赉丝布启》写丝布："霰似琼田，凌如盐浦。"再如唐人阎朝隐《晴虹赋》写雨后彩虹："半出高岊，疑蟾魄之孤生；全入澄澜，若蛾眉之相向。""晻兮煜兮，既类丹山碧树之重叠；断兮连兮，又似美人彩女之婵娟。"可见这类比喻都是一目了然的，它们都通过"若""似""如""疑"

“类”等比喻词表示出来。通过比喻把被喻体与一种美好的喻体联系了起来，从而装饰了文章，达到夸饰性目的。

拟人也是一种夸饰性的藻饰，如庾信《小园赋》：“鸟何事而逐酒？鱼何情而听琴？”就是把“鸟”“鱼”拟人化了，赋予了人的思想感情。拟人是通过予以描写对象以人的心理、思想、感知，而达到使表现对象进入美的升华的藻饰。

（五）摹状藻饰

通过对事物特征的摹状达到夸饰目的的藻饰方式，称为摹状藻饰。摹状藻饰多用重叠手法摹拟声音、气候、动作、心理、状态等。如梁元帝萧绎《荡妇秋思赋》：“山则苍苍入汉，水则涓涓不测。”“日黯黯而将暮，风骚骚而渡河。”“春日迟迟犹可至，客子行行终不归。”这里以“苍苍”摹状山之颜色苍翠，以“涓涓”摹状水之细流潺潺，以“黯黯”摹写夕阳之将瞑，以“骚骚”饰状风之劲烈，又以“迟迟”拟写春天之妩媚，以“行行”摹状客子远行之奔波，都是通过叠字的效果达到一定的夸饰性。又如庾信《小园赋》：“风骚骚而树急，天惨惨而云低。”“谅天造兮昧昧，嗟生民兮浑浑。”作者写风之大用“骚骚”以摹其声，写天之阴暗则用“惨惨”以形容其状，写天造之初则云“昧昧”，写生民之始则云“浑浑”。又如江淹《别赋》：“风萧萧而异响，云漫漫而奇色。”以“萧萧”摹声，以“漫漫”状形。以上都是摹状藻饰。

（六）铺排藻饰

在藻饰诸方式中，以铺排物象为手段的藻饰也是比较常见的。这是汉赋铺张其辞的遗风。这种铺排有时是相关联的一系列物象的连缀、并列，有时是不很关联的一系列物象的集合。如徐陵在《玉台新咏序》中谈到文学中美女的形象则用了一系列文学史上与此有关的人物：

> 本号娇娥，曾名巧笑。楚王宫里，无不推其细腰；卫国佳人，俱言讶其纤手。阅《诗》敦《礼》，岂东邻之自媒；婉约风流，异西施之被教。弟兄协律，自小学歌；少长河阳，由来能舞。琵琶新曲，无待石崇；箜篌杂引，非关曹植。传鼓瑟于杨家，得吹箫于秦女。至若宠闻长乐，陈后知而不平；画出天仙，阏氏览而遥妒。至若东邻巧笑，来侍寝于更衣；西子微颦，得横陈于甲帐。……金星将婺女争华，麝月共嫦娥竞爽。惊鸾冶袖，时飘韩掾之香；飞燕长裾，宜结陈王之佩。

作者几乎把历史上与美人有关的故事、形象都铺排了。铺排藻饰在骈文中是常见的，特别是在骈赋和序、碑等类作品中更是如此。铺排藻饰往往将与描摹对象有关的类似物象、故事聚合在一起，使之互相映衬，反复烘托，凸现所要表现的内容。铺排藻饰是围绕一个中心展开的，围绕某个具体的所要表达的内容将与此有关的材料排列描摹。

二、骈文藻饰的文化内蕴

骈文藻饰是一种普遍的文化现象。它反映着深层的民族文化内蕴。这种文化内蕴可以归结为两个方面：首先是反映了中国文化的尚美心态，其次是反映了中国文化尚神似的特征。

（一）尚美心态

最早最能体现先民的美的观念的大概是人对自身的装饰。人体装饰包括文身、头饰、耳饰、颈饰、胸饰、手饰、脚饰等方面的内容。在先民的观念中，美就体现在自身，马克思关于“人也按照美的规律来建造”（《1844 年经济学哲学手稿》，《马克思恩格斯全集》第 42 卷，第 97 页）这句话也正说明了这个事实。从语源学上说，汉字里的“美”字“原来含义是冠戴羊形或羊头装饰的大人”（萧兵《〈楚辞〉审美观琐记》，《美学》1981 年第三期，第 225 页），可见，中国人最早就是从头饰认识美的。最早的人体装饰与图腾崇拜有关。殷商时期，有的国名就做成“羊”字的形状（），以羊为图腾。看来，以羊形头饰为美的氏族，最早是具有功利目的的，是为了辟邪，就像中国许多地区的文身以龙、蛇或其他兽类为图案一样，其原始意义是图腾崇拜、辟邪除恶，之后才慢慢演变为美饰观念。（参见徐一青、张鹤仙：《信念的活史：文身世界》）以项链、手链为特征的颈饰、手饰，其最初也是功利性的，表示财富的多寡，之后才演变成只有美饰意义。可见，包括人体装饰在内的各种艺术形式在产生之始都是功利性与美饰性目的并存的。美是人类的天性。

中国古代文明是极重视美饰的。尚美在中国文化中表现尤为突出，在民间艺术（剪纸、绢绣、服饰、蜡染、石刻等）中，可以看出尚美的观念在生活中是多么普及、深入，而且源远流长。在现今已出土的大量青铜时代的文物中，无论是鼎、皿、壶、罍、卣，还是各种陶器，都可以看到各种装饰性图案，说明中国古代文明对美的追求。中国的文人文学一直秉承这一传统，注重文章的文采。屈原《楚辞》辞采炳发，为后人称道，刘勰称其“惊采绝艳”“文辞丽雅，为词赋之宗”“名儒辞赋，莫不拟其仪表，所谓金相玉质，百世无匹者也”（《文心雕龙·辨骚》）。秦汉以后的文学一直沿着这样的道路发展，注重文采，诗、词、文莫不如此。

骈文的藻饰所体现出来的对美的表现正是中国文化尚美心态的必然反映。骈体起源之初是基于功利目的的，是为了传播的需要，但后来慢慢变为主要追求美的表现了。罗宗强指出："骈句的出现虽出于实用的需要，而整篇的骈文的出现，则有着两个方面的原因。一是功利的目的；另一则并非出于功利的目的，似为对技巧的追求。"（《隋唐五代文学思想史》，第195页）他还不敢完全肯定骈文追求技巧是其出现的原因之一。正确的表述应是，骈文在发展中追求美的表现已完全取代了功利性目的。正因为如此，骈文的藻饰才得以迅速发展，不断美化骈文的外在形式。

（二）尚神似特征

中国文化孕育出的各种艺术形式，在形似与神似这两大艺术表现范畴中，是以神似而非形似见长的，这与西方诸艺术不同。中国诸艺术形式以神似为上品，以形似为下品。所以，中国的书法以笔意铸造美，讲究行云流水，特别是行书、草书，不是只求写其字形，而是追求其精神风貌，表现作者的个性，正如唐人欧阳询所说："书妙穷神"要"行行眩目，字字惊心"。（《用笔论》，《全唐文》卷一四六）亦正如唐代虞世南所指出的："夫未解书意者，一点一画，皆求象本，乃转自取拙，岂成书耶？"（《笔髓论》，《全唐文》卷一三八）他们强调的是神似。中国的绘画讲究散点透视，以形写神，追求"不似之似"（明代王绂《书画传习录》）、"似与不似之间"（齐白石语），注重的不是自然的摹写，而是内心的表现，所以雪中芭蕉成为美谈。绘画的最高境界也是神似。在戏曲艺术中，虚拟化是其主要特征之一。任何场景、道具都可虚拟，而非形似的再现。在小说艺术中，现实世界与冥冥地狱、神奇天国可以相通，人间与神仙可以恋爱。其内在的原因，也是中国文化重神似的反映。可以说，受中国哲学和思维定式的影响，中国艺术追求的是感悟式的表现，而非逻辑性的再现，其特征就是追求神似而非形似。

骈文的藻饰以前多评为“繁缛”，这只是夸大地看其表面，人们也多以为骈文的藻饰就是过于重形似的描摹，这也是片面之论。其实藻饰也是尚神似的文化内蕴的反映。骈文的藻饰的最大特征是夸饰性，无论是色彩藻饰、形态藻饰、数量藻饰，还是比拟藻饰、摹状藻饰、铺排藻饰，都具有夸饰这一共同特征。夸饰的目的是追求反映出描写对象的风貌。正如脸谱艺术须有一定夸张性，以突出思想性格的特征，骈文藻饰的夸饰性也是为了突出事物的“神似”。因此，它不全以事物的物理属性（比例、色彩、数量等）为逻辑联系出发点，而以文学的表现目的为逻辑联系的出发点。因此，为了表现其大，在数量上可以夸张；为了表现其美，在色彩上、形态上可以选择最华美的词语，以达到表现其美的风采；为了创造某种气氛，它可以进行铺排。这种“神似”是内在的，与书法、绘画中的神似既相同又不相同。不相同之处在于其他艺术中的神似，强调以少为多，以无为有，骈文藻饰中的神似，注重的是突出其华美性，强调其氛围的夸张性。

第六章　骈文的美学特征与审美效应

从美学角度考察骈文，可以使我们对这种“美文”有一种美的体认，从其自身的审美价值来认识这种文化现象的存在，以及对这种文化现象作公允的评价。在本章中，将讨论下列问题：1. 骈文是文字型文学的最高典范，2. 骈文的均衡和谐美，3. 骈文的音乐美，4. 骈文的典雅美。

第一节　文字型文学的最高典范

关于“文字型文学”这一概念的提出，我们可以在郭绍虞先生20世纪50年代写的《提倡一些文体分类学》中找到出处，他说：“以前的骈散之争，实际上都是文言，可说都属文字型的，只有现代的提倡白话，才创造完成了语言型的文学。”（《照隅室古典文学论集》下编，第563页）他从语言表现材料上把文学分为两类：语言型与文字型。语言型指用口语写作的文学，文字型指用书面语写作的文学。这种划分是从文学的本体（文学是以语言为材料的艺术）上来区别的。它指出了中国文学在语言表现形态上的两种截然不同的类型。文字型文学在古代文学中一直占据正宗和霸主的地位，诗、散文、骈文、词都是文字型文学，它们是几千年中国文学的主流。相比之下，从宋代以白话小说开始的语言型文学的历史就短暂得多，且一直未得到重视。白话小说这一路主要在民间和下层社会中流行。在上层社会虽亦有过诸如《红楼梦》《儒林外史》之类的巨著，但在古代士大夫看来这种语言型文学类似于妓、妾的地位。白话小说地位的提高是清末至五四新文化运动前后的事。从这个角度来看，文字型文学就有一个最佳的审视方位了。

中国古代文学除极少数民歌和宋以后兴起的白话小说外，基本上都是用书面语创作的文字型文学。文字型即远离口语的。但同是文字型文学，距离口语的远近程度与其艺术体制上的难易程度成正比。可以用下表说明：

文字型	**语言型**
书面语 ——————————→	口语
（距　　离） 远……………………………………近	
骈文………诗………词………散曲………散文	白话小说 民歌（部分）

从上表可以看出，按与口语的近远关系，散文（古文）距口语较近，以下依次是散曲、词、诗、骈文。古文之所以距口语较近是因它非格律限制，可以任意长短，如行云流水，行于所当行，止于所当止。散曲、词、诗、骈文都有格律（格式）或准格律（格式）方面的限制，但

从篇幅长短、限制宽严角度看，骈文是距离口语最远的，亦即距语言型文学最远。因此，可以说，在文字型文学中，骈文是限制最严的，代表了文字型文学的最高典范。

骈文要求通篇对仗、声韵黏接，还有用典事、藻饰等要求，因此比之任何一种有格律限制的文字型文学，骈文的难度都要大得多。它对作者的素养、知识全面程度提出了极高的要求。可以说，骈文是中国古代文字型文学的最严格的规范文体。它最能反映文字型文学的艺术技巧，毫不夸张地说，骈文是文字型文学诸文体的集大成者，它自身就包括了对仗、用典、声韵、藻饰在内的一切文字型文学的手法，而且使用频率是任何一种其他文字型文学文体的倍数。同时，以上这些手法正体现了“文学是语言的艺术”这一公认的命题。骈文用自身的实绩证明了这一命题的正确。骈文展示的绝不仅仅是一些艺术技巧，而是人类对自身语言驾驭的智慧和创造艺术的天才和能力。骈文也是中国传统文化的集中体现。骈文所要求的诸种素养正体现了儒家修身养性之道，其广博的才艺、彬彬含蓄的叙写方式正是修身养性的文化精神的反映。所以，把骈文作为文字型文学的最高典范，正是反映了它的实际地位。从这个意义上看骈文，就能够了解它与众不同的作用。

文字型文学与语言型文学的区别就在于，语言型文学更注重整体性的技巧，如篇章结构布局、人物形象性格、个性化语言等，而文字型文学则更关注具体性的技巧，如用字的简练、对仗的工巧、声韵的谐美、典事的恰当等。可见，文字型文学与语言型文学的美学追求是不同的。西方文学以语言型文学为主，所以其文艺美学理论以结构布局、形象性格、语言个性为主要话题，中国文学以文字型文学为主，所以古代文论（包括诗话、词话）更多的是谈论炼字、对仗、声韵、典事。它们代表的是不同的美学风范。这也是中国文学的范围之广乃至于扩延于一些应用性、公牍性文体的原因之所在。从骈文为文字型文学的代表来看，它的美学追求正是这些文字型文学的诸特征。它集文字型文学的各种技巧于一身。研究骈文的美学特征和审美效应，就能通过这一斑看到文字型文学的面貌了。

第二节　骈文的均衡和谐美

古典美学的理想风范就是和谐，这从亚里士多德、柏拉图、孔子的论述中就可以看出古人的审美追求。和谐之美，是人类的美学基本形态，也是最初的美学形态。它是古典美学的主要形态。我们在欧洲的哥特式建筑中，在中国古代的宫殿、寺院建筑中，可以领略到这种和谐之美。和谐之美给人以静谧、安详、和平的美感。如在欧洲哥特式教堂建筑中，我们体会到的是安详、肃穆、宁静、崇高的美感，在中国宫殿建筑中体会到的是安详、壮大、庄严的美感，在中国寺院建筑中体会到的是静谧、安宁、肃穆的美感。在这些建筑艺术中，和谐之原因主要是它们采用了对称的形式和均衡的构造。无论是厢房、窗户、飞檐的设计，还是各种装饰或壁画、雕塑，都无不是对称的形式。对称创造了均衡的结构效果，均衡产生的审美效应是和谐而非冲突。对称均衡之所以成为古典美学的基本风范乃是因为它符合人自身的美学构造，对称均衡是人类在自我形成发展中的完美选择。

骈文也代表了文字型文学的美学特征，其中最主要的就是均衡之美。骈文的均衡之美是通过句子的构造产生的。骈文句式的最大特点是对称。对仗就是对称。这种对称产生的就是均衡之美。如果用一坐标系表示，骈文句式的对称均衡关系就昭然若揭了：

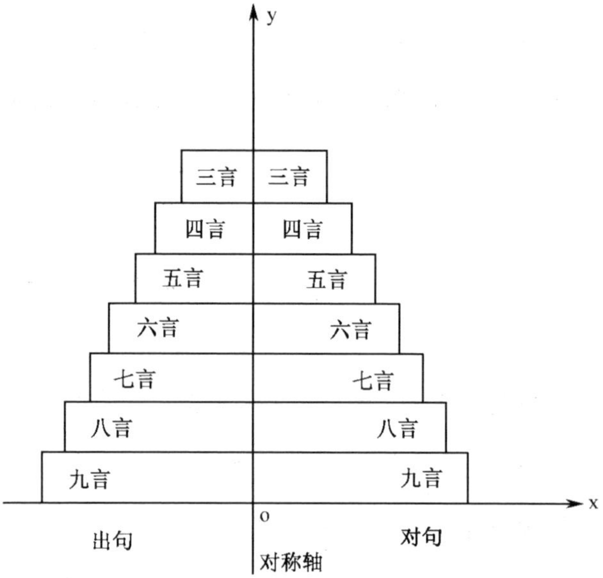

从上图可以看出，这是一个完美的塔形结构。以 y 线为对称轴，出句对句各置两端，互相对称，把各个点用线依次连接，就组成了一个塔形结构。在一篇骈文中，把所有的对仗句式按一定序列用坐标表示出来，这就是一个塔式结构图形。出句与对句永远是和谐的统一体。它们通过互相对称而达到均衡，三言与三言相对，四言与四言相对，五言与五言相对，六言与六言相对，七言与七言相对，八言与八言相对，九言与九言相对。通过出句与对句的对称关系达到一种均衡的效果，这种均衡效果给人的审美效应就是均衡美。均衡美是以和谐为内容的。均衡就没有冲突，就没有不和谐。

不但整个篇章的对仗是一种对称关系的和谐统一，而且骈文在自身发展过程中，选择了以四言对仗和六言对仗为主，其他诸种形式为辅的方式。四言句与六言句都是偶言句，偶言句以偶字顿为主，即使是奇字顿也自成对称，这样在句子内部又创造了一种平衡、对称的效果。在其他诸种句式中，也以偶字顿为主，奇字顿为辅，整体上说都是追求对称均衡。如四言句是通过句内平衡与句间对称达到均衡和谐的，譬如徐陵《玉台新咏序》：

南都、石黛，最发、双蛾。
北地、燕脂，偏开、两靥。

这种四言句以二、二为节奏停顿方式，在出句对句句内前二字与后二字取得了一种平衡，因为它们同是二言；在出句与对句之间，也通过对称取得了均衡的美感效果。六言句也是如此，如二、二、二节奏的徐陵《玉台新咏序》：

时飘、韩掾、之香，
宜结、陈王、之佩。

例中均等节奏形态，出句与对句间形成吻合而达到均衡与对称，由此获得和谐的美感。又如徐陵《玉台新咏序》四、二节奏的六言句：

其佳丽也、如彼，
其才情也、如此。

例中虽句内未取得平衡，但句间都是达到了对称之效果的。再比如七言句，以王勃《滕王阁序》为例：

襟、三江、而带、五湖，
控、蛮荆、而引、瓯越。

这是一、二、二、二节奏的，每个句子本身又是当句对，在各句内取得了对称平衡，“带五湖”对“襟三江”，“引瓯越”对“控蛮荆”，“而”字作为连词存在，依附在后半句的第一字上。其句间都是因节奏停顿的一致而取得对称，达到均衡之美。再如五言句，以王勃《益州绵竹县武都山净慧寺碑》为例：

膺、岳渎、之秀，
挺、风云、之会。

这是一、二、二节奏停顿，句内没有实现完全的平衡，却见变化之美，句间则以同样的节奏方式而达到对称均衡。可见，在对仗内部，不管采取何种形式的节奏，出句与对句总是吻合的、一致的，从而达到对称、均衡、和谐之美感效果。

除了在字数、节奏方面的对称外，骈文在用典和藻饰中的方位、色彩等方面都形成了某种对称的和谐关系。就用典而言，如果出句用了典，对句就一定要用典，这是一种对称。甚至有的骈文经书典对经书典，史书典对史书典，笔记典对笔记典。如王勃的《滕王阁序》中的：“冯唐易老，李广难封。”其中出句与对句都用史书典，并且都是用《史记》典。出句与对句均用典就比只有其中一句用典更显出对称、平衡关系。而且，在用典内部，或者是出句与对句用典内含相同，如上例都是表达岁月易逝、功业难成之意；或者是上句正说，下句反说。在内容上，用典也含有某种对称、均衡关系。

在藻饰中，方位对是很能体现对称、平衡关系的，“上”与“下”、“前”与“后”、“左”与“右”、“东”与“西”、“天”与“地”、“南”与“北”，等等，这些方位的对称也给人以某种均衡感。如鲍照《芜城赋》中的例子：

南驰苍梧、涨海，
北走紫塞、雁门。

又如骆宾王《为徐敬业讨武瞾檄》：

班声动而北风起，
剑气冲而南斗平。

从上述两例可以看出，方位上的对称就避免了某种心理倾斜感，通过心理感受上的平衡，达到美感上的均衡美。

色彩用词也能形成某种对称关系，“青”与“白”，“红”与“绿”，在色感上就具有某种对称的均衡美。这种对称或是冷色调与暖色调的对比，或是浓色调与淡色彩的反差，或是同类色调的和谐映衬。如王勃《滕王阁序》：

老当益壮，宁移白首之心？
穷且益坚，不坠青云之志。

例中的色彩对比，在心理接受上就有一种对称的感觉和同类色调的和谐之美。

从前面分析可以看出，无论是外在形式还是内在形式，骈文的对称性原则都是其均衡和谐美的根源。

第三节 骈文的音乐美

骈文的音乐美，是指骈文通过声律的对位关系、黏接关系及押韵关系构成的音乐美感。音乐美是骈文通过听觉系统的作用而传达的审美效果。它是骈文美学特征的独特性之一，它从听觉角度说明了骈文的美文性质。中国古代喜欢以音乐来比拟文学的音韵之美，如刘勰在《文心雕龙·声律》中就用“宫商响高，徵羽声下”来比附平声和仄声的音质不同。这说明，汉字本身就蕴含了音乐的某种特性，骈文只是巧妙地运用了其特性而已。

一、声律的对位关系

对位（counterpoint），本是音乐领域关于曲式学方面的专门术语，指音乐曲式的和声构成方式，即音符与音符的对应关系。这里，我们将音乐领域的这一术语借用来对骈文音乐美的分析，因为它们具有某种相似性。音乐的和声为了创造一种和谐、生动而富有魅力的美感效果，创造了多种对位方式。骈文的声律也通过具有一定规律的对位关系来发挥其音乐美的作用。在骈文的声律对位关系中，其特点可归结为两个方面：二部反向式对位与交替重复式句段。

二部反向式对位指骈文的声律规则是通过两个相同类句子（而

不是任意多个）来组成对位关系的，其内容在音调上具有相反走向的特征。骈文的基本“乐符”是平声与仄声（上、去、入）。平声舒缓，仄声短促；平声飞昂，仄声低沉；平声宏阔，仄声细小。沈约说：“欲使宫羽相变，低昂互节，若前有浮声，则后须切响；一简之内，音韵尽殊，两句之中，轻重悉异。妙达此旨，始可言文。”（《宋书·谢灵运传论》）他用“低”与“昂”、“浮”与“切”、“轻”与“重”来总结平声与仄声的不同美学内涵。这种声音的不同特性，比沈约更早一点的刘勰也分析过：“沉则响发而断，飞则声飏不还。”（《文心雕龙·声律》）他指出仄声字声音沉抑、短促，平声字飞扬、舒长，两者是不同的。

骈文在句与句所组成的一联中，是很注意到这种声律的搭配的。为了取得高低的契合对应，骈文采用反向式对位，即出句的平声部位，对句则用仄声对应。具体表现为如下几种（以四六句为典型句例）：

（一）缓起缓收式

平平仄仄——缓缓促促
仄仄平平——促促缓缓

（二）促起促收式

仄仄平平——促促缓缓
平平仄仄——缓缓促促

（三）缓起促收式

{平平仄仄平平——缓缓促促缓缓
{仄仄平平仄仄——促促缓缓促促

（四）促起缓收式

{仄仄平平仄仄——促促缓缓促促
{平平仄仄平平——缓缓促促缓缓

骈文声律的对位采用的是通过缓、宏、高与促、细、低的反向作用来对比突出不同音质的魅力。这就是骈文的二部反向式对位的内容。这种反向式对位具有通过反差的比照来强化其听觉效果，在比照中取得既有变化又和谐的审美效应。这种效应是通过互相补充完成的。出句的一定位置用缓、宏、高的音质，则对句的相应位置以促、细、低的音质来补充、调整，反之亦然，使之互为平衡，并在这种变化动态的平衡中达到和谐。对比度可以使节奏强化。

交替重复式句段指骈文每一个二部反向式对位单位（即联）都具有某种固定形式（即前面第五章第二节谈到的句型），整篇骈文就是通过这种固定形式的交替重复完成的。这种交替重复式句段的连缀使骈文的音乐美具有某种固定法则或风格。这种固定法则或风格也奠定了骈文的特性。在骈文句型中，平仄总是交替进行的，且多以偶字（双字）为转换定势；句型又多以偶字句为主（四、六句为主，五、七句为辅），句型转换又是以双句（联）为转换定势。这样，骈文造成的听觉效应中，最大的特点就是节奏分明，节奏感强烈，铿锵有力，类似打击乐的节奏特点。中国传统音乐的一个特点是多用打击乐器（如磬、鼓、锣），因此，节奏分明是最大特征。骈文突出节奏这一特性与传统音乐有某种相通之处。可以说，节奏分明是骈文声律对位关系的音乐效果。

二、声律的黏接与押韵

黏接关系在第五章第二节也已谈到，是指联与联的音韵连接关系。联与联之间本身具有相对独立性，它是一个个对联的交替重复。为了使每一联之间能够连贯起来，除了在内容上需要注意衔接贯通外，在音韵方面也需要衔接贯通。这种音韵上的衔接则通过上一联末尾一字与下一联出句的末尾一字的相同性来实现。这样整篇骈文在音韵上就连成为一体了。如：

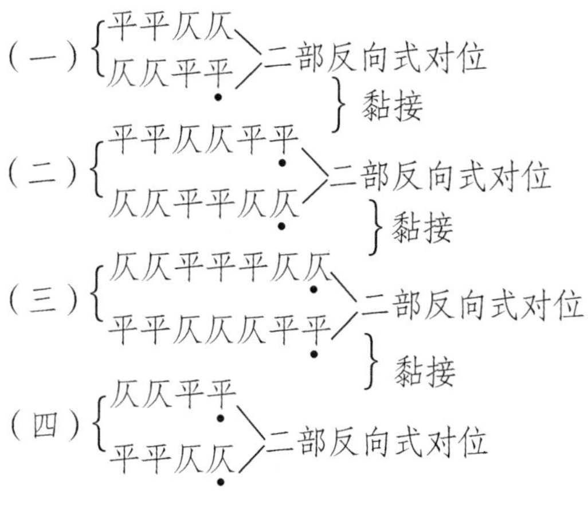

可见，黏接关系的运用使骈文在音韵上连成一个整体。它使骈文在具有节奏感的同时，也有了流动感，给人以音韵流转圆润如弹丸之美感。黏接关系是骈文流畅自如的音韵保证。没有黏接关系，骈文就容易在听觉效果上造成联与联的断裂、分割。因此，黏接关系对流动的韵律感是有决定性意义的。

押韵关系并非所有骈文都具有，却是大部分骈文所具有的。押韵使骈文在同韵的重复出现中产生回旋往复、朗朗上口的和谐美感。骈文通过押韵，使其某一段落在同韵中获得一种认同感。这种认同感就奠定了其同一性和统一性，这样具有同一性或统一性的字词就有亲切、亲近的美感效果。这也同时推动了文章的进展，使文章产生流畅的韵律。而骈文的押韵多用换韵的方式，这样使文章在流动的和谐美中更具有动态的活泼效果。而且，换韵的规则也不统一，句数或长或短，或整齐或参差，灵活变化，因文章内容的展开不同而异。这样在听觉效果上就不呆板、程式，而是灵动洒脱，和谐自然。押韵的存在又使骈文具有诗美的效果。一种文学形式往往由于押韵而增加了其美感成分，骈文也是如此。

第四节　骈文的典雅美

骈文的典雅美是指骈文用典和藻饰体现出来的典雅风韵。典雅美是一种综合的美感。典雅之美往往具有高深、幽奥、华贵的美感内涵，所以，它主要通过用典和藻饰的中介作用于读者。这种审美效应是读者接受各方面信息后的综合判断。

用典拓展了骈文的内容，增添了骈文的实际容量。用典通过压缩的表达方式对文章内容作内含式拓展。这种表达方式本身就具有高深与幽奥之感，因为这种表达方式绝非文字的组合游戏，而是建立在广博的知识基础之上的。这种简约而并非仅从其文字表面就能完全理解其内在意义的表达方式，使骈文借助作用于读者的神秘感受而获得典雅的艺术美。由于神秘、幽奥、高深，就在读者心理上产生一种距离感。典雅的艺术美正是通过这种与现实的距离感而实现的。由于距离感而产生一种理想的景仰，于是形成了典雅美。而用典本身又是极显才学的表现，用典使骈文具有儒雅的风度。正如一个人谈吐文雅、书卷气十足，使人感到很有修养，很具文士的典雅风范，用典正是装饰了骈文的外表，但又使骈文充满了学究气。用典的装饰作用使文章显示出博学的才艺，从而成为使读者产生典雅美感的重要原因之一。试想，如果一篇骈文通篇不用一个典事，语句通俗顺畅如口语，人们是很难产生典雅美的审美感受的。典雅美不仅表现在用典本身，而且骈文用典方式往往是对举出现的，即出句用了典，对句也必须用相应的典。这种用典习惯也给人以规整、典雅的审美感受。

藻饰也是骈文具有典雅美的原因。典雅美的一个内涵是华贵的外表。华贵则具有高雅绝俗的气质，避免了所谓“村夫子”气。骈文通过色彩、形态、数量等方面进行夸张，通过铺排、比拟、摹状等手段，使之形成了华贵的外在装饰。这种藻饰造就了文章色彩的斑斓，景物的理想化。它通过夸饰性的描摹使文章如七宝楼台，琳琅满目，在华美的外表装饰中产生一种典雅的风韵。

第七章　骈文的风格形态与流派

第一节　骈文的风格形态

任何一种文体都有其文体的风格形态，骈文也是如此。前人对骈文概括为“华艳”“艳丽”“华丽”“华靡”“浮靡”“淫靡”等，都是指其文体的风格形态。暂且不论这些概括是否恰当、准确，但有一点是可以肯定的，即我们的前人都注意到骈文的文体风格这个问题。

我们考察骈文的风格形态，宜从两个角度去看：常态与异态。所谓常态，指骈文在发展流变过程中呈现出来的基本形态，即共有的风格形态。所谓异态，指骈文在发展流变过程中的某个时期或某群骈文家或某个骈文家呈现出来的具有个性化的形态，即与常态风格稍有差异的风格形态。从这两个方面去看骈文的风格形态，才能避免简单化倾向，比较公允、客观地评价骈文。从常态的方面去看，就注意到了骈文的基本特性；从异态的方面去看，就注意到了骈文的特殊个性。这样看骈文就比较接近于真理了。

一、骈文的常态风格

什么是骈文的常态风格形态呢？我们可以从对前人的几种说法的分析来看。

“浮靡”说是最常见的说法。以“华靡”“淫靡”“浮靡”概括骈文者都可归于这一派。众多文学史言及骈文往往视之“文风浮靡”，这实际上是说其文体风格形态的浮靡。以“浮靡”二字概括骈文风格虽比诅咒为“淫靡”“颓靡”要客气些，但仍是否定性的、含贬斥的概括。“浮靡”之说，指骈文形式华丽、雕琢，内容也有不积极、不健康的因素。这种总结严格地说是欠公允、准确的。这种说法多是受过去批评宫体诗的影响。陈子昂说“齐梁间诗，彩丽竞繁，而兴寄都绝”（《修竹篇序》），这一批评很有影响，它虽是抨击宫体诗的文风，而与此同时兴盛的骈文往往也受到“株连”。“浮靡”说的流行还更多受到隋代李谔《上隋高祖革文华书》中的一段话的影响。这段常为人引用的话说骈文“遗理存异，寻虚逐微，竞一韵之奇，争一字之巧。连篇累牍，不出月露之形；积案盈箱，唯是风云之状。”（《隋书》卷六十六）这段话之外，李谔还从政治的角度出发，把骈文斥为“轻浮”“华伪”“华绮”“轻薄”。其目的是为了让骈文能够“怀经抱质，志道依仁”（《隋书》卷六十六）。这种以政治家的身份说出的话，从其历史环境、背景来看是可以理解的，但如果我们后人以其是非为是非就违背了文学本身的评价了。

中国文学历来与政治关系密切，许多文学家首先是政治家，其次才是文学家。所以，中国文学的传统倡导“言志”“教化”。从“言志”“教化”的传统来看骈文，固然是不合格的。因为，骈文重描写、重铺排、重状物，而不重言志和教化。这是文体的特殊规律。所以，“浮靡”

说，是用“言志”“教化”的标准来要求骈文，偏离了骈文审美的本体。这类的说法还有诸如魏征在《群书治要序》中的一段也常被引用的话：“竞采浮艳之词，争驰迂诞之说，骋末学之传闻，饰雕虫之小技，流荡忘反，殊途同致。”魏征对骈文的藻饰、用典、对仗的形式本身是看不惯的，所以，其评价就很难以公允了。对骈文自身形式的否定，也就意味着对骈文的否定。正如要正确评价文学，首先要肯定文学这一文体的诸形式一样，要正确评价骈文，也必须首先承认其形式存在的合理性。

“华艳”说也是常见的说法。把骈文与“华艳”“艳丽”“艳冶”“淫丽”等同起来的论者，都可归于此派。“华艳”说与“浮靡”说的差异在于：“华艳”说着重否定骈文的藻饰、词采，而其评判标准是以“质”为唯一崇尚，以“文”为不良追求。其实，“文”与“质”不应定于一尊。孔子提出过“文质彬彬”的构想，以中庸之道来调和二者，使之统一起来。这种思想对后代影响很大，但对文学的审美倾向影响更大的还是老庄崇尚自然的哲学。老庄的思想使得后代的文学追求和文学批评以朴质自然为正宗、正道，而追求华巧、藻绘则成为小道，甚至歪道了。唐代李德裕《文章论》主张：“琢刻藻绘，珍不足贵。如彼璞玉，磨砻成器。奢者为之，错以金翠。美质既雕，良宝所弃。”（《李文饶文集外集》卷三）把注重雕饰的文学当做邪道来对待，这是中国文学批评传统的一大特征。李德裕的看法是很有代表性的。

但骈文所走的路正是与朴质自然的审美追求背道而驰的，也是一种应该允许存在的文体风格。讲究形式、注重雕饰藻绘也是一种审美追求，也有其存在的意义。宋人吴处厚说：“文章纯古，不害其为邪；文章艳丽，亦不害其为正。然世或见人文章铺陈仁义道德，便谓之正人君子；若言及花草月露，便谓之邪人，兹亦不尽也。”（《青箱杂记》卷八）不能因有华丽的藻饰而否定其存在的价值，必须辩证地看问题。“华艳”说以“质”为标准而求疵于尚“文”的骈文，是不尊重文学自身规律的表现。“华艳”之说与“浮靡”之说一样，都不能正确概括骈文所有时期的风格形态。

那么，骈文的常态风格形态应是什么呢？我认为，骈文尚美是其最大特点，对仗、用典、声韵、藻饰，无一不是追求美与巧的结合，追求人工构筑的华彩与美韵。因此，如果要用一个简洁的词来概括骈文的常态风格形态的话，那就是——华美。这是一个褒义性的词，说明对骈文的诸形式特征是肯定的。“华美”与“华丽”不同，后者仅仅是指讲究词采的华丽，而“华美”则概括了骈文的诸种形式美和审美特性。无论用典、声韵、藻饰的多少，其追求的都是与朴质、自然不同的美学理想。“华美”还概括了骈文的风韵，说出了骈文给读者的感受。它也概括了所有时期骈文的共同（共通）特点。“华美”作为一个含褒义性的词与“浮靡”“华艳”等含贬义性的词相比，充分肯定了骈文存在的合理性，有助于为骈文正名和更准确地描述骈文。所以，用“华美”来概括骈文的常态风格形态是最恰当的。

二、骈文的异态风格

骈文的异态风格形态是因时代不同、作者不同而呈现出来的与常态风格形态稍有区别的风格形态。它是在常态风格基础之上的某种调整。从根本上说，并未与之对立、冲突。因时代风尚之不同，每个时代的骈文总有其相对独立的风格形态；因作者性情之不同，每个作者笔下的骈文总有一定的个性色彩。因此，才有丰富的风格形态。

1. 时代风格

时代风格是在某个时期内相当流行的风格形态。由于这个时期内时代背景相同、时代风尚相同、审美情趣相近，因此，这个时期的骈文创作便呈现出某种趋同性，这便是时代风格。如魏晋时代尚自然、齐梁时代尚华巧、初唐时代尚清丽、盛中唐尚清纯、晚唐尚工巧、两宋尚奇崛，等等。虽然各个时期的时代风格有别，但就“华美”这一基点来说却是共同的。如魏晋时期，骈文已形成，于时尚未有用典、声韵之讲究，藻饰亦少，而加之魏晋风气崇尚自然归真，审美追求天然纯朴，因此，这一时期的骈文呈现出尚自然的时代风格。当然这种自然也是相对的，是比之齐梁时代而言的，不管怎样，它首先必须讲求对仗。仅就这一点来说，它比之散体文是华美的。又如齐梁时代，社会崇尚华靡，攀比才学，骈文的各种艺术表现手段也日臻完美。因此，这个时期骈文以华巧为美，从而成为一种时代风格。时代风格是特定时代的产物，是这个时代的各种文化因素作用的结果。因而，它是一种异态风格，它比常态风格多出了一些特征。

2. 个人风格

并非每个骈文作者都有个人风格，特别是骈文形式本身具有某种程式化因素，因此，具备了个人风格的往往是那些对骈文驾轻就熟的高手。他们往往以自己的风格影响到一代文风，如梁陈时代的徐（陵）庾（信）、初唐时代的“四杰”（王勃、杨炯、卢照邻、骆宾王）、盛中唐时代的陆贽、晚唐时代的李商隐、北宋的欧阳修、清代的陈维崧，等等。他们往往因其较鲜明的特色为同辈人或后辈人所景仰，从而在骈文领域成为一代文宗。个人风格的产生是因为它具有明显的个性化色彩。如徐庾的骈文富丽宏赡、雍容华贵，为时人所推崇，以至洛阳纸贵，进而影响一代文坛。又如“四杰”的骈文清雅脱俗，具有盛世的气度，独霸文坛。尤其是王勃，独领一代风骚，成为骈文史上的艺术巅峰。而陆贽则以其洗练自然泽被一代文坛。李商隐的骈文华贵雍容，其风格流行于晚唐五代，直至宋初。欧阳修的骈文则以活脱潇洒，为宋四六引航开路。陈维崧以博赡华润，为时人所崇尚，视为一代文宗。

个人风格的形成是骈文大家的标志。个人风格的产生是时代氛围、艺术传统、骈文家个性及创新精神的综合产物。如李商隐的华贵雍容就是晚唐特定的时代环境、骈文的艺术传统、李商隐的博学才华和个性的综合作用所孕育出来的。晚唐的政治是极黑暗、极混乱的，牛李党争使士子在两个政治集团中无所适从，加之宦官专权，藩镇割据，使作家都无望于仕途。因此，文坛上唯美的思潮又泛起，崇尚齐梁文风，于此中寄托其满腹经纶，加之李商隐个人才学宏富，精通辞藻，所以，其笔端流淌出来的必是华贵雍容的风格。杰出作家的风格往往又影响一个时代的风格。所以，晚唐的时代风格基本上是李商隐风格的浸染。

第二节　骈文的流派

关于骈文的流派之说是为许多人所否定的。因为，人们基于“骈文无个性”“骈文公式化”这类观念来认识骈文，必然会认为骈文不可能有流派存在。其实，这些说法都是不完全了解骈文发展的实际所致。任何文学样式在其发展过程中都可能有流派的产生，只是有大与小、显与隐之别而已。骈文作为在古代文化史上发展了千年的文体，在其发展过程中自然有各种流派的诞生。历代骈文家们或者因共同的风格而集合在一起，或者因共同的崇尚而联合起来，或者因地域的亲缘而聚为一群。

不管怎样，他们必须是一个群体，或大或小的群体，或紧密或松散的群体，他们具有某种共同的风格，因而他们成为一个流派。

骈文流派以清代最多，自清代始，人们也开始注意到流派的存在。清代就编有《国朝常州骈体文录》，实际上就是常州派的骈文选。刘麟生著《中国骈文史》，把清代骈文分为五派：一曰博丽派，以陈维崧、胡天游、袁枚、吴锡麒为其高手，其特点是“沉博绝丽”；二曰自然派，以毛奇龄、纪昀、王太岳、邵齐焘为其大家；三曰常州派，以洪亮吉、孙星衍、刘嗣绾、杨芳灿、彭兆荪、曾燠为其主要人物；四曰六朝派，以孔广森、汪中、王闿运为主要作家；五曰宋四六派，以张之洞等人为其高手。张仁青著《中国骈文发展史》也把清代骈文分作五大派：以其好尚不同分为“六朝”“三唐”“两宋”三派，以其地域不同分作“常州”“仪征”两派。六朝派尊六朝之藻丽，三唐派尊唐代之博富，两宋派尊宋代之气势。常州派与仪征派则与前三派不同，注重自抒胸臆、别开蹊径。他认为各流派的骈文家分别有这样一些人物：

六朝派：尤侗、毛奇龄、邵齐焘、汪中、孔广森、彭兆荪、李兆洛、谭献、王闿运等；

三唐派：吴绮、陈维崧、黄之隽、刘星炜、胡天游、吴锡麒、王太岳、曾燠、吴鼒等；

宋四六派：章藻功、袁枚、曾国藩、李慈铭、张之洞等；

常州派：洪亮吉、孙星衍、刘星炜、杨芳灿、杨揆、恽敬、张惠言、李兆洛、赵怀玉、顾敏恒、刘嗣绾、董基诚、董祐诚、洪符孙、洪齮孙、何栻等；

仪征派：阮元、阮福、刘师培等。

其中一些骈文家有交叉现象，这是因为划分流派的角度不尽一致。

我以为，整个骈文史上客观存在的流派或准流派有十大派。他们或以领袖人物称，或以地域称，或以风格特征称，或以审美追求称，或以模仿对象称。下面分述之：

1. 徐庾派

徐庾派，又称徐庾体，是梁、陈时代的一群以徐陵、庾信为主的骈文家组成的流派，除徐陵、庾信还有徐陵的父亲徐摛、庾信的父亲庾肩吾等人。《周书·庾信传》云：

> 时肩吾为梁太子中庶子，掌管记。东海徐摛为左卫率。摛子陵及信，并为抄撰学士。父子在东宫，出入禁闼，恩礼莫与比隆。既有盛才，文并绮艳，故世号为徐、庾体焉。当时后进，竞相模范。每有一文，京都莫不传诵。

徐、庾在当时就以“绮艳”冠绝于世，并吸引了一批后学者，于是形成了一个骈文流派。李延寿《北史·文苑传序》概括徐、庾的特点是“其意浅而繁，其文匿而彩，词尚轻险，情多哀思”。虽有贬抑之意，但也指出了其创作的大致倾向，也是徐、庾派的特点，即铺排丽藻，多用典事，词意隐曲，词调哀思，而内容往往狭浅。

2. 四杰

“四杰”即初唐“四杰”王勃、杨炯、卢照邻、骆宾王组成的流派。《旧唐书·杨炯传》云：“炯与王勃、卢照邻、骆宾王以文词齐名，海内称王、杨、卢、骆，亦号为‘四杰’。”可见，当时他们就以其擅长骈体，并取得海内共认，成为初唐骈文创作的中心队伍。“四杰”的散文基本上是骈文，他们把主要精力致力于骈文创作，并使初唐骈文在六朝骈文的基础上，迈上一个新的台阶。清人孙梅云："夫瑰丽之文，以唐初四杰为最。"（《四六丛话》卷二十八）"四杰"的骈文文辞清丽，气象高华，情思飞动，气韵浑成，成为骈文艺术的杰出代表。四子中尤以王勃成就最大，其创作实绩凌驾于徐、庾之上，成为骈文家的泰斗。

3. 燕、许派

燕、许指盛唐时期的燕国公张说、许国公苏颋。当时两人名重一时，以朝廷公牍文受朝野拥戴，号称"燕许大手笔"（《新唐书·苏颋传》），亦并称燕、许，《四库全书总目》云："其文章典丽宏赡，当时与苏颋并称，朝廷大述作，多出其手，号曰燕、许。"他们的骈文以朴质面貌出现而一改既有骈文的特点，文辞通俗，少用典事，力避曲折，加之位于丞相之职，所以，对天下文章有一定影响。宋人陈振孙说："（说）与苏颋号燕、许大手笔，二人名相，而以文擅天下，盛矣哉。"（《直斋书录解题》）清人孙梅称燕、许文章的特点是"笔力古劲、气韵沉雄"。（《四六丛话》卷三十二"柳宗元"条案语）燕、许派公牍骈文的后继者陆贽更是发扬光大，使朝廷应制之作变得更平实流畅、清峻疏朗。

4. 唯美派

唯美派指晚唐时期以李商隐、温庭筠、王棨、乐朋龟、段成式、黄滔等人为代表的骈文流派。当时，李商隐与段成式、温庭筠三人即因其骈文文风相近和才力相当而号称"三十六体"。（《旧唐书·李商隐传》。据宋人王应麟《小学绀珠》载云："李商隐、温庭筠、段成式三人皆行第十六，故曰三十六体。"我认为，"三十六"可能是"三才子"之误。）"三十六体"之称主要是指三人的祭诔等应用文而说的。而"唯美派"之称从人数和创作范围来说则要广泛得多。这是应晚唐唯美主义思潮兴起产生的骈文创作群。孙梅评李商隐“意思精密、情文婉转”（《四六丛话》卷三十二“柳宗元”条案语）可作为对整个唯美派的概括。这个创作群的骈文尚藻饰秾丽，追求对仗精密工巧，崇尚用事博赡。唯美派对五代及宋初的骈文风格影响甚大，也为清代许多骈文家所推崇。

5. 白描派

白描派，或称欧阳派，是欧阳修开创的宋代骈文创作群，除欧阳修，还有后继者王安石、苏轼、苏辙、秦观等人。近人高步瀛说：“永叔四六，情韵俱佳，不尚藻丽，一出自然，遂开宋代之体。”（《唐宋文举要》乙编卷四）宋人陈善《扪虱新语》云：“以文体为诗，自退之始；以文体为四六，自欧阳公始。”欧阳修开创的这一派骈文以古文之气而行骈体之实，不尚典事，不尚辞藻，重议论，善长联，追求平易通俗之新文风，即用白描式的叙写为骈文，近人瞿兑之《中国骈文概论》称为“白描的骈文”，清人孙梅称该派的特点是“新逸”（《四六丛话》卷三十二“柳宗元”条案语），指出了其清新逸动、活脱自然的特征。

6. 六朝派

清代骈文多以模仿前辈为特征，最主要的一派就是“六朝派”。“六朝派”就是刘麟生在《中国骈文史》中所称的“自然派”。这一派贯穿整个清代，主要有尤侗、毛奇龄、邵齐焘、汪中、孔广森、李兆洛、彭兆荪、谭献、王闿运等人。张仁青指出这一派的艺术追求是“蓄意打通骈散之藩篱，恢复骈散合一之汉魏六朝体制”（《中国骈文发展史》，第568页）。这些骈文家的作品往往气韵遒古，渊雅醇茂，文辞清新，少用典事，力图表现出自然流畅的美学情趣。“六朝派”是清代最有影响的一派。

7. 三唐派

三唐派亦是清代骈文一大流派。这一派的主要骈文家有吴绮、陈维崧、黄之隽、胡天游、吴锡麒、曾燠等人。这一派多崇尚唐代骈文，以之为楷模。他们或濡染于初唐“四杰”，或学燕、许，或学陆贽，或学李商隐，或糅合数者以自成一家。张仁青在《中国骈文发展史》中称之为三唐派，也就是刘麟生在《中国骈文史》中所说的“博丽派”。这一派的骈文往往博雅清丽，雄奥生动。

8. 宋四六派

宋四六派是清代一群醉心于模仿宋代骈文风格的骈文家。这群骈文家主要有章藻功、袁枚、曾国藩、李慈铭、张之洞等人，其中以曾国藩、张之洞最得宋人神韵。宋四六派崇尚以散行之气势运以偶句，以流利之词语见自然朴质；不以华富为胜，唯求清空流转；不尚典事繁富，追求质实直率。

9. 常州派

常州派是清代常州府籍的一批骈文家组成的流派，主要有李兆洛、恽敬、张惠言、洪亮吉、孙星衍、刘星炜、杨芳灿、杨揆、刘嗣绾、赵怀玉、董基诚、董祐诚、顾敏恒等人。常州派骈文在当时就流行很广，屠寄编有《国朝常州骈体文录》以传播。李兆洛和张惠言分别以《骈体文钞》和《七十家赋钞》表现其主张。创作以洪亮吉、孙星衍成就最高。这一派人主张打破骈散严格的对立界限，为文尚格调纤清、笔致轻倩。他们虽取法前人，但不拘一格，或以六朝为旨归，或以唐人为风范，或学宋人之活脱，均能融会贯通，自铸伟辞。常州是清代骈文的创作中心之一。

10. 仪征派

当以唐宋八大家为文之正宗的清代桐城派风靡全国之时，有一群江苏仪征籍的人物站出来与之对抗，为骈文正名，倡导骈文。他们张扬骈文，以骈文为“文”，以“古文”为“笔”。此种理论在当时为骈文争取了在文坛上的地位。这一派人在当时即被称为“仪征文派”，以之与桐城派相对立，主要人物有阮元、阮福父子和刘师培等人。他们主要致力于骈文理论上的开拓，以弥补骈文在理论上的不足。在创作上，他们也取得了一定的实绩。

骈文的流派是有待深入探讨的一个问题。但不管怎样，骈文流派的存在是一个事实。问题在于我们如何去总结其经验和教训，发掘其潜藏的价值，正确评价其功过得失。这是研究中最为薄弱的环节。流派的存在，正说明它们对骈文的发展、流变具有一定的不可忽略的作用。

第八章　骈文的体类

骈文是从修辞学角度作出的划分，是从表现方式上来与散体文区别的。在骈文的名目之下，有各种各样的体类。所谓体类，即古代文章中的文体类别，如序、赋、史、论、记、书、启、奏、疏、表之类。我们对其中骈文最常用的体类及其发展过程作简要的描述。

第一节　骈赋

骈赋，又称俳赋，包括唐代兴起的律赋。它是骈文大家族中最繁荣的一支。骈赋是赋的一部分，但与一般赋又有不同。这种不同就在于，它是用骈体文辞写就的赋。挚虞《文章流别论》云："赋者，敷陈之称。"赋本来就有铺陈的特点，所谓"赋一物则究此物之情状，论一都则包一朝之沿革"（孙梅《四六丛话》卷四）。它与骈体尚藻饰的特点具有某种趋同性，因此，就很容易合为一体。骈赋在魏晋时代产生，盛行于南北朝，发展于唐代。孙梅在论及骈赋之演变时指出："左（思）、陆（机）以下，渐趋整炼。齐梁而降，益事妍华，古赋一变而为骈赋。

江（淹）、鲍（照）虎步于前，金声玉润；徐（陵）、庾（信）鸿骞于后，绣错绮交，固非古音之洋洋，亦未如律体之靡靡也。”（《四六丛话》卷四）他总结了骈赋的由来及在南北朝时期的发展。但他把骈赋形成的时代定在齐梁则稍晚了，因为在魏晋时就有部分赋已经骈化了。

骈赋比一般赋更要讲究艺术技巧。一般赋主要是要铺排，而骈赋则还要注重铺排的技巧，因为它有对仗的限制。因此，在艺术表现的难度上，骈赋无疑更大。宋人秦观对此深有体会，据《师友谈记》所记，秦观把骈赋与其他一般散文作了比较：

> 少游言赋中作用，与杂文不同。杂文则事辞在人，意气变化；若作赋则惟贵炼句之功，斗难、斗巧、斗新。借如一事，他人用之，不过如此，吾之所用，则虽与众同，其语之巧，迥与众别，然后为工也。(《四六丛话》卷四引)

秦观对骈赋之道十分通晓，《师友谈记》记载了他对骈赋的许多要妙之论。其中“斗难、斗巧、斗新”之说无疑最具有概括性。

“斗难、斗巧、斗新”正是骈赋技巧的关键所在。所谓“难、巧、新”，秦观也有论述：

> 少游言：赋中工夫，不厌子细。先寻字以押官韵，及先作诸隔句。凡押官韵，须是稳熟浏亮，使人读之，不觉牵强，如和人诗，不似和人诗也。
>
> 少游言：赋中用事，如天然全具，属对亲确者固为上；如长短不等，对属不确者，须别自用其语而裁剪之，不可全务古语而有疵

病也。譬如以金为器，一则无缝而甚陋，一则有缝而甚佳，然则与其无缝而陋，不若有缝而佳也。有缝而佳，且犹贵之，无缝而佳，则可知矣。

少游言：赋中用事，须主客分明，当取一君二民之义。借如六字句中，两字最紧，即用四字为客，两字为主。其为客者，必须协顺宾从，成就其主，使于句中焕然明白，不可使主客纷然也。

少游言：赋家句脉，自与杂文不同。杂文语句，或长或短，一在于人。至于赋则一言一字，必要声律，凡所言语，须当用意屈折斫磨，须令协于格调，然后用之，不协律，义理虽是，无益也。(《四六丛话》卷五引《师友谈记》)

骈赋之难在于，既要合乎规矩又要合乎意绪。而对于规矩的遵守既要工整又要表现出自然浑成。这就是“巧”的工夫了。骈赋虽增加了作文难度，但自六朝兴起后，作为一种新事物，受到文人们的喜爱，立即流行开来。江淹、鲍照、沈约、庾信、梁元帝等帝王都染指骈赋，并且成为骈赋大家。江淹有《恨赋》《别赋》，鲍照有《芜城赋》，沈约有《丽人赋》，庾信有《小园赋》《哀江南赋》《春赋》，梁元帝有《采莲赋》《荡妇秋思赋》等名作。

到了唐代，骈赋继续受到文士们的青睐。同时，骈赋开始律化，即对骈赋加以限韵，从而形成了所谓律赋。律赋是科举制度的产物。科举考试，试诗以律诗，试赋以律赋。明人徐师曾在《文体明辨》中指出：“三国、两晋以及六朝，再变而为俳，唐人又再变而为律……至于律赋，其变愈下，始于沈约‘四声八病’之拘，中于徐、庾‘隔句作对’之陋，终于隋、唐、宋‘取士限韵’之制，但以音律谐协、对偶精切为工，而情与辞皆置弗论。”他指出了律赋的由来，也指出了其特点。清人孙梅对律赋更是作了透辟的分析：“自唐迄宋，以赋造士，创为律赋。用便程式，新巧以制题，险难以立韵，课以四声之切，幅以八韵之凡，栫以重棘之围，刻以三条之烛，然后铢量寸度，与帖括同科，夏课秋卷，将揣摹其术矣。”（《四六丛话》卷四）他把律赋的体制弊端与举子的心态都揭露无遗了。的确如此，律赋由于受役于科举制度，因此，其内容都是以阐释经义和歌功颂德为主，很少见到新鲜活泼的思想，而形式上程式化较严重，如徐师曾所云，在“情”与“辞”上都严重忽略了。

律赋的限韵有一个从宽松到严格的过程。有人认为律赋都以八韵为限，其实那是后来的事。即使有了八韵之限，在各个时期也稍有不同，没有完全固定的格式。宋人洪迈在《容斋续笔》中对此作了较细致的考索：

> 唐以赋取士，而韵数多寡，平侧次叙，元无定格。故有三韵者，《花萼楼赋》以题为韵是也。有四韵者，《蓂荚赋》以“呈瑞圣朝”，《舞马赋》以“奏之天廷”，《丹甑赋》以“国有丰年”，《泰阶六符赋》以“元亨利贞”为韵是也。有五韵者，《金茎赋》以“日华川上动”为韵是也。有六韵者，《止水（赋）》《魍魉（赋）》《人镜（赋）》《三统指归（赋）》《信及豚鱼（赋）》《洪钟待撞（赋）》《君子听音（赋）》《东郊朝日（赋）》《蜡日祈天（赋）》《宗乐德（赋）》《训胄子（赋）》诸篇是也。有七韵者，《日再中（赋）》《射已之鹄（赋）》《观紫极舞（赋）》《五声听政（赋）》诸篇是也。八韵有二平六侧者，《六瑞赋》以“俭故能广，被褐怀玉”，《日五

色赋》以“日丽九华，圣符土德”，《径寸珠赋》以“泽浸四荒，非宝远物”为韵是也。有三平五侧者，《宣耀门观试举人（赋）》以“君圣臣肃，谨择多士”，《悬法象魏（赋）》以“正月之吉，悬法象魏”，《玄酒（赋）》以“荐天明德，有古遗味”，《五色土（赋）》以“王子毕封，依以建社”，《通天台（赋）》以“洪台独出，浮景在下”，《幽兰（赋）》以“远芳袭人，悠久不绝”，《日月合璧（赋）》以“两曜相合，候之不差”，《金柅（赋）》以“直而能一，斯可制动”为韵是也。有五平三侧者，《金用砺（赋）》以“商高宗命传说之官”为韵是也。有六平二侧者，《旗赋》以“风日云舒，军容清肃”为韵是也。自太和以后，始以八韵为常。唐庄宗时，尝覆试进士，翰林学士承旨卢质，以《后从谏则圣》为赋题，以“尧、舜、禹、汤倾心求过”为韵。旧例，赋韵四平四侧，质所出韵乃五平三侧，大为识者所诮，岂非是时已有定格乎？国朝太平兴国三年九月，始诏自今广文馆及诸州府、礼部试进士律赋，并以平侧次用韵，其后又有不依次者，至今循之。

洪迈指出“自太和以后，始以八韵为常”并自此以四平四仄为定格，但什么时候开始限韵，并未涉及。宋人吴曾认为是开元二年。《能改斋漫录》卷二“试赋八字韵脚”条云：

唐之初，专以（赋）取士，止命以题，初无定韵。至开元二年，王邱员外知贡举，试《旗赋》，始有八字韵脚，所谓“风日云野，军国清肃”。见伪蜀冯鉴所记《文体指要》。

开元二年（公元 714 年）所试《旗赋》今仅存李昂一篇，见《文苑英华》卷六十四。虽然最早的试赋限韵自开元二年的《旗赋》始，但最早的律赋比之更早一些。今存最早的律赋是王勃的《寒梧栖凤赋》，此赋题下注有“以‘孤清夜月’为韵”。赋文全篇已见第五章第二节所引。这篇最早的律赋据姜书阁《骈文史论》推断：“可能是他在麟德初（按：麟德为高宗年号，麟德初为公元 664 年）以刘祥道之表荐，对策高第时所作。”这并非科举试赋之作。可见，律赋亦并非都是科场之作。可能最初是文士为有意显示才学而加以限韵，后来为科举试赋所采用，以便分别举子才学之高低。但科场改用律赋后，刺激了它的发展，文士在习作时也多模仿限韵而作。到中唐时期，伴随科举的发展，律赋作品大量涌现，但佳作寥寥。宋代也以律赋取士，习作者仍不少。直到元代，课试改为古赋，这股风气才告减退，明清也只是一些文人偶一为之。

律赋多为阐说儒家伦理道德和为封建统治者唱赞歌，内容单薄空洞，没有多少价值。除此之外，骈赋的内容还是比较广泛的，有写景，有咏物，有咏史，有怀古，有诉民生疾苦，题材不拘一格，凡是散体文的文学散文所写的内容，在骈赋里都有反映。当然，由于其文体的特性，自然是以咏物为多。

1. 咏物骈赋

咏物本是汉赋的主要题材之一，如王褒的《洞箫赋》“是我国古代文学中描写音乐的最早、最美妙、最细致入微的一篇咏物大赋”，而且是“实开骈赋之先路，奠骈文之基础者”（姜书阁《骈文史论》，第 125 页）。到南北朝时期，骈文大盛，而咏物骈赋是唱主角的，如庾信就擅长此道，他作有不少咏物的骈赋，如《灯赋》《对烛赋》《镜赋》《鸳鸯赋》等。齐梁的咏物赋多就物而言物，描绘其形态，篇幅不大。唐代咏物骈赋也是骈文家们所喜尚的题材之一。初唐“四杰”中的王勃就有《涧底寒松赋》，杨炯有《幽兰赋》《青苔赋》，卢照邻也有《病梨树赋》。此外，阎朝隐有《晴虹赋》，中唐的欧阳詹有《秋月赋》，晚唐的温庭筠有《锦鞋赋》。唐代的咏物骈赋体物更细腻，并且篇幅也扩大了。以后各代也都有咏物之作，不过在数量上就少了。它主要集中在六朝和唐代。

咏物骈赋主要是摹写自然界中的某一事物，或为花草，或为鸟兽，或是日常生活中的物体，如灯烛、镜器、笔砚等。咏物骈赋多是礼赞其美、摹饰其美。如庾信的《灯赋》就是极写灯烛之作用与故事：

> 九龙将暝，三爵行栖。琼钩半上，若木全低。窗藏明于粉壁，柳助暗于兰闺。翡翠珠被，流苏羽帐。舒屈膝之屏风，掩芙蓉之行障。卷衣秦后之床，送枕荆台之上。
>
> 乃有百枝同树，四照连盘。香添然蜜，气杂烧兰。烬长宵久，光青夜寒。秀华掩映，蚖膏照灼。动鳞甲于鲸鱼，焰光芒于鸣鹤。蛾飘则碎花乱下，风起则流星细落。
>
> 况复上兰深夜，中山醑清。楚妃留客，韩娥合声。低歌著节，《游弦》绝鸣。辉辉朱烬，焰焰红荣。乍九光而连采，或双花而并明。寄言苏季子，应知余照情。

从这篇《灯赋》可以明了咏物骈赋的形态风貌，即主要围绕描写对象从各个方面去摹状、铺排、夸饰。

2. 写景骈赋

与咏物骈赋专咏一单个的物品对象不同，写景骈赋专门描摹一种景致、一处风光。它不拘执于一个物体，而是着眼于一定范围或空间内的景物。如梁元帝的《采莲赋》摹写采莲的风光情致；庾信的《小园赋》《春赋》分别描摹小园景色和春天风物，引发乡关之思和游春之恋；陆贽的《月临镜湖赋》专门摹写湖光月色，表现一种优美恬静的意境；王起的《登天坛山望海日初出赋》写登山观海上日出的过程，写得如临其境，有历历如在目前的感觉。

写景骈赋是中国古代的一种山水游记。它在这方面的意义和价值还为人忽视。在描写景致、渲染气氛、见景生情诸方面自有其一派特性，很值得借鉴、总结。兹以盛唐王泠然的《汝州薛家竹亭赋》为例，看其写景骈赋的风貌。

梁颍多士，闻来久矣。出伊洛以南游，登嵩岘以顾视。信乎精华实息，恢怪森起。惟万户与千门，咸带山而傍水。畿甸殷壮，闾阎密迩。当天象之西郊，近皇居之百里。其人和而贤俊，其地厚而淳美。则吾先文王行化之始，烈祖成王定鼎于此。宜乎蓄我良能，诞生君子，世序虽远，英灵不穷，其气浑浑，其光雄雄，横古今而特秀者，惟我薛公。卜幽栖于汝北，夷旧业于河东。夫其礼乐成器，清明在躬。官非称才，吾不谓之仕宦；人非克己，吾不谓之交通。处未全隐，和而莫同。

且欲墀岞崿，苑蒙笼；闲亭一所，修竹一丛；萧然物外，乐自其中。其竹也，初栽尚少，未长仍小。杂以乔木，环为曲沼；遵远水以浇浸，编长栏而护绕。向日森森，当风袅袅。劲节迷其寒燠，繁枝失其昏晓。疏茎历历傍见人，交叶重重上闻鸟。其亭也，溪左岩右，川空地平。材非难得，功则易成。一门四柱，石础松棂，泥

> 含淑气，瓦覆苔青。才容小榻，更设短屏；后陈酒器，前开药经。薛公谓予曰：“自造此亭，未有兹客。”跪而应曰：“自从为客，未见此亭。”既而物且遍好，多能所造。亭间坐卧，清户开而向林；门下往来，翠阴合而无草。禁行路使勿伐，命家僮使数扫；游子见而忘旧，居人对而遗老。余何为者，累载栖遑；学应成癖，走则非狂。宇宙至宽，顾立锥而无地；公卿未识，久弹铗而辞乡。一见竹亭之美，竟嗟叹而成章。

3. 咏怀骈赋

在骈赋中主要借景抒怀，或纯粹抒写人生的理想、情志或咏叹怀才不遇的作品，都可归为咏怀骈赋。咏怀是古典诗歌的一大题材，在骈赋中也是一大题材。它摆脱了单纯的写景，而进入了抒情的范围。如王勃的《江曲孤凫赋》：

> 灵凤翔兮千仞，大鹏飞兮六月。虽凭力而易举，终候时而难发。不如深泽之鸟焉，顺归潮而出没。迹已存于江汉，心非系于城阙。吮红藻，翻碧莲，刷雾露，栖云烟。迫之则隐，驯之则前。去就无失，浮沉自然。尔乃忘机绝虑，怀声弄影，乘骇浪而神惊，漾澄澜而趣静。耻园鸡之恋促，悲塞鸿之赴永。知动息而多方，屡沿洄而自省。故其独泛单宿，全真远致，反复幽溪，淹留胜地。伤云雁之婴缴，惧泉鱼之受饵。甘辞稻粱之惠焉，而全饮啄之志也。

这篇咏怀骈赋以孤凫自喻，用象征手法寄托自己的心志，抒发孤傲的情怀。

4. 怀古、咏史骈赋

抒写思古之幽情和评说历史功过是非也是骈赋的一大内容，这类骈赋合称为怀古、咏史骈赋。它们或是观历史遗迹而引发怀古之情，或是抒发对历史兴亡的种种感慨。如中唐高迈的《济河焚舟赋》咏叹战国时代孟明率领秦军攻晋的故事：

昔孟明之载战载北也，空山肉填，平地血流；匹马只轮，荡然不收；社稷包羞，朝廷隐忧：用兵至此，不死何求！诚以弃瑕之恩未报，拜赐之言虚设；砥名励节，易地改辙；冀桑榆之未晚，得雌雄之一决。乃复总元戎，申薄伐；驷马云屯，长剑电掣；哮阚兮前貔后虎，威棱兮左霜右雪；火千旗而四面风生，雷万鼓而一道地裂；小长平之瓦散，凌不周之柱折；朝出乎咸秦，夕济乎孟津；其气益振，其屈欲伸。于是指河中之舟，示军中之人曰："吾与君子，誓雪前耻。雪则出黄泉之下，胜则入青云之里；吹嘘而霜露变，叱咤而风尘弭；虽无此舟，谁无此舟尔！否则骸骨为异乡之土，魂魄为邻国之鬼，虽有此舟，谁有此舟矣！"乃命焚之。

夫其火与木相守，水与火相煎；烘大川，焮长湍；龙吼乎沸潭，鱼喁乎汤泉；舳舻化而为炭，楫棹飏而为烟；水声与军声合，旁括乎地；火气与兵气斗，上冲于天。是以天为我赫怒焉，地为我震业焉，林木为我枯死焉，山陵为我崩骞焉。千里而高鸟不过，四遐而猛兽莫前。况于人乎！况于国乎！于是晋君臣闻之，心攒百箭，背负芒刺，形神无主，手足若坠，曰："秦师德之修，诚之至，天将启，吾将避。"闭城郭而不出，潜锋铓以自备；以五庙苟存为幸，以万人苟免为智；敢怙其山河，而虞其土地。

于是晋实为主，反为客；秦实为客，反为主。不战而胜，不攻而取；掠地于大河之北，封尸于崤陵之下。既而鬼雪前耻，人解厚颜；四顾野清，横行而旋。噪声破晋山，喜气塞秦关。曹沫复鲁之勋，自居其下；范蠡平吴之力，莫厕其间。此役也，见孟明之临事，暂否终泰，图之大也；见子桑之举人，遗粗得精，鉴之明也；见秦伯之用贤，责功舍过，道之在也。臣事君不必自致，藉主司之公；君使臣不必自得，藉主司之忠。由是观秦伯之有子桑，犹耳目之在躬。以其视，视一国之明，以其听，听一国之聪。自可以翊天子，还淳风；代与三五比崇，身与二八争功；威强晋，霸西戎，不亦宜乎？明明我后，渴贤固久。悬无私之镜，以照六合；持无私之衡，以秤九有。掇奇拾异，葑菲尽取。若有一人兮，近文章，含坚贞；悔已往之无成，谋大来于此行；出蜀郡，题桥以见志；入函关，弃繻以示诚。宁作焚舟而死，不为弃甲而生；投军于子桑，自比于孟明，君谓之何如哉！言之不可以已也。颂之曰："析薪如之何，匪斧不克；事君如之何，匪媒不得。"是知焚舟之役，非孟明之力，乃子桑之力也。

这是篇咏史骈赋，既对历史故事进行了淋漓尽致的描写，又对此作了评说，以表明作者的史论思想，文辞质朴之中不失华美，气韵雄浑之中最见章法。

5. 说理骈赋

以说理论道为内容，基本用议论写作的骈赋称为说理骈赋。说理骈赋多以律赋的形式出现，是科举试赋的产物。它以儒家经典为议论主题，阐释封建伦理道德及政治思想。这种题材的骈赋以中唐为多，如黎逢《人不学不知道赋》，李益《诗有六义赋》，郑俞《性习相近远赋》，独孤申叔《乐理心赋》《审乐知政赋》，王履贞《太学壁经赋》，刘积中、郑方、徐至同题的《乐德教胄子赋》等。一般说来，说理骈赋重议论、轻描写，尚逻辑、轻形象。如黎逢的《人不学不知道赋》，这篇说理骈赋自注“以‘学然后知不足’为韵”，但《全唐文》卷四八二没有保存其全部赋文，仅以所著录的部分亦可看出说理骈赋的特点：

> 君子之为道也，敦诗书，说礼乐，俾其润身而浴德，克己而志学。亦犹嘉肴在器，良玉抱璞，肴之知味，既因于尝，玉之成功，必由于琢。物既肖旃，士亦宜然。知此道者，必勤学焉。若夫即其讲肄，齿以胄筵，儒风是习，素业斯传，以三坟五典为本，以八索九丘为先。存乎博奥，究其精研。渔猎乎六籍之内，牢笼乎百氏之前。得用而行，将陈力于休明之代；自强不息，必苦节于少壮之年。于是，慎择其师，审取其友；师之严则尊敬而靡懈，友之直则切磋而可久，志有所立，言无所苟，讲道德必探其本原，进礼乐必尽其先后。故业就而青紫可拾，器成而瑚琏自负。

第二节　骈序

骈序，即骈体序，是骈文中仅次于骈赋而最具文学性的文体。序者，《说文》说是指“东西墙也”，即房屋周围的围护物。进入墙内就能观察屋宇的面貌了，所以当“序”引为文学用语时，则有引导、说明之意了。这种文体诞生之初正是起解释正文的作用。宋人王应麟在《词学指南》中云："序者，序典籍之所以作也。"

序，又可写作绪、叙、述、引。称"引"往往是为了避家讳。如刘禹锡父名绪，苏明允父名序，所以他们集中的序都称"引"。序作"绪"则是比喻之称。明人徐师曾《文体明辨》云："序字亦作叙，言其善叙事理，次第有序，若丝之绪也。"孙梅在《四六丛话》中对"序"更有生动、准确的比喻："序譬之衣裳之有冠冕""序比于网罟之有纲维"（《四六丛话》卷二十），说明序体的独特作用。

序文之体古已有之。孙梅《四六丛话》卷二十云："先师韦编三绝，翼赞前经。《文言》檃括乎乾坤，序卦发挥乎爻象，此则序所由昉，序作者之意者也。"不过这只是其萌芽状态。先秦时代尚未见正式意义的序文出现。序的正式出现当自汉代开始。《诗经》有大序、小序，司马迁《史记》有《太史公自序》，班固《汉书》有《叙传》，扬雄《法言》有《法言序》，等等。序在早期基本上是书序，所谓"序典籍之所以作也"。随着社会生活的发展，到南北朝时就开始发展了诗序这一新品种。这一品种在唐代得到发扬光大，并且又新发展了宴序、赠序、游序诸新样式，从而丰富了序的家族。骈序的发展基本上就是遵循这条线索而来的，可以示意如下：

赠序
↗
书序（集序）→ 诗序 ⟶ 宴序
↘
游序

在骈序的发展过程中，文学性不断得到加强。其文学形象性主要表现在运用富于形象性的语言营构篇章。正如孙梅分析《玉台新咏序》时所指出的："美意泉流，佳言玉屑。其烂熳也，若蛟蜃之嘘云；其鲜新也，如兰茝之集翠。"（《四六丛话》卷二十）

关于序之分类，褚斌杰在《中国古代文体概论》中分为两类：序跋文和赠序文。这基本源于《四六丛话》的分法，孙梅论序之演变时把序分为集序和赠别序。而明人徐师曾在《文体明辨》中强调“序文”其为体有二：一曰议论，二曰叙事。这是申明序文的写作方式之别，或重于议论，或重于叙事，但实际上他也基本接触到了分类，可以说是最早关于序文的分类。集序以议论为主，而诗序、宴序、赠序、游序则以叙事、描写为主。这样我们可以把骈序作如下分类：

骈序
- 集序（书序）—— 议论之属
- 诗序、宴序、赠序、游序 —— 叙事之属

我们把集序列为议论之属，并非说它没有叙事、描写内容；把诗序、宴序、赠序、游序列为叙事之属，也并非否认其有议论的内容。这只是就其侧重点而区分的，没有截然对立、割裂二者的含义。就叙事而言，也并非仅指叙述故事，而是指广义的叙述、描写。

1. 集序

集序，或称书序，指一部文集、诗集、词集、论集、杂著等书的前言。如徐陵的《玉台新咏序》即为诗选集之前言，张说的《洛州张司马集序》则为文集前言，《大唐西域记序》则为杂著前言，卢照邻的《乐府杂诗序》虽未标明为集序，实际上是贾言忠所作的《乐府杂诗》诗集的前言。在序的家族中，集序出现最早，《辞学指南》云：“《文选》始于《诗》序，而《书》序、《左传》序次之。”这里所列各类序，虽非先秦所有，但在汉代出现也比诗序、宴序、赠序、游序早得多。

集序的作用是介绍该书的内容、体例、作者，阐明作序者的文艺观。所以，徐师曾总结其特点是议论。所谓“议论”，即议书之内容，又论作者的观点。因此，序常常是作者文艺观的集中体现。如杨炯的

《王勃集序》成为研究其文学观的重要资料。集序或侧重于评价内容，或侧重于介绍作者及成书过程，或侧重于阐发文学观点。虽侧重点不同，但都以表现序作者的文艺观为中心。兹引欧阳炯的《花间集序》以为代表：

镂玉雕琼，拟化工而迥巧；裁花剪叶，夺春艳以争鲜。是以唱云谣则金母词清，挹霞醴则穆王心醉。名高《白雪》，声声而自合鸾歌；响遏行云，字字而偏谐凤律。《杨柳》《大堤》之句，乐府相传；《芙蓉》《曲渚》之篇，豪家自制。莫不争高门下，三千玳瑁之簪；竞富樽前，数十珊瑚之树。则有绮筵公子，绣幌佳人，递叶叶之花笺，文抽丽锦；举纤纤之玉指，拍按香檀。不无清绝之辞，用助娇娆之态。自南朝之宫体，扇北里之倡风。何止言之无文，所谓秀而不实。

有唐已降，率土之滨，家家之香径春风，宁寻越艳？处处之红楼夜月，自锁嫦娥。在明皇朝，则有李太白应制《清平乐》词四首，近代温飞卿复有《金筌集》。迩来作者，无愧前人。

今卫尉少卿字弘基，以拾翠洲边，自得羽毛之异；织绡泉底，独殊机杼之功。广会众宾，时延佳论。因集近来诗客曲子词五百首，分为十卷。以炯粗预知音，辱请命题，仍为叙引。昔郢人有歌《阳春》者，号为绝唱，乃命之为《花间集》。庶将使西园英哲，用资羽盖之欢；南国婵娟，休唱莲舟之引。时大蜀广政三年夏四月日叙。

从这篇集序可以看出，做为书之纲，它叙述了历代词曲的变迁，唐以来作家之日盛以及结集过程和命名由来。这都是以议论的形式为主的。但第一、二段亦不乏文辞华美、形象生动的描写。

2. 诗序

诗序指古人饯别饮酒所赋诗的序。这种诗序或由赋诗者作或由他人作，一般是说明写诗的原由，叙写朋友之谊，铺染聚会之盛和环境景色之美适。诗序这种体裁原本是从汉儒给《诗经》作序演化而来的。但汉儒给《诗经》作序则是后人给前代作的，而且是为某一类作品所作（大序）或某一首诗所作（小序），它们都是“儒家者流，诠述大意者也”（《四六丛话》卷二十），是阐释诗义，更近似集序，而且还不是骈体之作。这时尚未独立存在诗序这一文体。

到晋宋时代，一些诗人在给诗作序时，把几十言发展为数百言，并且把“诠述大意”的职能变而为描摹铺染，从而确立了诗序的独立地位，这以颜延之、王融等人的《三月三日曲水诗序》为代表。它们不再是仅说明诗的原委，而是变为一种描写情志的散文。这是一大变迁。到了唐代，诗序更加发展，成为文人喜爱的文体，像王勃、杨炯等人都有很多诗序之作。

诗序与赠序、游序、宴序的区别在于，诗序还没有脱离给诗作序这一宗旨。所以，它基本是围绕写诗的有关内容进行铺染，最后往往还要写出引导诗正文的句子。如杨炯《登秘书省阁诗序》：

若夫麒麟凤凰之署，三台四部之经；周王群玉之山，汉帝蓬莱之室。观星文而考南北，大象入于玑衡；披帝册而质龙神，负图出于河洛。司先王之载籍，掌制书之典谟。刘向沉研扬雄寂寞之士，于兹翰墨；马融该博傅毅文章之才，此焉游处。莫不出言斯善，有道则尊。黼黻其德行，珪璋其事业。心同匪石，达人千载之交；手握灵珠，文士一都之会。陶泓寡务，䌷素多闲。命兰芷之君子，坐芸香之秘阁。徒观其重栏四绝，阁道三休。红梁紫柱，金铺玉碣。平看日月，唐都之物候可知；坐望山川，裴秀之舆图在即。虹蜺为之回带，寒暑由其隔阔。岂直昆仑十二，瀛海千寻；西州有百尺之楼，东国有千秋之观。

于时五行金王，八月秋分。风生阊阖之门，日在中衡之道。烟云凄惨，白露下而四郊空；林野苍茫，青天高而九州迥。登山临水，无非宋玉之词；高阁连云，有似安仁之兴。列芳馔，命雕觞。扼腕抵掌，剧谈戏笑。假使神仙可得，自蔑松、乔；富贵在天，终轻许、史。闲之以博弈，申之以咏歌，陶陶然乐在其中矣。登高而赋，群公陈力于大夫；闻善若惊，下走自强于玄晏。轻为序引，缀在辞章。

诗序既具有说明作诗原委、过程、内容之含义，也有描写、议论之功能。有的虽未标明诗序，实际也是诗序之类，如王勃《滕王阁序》，全文旨在铺叙诗的内容。诗序是宴序、赠序、游序的过渡。

3. 宴序

宴序是以写宴会欢聚为内容的序文。宴序是从诗序演化而来的，有时甚至还带有诗序的痕迹，即表现为附有诗作，但宴序把关注重心放到宴饮聚会的描摹上来了。这也是它与赠序的区别所在。大部分宴序作品从题目上就可辨识出来，它们常常以“宴序”二字收尾，如宋之问的《早秋上阳宫侍宴序》、王勃的《秋晚入洛于毕公宅别道王宴序》，或结尾虽无“宴序”二字，但亦有“宴”“序”二字于其中，如李白《春夜宴从弟桃李园序》。宴序有时又不仅仅局限于描写宴饮的气氛、场面，而注入议论的内容，甚或以议论为主。兹以李白《春夜宴从弟桃李园序》为例：

> 夫天地者，万物之逆旅也；光阴者，百代之过客也。而浮生若梦，为欢几何？古人秉烛夜游，良有以也。况阳春召我以烟景，大块假我以文章。会桃花之芳园，序天伦之乐事。群季俊秀，皆为惠连；吾人咏歌，独惭康乐。幽赏未已，高谈转清。开琼筵以坐花，飞羽觞而醉月。不有佳咏，何伸雅怀？如诗不成，罚依金谷酒数。

在唐代，宴序骈文成为骈序的主要样式之一，成为最活跃的文体形式。这大概与唐人好交际宴饮的风尚不无关系。宴序到宋以后渐渐稀落。宴序有的也有赋诗，也有赠别，也有风光景色，但其中心在“宴”，即使议论、抒情，也都是围绕“宴”来做文章的。

4. 赠序

赠序是专门赠别用的序文。它也是从诗序演化来的。诗序，多因饯别赋诗而产生，而饯别自然要写离情别意，后来发展到虽无饯别聚会或赠诗，而送别者也写一篇惜别、祝愿、劝勉等内容的序文。特别是宋明以后，赠序成为单纯的赠别之作。赠序这种样式在唐代很盛行，如王勃有四十四篇骈序，其中赠序就占十六篇。陈子昂也写了十二篇赠序骈文。像王勃的《别卢主簿序》《送劼赴太学序》《感兴奉送王少府序》《秋日楚州郝司户宅饯崔使君序》《送白七序》《还冀州别洛下知己序》等都是情采斐然的佳作。

赠序也写宴饮，也写风情，但中心是叙朋友之谊了。褚斌杰在《中国古代文体概论》中概括赠序的文体特征时说：“赠序一体，一般以述友谊、叙交游、道惜别为主，而某些优秀作品，往往表达作者的理想、识见以及师友亲朋之间互相劝勉和真挚赤诚的感情，成为叙事、说理而又兼抒情的散文。”虽非专指骈体赠序，但也是合乎骈体赠序的特点的。友谊、交游、惜别，是赠序的内容三部曲，往往穿插叙写，围绕惜别写友谊、交游。有的“交游”一项略写。仅以王勃《还冀州别洛下知己序》为例：

东西南北，丘也何从？寒暑阴阳，时哉不与！河阳古树，无复残花；合浦寒烟，空惊坠叶。王生卖药，入天子之中都；夏统乘舟，属群公之大会。风烟匝地，车马如龙；钟鼓沸天，美人似玉。芳筵交映，旁征豹象之胎；华馔重开，直报蛟龙之髓。季鹰之思吴，命驾果为秋风；伯鸾之适越，登山以求渌水。

辞故友，谢时人。登鄂坂而迂回，入邛山而奔走。何年风月，三山沧海之春；何处风花，一曲青溪之路。宾鸿逐暖，孤飞万里之中；仙鹤随云，直去千年之后。悲夫！光阴难再，子卿殷勤于少卿；风景不殊，赵北相望于洛北。鸳鸯雅什，俱为赠别之资；鹦鹉奇杯，共尽忘忧之酒。

这篇赠序是送给知己朋友的，主要叙别情。赠序能达到叙事、说理、抒情三者兼容者寥寥，王勃许多作品却能达到。

5. 游序

游序指叙写游览风物的骈序。游序也是从诗序脱胎、演化而来的，但已没有赋诗作序的痕迹，成为一种序体形式的游记散文，是柳宗元山水游记之前的主要游记形式。游序骈文是唐代比较受文士喜爱的文体，像王勃就写有八篇游序，占其骈序的近六分之一。游序摆脱了诗序要写作诗原委、宴序要写宴饮场面、赠序要写别离之意的限制，直面大自然的丰富世界，抒写对自然造化的向往，借此抒发其种种感思，因而成为叙事之属的四种序文中最具近代意义散文的样式。其叙写形式往往集描写、抒情、议论于一体，有助于作者才艺、思想的多方面发挥。如王勃的《游山庙序》：

吾之有生，二十载矣。雅厌城阙，酷嗜江海。常学仙经，博涉道记。知轩冕可以理隔，鸾凰可以术待。而事亲多衣食之虞，登朝有声利之迫。清识滞于烦城，仙骨摧于俗境。呜呼！阮籍意疏，嵇康体放，有自来矣。常恐运促风火，身非金石，遂令林壑交丧，烟霞板荡，此仆所以怀泉涂而惴恐，临山河而叹息者也。

粤以胜友良暇，相与游于玄武西山庙，盖蜀郡三灵峰也。山东有道君庙，古者相传以名焉尔。其丹壑丛倚，玄崖纠合；俯临万仞，平视重玄；乘杳冥之绝境，属芬华之暮节。玉房跨霄而悬居，琼台出云而高峙。亦有野兽群狎，山莺互啭；崇松埒巨柏争阴，积濑与幽湍合响。眇眇焉，逸逸焉，王孙何以不归，羽人何以长往，其玄都紫微之事耶？方敛手钟鼎，息肩岩石；绝视听于寰中，置形骸于度外，不其然乎！时预乎斯者，济阴鹿弘胤、安阳邵令远耳。盖诗以言志，不以韵数裁焉。

这篇游序是借游山庙以抒发自然与人生的矛盾，出世与入世的冲突，在形式上是描写与议论并举，在议论中贯以描写，在描写中辅以议论。

综观诗序、宴序、赠序、游序各体骈文，较之于骈赋，更重抒情、议论，更见心态之展露，是最有欣赏价值的骈文之一。

第三节　骈书

书，即书信，古代又称“书牍”“书札”“书简”“书函”，又略称“牍”“札”“简”“函”。称“简”“牍”是因为最早的书信所用材料是竹简和木片。称“函”则是由于传递书信所用封套而得名。称“札”则是指把竹简、木简捆扎起来之意。书信在古代有时又称“尺素”“尺牍”，这是由于所用木简、绢帛约一尺左右。从广义的范围上说，不但亲朋间的往来文字可称“书”，就是臣下向君王陈词进言的文字也可称“书”，如战国时代乐毅有《报燕惠王书》，李斯有《谏逐客书》。但这种“书”与亲朋间往来的书信不同，这是“上书”“奏书”。这种臣僚向君王进言的函件称为“书”，说明当初君臣关系远不像后代那么紧张、疏远。到了后代，这部分宫廷文字就称为“奏议”“表疏”了，被排除在“书”之外。所以明人吴讷在《文章辨体》中分析指出：“昔臣僚敷奏，朋旧往复，皆总曰‘书’。近世臣僚上言，名为‘表奏’；惟朋旧之间，则曰‘书’而已。”我们在这里所讨论的“书”是指“朋旧往复”、亲属往复之作。

作为社会生活中人与人之间交际的方式，书信的产生非常早。从“书”名为“简”“牍”“札”“素”可以知道，在使用竹简、木片、绢帛为书写材料时，书信就产生了。这个时间至少在春秋时代。清人姚鼐甚至认为更早，他把《尚书》中的《君奭》作为最早的书信：“书说类者，昔周公之告召公，有《君奭》之篇。”但这篇告诫之辞只能说是书信的雏形。有的学者认为这不能算是书信。由于当时政务不多，书信只能是重大国务问题才偶尔使用，也只能是告诫之类内容，与后来意义的书信相距甚远。刘勰在《文心雕龙·书记》中追寻“书”之起源时实际也是认为起源于这个时期。他说：“三代政暇，文翰颇疏。”有的学者认为刘勰这句话是说春秋之前没有书牍。这种理解是错误的。所谓“颇疏”是说很少，就是说也已经产生了，但还不多，而不是没有。刘勰所处的时代比今天早一千多年，也可能他见到过一些资料。但就今天而言，认为夏商周（西周）时代就有“书”了，这只能是推测。因为前面我们在谈到骈文的起源时分析过，夏商周三代的传播方式主要是口头传播。今天所能见到的材料，是《左传》所载的《郑子家告赵宣子书》（文公十七年）、《巫臣遗子反书》（成公七年）等，这些材料可以确定是产生于春秋时代。所以刘勰又说：“春秋聘繁，书介弥盛。”（《文心雕龙·书记》）也指出“书”正是社会交往频繁的结果。这个时期的书信多言公务，与成为文学一体的书信还有一定距离。

到了战国时代，书信只是稍增加了个人色彩，并无实质变化。到了汉代，书信成为人们经常使用的交际手段。《古诗十九首》中有云：“客从远方来，遗我一书札；上言‘长相思’，下言‘久离别’。置书怀袖中，三岁字不灭。”（《孟冬寒气至》）从诗中记叙来看，家书已成为人们传递信息的一种主要工具。而且，在汉代，书信已成为一种文学手段。司马迁的《报任安书》、杨恽的《报孙会宗书》都是这方面的代表。自造纸术发明并改进后，用纸做书写工具使书信迅速普及，从而使这一文体得到很快发展。

魏晋南北朝时期，书牍成为作家们喜爱的文体。因为书信一体的内容可以涉及各个方面，包罗万象，或军国大事，或人物品评，或风土人情，或人生感慨，无所不包。在写作方法上也灵活多样，或叙事，或议论，或抒情，或描写，或说理，可以任运自如，不受拘束。尤其可以自由地抒写作者的心志，成为抒情言志的有效工具。正如刘勰所说：“详总书体，本在尽言；言以散郁陶，托风采，故宜条畅以任气，优柔以怿怀；文明从容，亦心声之献酬也。”（《文心雕龙·书记》）因此，魏晋南北朝时期，书体文章大盛。这时期书信绝不仅仅是一种应酬、实用的交际工具，而成为展示才华、驰骋文采的文学样式，许多文士也因此而扬名。

到南北朝时期，骈体书信也兴盛起来。在清人许梿评选的《六朝文絜》这一最著名的六朝文选本中，书体就占有十七篇，占全书的近四分之一，而且全部是南北朝作品。由此可见书信的发展及其地位了。骈体书信虽其亲切不如散体，在描写方面却发展了其文学性。褚斌杰在《中国古代文体概论》中谈到六朝书简时分析说：“六朝时期，还有许多文人骈体小简，词藻华美，音韵和谐，对仗工切，用典精当，甚至追求书法的精妙，显得非常雅致，实际上他们把书信完全当做一种文学创作，以至于成为专供人们欣赏的艺术品。”这个分析论断是颇中肯綮的。从陶弘景的《答谢中书书》和吴均的《与朱元思书》就可以清楚地看出其文学描写的特点：

山川之美，古来共谈。高峰入云，清流见底。两岸石壁，五色交晖；青林翠竹，四时俱备。晓雾将歇，猿鸟乱鸣；夕日欲颓，沉鳞竞跃。实是欲界之仙都，自康乐以来，未复有能与其奇者。

——陶弘景《答谢中书书》

风烟俱净，天山共色。从流飘荡，任意东西。自富阳至桐庐，一百许里，奇山异水，天下独绝。水皆缥碧，千丈见底，游鱼细石，直视无碍。急湍甚箭，猛浪若奔。夹岸高山，皆生寒树，负势竞上，互相轩邈，争高直指，千百成峰。泉水激石，泠泠作响；好鸟相鸣，嘤嘤成韵。蝉则千转不穷，猿则百叫无绝。鸢飞戾天者，望峰息心；经纶世务者，窥谷忘反。横柯上蔽，在昼犹昏；疏条交映，有时见日。

——吴均《与朱元思书》

其以骈体书信文体作山水描写，且生动活脱，历历如在目前，显示出鲜明的文学性。

扬雄曾指出：“言，心声也。”（《法言·问神》）所以，“书者，舒也，舒布其言，陈之简牍”（《文心雕龙·书记》）。因此，书之一体，比之任何一体都有更大的灵活性。“书之为体，主言者也”（《文心雕龙·书记》），因而“明衷曲，披款诚，释幽忧，慰思忆，莫切于书。风人之义，讽喻犹以比兴而见；书笔之旨，肝胆直以一二而陈”（《四六丛话》卷十七）。正因为此，书信体的主观性使它更逼近现代意义的文学特征，这与西方文学中以书信体、日记体为小说、散文相类似，都是着眼于它鲜明的主观色彩和强烈的抒情特性。古代骈体书信成为骈文中的一大部分也正由于此，并且是极富现代文学意义的文体，产生了许多名篇佳构，如曹魏时期吴质的《答东阿王书》，应璩的《与侍郎曹长思书》，晋代刘琨的《答卢谌书》，南北朝时期鲍照的《登大雷岸与妹书》，丘迟的《与陈伯之书》，吴均的《与朱元思书》《与顾章书》，刘潜的《北使还与永丰侯书》，祖鸿勋的《与阳休之书》，王褒的《与周弘让书》，周弘让的《复王褒书》，唐代骆宾王的《与博昌父老书》，清代刘嗣绾的《贻友人书》，等等。这些书体骈文代表了骈文的艺术水平，不但“开缄可以论心，即千里宛如觌面”（《四六丛话》卷十七），而且在艺术描写上也把骈体的特长发挥殆尽，“叙山川之妙丽，则刻画兼图绘之长；溯欢宴之流运，则管颖挟歌吟之致；述绝域之悲，飒然如风沙之满目；谈行旅之困，凄兮叹霜雪之交侵”（《四六丛话》卷十七）。同时，书体篇幅可因地制宜，“直达胸臆，不拘绳墨。纵而纵之，数千言不见其多；敛而敛之，一二语不见其少。破长风于天际，缩九华于壶中。或放笔而不休，或藏锋而不露”（《四六丛话》卷十七）。

正因为如此，骈书是骈文中又一极具文学意义的文类。如徐陵使北齐被羁留，致书杨仆射愔，其中有云：“晨看旅雁，心赴江淮；昏望牵牛，神驰扬越；朝千悲而掩泣，夜万绪而回肠……足赵魏之黄尘，加幽并之片骨；遂使东平拱树，长怀向汉之悲；西洛孤坟，恒表思乡之梦。”(《在北齐与杨仆射书》) 由于言词恳切，被放还南归。孙梅在《四六丛话》中评之曰：“议论曲折，情词相赴，气盛而物之浮，大小毕浮，不意骈俪，有此奇观。至末段声情激越，顿挫低徊，尤神来之笔。”可见，书并非是一种应用文体了，而是成为抒情言志的工具。骈体书信比之散体书信更讲究词采文饰，因此，更显出文学的魅力。

第四节　公牍骈文

在骈文中，还有相当一部分是公文或实用性很强的应用文，如制敕诏册、表启章疏、判颂檄赞等，这些本来是在文学之外的，但由于古人的泛文学观念，其中一部分作品又具有一定的文学特征，因此，我们在介绍作为文学的骈文时，也介绍这类作品，把它们统称为公牍骈文。

公牍骈文的最大特点是它具有现实功用性。它往往是政治事务中处理问题、传达意愿的表述载体，多用于朝廷、官府及一些公共事务。像制敕诏册这些样式就是用于帝王给臣下传达旨令的，古代统称为“诏令”类；像表启章疏之类就是专用于臣下给帝王汇报、请示、恭贺、建议或下属给上司的请示、汇报、恭贺、辞谢之类内容的，统称为“奏议”类。另外，像判颂檄赞也是用于官府、军中或公共事务的文书。因此，实务内容自然成为这些文体的中心。但一些作家能够超越形式的限制，运用死板的文体写出文采飞扬的作品，这些作品就步入了文学的行列。我们分别来看看各类公牍骈文。

1. 制敕诏册

君王的诏令自古就有讲究，因此形成了专门的文体。刘勰分析其沿革时说：“昔轩辕唐虞，同称为命。命之为义，制性之本也。其在三代，事兼诰誓。誓以训戎，诰以敷政，命喻自天，故授官锡胤。《易》之姤象：‘后以施命诰四方。’诰命动民，若天下之有风矣。降及七国，并称曰令（命）。令（命）者，使也。秦并天下，改命曰制。汉初定仪则，则命有四品：一曰策书，二曰制书，三曰诏书，四曰戒敕。敕戒州部，诏诰百官，制施赦命，策封王侯。策者，简也；制者，裁也；诏者，告也；敕者，正也。”（《文心雕龙·诏策》）由于是传达帝王之言的文体，因此以严肃方正、朴实准确为标准，正如孙梅所指出的：“制册之文，先觇器识，为此者必深明乎帝王运世之原，默契乎日昃勤民之旨，宁朴而无华，宁简而无浮，选言于训诰之区，探赜乎皇唐之域，授官命职，备著激扬，闵雨忧农，如传喟息，使闻者有一见决圣之思，诵之动扶杖往观之慕。”（《四六丛话》卷六）

制敕诏册是用于朝廷这种严肃庄重的场所，因此，其限制很多，王应麟《词学指南》就列举了诸多忌讳和规矩，诸如“制破题四句，或兼说旧官，或只说新官”；“制头四句，能包尽题意为佳”；“制头四句说除授之职，其下散语一段，略说除授之意。文臣自内出，则说均劳佚之意。武臣宿卫，则说孝拱扆之意。换镇则说易地之意”；“制头四句，四六一联，散语四句或六句，具官某一段颂德，先须看题”，等等，这样烦琐的条条框框自然就限制了作者才情的发挥。所以，千百年间，制敕诏册成为文学作品的寥寥可数，绝大多数仅是公文而已。孙梅列举这方面的名家时也仅举出数人：“自颜（延之）、岑（文本）、崔（融）、李（峤）、燕（张说）、许（苏颋）、常（衮）、杨（炎），起家济美，染翰垂名者，以十百数，而超群特出，尤推陆贽、李德裕焉。”（《四六丛话》卷六）其中以陆贽《奉天改元大赦制》最为著名。德宗建中四年，朱泚反。德宗避居奉天（今陕西乾县），当时许多诏令均出自陆贽之手。这篇由陆贽起草的诏告天下大赦制就是这个时期之作。据权德舆《唐赠兵部尚书宣公陆贽翰苑集序》：“在诏书始下，虽武人悍卒，无不挥涕激发。议者以德宗克平寇乱，不惟神武之功，爪牙宣力，盖亦资文德腹心之助焉。”兹引其中最有名的一段，以见制敕诏册类骈文的面貌。

惟我烈祖，迈德庇人，致俗化于和平，拯生灵于涂炭。重熙积庆，垂二百年。伊尔卿尹庶官，洎亿兆之众，代受亭育，以迄于今。功存于人，泽垂于后。肆予小子，获缵鸿业，惧德不嗣，罔敢怠荒。然以长于深宫之中，暗于经国之务；积习易溺，居安忘危；不知稼穑之艰难，不察征戍之劳苦，泽靡下究，情不上通；事既壅隔，人怀疑阻。犹昧省己，遂用兴戎。征师四方，转饷千里，赋车籍马，远近骚然。行赍居送，众庶劳止；或一日屡交锋刃，或连年不解甲胄。祀奠乏主，室家靡依；生死流离，怨气凝结。力役不息，田莱多荒。暴命峻于诛求，疲甿空于杼轴。转死沟壑，离去乡

> 闾；邑里丘墟，人烟断绝。天谴于上，而朕不悟，人怨于下，而朕不知。驯致乱阶，变兴都邑。贼臣乘衅，肆逆滔天，曾莫愧畏，敢行凌逼。万品失序，九庙震惊；上辱于祖宗，下负于黎庶。痛心靦貌，罪实在予。永言愧悼，若坠深谷。赖天地降佑，神人叶谋，将相竭诚，爪牙宣力，屏逐大盗，载张皇维。将弘永图，必布新令。朕晨兴夕惕，惟念前非。

这是这篇公牍长文最精彩的一段，之所以能称为文学，主要在于文中灌注了强烈的感情色彩，通过帝王的引咎自责，对天下百姓谢罪，以赢得天下人的谅解。它能突破宫廷文字的官样文章的面孔，以真诚之心打动读者。但绝大多数制敕诏册未能摆脱宫廷公牍的束缚。

2. 表奏章疏

表奏章疏是臣属给君王的上书，也都用于宫廷，这是它们的一致性。但这四者的作用有所不同，主要是写作的内容有别。刘勰在《文心雕龙·章表》中辨云："章以谢恩，奏以按劾，表以陈情。""疏"则是条陈之意，与"奏"作用相仿，故刘勰又云："自汉以来，奏事或称上疏。"（《文心雕龙·奏启》）与"奏"一样，疏也是"以明允笃诚为本，辨析疏通为首。强志足以成务，博见足以穷理，酌古御今，治繁总要，此其体也。"（《文心雕龙·奏启》）以上这些分别是相对的。随着时代的不同也有不同，特别是"表"的范围到唐宋以后有了扩大。除陈情外，诸如谢恩、劝进、庆贺、进贡、辞免、执异等内容都喜用表。这是由表的内容性质决定的，因为"表，明也，标也。标著事序，使之明白"（王应麟《辞学指南》）。虽然表的内容外延了，但有一个方面没有变，即孙梅所说的"表以道政事，达辞情"（《四六丛话》卷十），以政治方面的内容为主，要有一定叙述事情、陈述情意，即所谓“对扬王庭，昭明心曲”（《文心雕龙·章表》）之意。虽然“表章与奏疏殊科”（《四六丛话》卷十三），但在内容与功用上具有一定的相同性，所以完全可以作为一类来介绍。

表奏章疏这类文字的条条框框也很繁琐，以表为例：“先要识体制，贺谢进物，体各不同。”“一表中眼目，全在破题二十字，须要见尽题目，又忌体贴太露。”（《词学指南》）从总体来看，表奏章疏的政治用途和它的程式化限定了它在文学上的发挥，使之只能循规蹈矩，做官样文章。因此，在骈文发展史上，表奏章疏是很少有激动读者的名篇的，但能在这样的限制中写出惊动一世的文章的并非没有。特别是表类一体，很可以容纳陈情叙思的内容。正如有的学者所指出的：“章和表虽都是向朝廷言事的，但章奏之类，公文性强，不容有更多的情采，表则带有倾诉衷情的性质，有表现其情质文采的余地。”（褚斌杰《中国古代文体概论》，第432页）像曹植的《求自试表》、诸葛亮的《出师表》、李善的《上文选注表》、欧阳修的《谢致仕表》、晁补之的《亳州谢到任表》、苏轼《谢赐对衣金带马表》等都是表文的佼佼者。之所以能众中杰出，乃在于不受形式所限制，抒写了激昂的情思。据《旧唐书·令狐楚传》，令狐楚从事郑儋镇太原时，郑儋暴卒，当时军中有哗变之危，“中夜十数骑持刃迫楚至军门，诸将环之，令草遗表。楚在白刃之中，搦管即成，读示三军，无不感泣，军情乃安”。孙梅评此事云：“必如此始为有用之文，四六所由与古文并垂天壤也。若以堆垛为之，固属轮辕虚饰，纯以清空取胜，亦无非臭腐陈言。一言以蔽之曰：惟情深而文明，沛然从肺腑流出，到至极处，自能动人，作之者非关文与不文，感之者亦不论解与不解，手舞足蹈，有不知其然而然者。”（《四六丛话》卷十）

从这个例子可以看出，即使是有严格的程式束缚，有严肃的文章环境，只要作者有感情从心中流出，把语言表现得明白通畅，同样与古文并无二致，使公文应用之作也呈现出浓郁的文学色彩。所以王应麟在《词学指南》中告诫作者："大抵表文以简洁精致为先，用事不要深僻，造语不可尖新，铺叙不要繁冗，此表之大纲也。"大凡能达到这个艺术要求，都能使之成为可读的作品，如果再加之充沛的情思，就更有吸引力了。兹录欧阳修《谢致仕表》以见此类文章之面貌：

臣某言，今月十七日进奏院递到敕告：伏蒙圣恩，除臣太子少师，依前观文殿学士致仕者。愚诚恳至，曲轸于皇慈；宠命优殊，特加于常品。本期得谢，更此叨荣。臣某中谢。

伏念臣猥以庸近之材，早遘休明之运。不通之学，既泥古以难施；无用之文，复虚言而少实。是以三朝被遇，四纪服劳。蒙德重于丘山，论报亡于毫发。而年龄晚暮，疾病尪残。辄希知止于前人，不待及期而后请。自陈悃愊，屡至渎烦。既久历于岁时，始曲蒙于开可。仍超加于异数，非止赐于残骸。道愧师儒，乃忝春宫之峻秩；身居畎亩，而兼书殿之清名。至于头垂两鬓之霜毛，腰束九环之金带，虽异负薪之里，何殊衣锦之归？使闾巷咨嗟，共识圣君之念旧；搢绅感悦，皆希后福之有终。岂惟愚臣，独受大赐。

此盖伏遇皇帝陛下无私覆物，博爱推仁。以其夙幸遭逢，密契风云之感会；曾经服御，不忘簪履之贱微。致此便蕃，萃于衰朽。虽伏枥之马，悲鸣难恋于君轩；而曳尾之龟，涵养未离于灵沼。余生易毕，鸿造难酬。

即使欧阳修这样的大手笔，限于这种形式，也只能就范于程式。高步瀛评云："永叔四六，情韵俱佳，不尚藻丽，一出自然，遂开宋代之体。"(《唐宋文举要》乙编）众中杰出，亦为不易。

3. 启

据《说文解字》："启，开也。"《尚书·说命》上记殷高宗武丁对大臣傅说云："启乃心，沃朕心。"意思是打开你的心扉，让智慧之泉灌溉我的心，使我得益。刘勰指出，作为文体的启正是"取其义也"(《文心雕龙·奏启》)。其文体特性及其与"奏""表"的关系是："陈政言事，既奏之异条；让爵谢恩，亦表之别干。必敛饬入规，促其音节，辨要轻清，文而不侈，亦启之大略也。"(《文心雕龙·奏启》)就其内容而言，是陈言政事，让爵谢恩，这一点与奏表有相近或相同的地方；在文风上则以简洁凝练、华而不艳为上。启在内容上可以补表、书这两类文体的不足，具有补缺拾遗的作用，所以孙梅论曰：

> 表以明君臣之谊，书以见朋友之悰。泰交之恩洽而表义显，谷风之刺兴而书致衰。若乃敬谨之忱，视表为不足；明慎之旨，侔书为有余，则启是也。昔者藩国臣僚，驰笺霸府；三公掾属，奏记私朝。厥后缇幕芙蓉，殷勤而报聘；春蹊桃李，缱绻而酬知。竞贡长笺，争怀彩笔；效颦滋众，继踵尤多。上寿多男，请征杂遝；登庸及第，贺答纷纭。旧馆脱骖，载笔致朋游之雅；相见执雉，挥毫志耿介之思。羁旅悭囊，裁之乞米；美人绣段，持以报琼。则有词林水境，阆苑羽仪，具只眼以论才，回青眸以待客。簪裾辏集，三读流声；珠玉纷投，一言改价。高可以俯拾青紫，下不失得利齿牙。由是竞费工夫，弥精制作。换清衔于校字，盈篇皆形声点画之奇；

发吟兴于田园，累幅尽袯襫苎蒲之趣。以至东海使槎，托遥情于溯斗；西湖隐墅，寄新制于回轩。亦可谓妙极毫端，思超物表者矣。(《四六丛话》卷十四)

启这一文体具有独特的作用。

正因为启既具有表与书之长，又能补其不足，所以，在公牍骈文中，启是最活跃的。在流传的公牍骈文中，启就占其什之五以上。尽管启流传下不少作品，但也要看到，作为公牍骈文的痼疾，程式化与浮饰化不可能根除。所以，孙梅又指出："骈俪之文，其盛也，启之为用最多，其衰也，启之为弊差广。"(《四六丛话》卷十四) 优与劣都是并存的。兹录南宋文天祥《贺赵侍郎月山启》以见其形式：

选表扬纶，归中持橐。采石洲之明月，光照海山；通明殿之红云，影摇河汉。介圭觐只，会弁欢如。

恭惟某官玉粹金刚，冰悬雪跨。《清庙》《生民》之作，脍炙诸公；干将莫邪之锋，指麾余子。自傍天而行斗牛之渚，便拔地而起湖海之楼。出入兵间，月柝灯棋之耿耿；驱驰江上，参旂井钺之堂堂。儒臣知兵，从古所少；天子谋帅，必在其中。方建纛而前，千军绕帐而不动；及还笏而去，二童随马而有余。

悠悠四顾于山河，落落一麾于江海。啸吟水石，酹谪仙捉月之魂；上下风樯，访舍人麾军之迹。慨然有神州陆沉之叹，发而为中流击楫之歌。属传风景于岘山，忽骇波涛于天堑。长江为备不数处，可共险于万人；朝廷养兵三十年，当成功于儒者。

乃畴庸于东掖，仍趣贰于西曹。太乙灵旗，出陪豹尾；钩陈玉槛，进逼鳌头。青天白日，凤凰之声名；高山深林，龙虎之气势。前行为兵部，小纾帷幄之谋；大本在中书，亟正钧枢之拜。

某滥巾剧部，望履修门。班汉从于甘泉宫，喜称知己；勒唐功于浯溪石，已戒有司。

这是启中的优秀之作，它“气象峥嵘，字句新颖，沿用俗式，自铸雅词”（高步瀛《唐宋文举要》乙编）。虽为祝贺内容，却写得情采飞扬，舒展自如；不过仍可见形式的套数。

4. 檄与露布

檄是古代一种军事文告，用于征伐时的声讨，历数政敌的罪行，以壮征伐之声威，正如刘勰所比喻的“震雷始于曜电，出师先乎威声。故观电而惧雷壮，听声而惧兵威”（《文心雕龙·檄移》），主要是为了获得“兵先乎声”的效果。征讨成功后昭示天下的“露布”也可与檄文列为同一类。洪迈《容斋四笔》云：“用兵获胜，则上其功状于朝，谓之露布。”封演《封氏闻见记》则云：“露布，捷书之别名也。诸军破贼，则以帛书建诸竿上，谓之露布。盖自汉以来有其名。所以名露布者，谓不封检，露而宣布，欲四方速知，亦谓之露版。”刘勰也指出：“露布者，盖露板不封，播诸视听也。”（《文心雕龙·檄移》）同檄一样，“宣露于外，皦然明白”（《文心雕龙·檄移》）是其特点。檄与露布的区别在六朝不甚明显，自唐以后“则檄文在启行之先，露布当克敌之后”（《四六丛话》卷二十四），如骆宾王的《兵部奏姚州破贼设蒙俭等露布》。

作为一种具有某种号召性的文体，檄和露布都必须是文风刚健、义理晓畅、语言明白的，所谓“其植义扬辞，务在刚健。插羽以示迅，不可使辞缓；露板以宣众，不可使义隐。必事昭而理辨，气盛而辞断，此其要也”（《文心雕龙 · 檄移》）。之所以这样是其内容决定的，刘勰总结檄文的内容特点时指出：“凡檄之大体，或述此休明，或叙彼苛虐，指天时，审人事，算强弱，角权势，摽蓍龟于前验，悬鞶鉴于已然，虽本国信，实参兵诈。谲诡以驰旨，炜晔以腾说，凡此众条，莫或违之者也。故其植义扬辞，务在刚健。”（《文心雕龙 · 檄移》）就是说，檄文的内容不外乎夸耀己方的政治清明，贬损对方行为残暴，并分析彼此形势优劣，假借历史为己辩护，往往铺张其辞，务求刚健、威勇，产生一种震慑力。所谓“檄不切厉，则敌心陵；言不夸壮，则军容弱”（李充《起居诫》，见《太平御览》卷五百九十七引），正是这个意思。

檄文由于需要很强的煽动性和号召力，因此，必须语词激昂，气盛情沛，才能具有较强的情感渲染特性。它主要通过以情感人来征服读者。如果不考虑其政治背景，这种情感性还是很有文学性的。正由于此，檄文的许多作品步入了文学的行列。有名的作品有陈琳的《为袁绍檄豫州文》、祖君彦的《为李密檄洛州文》、骆宾王的《为徐敬业讨武曌檄》、牛金星的《讨明檄》等。骆宾王的《为徐敬业讨武曌檄》被论者誉为“檄文典范，骈俪佳品”。兹引为例：

伪临朝武氏者，人非和顺，地实寒微。昔充太宗下陈，尝以更衣入侍。洎乎晚节，秽乱春宫，潜隐先帝之私，阴图后房之嬖。入门见嫉，蛾眉不肯让人；掩袖工谗，狐媚偏能惑主。践元后于翚翟，陷吾君于聚麀。加以虺蜴为心，豺狼成性；近狎邪僻，残害忠良。杀姊屠兄，弑君鸩母。神人之所共疾，天地之所不容。犹复包藏祸心，窥窃神器。君之爱子，幽之于别宫；贼之宗盟，委之以重任。

呜呼！霍子孟之不作，朱虚侯之已亡。燕啄皇孙，知汉祚之将尽；龙漦帝后，识夏庭之遽衰。

敬业皇唐旧臣，公侯冢子，奉先帝之遗训，荷本朝之厚恩。宋微子之兴悲，良有以也；桓君山之流涕，岂徒然哉！是用气愤风云，志安社稷；因天下之失望，顺宇内之推心；爰举义旗，誓清妖孽。南连百越，北尽三河；铁骑成群，玉轴相接。海陵红粟，仓储之积靡穷；江浦黄旗，匡复之功何远。班声动而北风起，剑气冲而南斗平。喑呜则山岳崩颓，叱咤则风云变色。以此制敌，何敌不摧！以此图功，何功不克！

公等或家传汉爵，或协周亲；或膺重寄于爪牙，或受顾命于宣室。言犹在耳，忠岂忘心！一抔之土未干，六尺之孤安在！倘能转祸为福，送往事居，共立勤王之勋，无废旧君之命，凡诸爵赏，同指山河。若其眷恋穷城，徘徊歧路，坐昧先几之兆，必贻后至之诛。

请看今日之域中，竟是谁家之天下！

从这篇例文中可以看出，檄文慷慨激昂的情绪感染力和极富煽动性的号召力。宋代王应麟说：“檄、露布乃军中文字，檄贵铺陈利害，感动人意。”（《词学指南》）骆宾王此文可谓最谙此道。

第五节　碑志与祭诔骈文

碑志与祭诔虽有不同，但也可视为一类。孙梅云：“后人饰终，其大者托之行状碑志，其细者见之哀挽祭文。”（《四六丛话》卷二十五）

它们都有纪念意义，所以，刘勰在《文心雕龙》中就把“诔碑”合在一起评述。这两种文体与上一节介绍的公牍骈文不同，它们并非都用在朝廷政治事务上，虽然有时皇家人物也有碑志、祭诔，但基本上是个人使用的或民间公共事务使用的。

碑志，据《文心雕龙·诔碑》所述：“碑者，埤也。上古帝王，纪号封禅，树石埤岳，故曰碑也。”埤，是增益的意思。周振甫指出：“增高附基即增益，后来封禅在山上立碑亦有增益意。”(《文心雕龙注释》，第132页）所以，碑文在其产生伊始就有歌功颂德的意味，包括后来立于宗庙的庙碑，也不出此樊篱。碑的程式多有序有铭。序记生平，铭赞德行；序不用韵，铭用韵。这种程式就是到古文家手中也无多大改变。不但其格式有程式性，甚或其内容也有某种套式。刘勰指出：“夫属碑之体……标序盛德，必见清风之华；昭纪鸿懿，必见峻伟之烈：此碑之制也。”(《文心雕龙·诔碑》)虚假与夸饰是其与生俱来的弊病。所以，桓范在《世要论·铭诔》中批评碑诔多“欺曜当时，疑误后世，罪莫大焉”。裴松之曾上书请禁立碑，其理由就是“勒铭寡取信之实，刊石成虚伪之常。真假相蒙，殆使合美者不贵”。(《宋书·裴松之传》)因此，骈文碑志往往缺乏个性，比之其他类骈文，成就者少。兹举梁简文帝《相官寺碑》为例子：

真人西灭，罗汉东游。五明盛士，并宣北门之教；四姓小臣，稍罢南宫之学。超洙泗之济济，比舍卫之洋洋。是以高檐三丈，乃为祀神之舍；连阁四周，并非中官之宅。雪山忍辱之草，天宫陀树之花；四照芬吐，五衢异色。能令扶解说法，果出妙衣。鹿苑岂殊，祇林何远！皇太子萧纬，自昔藩邸，便结善缘。虽银藏盖寡，金地多阙，有惭四事，久立五根。泗川出鼎，尚刻之罘之石；岷峨作镇，犹铭剑壁之山。矧伊福界，宁无镌刻。

铭曰：洛阳白马，帝释天冠；开基紫陌，峻极云端。实惟爽垲，栖心之地。譬若净土，长为佛事。银铺曜色，玉碍金光。塔如仙掌，楼疑凤皇。珠生月魄，钟应秋霜。鸟依交露，幡承杏梁。窗舒意蕊，室度心香。天琴夜下，绀马朝翔。生灭可度，离苦获常。相续有尽，归乎道场。

这篇是寺庙碑，虽不像人物碑志那样浮夸，但辞采艳丽的特征仍鲜明可见。清人许梿评云："情思隽逸，华采煸斓。"(《六朝文絜笺注》卷十一)

我们再来看人物碑志的面貌，以梁元帝的《侍中吴平光侯墓志铭》为例：

惟岳降神，表山甫之德；敬如君所，显成季之征。洁静精微，岐嶷天挺。学兼义府，谈均理窟。历太子洗马，八人掌籍，为崇贤之领袖；五日来朝，冠承华之楷模。迁豫章内史，洪井鸾峰，甘露岁下；萧崖鹤岭，连理成阴。征为太子左卫率，遘疾，薨于道。颇类陶基，民号燕北；取譬羊祜，巷哭荆南。副军早垂隆眄，悯其石火。瞻斯翠盖，忽变丹旐。方使桓侯石椁，载铭盛夏，滕令佳城，式镌韶濩。

从中可见虚辞浮藻仍不能免。孙梅说："夫碑通于史，而俪别于古。"(《四六丛话》卷十八) 其实正是由于"俪别于古"而使碑无法通史。

因为过多的虚辞浮藻，甚至虚假事实，只能造成“谀墓”，而谀墓是“事难征实”（《四六丛话》卷十八）的，又何谈史之价值？

诔，是一种祭悼文字。周振甫说：“诔是古代贵族死后，累计他生时德行，用来确定谥号的。”（《文心雕龙注释》，第134页）这是就其起源及功能来说的，当然后来外延有所扩大，不过就其本质来说仍未改变，正如刘勰所指出的：“诔者，累也，累其德行，旌之不朽也。”（《文心雕龙·诔碑》）这一点与碑相同。但祭诔之文有优于碑志文者，即祭诔须以情动人，而且情愈深则文愈美。因此，它在一定程度上可以克服浮华之病。孙梅分析说：“连篇盈其瑰泣，积字溢其鲛珠。此伤逝者，所为长歌以当哭也。夫工拙异方，浅深殊致，至于入妙，往往动人。尝深论之，雍门之琴，邻家之笛，非情之至，曷兴其感？寂然怅知音之遥，凄然增伉俪之重，非文之至，曷称其情？情不欲极，敛之而逾深；文不欲肆，蓄之而弥厚。”（《四六丛话》卷二十五）如何在“情”字上做文章是至为关键的。兹引颜延之的《陶征士诔》以为示例：

> 夫璇玉致美，不为池隍之宝；桂椒信芳，而非园林之实。岂期深而好运哉！盖云殊性而已。故无足而至者，物之藉也；随踵而立者，人之薄也。若乃巢、高之抗行，夷、皓之峻节，故已父老尧、禹，锱铢周、汉。而绵世浸远，光灵不属，至使菁华隐没，芳流歇绝，不其惜乎！虽今之作者，人自为量，而道路同尘，辍涂殊轨者多矣。岂所以昭末景、泛余波！
>
> 有晋征士寻阳陶渊明，南岳之幽居者也。弱不好弄，长实素心；学非称师，文取指达。在众不失其寡，处言愈见其默。少而贫病，居无仆妾。井臼弗任，藜菽不给。母老子幼，就养勤匮。远惟

田生致亲之议，追悟毛子捧檄之怀。初辞州府三命，后为彭泽令。道不偶物，弃官从好。遂乃解体世纷，结志区外，定迹深栖，于是乎远。灌畦鬻蔬，为供鱼菽之祭；织绚纬萧，以充粮粒之费。心好异书，性乐酒德，简弃烦促，就成省旷。殆所谓国爵屏贵，家人忘贫者与？有诏征为著作郎，称疾不到。春秋若干，元嘉四年月日卒于寻阳县之某里。近识悲悼，远士伤情，冥默福应，呜呼淑贞。

夫实以诔华，名由谥高，苟允德义，贵贱何算焉。若其宽乐令终之美，好廉克己之操，有合谥典，无愆前志。故询诸友好，宜谥曰“靖节征士”。

其辞曰：物尚孤生，人固介立。岂伊时遘，曷云世及？嗟乎若士！望古遥集。韬此洪族，蔑彼名级。睦亲之行，至自非敦；然诺之信，重于布言。廉深简洁，贞夷粹温。和而能峻，博而不繁。依世尚同，诡时则异。有一于此，两非默置。岂若夫子，因心违事，畏荣好古，薄身厚志。世霸虚礼，州壤推风。孝惟义养，道必怀邦。人之秉彝，不隘不恭。爵同下士，禄等上农。度量难钧，进退可限。长卿弃官，稚宾自免。子之悟之，何悟之辩！赋诗归来，高蹈独善。亦既超旷，无适非心。汲流旧巘，葺宇家林。晨烟暮蔼，春煦秋阴；陈书缀卷，置酒弦琴。居备勤俭，躬兼贫病。人否其忧，子然其命。隐约就闲，迁延辞聘。非直也明，是惟道性。纠纆斡流，冥漠报施。孰云与仁？实疑明智。谓天盖高，胡愆斯义？履信曷凭？思顺何寘？年在中身，疢惟痁疾。视死如归，临凶若吉。药剂弗尝，祷祀非恤。傃幽告终，怀和长毕。呜呼哀哉！敬述靖节，式尊遗占。存不愿丰，没无求赡。省讣却赙，轻哀薄敛。遭壤以穿，旋葬而窆。呜呼哀哉！深心追往，远情逐化。自尔介居，及我多暇。伊好之洽，接阁邻舍。宵盘昼憩，非舟非驾。念昔宴私，举觞相诲。独正者危，至方则阂，哲人卷舒，布在前载。取鉴不远，吾规子佩。尔实愀然，中言而发，违众速尤，迕风先蹷。身才非实，荣声有歇。睿音永矣，谁箴余阙？呜呼哀哉！仁焉而终！智焉而毙！黔娄既没，展禽亦逝。其在先生，同尘往世。旌此靖节，加彼康惠。呜呼哀哉！

这篇悼祭陶渊明的作品，历来被推崇为诔文中的典范之作，文章感情真挚，气格高迈。哀声发自肺腑，深情注之笔端。许梿说此文“追往念昔，知己情深，而一种幽闲贞静之致，宣露行间，尤堪讽咏”，又说：“诔文骨劲色苍，不特为渊明写照，而其品概，亦因之翛然远矣。”（《六朝文絜笺注》卷十二）文章虽是骈体之作，但摒除了虚夸谀美之风，表现出了陶渊明的独特精神风貌。“作忠烈人诔文出色易，作恬退人诔文出色难。英气故易，静气故难也。陶靖节胸怀高迈，性情潇洒，作者能以静气传之。”（于光华《重订文选集评》卷十四）这番分析可谓中的之语，得其真谛。

第六节　铭箴赞骈文

关于铭之本义，《释名·释典艺》云：“铭，名也。述其功美，使可称名也。”可见铭最初是正名之用的，故刘勰说：“观器必也正名。”（《文心雕龙·铭箴》）铭文最初是指刻在器物上的文字。但这器物可以是泛言，不局限于金属铸器，所谓“凡山川、宫室、门井之类皆有铭词，盖不但施之器物而已”（徐师曾《文体明辨序说·铭》）。

铭文往往文字简约。陆机《文赋》说："铭博约而温润。"李善注云："博约谓事博文约也。"所谓"事博文约"指概括的内容要广博，但由于器物的限制，文字越精炼越好。所以，铭文多是四言、韵语。刘勰指出铭文的特点是："铭兼褒赞，故体贵弘润；其取事也必核以辨，其摛文也必简而深"。(《文心雕龙·铭箴》)意思是说，内容方面多叙述功德，形式方面"辞高而识远""文简而句泽"（林纾《春觉斋论文·流别论四》)。值得指出的是，器物铭多在先秦两汉，所以骈体很少。

铭的功能，孙梅认为有二："一以勒勋，一以垂戒。"（《四六丛话》卷二十三）前者如班固的《封燕然山铭》，后者如张载的《剑阁铭》。勒勋的功能后来逐渐衍化为对山川的礼赞，成为山川铭。如庾信的《至仁山铭》：

山横鹤岭，水学龙津。瑞云一片，仙童两人。三秋云薄，九日寒新。真花暂落，画树长春。横石临砌，飞檐枕岭。壁绕藤苗，窗衔竹影。菊落秋潭，桐疏寒井。仁者可乐，将由爱静。

这类山川铭多是赞颂性的题咏，内容多为状景拟物，纪胜颂奇，是一种骈体的山水记，具有很强的文学色彩。其对景物的描写对唐、宋山水游记不可谓没有影响。

铭的垂戒功能使铭文扩衍有居室铭和座右铭。它们都是器物铭的变体。居室铭题写于居室的墙壁，座右铭题写于身旁座右，都是具有自戒自警性质的。其骈文之作以刘禹锡《陋室铭》最可代表：

山不在高，有仙则名；水不在深，有龙则灵。斯是陋室，惟吾德馨。苔痕上阶绿，草色入帘青。谈笑有鸿儒，往来无白丁。可以调素琴，阅金经。无丝竹之乱耳，无案牍之劳形。南阳诸葛庐，西蜀子云亭。孔子云：“何陋之有!”

这篇铭文规劝自己安于平淡的生活，不与世俗争名夺利、同流合污。它代表了垂戒功能铭文的特点。

箴也是一种抒写规劝、告诫性内容的文体，与铭文有一定共同性。刘勰说：“夫箴诵于官，铭题于器，名目虽异，而警戒实同。”（《文心雕龙·铭箴》）他认为警人戒己，乃是箴的功能。孙梅也认为：“箴之为道，亦有二焉：一以自励，一以尽规。”（《四六丛话》卷二十三）这可以从箴之所命名找到答案，刘勰说：“箴者，所以攻疾防患，喻箴石也。”（《文心雕龙·铭箴》）古人有了病可以用针石（治病工具）治疗，由此，对于纠正人的缺点、过错的文字也就称为箴文。所以王应麟在《词学指南》中说：“箴者，谏诲之辞，若箴之疗疾，故名箴。”“箴乃规讽之文，贵乎有警戒切劘之意。”箴的两重作用也使之可以分作两类，用于自励的私箴和用于尽规的官箴。私箴主要揭示自我过失，以达到自警自戒的目的。官箴则用于臣属对君王或其他上层官员的劝谏，所谓“箴兴于补阙”（萧统《文选序》）正是指出了其早期有一定的谏书性质。不过，箴是一种“昔盛而今甚少”（《四六丛话》卷二十三）的文体，后代所作渐少。仅以温峤的《侍臣箴》为例：

勿谓其微，覆篑成高；勿谓其细，巨细纤毫。故曰善不积，不足以成名。话言如丝，而万里来享，无以处极，而利在永贞。是以太子之在东宫，均士抗礼，以卑厥情，入学齐齿，言称先生。不以贤自臧，不以贵为荣；思有虞之蒸蒸，尊周文之翼翼。晨昏靡违，夙兴晏息；师傅是瞻，正人在侧；屏彼佞谀，纳此亮直。故傅敬德义，臣思尽忠。或稽古训导，惟道之不融；或造膝诡辞，惧咎之蕴崇。惴惴兢兢，思二雅之遗风；鉴乎九三，天禄永终。近臣司规，敢告常从。

这是一篇规劝太子的官箴。劝谏的内容是希望太子修德养善，谦恭谨慎。一般说来，箴文无论是官箴还是私箴都有某种哲理色彩，反映了一定的人生哲学思想。

赞，本来是文章之后的总结性段落。所以，刘勰说：“赞者，明也，助也。”（《文心雕龙·颂赞》）赞就是赞美、赞助，是为了补充前文或概括前文的。司马迁《史记》中的“太史公曰”就是一种“赞”。刘勰在《文心雕龙》中更是明确用“赞曰”。但后来赞也衍化为一种文体，成为对某人物的礼赞。除人物外，也写其他内容。这种赞文往往由两个部分组成，用于叙述事迹的序和用于赞美褒奖的赞。序为赞之铺垫，赞为序之总结。但元代盛行的画像赞则往往无序文。如欧阳玄的《静修先生画像赞》：

微点之狂，而有沂上风雩之乐；资由之勇，而无北鄙鼓瑟之声。于裕皇之仁，而见不可留之四皓；以世祖之略，而遇不能致之两生。呜呼！麒麟凤凰固宇内之不常有也，然一见而六典作，一出而《春秋》成，则其志不欲遗世而独往也明矣。亦将从周公、孔子之后，为往圣继绝学，为来世开太平者耶？

在尺幅之间而写出刘因的隐士之风和治世才干。

第九章　骈文的历史演变（上）

骈文从孕育到形成，从形成到繁荣，从繁荣到衰微，有一个历史的渐进演变过程。我们追踪其历史演变的轨迹，目的在于全面了解这一文类的发展面貌，并从中探寻某种文学发展规律。

关于骈文的分期，台湾学者张仁青在《中国骈文发展史》中分为八个时期：①邃古骈散文之未分时期；②战国末年至秦代骈文之胚胎时期；③两汉骈文之孳乳时期；④魏晋骈文之蕃衍时期；⑤南北朝骈文之全盛时期；⑥唐代骈散文盛衰消长之激荡时期；⑦两宋骈文之蜕变时期；⑧清代骈文之复兴时期。谭家健先生则分为六个时期：①萌芽期；②形成期；③大盛期；④骈散反复斗争时期；⑤衰落期；⑥中兴期。(《历代骈文名篇注析·前言》)还有其他的划分法。每种划分法都有其立论的依据和合理性。我认为，就骈文的整个历史流程来说，可以分作八个时期：发轫期、形成期、成熟期、兴盛期、变异期、衰落期、复兴期、消亡期。这八个时期的划分基本反映了骈文的流变轨迹和各阶段的相对特点。下面分别看看各个时期的面貌。

第一节 骈文的发轫期

发轫期或称萌芽期，或称滥觞期，是骈文发展的第一个时期。这是一个前骈文阶段。它的特点是出现了大量的骈句，有的还未连成段落，有的已成段落，但它们是骈文出现的基础，孕育了骈文的产生。正如胎儿之于母体中，是生命过程必定经过的起始阶段。有人认为骈文的发轫期还不能追溯太远，认为骈语不能算是骈文的起源。这实质上是割断历史的立论方法，不是历史唯物主义的方法。

骈文的发轫期至少经过了一千年，即有文字记载以来的先秦时期。而在非书面化传播即口头传播时期，为了传播的需要，在口头传播中就有了整齐对称的句式。之后，这种文化传播的特点自然慢慢影响到书面文章中。这种口头传播中大量使用骈语的例子，我们在先秦古籍中可以大量发现，比如《左传·隐公十一年》中记载了鲁羽父引的周谚：

> 山有木，工则度之；
> 宾有礼，主则择之。

这则谚语的骈偶意味已相当明显，是一联内容递进的流水对。谚语、格言、成语作为人生经验和生产经验的总结，可以作为人们生活生产的借鉴，为了传播久远，往往采用整齐精炼的骈偶形式。又如《国语》中记单襄公引的谚语：

兽恶其网，
民恶其上。

又如《战国策》中所记苏秦说韩时所引的俗语：

宁为鸡口，
无为牛后。

再如《战国策》中张仪说秦王时所引的谣谚：

弗知而言为不智，
知而不言为不忠。

类似的例子在先秦史籍中不胜枚举。这些谚语、俗语在当时人们口中流传，而且在这以前已经流传了几十年甚至几百年。

可以说，由于汉语的特点，使得有语言文字产生后，就有了骈语的产生。因此，骈语的存在源远流长。在先秦时代，人们在重要场合的对话中也往往使用精炼的对偶句式。如《左传·成公九年》：

季文子谓范文子曰："德则不竞，寻盟何为？"范文子曰："勤以抚之，宽以待之，坚强以御之，明神以要之，柔服而伐贰，德之次也。"

在所引这段文字中，范文子的回答就运用了两对骈句。但这种运用是自然的运用，往往与排比一起，成为排偶。因此，这样的骈偶没有人工雕琢的痕迹，所谓“大夫联辞，奇偶适变，不劳经营”（刘勰《文心雕龙·丽辞》）。可见，骈语虽是人工所为，却是顺其自然的，是汉语的性质使之然。钱基博指出：“文之用偶，出于天然。”（《骈文通义》）所谓“出于天然”就是顺乎语言的天性。所以，先秦时代的人们在把口语整理为书面语或在记载圣贤的话时，就自觉或不自觉地运用了这一形式，如《易》中就有大量的例子。比如《易·乾卦·文言》（用新式排列）：

元者，善之长也，
亨者，嘉之会也，
利者，义之和也，
贞者，事之干也。
君子体仁足以长人，
嘉会足以合礼，
利物足以和义，
贞固足以干事。

这里用了两种格式构成四个骈偶句。又如同是《文言》中的另一处例子：

子曰：“同声相应，同气相求。水流湿，火就燥；云从龙，风从虎，圣人作而万物睹。”

这里除末句外，用两种句式构成三对骈句。又如《易·系辞上》：

> 乾以易知，坤以简能；易则易知，简则易从；易知则有亲，易从则有功；有亲则可久，有功则可大；可久则贤人之德，可大则贤人之业。

这里用五种格式构筑了五对骈句。又如《易·系辞下》：

> 日往则月来，月往则日来，日月相推，而明生焉。寒往则暑来，暑往则寒来，寒暑相生，而岁成焉。

这里则是一对长联对仗，每联内部又各有一对句，可谓对中有对。刘勰指出以上诸种文学现象就是骈文之始。他说："《易》之《文》《系》，圣人之妙思也。序乾四德，则句句相衔；龙虎类感，则字字相俪；乾坤易简，则宛转相承；日月往来，则隔行悬合；虽句字或殊，而偶意一也。"（《文心雕龙·丽辞》）

先秦时代不但有了骈偶意识，而且还丰富多样了，有"句句相衔""字字相俪"者（《易·乾卦·文言》），有"宛转相承"者（《易·系辞上》），也有"隔行悬合"者（《易·系辞下》）。清人程杲在《四六丛话序》中说："在《书》：'满招损，谦受益'，在《诗》：'觏闵既多，受侮不少。'诸如此类，谓四六之滥觞耶？《雕龙》所引孔子系易，'四德'句句相衔，'龙虎'字字相俪，'乾坤易简'宛转相承，'日月往来'隔行悬合。凡后世骈体对法，莫不悉肇于斯。"程杲强调指出了先秦骈偶为后代骈文之先声的事实。可以说，先秦时代并非如有的学者所说的全是无意识的运用，只是他们在营构中更多地顺其自然的特性罢了。刘勰说这个时期的骈偶是"岂营丽辞，率然对尔"。完全归于自然产物，同样也忽视了先秦时代人们运用骈偶的某种自觉性。这种自觉性正是我们确认为发轫期的依据。

先秦时代的骈偶成为骈文的滥觞，是因为这种骈偶句段不是偶然的零星出现，而是大量的出现，具有某种必然性。它展示着某种发展的趋势和动向。从早期的经典到中期的史传到晚期的诸子，都体现着这种发展的态势。

《四六金针》中说："四六之兴，其来尚矣，骈词俪语，六经多有之。"一般认为，《易》《书》是骈文的最早源头。清人阮元在《文言说》中更指明："孔子于乾坤之'言'自名曰'文'，此千古文章之祖也。"（《揅经室三集》卷二）原因在于《易》"协音以成韵，修词以达远，使人易诵易记"（《揅经室三集》卷二）。阮元列举了《文言》中的一系列骈偶之辞，以证其言不诬：

> 即如"乐行""忧违"，偶也；"长人""合礼"，偶也；"和义""干事"，偶也；"庸言""庸行"，偶也；"闲邪""善世"，偶也；"进德""修业"，偶也；"知至""知终"，偶也；"上位""下位"，偶也；"同声""同气"，偶也；"水湿""火燥"，偶也；"云龙""风虎"，偶也；"本天""本地"，偶也；"无位""无民"，偶也；"勿用""在田"，偶也；"潜藏""文明"，偶也；"道革""位德"，偶也；"偕极""天则"，偶也；"隐见""行成"，偶也；"学聚""问辨"，偶也；"宽居""仁行"，偶也；"合德""合明""合序""合吉凶"，偶也；"先天""后天"，偶也；"存亡""得丧"，偶也；"余庆""余殃"，偶也；"直内""方外"，偶也；"通理""居体"，偶也。

这里简括了《易》中的大量例子。近人刘麟生也指出《易·文言》是“最早之骈文”（见《中国骈文史》第二章）。可以说，把《易》作为骈文之源，这是可以成立的。不仅《易》中大量出现了骈体句子，呈现出骈体意识，而且《易》是最古老的典籍之一。按马融、陆绩等人的四圣作《周易》说，伏羲作八卦、文王作卦辞、周公作爻辞、孔子作十翼。而《周易·系辞传》云：“《易》之兴也，其当殷之末世，周之盛德邪，当文王与纣之事邪。”可以说，《易》主要是殷商末、西周之初的作品。《易》是最早的骈体源流了。

与《易》同时的古籍《尚书》也出现了许多骈偶文辞，可视为这一时期骈偶意识形成的佐证。这类例子在各篇中均有，尤以《尧典》《舜典》《大禹谟》《皋陶谟》《禹贡》《仲虺之诰》《伊训》《泰誓》《洪范》《周官》等篇骈偶气息浓郁。如：

克明俊德，以亲九族；九族既睦，平章百姓；百姓昭明，协和万邦。（《尧典》）

慎徽五典，五典克从；纳于百揆，百揆时叙；宾于四门，四门穆穆。（《舜典》）

罪疑惟轻，功疑惟重。

满招损，谦受益。（《大禹谟》）

天聪明，自我民聪明；天明畏，自我民明威。（《皋陶谟》）

九州攸同，四隩既宅。（《禹贡》）

德日新，万邦惟怀；志自满，九族乃离。（《仲虺之诰》）

卿士有一于身，家必丧……邦君有一于身，国必亡。（《伊训》）

崇信奸回，放黜师保，屏弃典刑，囚奴正士。（《泰誓》）

无有作好，遵王之道；无有作恶，遵王之路。(《洪范》)

制治于未乱，保邦于未危。(《周官》)

《尚书》多是明君圣贤的告诫之辞，为了起到惊警的作用，往往采用骈偶以强化其效果。在《尚书》中可以看到连句对、隔句对这种后来常用的基本格式已普遍使用，从三言、四言到五言、六言，都有采用。可以说，后世骈文的基本句法已孕育成形。一些学者认为，它对后世骈文产生的影响最大。姜书阁先生指出："汉代以后的骈文实早奠基于殷、周故籍；而两千年来封建王朝的官方文书之始终沿用四六骈体，也正是崇古、尊经、法三王、宗五帝这些传统的儒家思想所决定的。"(《骈文史论》，第22页）他发掘出了殷、周典籍中的骈偶所以成为后世骈文滥觞的内在原因。

与《易》《书》时代相近的《诗经》是后代的赋之源流，而骈赋又是骈文之大宗。(班固云："赋者，古诗之流也。"）因此，考索骈文源流也不可不看《诗经》。清人程杲就指出过《邶风·柏舟》中的"觏闵既多，受侮不少"为骈偶之典型（《四六丛话序》)。陈骙在《文则》中也指出过《大雅·抑》中的"诲尔谆谆，听我藐藐"是"文有意相属而对偶者"。其实，不但《诗经》中的骈偶量多，而且句式多样，后世的各种句式几乎都可以找到。如：

正名对：

冬之夜，夏之日。(《唐风·葛生》)

同类对：

如切如磋，如琢如磨。(《卫风·淇奥》)

异类对：

山有乔松，隰有游龙。(《郑风·山有扶苏》)

叠字对：

青青子衿，悠悠我心。(《郑风·子衿》)

双声对：

既优既渥，既沾既足。(《小雅·信南山》)

叠韵对：

燕婉之求，籧篨不鲜。(《邶风·新台》)

当句对：

是刈是濩，为𫄨为绤。(《周南·葛覃》)

单句对：

出自幽谷，迁于乔木。(《小雅·伐木》)

隔句对：

昔我往矣，杨柳依依；今我来思，雨雪霏霏。(《小雅·采薇》)

长联对：

爰采麦矣，沫之北矣，云谁之思，美孟弋矣。……爰采葑矣，沫之东矣，云谁之思，美孟庸矣。(《鄘风·桑中》)

作为“六艺”之一的《诗经》对后世的影响是巨大的，当然也包括对骈文的影响，从上面的例子中可以说明，它也是骈文的最早源流之一。

这种骈偶现象在其他经典中同样也大量存在，如出现比以上诸书稍晚的《礼记》，其中的《礼运》《礼器》《学记》《乐记》《经解》《哀公问》《仲尼》《燕居》《中庸》《儒行》《大学》等篇，台湾学者张仁青就认为它们“已具俪体之雏形”（《中国骈文发展史》，第93页）。被称为“六经”的经典出现时间很早，这时的骈偶意识还不是很强，奇偶相间，做得非常自然，给人天衣无缝之感。

到中期的史传文学中，骈偶仍然不绝，虽然史传重在叙事而非记言。在《左传》中，骈偶主要体现在叙事过程中的记言部分。作者在叙写历史的演变过程，往往不便用骈偶，但在人物对话和作者评论时就往往进行了一定的加工，使其文辞典雅、优美。唐人刘知几在《史通》卷十四中说：“寻《左传》载诸大夫词令，行人应答，其文典而美，其语博而奥。”这种“典而美”“博而奥”就是骈俪造成的，如襄公二十九年：

吴公子札来聘……请观于周乐……（使工）为之歌《颂》，曰：“至矣哉！直而不倨，曲而不屈；迩而不逼，远而不携；迁而不淫，复而不厌；哀而不愁，乐而不荒；用而不匮，广而不宣；施而不费，取而不贪；处而不底，行而不流。五声和，八风平；节有度，守有序——盛德之所同也。”

这段记述，自“曰”后的评论除最后一句归纳外，都是两两相对的骈偶，共九对很整齐工整的对仗，前七对用四言，后两对用三言。一般说来，先秦的骈偶多骈其意而重于骈其句，这样就显得出于自然而非出于人工之迹，这正是唐宋骈文之风的祖始所在。如《左传》襄公十三年的一段议论：

世之治也，君子尚能而让其下，小人农力以事其上，是以上下有礼，而谗慝黜远，由不争也，谓之懿德。

及其乱也，君子称其功以加小人，小人伐其技以冯君子，是以上下无礼，乱虐并生，由争善也，谓之昏德。

这一段从“治”与“乱”两方面对比国家政治之不同，通篇为一长联，上联三十九言，下联四十言，小有出入，就在于骈其意而不骈其句，而且在上下联内部又各包含有一联对仗，可谓委曲往复、叠采丛生。

在记言为主的史传文学中，骈偶现象就愈加明显，有的几近为骈文。据卫聚贤统计，在《国语》中的骈偶，“《周语》三十三段中占十八段，《鲁语》三十八段中占十段，《齐语》三段，《郑语》一段，皆然，《晋语》一百十段占十三段，《楚语》十八段占九段，《吴语》六段占三段，《越语上》九段中占一段”。(《国语的研究》，见《古史研究》第一集）可见《国语》中骈偶数量之多。而作为纵横家之言薮的《战国策》为获得壮其声势的目的，更是铺排其辞、光大其气而与骈偶结合起来。这时的骈偶愈加显示出排偶的特征。姜书阁指出其中一些篇章“具有了骈文的最早雏形”(《骈文史论》，第 34 页）。这看到了它们对后世骈文的深远影响。且引《秦策》中《苏秦始将连横说秦惠王》的一些段落即可看出其骈偶气息：

大王之国，西有巴蜀汉中之利，北有胡貉代马之用，南有巫山黔中之限，东有殽函之固。田肥美，民殷富，战车万乘，奋击百万，沃野千里，蓄积饶多，地势形便。此所谓天府，天下之雄国也。以大王之贤，士民之众，车骑之用，兵法之教，可以并诸侯，吞天下，称帝而治。

宽则两军相攻，迫则杖戟相撞，然后可建大功。是故兵胜于

> 外，义强于内；威立于上，民服于下。今欲并天下，凌万乘，诎敌国，制海内，子元元，臣诸侯，非兵不可。今之嗣主，忽于至道，皆惛于教，乱于治，迷于言，惑于语，沉于辩，溺于辞。

从中可看出，从三言、四言到六言、八言的骈偶句都有，并常常与排比结合为一体，形成排偶，产生一泻千里的气势，表现出纵横家的雄辩风采。

到诸子百家手里，骈偶更是精彩纷呈。无论是儒家派的《论语》《孟子》《荀子》，还是道家派的《老子》《庄子》《列子》，或是法家派的《管子》《韩非子》，以及墨家派的《墨子》、兵家派的《孙子》，等等，都在文中大量采用骈偶。或为句，或为段；或二言、三言，或四言、五言，或六言、七言，甚或八言、九言；或是格言成语式，或是排偶式；或用叠字法，或用回文法；或为连句对，或为隔句对，或为长联对。可谓应有尽有，呈现出骈偶的进一步发展。下面略举各书数例分述之。

二言对：

> 能阴、能阳；能柔、能刚；能短、能长；能圆、能方；能生、能死；能暑、能凉；能浮、能沉；能宫、能商；能出、能没；能玄、能黄；能甘、能苦；能膻、能香。(《列子·天瑞》)

三言对：

> 入则孝，出则悌。(《论语·学而》)

兴甲兵，危士臣。(《孟子·梁惠王上》)

入乎耳，出乎口。(《荀子·劝学》)

曲则全，枉则直。(《老子》第22章)

祗山川，敬宗庙，恭祖旧。(《管子·牧民》)

用时日，事鬼神，信卜筮。(《韩非子·亡征》)

四言对：

贫而无谄，富而无骄。(《论语·学而》)

饥者弗食，劳者弗息。(《孟子·梁惠王下》)

天见其明，地见其光。(《荀子·劝学》)

大器晚成，大音希声。(《老子》第41章)

圣人不死，大盗不止。(《庄子·胠箧》)

天地之道，非阴则阳；圣人之教，非仁则义；万物之宜，非柔则刚。(《列子·天瑞》)

政之所兴，在顺民心；政之所废，在逆民心。(《管子·牧民》)

群臣为学，门子好辨；商贾外积，小民内困者，可亡也。(《韩非子·亡征》)

以德就列，以官服事，以劳殿赏。(《墨子·尚贤上》)

攻其不备，出其不意。(《孙子兵法·始计》)

五言对：

父在观其志，父没观其行。(《论语·学而》)

有终身之忧，无一朝之患。(《孟子·离娄下》)

诵数以贯之，思索以通之。(《荀子·劝学》)

飘风不崇朝，骤雨不终日。(《老子》第23章)

山木自寇也，膏火自煎也。(《庄子·人间世》)

天地无全功，圣人无全能，万物无全用。(《列子·天瑞》)

国富者兵强，兵强者战胜，战胜者地广。(《管子·治国》)

有能则举之，无能则下之。(《墨子·尚贤上》)

近而示之远，远而示之近。(《孙子兵法·始计》)

六言对：

君子周而不比，小人比而不周。(《论语·为政》)

仰足以事父母，俯足以畜妻子。(《孟子·梁惠王上》)

神莫大于化道，福莫长于无祸。(《荀子·劝学》)

祸兮福之所倚，福兮祸之所伏。(《老子》第58章)

小知不及大知，小年不及大年。(《庄子·逍遥游》)

无邀正正之旗，无击堂堂之阵。(《孙子兵法·军争》)

七言以上对偶：

举直错诸枉则民服，举枉错诸直则民不服。(《论语·为政》)

老吾老以及人之老，幼吾幼以及人之幼。(《孟子·梁惠王上》)

目不能两视而明，耳不能两听而聪。(《荀子·劝学》)

视之不见名曰夷，听之不闻名曰希。(《老子》第14章)

其大本拥肿而不中绳墨，其小枝卷曲而不中规矩。(《庄子·逍遥游》)

仓廪实则知礼节，衣食足则知荣辱。(《管子·牧民》)

千丈之堤，以蝼蚁之穴溃；百尺之室，以突隙之烟焚。(《韩非子·喻老》)

爵位不高，则民弗敬；蓄禄不厚，则民不信；政令不断，则民不畏。(《墨子·尚贤上》)

善守者藏于九地之下，善攻者动于九天之上。(《孙子兵法·军形》)

从上面的例子可以看出，在诸子散文中骈偶的发育已初步成熟，骈文所需的各种句式已经在实践中出现。在这里面，连句对和隔句对这两种句法也已出现。虽然诸子中的骈偶表现出明显的天然特性，但一些有意加工的骈偶也出现了，如回文对和叠字对。回文对是通过对换前后两处词而形成意义对立的对仗，如《论语》中的“仕而优则学，学而优则仕”“学而不思则罔，思而不学则殆”“质胜文则野，文胜质则史”，《孟子》中的“为富不仁，为仁不富”，《老子》中的“信者不美，美者不信”，《庄子》中的“方生方死，方死方生”。这种回文对就是自觉运用对偶来表达深刻的哲理，不是无意识的运用。叠字对在状物状景状情方面很有表现力，在诸子中也有不少例子，如《老子》中的“俗人昭昭，我独昏昏；俗人察察，我独闷闷”，《庄子》中的“大言炎炎，小言詹詹”。这都是有意识运用骈偶的结果。但就整体而言，“骈散互用”（钱基博《骈文通义》）是其特点。

谈到发轫期的骈偶，还不能不谈到被司马迁誉为“惊采绝艳”的

《楚辞》。《楚辞》是战国末之作品。现在人们多从诗歌角度称赏其浪漫的想象构思。而古人对其接受更多的是作为辞赋来对待的。而“赋最有助于骈文”（刘麟生《中国骈文史》，第27页），其中的铺张扬厉辞采和骈偶韵致对骈文形成的影响是重要的。以屈原作品为代表的《楚辞》其骈偶以五言、七言连句对为多，其特点是句末或句中嵌入“兮”字助词以表示楚声。这种“兮”字结构的骈偶直接影响了骈赋的句法，成为表情达意的有效组成部分。《楚辞》中的这类例子是很多的，略引数例以觇其体式：

帝高阳之苗裔兮，朕皇考曰伯庸。
朝搴阰之木兰兮，夕揽洲之宿莽。
朝饮木兰之坠露兮，夕餐秋菊之落英。
制芰荷以为衣兮，集芙蓉以为裳。
饮余马于咸池兮，总余辔乎扶桑。

——《离骚》

令五帝以析中兮，戒六神与向服。
退静默而莫余知兮，进号呼又莫吾闻。

——《九章·惜诵》

带长铗之陆离兮，冠切云之崔嵬。
山峻高以蔽日兮，下幽晦以多雨。

——《九章·涉江》

心绖结而不解兮，思蹇产而不释。
哀州土之平乐兮，悲江介之遗风。

——《九章·哀郢》

憍吾以其美好兮，览余以其修姱。
望北山而流涕兮，临流水而太息。

——《九章·抽思》

采薜荔兮水中，搴芙蓉兮木末。
捐余玦兮江中，遗余佩兮醴浦。

——《九歌·湘君》

悲莫悲兮生别离，乐莫乐兮新相知。

——《九歌·少司命》

鱼鳞屋兮龙堂，紫贝阙兮朱宫。

——《九歌·河伯》

惟天地之无穷兮，哀人生之长勤。
往者余弗及兮，来者吾不闻。
意荒忽而流荡兮，心愁凄而增悲。

——《远游》

沧浪之水清兮，可以濯吾缨；
沧浪之水浊兮，可以濯吾足。

——《渔父》

后世的骚体对偶基本上是仿效这些骈偶文辞的。同时，《九歌》中还有许多当句对，这对后世骈文的形成具有深远的影响。当句对是一句之中前半部分与后半部分构成对仗。虽然这种句法非《楚辞》首创，大量出现却是在《九歌》中，它对骈体句法的丰富有着不可忽视的作用。这些例子如“桂酒兮椒浆”“扬枹兮拊鼓”“被薜荔兮带女萝”“既含睇兮又宜笑”“石磊磊兮葛蔓蔓”“雷填填兮雨冥冥”“风飒飒兮木萧萧”“操吴戈兮被犀甲”“左骖殪兮右刃伤”“霾两轮兮絷四马”，等等。

对骈文形成起作用及影响的不仅仅是其骈偶文辞，更是整个《楚辞》本身，包括思想内蕴及形式、风格等各个方面。孙梅指出，《楚辞》直接导致了骈文的诞生，并对整个骈文世界产生了深远的影响：“自赋而下，始专为骈体，其列于赋之前者，将以骚启俪也。”“屈子之词，其殆诗之流，赋之祖，古文之极致，俪体之先声乎……若夫《幽通》《思玄》，宗经述圣，《离骚》之本义也；《甘泉》《藉田》，斋肃典雅，《东皇》《司命》之丽则也；《长门》《洛神》，哀怨婉转，《湘君》《湘夫人》之缥渺也；《感旧》《叹逝》，悲凉幽秀，《山鬼》之奇幻也；《马汧督诔》《祭古冢文》，激昂痛切，《国殇》《礼魂》之苦调也；《西征》《北征》，叙事记游，发挥景物，《涉江》《远游》之殊致也；《鹏鸟》《鹦鹉》，旷放沉挚，《怀沙》之遗响也；《哀江南赋》，有黍离麦秀之感，《哀郢》之赓载也；《小园》《枯树》，体物浏亮，《橘颂》之亚匹也；《恨》《别》二赋，哀音惨怛，《招魂》《大招》之神理也；《经通天台表》《追答刘沼书》《辩命》《劳生》诸论，托喻非常，《天问》之诡激也；《七发》《观涛》，浩瀚清壮，《九辩》之体势也；《东方像赞》《归去来词》，萧散风流，《卜居》之别情也；《解嘲》《答宾戏》，问对雄奇，《渔父》之深趣也。冰丝一掬，而杼轴日新，绠缶纷来，而冲融自若。思穷物表，一言而情貌无遗；兴寄篇中，百读而风神自得。动而愈出，职此之由。隋唐而后，踵事弥增。秋水长天之句，游咏乎歌章；洞庭落木之吟，陶镕乎燕许。要而论之，四杰富其才，右丞高其韵，柳州咀其华，义山体其润。渊源所自，不可诬也。”（《四六丛话》卷三）从上面的叙述来看，《楚辞》的作用是不可低估的。

综上所述，先秦时代作为骈文的发轫期，已出现了大量的骈偶，这种骈偶文辞重骈其意而胜于骈其辞。这个时期已具有骈体意识。它对骈文的形成产生了直接的影响。

第二节　骈文的形成期

我们把从秦朝到西汉这段时期作为骈文的形成期。这是一个正在形成的过程，不是它的定型的完成。这一时期，骈偶文辞在文章中由量少到量多，骈体意识由隐微到明显。在这二百来年里，它的形成过程逐步加快，与时代的风气有一定的关系。歌舞升平的时势需要装饰太平的文风。这对于骈体磨炼词句创造了条件。一般说来，骈文这种有一定贵族气息的文体需要承平的政治环境，需要崇尚华美的时代风气。

秦朝是中国历史上第一个大一统的封建王朝，但也是短命的王朝。虽然在雕塑艺术上创造了世界奇迹（如出土的秦始皇陵兵马俑），但就现存的文献材料来看，其文学是贫弱的。这大概与秦始皇焚书坑儒的大劫难造成的心理影响有关。李兆洛在分析李斯的《会稽刻石》时指出，“此在焚书坑儒、大定法制之后”，因为“秦相他文，无不詄丽”，而此文则“一变为浑朴”，这“亦即焚书坑儒伎俩”之影响所致。(《骈体文钞》卷一）被作为秦朝文学代表作品的李斯《谏逐客书》其实是秦统一之前的作品。但尽管如此，它体现出的新的骈偶特点还是与发轫期的骈偶有很大不同。正如张仁青在《中国骈文发展史》中所指出的：“气势之骏厉奔放、文字之绮丽丰缛，上以继晚周纵横之遗，下以开汉赋铺陈之渐。”其特点有四：“一曰开设喻隶事之风也，二曰开两段相偶之风也，三曰开铺张扬厉之风也，四曰著公牍文字之先鞭也。凡此皆与骈文有极密切之关系，在骈文发展史上占有极重要之地位，允宜特笔大书者也。”所以，此篇可以说是翻开骈文形成期的扉页之重要篇章。李兆洛于《骈体文钞》的“奏事类”首置此篇，并评其开始“玩其华”，而谭献在评说中则誉之为“骈体初祖”。可见，论骈文的形成期，不可舍此。且看其骈文形态之初具：

臣闻吏议逐客，窃以为过矣。

昔穆公求士，西取由余于戎，东得百里奚于宛，迎蹇叔于宋，求丕豹、公孙支于晋。此五子者，不产于秦，而穆公用之，并国二十，遂霸西戎。孝公用商鞅之法，移风易俗，民以殷盛，国以富强，百姓乐用，诸侯亲服，获楚、魏之师，举地千里，至今治强。惠王用张仪之计，拔三川之地，西并巴、蜀，北收上郡，南取汉中，包九夷，制鄢、郢，东据成皋之险，割膏腴之壤，遂散六国之从，使之西面事秦，功施到今。昭王得范雎，废穰侯，逐华阳，强公室，杜私门，蚕食诸侯，使秦成帝业。此四君者，皆以客之功。由此观之，客何负于秦哉！向使四君却客而不内，疏士而不用，是使国无富利之宝，而秦无强大之名也。

今陛下致昆山之玉，有随、和之宝，垂明月之珠，服太阿之剑，乘纤离之马，建翠凤之旗，树灵鼍之鼓。此数宝者，秦不生一焉，而陛下说之，何也？必秦国之所生然后可，则夜光之璧不饰朝廷，犀象之器不为玩好，郑、卫之女不充后宫，而骏良駃騠不实外厩，江南金锡不为用，西蜀丹青不为采。所以饰后宫，充下陈，娱心意，说耳目者，必出于秦然后可，则是宛珠之簪、傅玑之珥、阿缟之衣、锦绣之饰，不进于前，且随俗雅化，佳冶窈窕，赵女不立于侧也。夫击瓮叩缶，弹筝搏髀，而歌呼呜呜快耳者，真秦之声也。《郑》《卫》《桑间》《韶》《虞》《武》《象》者，异国之乐也。今弃击瓮叩缶而就《郑》《卫》，退弹筝而取《韶》《虞》，若是者何也？快意当前，适观而已矣。今取人则不然，不问可否，不论曲直，非秦者去，为客者逐。然则是所重者在乎色乐珠玉，而所轻者在乎人民也。此非所以跨海内制诸侯之术也。

臣闻地广者粟多，国大者人众，兵强则士勇。是以泰山不让土壤，故能成其大；河海不择细流，故能就其深，王者不却众庶，故能明其德。是以地无四方，民无异国，四时充美，鬼神降福，此五帝三王之所以无敌也。今乃弃黔首以资敌国，却宾客以业诸侯，使天下之士退而不敢西向，裹足不入秦，此所谓“借寇兵而赍盗粮”者也。

夫物不产于秦，可宝者多；士不产于秦，而愿忠者众。今逐客以资敌国，损民以益雠，内自虚而外树怨于诸侯，求国无危，不可得也。

这篇奏谏书不仅逻辑严谨，更是气势轩昂。这显然大大得力于骈偶的作用，粗略统计，就有四十多处对仗，且有不少与排比结合，形成排偶，增强了文章气韵。但其中夹用散句也占什之二三，而且散体与骈体是水乳交融的，因此，还不能称为骈文形成的样本。但与先秦其他诸子之文、史传之文已迥然有别，言其启导骈文之形成并无过誉。

汉代文章的骈化过程是通过两条线分别进行的，一是赋的骈化过程，一是赋以外文章的骈化过程。西汉骈体的形成是一个渐进的过程，不是某个作家而是整个作家群共同努力的结果，是时代文化潮流的历史必然。

汉赋是一代文学之代表，王国维以之与唐诗、宋词相提并论，足见汉赋地位之重要。清人孙梅说：“赋莫盛于两汉，其时声偶未兴，才人杰思，一寄于赋，故史著录者，至数百家，千有余篇，虽不尽传，而沉博绝丽之作，至今脍炙，非后世所可及也。”（《四六丛话》卷三十）汉朝作为中国历史上第一个强大的帝国时代，不仅疆域辽阔、奠定了中国的版图，而且经济繁荣、文化科技昌盛，达到空前的水平，成为后世景仰的鼎盛时期。以夸饰、铺陈、排比为特征的汉赋反映了这个时代昂扬向上的精神、辉煌的建设成就，作为这个时代的文学代表，是当之无愧的。而骈文的天性就是铺陈、夸饰、华丽，在本质上与汉赋有相通之处，所以汉赋的骈化趋势实是与骈体的结合。姜书阁指出：“赋是文学的一体，赋之骈化也就是文章骈化的一个方面，而且是汉代文章的一个主要方面，所以论述骈文的形成和发展不能不探讨汉赋的骈化过程。”（《骈文史论》，第 198 页）这是很有见地的。

西汉辞赋最初从屈原赋、宋玉赋中直接衍化而来，所以西汉辞赋基本是骚体赋。扬雄学《离骚》作《反离骚》《广骚》，学《九章》作《畔牢愁》，学《渔父》作《解嘲》，学《卜居》作《解难》，学《大招》作《羽猎赋》《长杨赋》，王褒学《九章》作《九怀》，刘向学《九辩》作《九叹》，司马相如学《大招》作《子虚赋》《上林赋》，学《高唐赋》《神女赋》作《美人赋》，东方朔学《渔父》作《答客难》，枚乘学《招魂》作《七发》，另外如贾谊《吊屈原赋》《鹏鸟赋》《旱云赋》等骚体赋，与屈、宋赋一样，都有不同程度的骈偶文辞，只是由于骚体的样式，不是十分明显罢了。西汉辞赋的骈偶方式、特点，与《楚辞》中屈原赋的骈偶特点是一样的，只是更铺排、更夸饰了，如贾谊的《鹏鸟赋》就有诸如“祸兮福所倚，福兮祸所伏。忧喜聚门兮，吉凶同域。

彼吴强大兮，夫差以败；越栖会稽兮，勾践霸世”“水激则旱兮，矢激则远”“天不可预虑兮，道不可预谋”等骈句，或连用，或间用，或四言，或五言，或隔句对，或连句对。又如枚乘是汉赋骈化过程中的重要作家，他的《七发》也有许多骈体：“恍兮忽兮，聊兮栗兮，混汩汩兮；忽兮慌兮，俶兮傥兮，浩瀇瀁兮，慌旷旷兮。秉意乎南山，通望乎东海；虹洞兮苍天，极虑乎崖涘”等。再如后人称为“牢笼天地，苞括宇宙”（孙梅《四六丛话》卷三十）的司马相如《上林赋》：“左苍梧，右西极。丹水更其南，紫渊径其北。终始灞浐，出入泾渭。”“出乎椒丘之阙，行乎洲淤之浦；经乎桂林之中，过乎泱漭之野”等。这样的骈句大量存在，特别是在骚体逐渐弱化的过程中，汉赋的骈化倾向进一步明显。姜书阁指出：“司马相如不仅是个辞赋家，也是个骈文家。虽然西汉初期骈文尚未形成，辞赋还在骈化伊始，但当这样一位大赋‘骈始’的大宗师挥笔撰写散体文章时，便会很自然地运用其辞赋艺术于自由的散文之中，而成为早期的骈俪。”（《骈文史论》，第118页）

汉赋到扬雄、司马相如手里，骈化的规模已相当大，可以说，基本形成了早期的骈赋。当然，比之后代的骈赋，它们还是在摇篮之中，显得稚嫩、粗糙，但五官已具备。钱基博论云：“西京扬（雄）、马（司马相如），赋颂擅名，渐及众制，莫不以偶为体，以奇为用，而骈文之规模粗具。”（《骈文通义》）瞿兑之亦同意此说：“西汉末叶的文风，已经渐渐有了骈体的格局了。”（《中国骈文概论》）清人孙梅更早就提出了类似的观点：“西汉之初，追踪三古，而终军有奇术白麟之对，儿宽摅奉觞上寿之辞，胎息微萌，俪形初具。”（《四六丛话》卷二十八）他的同时代人吴育在《骈体文钞序》中也认为：“至枚乘、司马长卿出而其体大备。”骈文至西汉已基本形成，这一观点已成为学术界的共识。姜书阁指出：到王褒手里，“他的赋体之作，已经进入了骈俪范围，基本上开始了骈文。”（《骈文史论》，第129页）例如他的《洞箫赋》早已“开骈赋之先路，奠骈文之基础”（《骈文史论》，第124页）。又如扬雄的《长杨赋》亦几乎通篇骈体，成为以骈偶之辞作箴规之谏的名作。扬雄的另一篇赋作《解嘲》亦通篇用骈，虽篇制巨大，但音节流转，不觉其长，直称其为骈文亦可也。且引其中一段以证之：

> 今大汉左东海，右渠搜，前番禺，后椒涂。东南一尉，西北一候。徽以纠墨，制以钻铁；散以礼、乐，风以《诗》《书》；旷以岁月，结以倚庐。天下之士，雷动云合，鱼鳞杂袭，咸营于八区。家家自以为稷契，人人自以为皋陶。戴縰垂缨，而谈者皆拟于阿衡；五尺童子，羞比晏婴与夷吾。当涂者升青云，失路者委沟渠。旦握权则为卿相，夕失势则为匹夫。譬若江湖之崖，渤澥之岛，乘雁集不为之多，双凫飞不为之少。昔三仁去而殷墟，二老归而周炽，子胥死而吴亡，种蠡存而越霸，五羖入而秦喜，乐毅出而燕惧，范雎以折摺而危穰侯，蔡泽以噤吟而笑唐举。故当其有事也，非萧、曹、子房、平、勃、樊、霍，则不能安；当其无事也，章句之徒，相与坐而守之，亦无所患。故世乱则圣哲驰骛而不足，世治则庸夫高枕而有余。夫上世之士，或解缚而相，或释褐而傅；或倚夷门而笑，或横江潭而渔；或七十说而不遇，或立谈而封侯；或枉千乘于陋巷，或拥彗而先驱。是以士颇得信其舌而奋其笔，窒隙蹈瑕，而无所诎也。当今县令不请士，群守不迎师，郡卿不揖客，将相不俯眉；言奇者见疑，行殊者得辟。是以欲谈者卷舌而同声，欲行者拟足而投迹。向使上世之士，处乎今世，策非甲科，行非孝廉，举非

方正，独可抗疏，时道是非，高得待诏，下触闻罢，又安得青紫？且吾闻之：炎炎者灭，隆隆者绝；观雷观火，为盈为实；天收其声，地藏其热；高明之家，鬼瞰其室；攫拿者亡，默默者存；位极者高危，自守者身全。是故知玄知默，守道之极；爰清爰静，游神之庭；惟寂惟寞，守德之宅。世异事变，人道不殊；彼我易时，未知何如？今子乃以鸱枭而笑凤皇，执蝘蜓而嘲龟龙，不亦病乎？子之笑我玄之尚白，吾亦笑子之病甚不遇俞跗与扁鹊也，悲夫！

从所引这段赋文来看，对偶文辞已占绝大部分，从三言、四言、五言、六言、七言、九言到长联，从当句对、单句对到隔句对，都具备了，并且还间用了典事，散句在这里成了点缀，起串联之用。谭献评此文已“渐趋声色”（《骈体文钞》点评），说西汉已基本形成了骈赋，这是完全可以成立的。

在赋以外的文章中，其骈化过程就更快。因为汉赋受其堆砌词汇的风气影响，骈化受到一定限制。而在其他类文章中可以尽情施展其偶对技巧。汉初如陆贾的《新语》是很有代表性的。据《史记》卷九十七本传所载，陆贾写此书是为了应汉高祖刘邦之约请，论“秦所以失天下，吾所以得之者何”以及“古成败之国”。《新语》共十二篇，敷辞铺衍，浩浩荡荡，富赡壮扬，引譬设喻，偶辞排比，气贯如虹，是早期骈文的代表。例如其中《资质》这一篇的首段：“质美者以通为贵，才良者以显为能。何以言之？夫楩楠豫章，天下之名木也。生于深山之中，产于溪谷之傍；立则为太山众木之宗，仆则为万世之用。浮于山水之流，出于冥冥之野。因江河之道，而达于京师之下，因斧斤之功，舒其文采之好。精捍直理，密致博通；虫蝎不能穿，水湿不能伤；在高柔软，入地坚强；无膏泽而光润生，不刻画而文章成……”基本上是有意识地运用骈体作文了，只是没有像齐梁人那样精心营构罢了，却更朴质自然。这个时期骈文已经形成，我们还可以在当时的应用公牍文中找到佐证。当时的诏书已开始骈化。如汉景帝《令二千石修职诏》：“雕文刻镂，伤农事者也；锦绣纂组，害女红者也。农事伤，则饥之本也；女红害，则寒之原也。夫饥寒并至，而能无为非者寡矣。朕亲耕，后亲桑，以奉宗庙粢盛祭服，为天下先。不受献，减太官，省徭赋，欲天下务农蚕，素有畜积，以备灾害。强毋攘弱，众毋暴寡；老耆以寿终，幼孤得遂长……”可以看出后代宫廷公牍骈文之先声。虽然骈与散胶着一体，显出无意经营的状态，但骈偶意识已明显增强。

在西汉文章中骈化的潮流是明显的。在应用文章领域已形成骈化的群体力量。李兆洛在《骈体文钞》中所选的许多类文体的开卷就是西汉的应用文章，如卷二《颂类》首篇是扬雄的《赵充国颂》，卷三《杂扬颂类》开头几篇是王褒的《圣主得贤臣颂》、司马相如的《封禅文》，卷四《箴类》开篇是扬雄的《十二州箴》，卷五《谥诔哀策类》开篇是扬雄的《元后诔》，卷六《诏书类》开篇是汉景帝的《后六年令二千石修职诏》，卷七《策命类》开篇是汉武帝的《元狩六年封齐王策》，卷十《策对类》开篇是晁错的《对贤良文学策》，卷十六《陈谢类》开篇是邹阳的《狱中上书自明》，卷十七《檄移类》开篇是司马相如的《喻巴蜀檄》，等等。这些应用文章的大量骈化现象说明，西汉时期骈文已经形成。我们试看“把骈体文的形成向前推进了一大步”（姜书阁语）的王褒的《圣主得贤臣颂》一文，谭献称赏此文“风骨学于诸子，华实化于骚赋”“引喻处皆有喷薄之气，有神无迹”（《骈体文钞》点评）。这是一篇为历代文士称道的佳作，代表了形成期骈文的特点。且引其前半部分以睹其貌：

> 夫荷旃被毳者，难与道纯绵之丽密；羹藜唅糗者，不足与论太牢之滋味。今臣僻在西蜀，生于穷巷之中，长于蓬茨之下；无有游观广览之知，顾有至愚极陋之累，不足以塞厚望，应明旨。虽然，敢不略陈愚心而杼情素，记曰：
>
> 恭惟春秋法五始之要，在乎审己正统而已。夫贤者，国家之器用也。所任贤，则趋舍省而功施普；器用利，则用力少而就效众。故工人之用钝器也，劳筋苦骨，终日矻矻；及至巧冶铸干将之璞，清水焠其锋，越砥敛其锷；水断蛟龙，陆剸犀革，忽若彗氾画涂。如此则使离娄督绳，公输削墨，虽崇台五层，延袤百丈而不溷者，工用相得也。庸人之御驽马，亦伤吻弊策而不进于行，胸喘肤汗，人极马倦。及至驾啮膝，骖乘旦；王良执靶，韩哀附舆；纵驰骋骛，忽如影靡；过都越国，蹶如历块；追奔电，逐遗风，周流八极，万里一息，何其辽哉！人马相得也，故服絺绤之凉者，不苦盛暑之郁燠；袭狐貉之暖者，不忧至寒之凄怆。何则？有其具者易其备，贤人君子，亦圣王之所以易海内也。是以呕喻受之，开宽裕之路，以延天下之英俊也。夫竭智附贤者，必建仁策，索人求士者，必树伯迹。昔周公躬吐握之劳，故有圄空之隆；齐桓设庭燎之礼，故有匡合之功。

从《圣主得贤臣颂》中可以看出早期骈文的天然风韵，它不像后代骈文家那样做作，没有人工痕迹，任运自如，穿插散句。即使骈句也不限于一种固定的格式，或长或短，或连句或隔句，随文章推进而自由变换。

正如谭献评此文所云："不露声色，所以为高。"（《骈体文钞》点评）

由于公牍应用文大量骈化，许多作者就有意开始练笔，以熟练掌握这种新鲜的文格。于是被作为练笔之用的"连珠"便应运而生了。在本书第一章第一节中，我们谈到，连珠是骈文的最早名称。我们指出，连珠不是一种独立的文体，它只是骈文兴起伊始人们练笔之用的。最初扬雄写作了几小段，取名"连珠"，本是指意绪的辗转如珠之串联，姑作名称，也无意于此。从每段均以"臣闻"开头可以肯定，它是为写公牍应用文练习之用的，目的在于锻炼文字的简约。清人谭献在评点连珠时谈道："文字之用，不外事理、骈骊，辞夸不能尽理之精微、事之曲折，乃为谈古文者所鄙夷。承学之士先习陆（机）、庾（信）连珠，沉思密藻，析理述事，充之海河所滞，庶有达者，识予卮言。"（《骈体文钞》点评）他实际上也看到了连珠是练笔之用的这一点。明人吴讷说连珠"自士衡（陆机）后，作者盖鲜"（《文章辨体序说》）。究其所以然，是因为骈文已进入兴盛期，人们大多已熟练掌握骈文作法，当然不再屑于此种小玩意了。

第三节　骈文的成熟期

从东汉到曹魏二百多年是骈文体制走向成熟的时期。骈文形成后其体制有待进一步规范、完善、定型，于是，这个时期的作家们就承担起了这一责任。他们更有意识地运用骈体，组织骈句结构，营构文章的章法，加强文辞的选择。于是，在西汉的基础上，骈体文渐渐开始呈现出华丽的趋向，成为六朝至初唐繁盛期骈文的过渡。苏轼论韩愈"文起八代之衰"（《潮州韩文公庙碑》）是从东汉算起，历魏、晋、宋、齐、梁、陈、隋，共八代。不管苏轼的论断正确与否，但说明自东汉起，骈文已成熟了。

先看东汉骈文的特点。这也可以从赋和杂体文章两方面来看。

就赋一派而言，东汉的赋除少数沿袭西汉大赋的体制外，基本上变为抒情小赋的形式。这是因为写物图貌的大赋体制成为字林的展示场，阻碍了情志的表现。扬雄批评西汉大赋“劝百讽一”正是从这个意义上指出了其本质的缺点。东汉的骈赋早期以冯衍的《显志赋》为代表，无论序文和赋文都与西汉的大赋有所不同，不仅抒情言志得到实现，而且几乎完全骈化。如其序文最后一段：“上陇阪，陟高冈；游精宇宙，流目八纮；历观九州山川之体，追览上古得失之风。愍道陵迟，伤德分崩。夫睹其终必原其始，故存其人而咏其道。疆理九野，经营五山，眇然有思陵云之意。乃作赋自厉，命其篇曰《显志》。显志者，言光明风化之情，昭章玄妙之思也。”从所摘取的这一小段可以看出，其运用骈体开始得心应手了。至于赋文亦完全为工整之骈赋了。仅以约占全赋什之一的最后一段来看：

山峨峨而造天兮，林冥冥而畅茂；鸾回翔索其群兮，鹿哀鸣而求其友。诵古今以散思兮，览圣贤以自镇；嘉孔丘之知命兮，大老聃之贵玄。德与道其孰宝兮；名与身其孰亲？陂山谷而闲处兮，守寂寞而存神。夫庄周之钓鱼兮，辞卿相之显位；於陵子之灌园兮，似至人之仿佛。盖隐约而得道兮，羌穷悟而入术；离尘垢之窈冥兮，配乔松之妙节。惟吾志之所庶兮，固与俗之不同。既俶傥而高引兮，愿观其从容。

虽然用的是骚体，但与西汉之骚体有很大不同，这就是其骈化文辞已充满全篇，而且去掉了西汉骚体赋模仿屈原的痕迹，更加流畅、自然。东汉早期由于刚从动乱中经历过来，所以，歌功颂德的大赋就少，而多以《显志赋》为代表的抒情小赋。

到东汉中期，社会安定，经济富庶，人民安居乐业。在这种背景下，描写太平景象的大赋再度出现，这以班固的《两都赋》为代表。班固虽仅以一篇《两都赋》知名，但是在赋史上赢得了与司马相如、扬雄、张衡齐名被誉之为“四大家”的地位。《两都赋》篇制宏大，长达4702言，虽效司马相如的《天子游猎赋》（即《文选》所载的《子虚》《上林》二赋）而作，但篇幅远远超过司马相如此赋的3523言。班固的《两都赋》虽极尽铺排之能事，但已少了西汉大赋的繁琐、纤靡，显现出比司马相如更整齐雕饰的骈偶，展示着骈文的进一步成熟，有的学者径直称为“骈体大赋”，是十分恰当的。仅举上篇（即《文选》所称之的《西都赋》）的开头和结尾各一小段以见其骈体的体制之成熟。先看开头一段：“汉之西都，在于雍州，寔曰长安。左据函谷、二崤之阻，表以太华、终南之山；右界褒斜、陇首之险，带以洪河、泾、渭之川。众流之隈，汧涌其西。华实之毛，则九州之上腴焉；防御之阻，则天地之隩区焉。是故横被六合，三成帝畿。周以龙兴，秦以虎视。及至大汉受命而都之也，仰寤东井之精，俯协河图之灵。奉春建策，留侯演成。天人合应，以发皇明，乃眷西顾，寔惟作京。”可见骈体之工整，虽夹用散句，也不能掩其工。再看结尾一小段：“于斯之时，都都相望，邑邑相属。国藉十世之基，家承百年之业；士食旧德之名氏，农服先畴之畎亩；商循族世之所鬻，工用高曾之规矩。粲乎隐隐，各得其所。若臣者，徒观迹于旧墟，闻之乎故老，十分而未得其一端，故不能遍举也。”

这一段也同样可见其骈偶之整齐贴切。至于中间的大段铺排描写比这两段更为工整。这就难怪萧统以此赋为《文选》的压卷之作了。

东汉中后期的赋坛是抒情小赋的天下。虽然张衡也有洋洋7696言的《二京赋》，又据《后汉书》本传：因“天下承平日久，自王侯以下，莫不逾侈。衡乃拟班固《两都》，作《二京赋》，因以讽谏，十年乃成。”其规模巨制，可谓汉赋的登峰造极，但其内容、格式仍是沿袭“赋一物则究此物之情状，论一都则包一朝之沿革”（孙梅《四六丛话》卷四）的旧体制。虽然其骈体亦如《两都赋》，但就此体来说已失去了先进性。在文学史上更有价值的是他后期创作的抒情小赋，这些抒情小赋完成了骈赋的体制，直接导入六朝骈赋。姜书阁论曰：张衡的《归田赋》“为魏、晋以还‘俳赋’（即骈赋）之始祖，而为六朝骈文之开山也”（《骈文史论》，第223页）。这并非过誉之辞，恰恰点出了此篇与后来骈赋的内在关联。这篇小赋虽仅211言，但是通篇骈俪，并已讲究平仄声韵的谐美。且看其风貌：

> 游都邑以永久，无明略以佐时；徒临川以羡鱼，俟河清乎未期。感蔡子之慷慨，从唐生以决疑。谅天道之微昧，追渔父以同嬉；超埃尘以遐逝，与世事乎长辞。
>
> 于是仲春令月，时和气清；原隰郁茂，百草滋荣。王雎鼓翼，鸧鹒哀鸣；交颈颉颃，关关嘤嘤。于焉逍遥，聊以娱情。
>
> 尔乃龙吟方泽，虎啸山丘。仰飞纤缴，俯钓长流；触矢而毙，贪饵吞钩；落云间之逸禽，悬渊沉之魦鰡。
>
> 于是曜灵俄景，系以望舒，极般游之至乐，虽日夕而忘劬。感老氏之遗诫，将回驾乎蓬庐。弹五弦之妙指，咏周孔之图书；挥翰

墨以奋藻，陈三皇之轨模。苟纵心于物外，安知荣辱之所如！

这篇小赋代表了东汉新兴的骈体小赋的特点，它与“牢笼天地，苞括宇宙”（孙梅《四六丛话》卷三十）的大赋不同，把视线从对外取象转为对内取象，不注重外物的铺排，而注重内心世界的展示，在文风体制上代表了新的倾向。而看其文辞则骈偶极为整齐，就是四六句式为主体的特点也开后世法门，其音节顿挫、音韵分明更足以为后人所效法。如“超埃尘以遐逝，与世事乎长辞”“龙吟方泽，虎啸山丘”“仰飞纤缴，俯钓长流”“弹五弦之妙指，咏周孔之图书”等骈句都是极合乎平仄对仗之法的，而且自然天成，确乎达到了刘勰所说的“丽句与深采并流，偶意共逸韵俱发”（《文心雕龙·丽辞》）的境界。

张衡之后，在抒情小赋领域能继往开来的是祢衡。祢衡的创作虽跨入建安，但仍应视为东汉的骈文家。他的咏物小赋借物自况，很见怀才难遇之悲苦，其代表作是被《后汉书》称为“辞采甚丽”的《鹦鹉赋》，已是完全成熟的骈赋了。它通篇骈体，而且是成熟的四言句和六言句，间或五言句，基本是单句对仗，对仗十分整齐、规范。且引首段为例，可以看出成熟期的骈文特征：“惟西域之灵鸟兮，挺自然之奇姿。体金精之妙质兮，合火德之明辉。性辩慧而能言兮，才聪明以识机。故其嬉游高峻，栖跱幽深；飞不妄集，翔必择林。绀趾丹觜，绿衣翠衿；采采丽容，咬咬好音。虽同族于羽毛，固殊智而异心；配鸾皇而等美，焉比德于众禽？”它基本以四言和六言来组织骈文，并有意用韵以增强其音韵美。

在杂体文章一派中，可以发现东汉骈文也进入了成熟期。钱基博指出：“东京以降，论辩书疏之作，亦杂用排体，易语为文。”（《骈文通义》）杂体文章包括论、书、奏、疏、章、表、碑志等，而东汉的骈文杂体文章以论、疏为多。东汉的骈体文章在西汉的基础上更加骈俪化。清人孙梅论道：“迨乎东汉，更为整赡，岂识其为四六而造端欤？踵事而增，自然之势耳。”（《四六丛话》卷二十八）所谓“更为整赡”就是指更注重文辞的整齐、华美。同时，他又指出开始喜用典事之倾向。钱基博说“东汉为骈俪之祖”（《骈文通义》）应是指东汉进入了骈文的成熟期。所谓“班（固）、张（衡）、崔（骃）、蔡（邕），格体已成”（《四六丛话》卷二十八）正是说，到他们手里骈文已经定型了。刘师培在《论文杂记》中也指出：“东京以降，论辩诸作，往往以单行之语运排偶之词，而奇偶相生，致文体迥殊于西汉。”从上述引证可以看出，人们都看到东汉与西汉是分属两个不同阶段的。

东汉早期的杂体骈文作家应以光武帝时的朱浮为代表。其代表作是《为幽州牧与彭宠书》。朱浮尝为大将军、幽州牧，封舞阳侯，与渔阳太守彭宠积怨甚深，彭宠因而举兵攻朱浮，朱浮于是作书以怒斥之。谭献评点此文称其“辞锋甚锐”（《骈体文钞》点评），指出了其文辞尖厉的特点。兹引一段：“方今天下适定，海内愿安。士无贤不肖，皆乐立名于世。而伯通独中风狂走，自捐盛时；内听娇妇之失计，外信谗邪之谀言；长为群后恶法，永为功臣鉴戒，岂不误哉！定海内者无私雠，勿以前事自疑，愿留意顾老母少弟。凡举事无为亲厚者所痛，而为见雠者所快！”其语言用骈体而不见刻意之迹，很见东汉初期的特点。而其文气往往有先声夺人之妙，如开头两句：“盖闻智者顺时而谋，愚者逆理而动。”堂堂正气，使读者佩服。

东汉中期的杂体骈文作家有王充、班彪、班固等人。王充的文章最有代表性的当然是《论衡》，共八十五篇，是王充中年以后所作。这是一部系统表现其政治观、文艺观的著作。其思想价值的博大弘深不是本书所要探讨的。需要指出的是，其中的许多文章已步入了骈文的范畴。略举一例以觇其骈体特征：

> 夫养实者不育华，调行者不饰辞。丰草多华英，茂林多枯枝。为文欲显白其为，安能令文而无谴毁？救火拯溺，义不得好；辩论是非，言不得巧。入泽随龟，不暇调足；深渊捕蛟，不暇定手。言奸辞简，指趋妙远；语甘文峭，务意浅小。稻谷千钟，糠皮太半；阅钱满亿，穿决出万。大羹必有淡味，至宝必有瑕秽；大简必有大好，良工必有不巧。然则辩言必有所屈，通文犹有所黜。

从这段选自《自纪》篇的文字可以看出，它虽然还不是精工整齐，但其有意为之还是十分明显的。他是用浅近通俗之语写论辩事理的骈体文章，虽用骈而出以自然。钱基博所说的“东汉清刚而简质，犹为盛世之元音”（《骈文通义》），应是指这类文章。

班彪、班固父子都很能作骈体。《文选》及《骈体文钞》都选有班彪的《王命论》，此文为后世所推崇，谭献评此文云：“起伏结撰，尽言尽意，遂成东京文体，匡刘而后，此其转捩。”（《骈体文钞》点评）誉为成熟期的东汉骈文的代表作。其骈体特征确有一定代表性，比如：“帝王之祚，必有明圣显懿之德，丰功厚利积累之业，然后精诚通于神明，流泽加于生民。故能为鬼神所福飨，天下所归往，未见运世无本，功德不纪，而得倔起在此位者也。”“见善如不及，用人如由己；从谏如顺流，趣时如响起。当食吐哺，纳子房之策；拔足挥洗，揖郦生之说。悟戍卒之言，断怀土之情；高四皓之名，割肌肤之爱。举韩信于行阵，收陈平于亡命，英雄陈力，群策毕举，此高祖之大略，所以成帝业也。”“是以王武感物而折契，吕公睹形而进女，秦皇东游以厌其气，吕后望云而知所处。始受命则白蛇分，西入关则五星聚。故淮阴留侯谓之天授，非人力也。”其骈体是顺乎自然的，文辞骈俪而与所论内容相合。

班固的骈赋前面已论及，其杂体骈文比之其父更为整饬，被称为“其词奥美”（李兆洛语）的《窦将军北征颂》礼赞窦宪将军出击匈奴之功，通篇骈偶，气势恢宏，且看其中一段：“车骑将军，应昭明之上德，该文武之妙姿。蹈佐历，握辅摽，翼肱圣上，作主光辉，资天心，谟神明，规卓远，图幽冥；亲率戎士，巡抚疆域；勒边御之永设，奋轒橹之远径；闵遐黎之骚狄，念荒服之不庭。乃总三选，简虎校；勒部队，明誓号。援谋夫于末言，察武毅于俎豆；取可杖于品象，拔所用于仄陋。料资器使，采用先务；民仪响慕，群英影附。羌戎相率，东胡争骛；不召而集，未令而谕。于是雷震九原，电曜高阙，金光镜野，武旂冒日。云黯长霓，鹿走黄碛；轻选四纵，所从莫敌。驰飙疾，踵蹊迹；探梗莽，采嶰阸；断温禺，分尸逐。电激私渠，星流霰落；名王交手，稽颡请服。”可以看出其骈偶的工整、音韵的谐婉。班固的杂体骈文以三言、四言、六言为基本句式，这正是六朝骈文的句式。可以说，班固杂体骈文对骈文句式的发展具有一定的影响作用。

东汉后期的骈文代表作家则是蔡邕。蔡邕是东汉骈文大家，对骈文的成熟、完善贡献良多，特别是对诸应用文体、公牍文的全面骈化起了很大的作用。论者称其为“东汉末一个真正的全面的骈俪文学大作家”（姜书阁《骈文史论》）。清人王闿运说“骈俪之文起于东汉”（《湘绮楼论文》），也是就蔡邕而论的。刘麟生也指出：“王志坚《四六法海》不录魏晋以前之文，故无伯喈之碑文，实则东汉文字，为六朝骈文之先声，而伯喈又为东汉之文豪，吾人于此，不可不三复及之也。”（《中国骈文史》）可见后人对其不敢小视。《骈体文钞》录选其文达二十九篇之多，仅次于庾信。其中仅碑铭之作即录有十五篇，为历代之冠。李兆洛并云：“表墓之文，中郎为正宗，凡可为规范者，皆在所录。”对其推崇备至。张仁青认为蔡邕于骈文史至少有三个方面的贡献：“具骈四俪六之体貌”“树骈体碑铭之宏规”“立台阁文体之典型”。（《中国骈文发展史》）这是十分正确的论断。蔡邕于碑铭之作最为用心，他最为得意的是《郭有道碑》，曾自云：“吾为碑铭多矣，皆有惭德，惟郭有道碑无愧色耳。”（《后汉书·郭泰传》）我们且录其中一段文字：

先生诞应天衷，聪睿明哲，孝友温恭，仁笃慈惠。夫其器量弘深，姿度广大，浩浩焉，汪汪焉，奥乎不可测已。若乃砥节厉行，直道正辞，贞固足以干事，隐括足以矫时。遂考览六经，探综图纬；周流华夏，随集帝学；收文武之将坠，拯微言之未绝。于时缨绥之徒，绅佩之士，望形表而影附，聆嘉声而响和者，犹百川之归巨海，鳞介之宗龟龙也。

尔乃潜隐衡门，收朋勤诲，童蒙赖焉，用祛其蔽。州郡闻德，虚己备礼，莫之能致。群公休之，遂辟司徒掾，又举有道，皆以疾辞。将蹈鸿涯之遐迹，绍巢、由之绝轨；翔区外以舒翼，超天衢以高峙。

其句式之整齐，对偶之精炼，语词之丰赡，为前所未有，而开六朝法门。难怪刘麟生论云：“蔡伯喈文一出，而后碑板文字，始成为专门绝诣，为骈文造一新纪录。盖东汉文字，已渐趋整齐划一，而非伯喈之金石文字动人，则骈文之发展，尚有待也。”（《中国骈文史》）蔡邕对应用骈文的推动作用于此可见一斑了。刘勰的一段评论也可有助于对其应用骈文的了解：“自后汉以来，碑碣云起，才锋所断，莫高蔡邕：观杨赐之碑（指《太尉杨赐碑》），骨鲠训典；陈郭二文（指《陈太丘碑》《郭有道碑》），词无择言，周胡众碑（指《汝南周勰碑》《太傅胡公碑》等），莫非清允。其叙事也该而要，其缀采也雅而泽；清词转而不穷，巧义出而卓立；察其为才，自然而至。”（《文心雕龙·诔碑》）刘勰所概括出的叙事该要，词采雅泽，词蕴丰富、新致等特点，都奠定了六朝应用骈文的风范。

建安与曹魏时代也是骈文的成熟期。骈文的定型与成熟是需要许多代作家的共同努力的。虽然建安与曹魏是在战乱频繁和三分天下的历史背景下度过的，但骈文发展的历史潮流并没有中断，而且有一定的发展。刘师培在《论文杂记》中尝论由汉至魏，文章有四大变迁：“建安之世，七子继兴，偶有撰著，悉以排偶易单行，即非有韵之文，亦用偶文之体，而华靡之作，遂开四六之先，而文体复殊于东汉，其变迁者一也。”“魏代之文，则合二语成一意，由简趋繁，昭然不爽，其变迁者二也。”“西汉之时，虽属韵文，而对偶之法未严。东汉之文，渐尚对偶。若魏代之体，则又以声色相矜，以藻绘相饰，靡曼纤冶，致失本真，其变迁者三也。”“东汉文人，既与儒林分列，故文词古奥，远逊西京。魏代之文，则又语意易明，无俟后儒之解释，其变迁者四也。”这四个方面既说明了建安、曹魏时代骈文的特点，也说明了其新的发展。

建安及曹魏时代的主要骈文作家有仲长统及三曹、七子、吴质等人。仲长统与王充、王符同被韩愈称为“后汉三贤”，刘熙载在《艺概·文概》中则称“三家文皆东京之矫矫者”。但仲长统比王充、王符都晚得多，去世时已是曹丕废汉称帝之时，所以他是建安时代的人物。仲长统"后参丞相曹操军事。每论说古今及时俗行事，恒发愤叹息。因著论名曰《昌言》，凡三十四篇，十余万言"（《后汉书》本传）。但可惜这部《昌言》只流传下三篇。从留存下的三篇来看，已是完备的骈体之作，而且运用得十分流利。且引其《理乱篇》的一段："豪人之室，连栋数百，膏田满野；奴婢千群，徒附万计；船车贾贩，周于四方；废居积贮，满于都城。琦赂、宝货，巨室不能容；马、牛、羊、豕，山谷不能受。妖童美妾，填乎绮室；倡讴伎乐，列乎深堂。宾客待见而不敢去，车骑交错而不敢进。三牲之肉，臭而不可食；清醇之酎，败而不可饮。睇盼则人从其目之所视，喜怒则人随其心之所虑。此公侯之广乐，君长之厚实也。"其骈偶之工整胜过前人，已了然于目。还可以看出，连句对与隔句对交替运用，四言与五言交替运用，并时贯以八言、十言的长联句。这些新的特征，正是后来南北朝骈文的主要特点，在《昌言》中已露出端倪。

三曹的骈文以曹丕、曹植较突出。曹丕论文有《典论·论文》，提出文章"经国之大业，不朽之盛事"和"诗赋欲丽"等著名命题，为世人所知晓。他的骈文以书最为有名。《文选》及《骈体文钞》均录选了他们的三篇书信佳品：《与吴季重书》《与吴质书》《与钟大理书》。谭献评《与钟大理书》不但通篇骈俪，而且"书已似赋"（《骈体文钞》点评），指出其铺排藻饰的特点，兹引一段："良玉比德君子，珪璋见美诗人。晋之垂棘，鲁之玙璠，宋之结绿，楚之和璞。价越万金，贵重都城；有称畴昔，流声将来。是以垂棘出晋，虞、虢双禽；和璧入秦，相如抗节。窃见玉书称美玉：白如截肪，黑譬纯漆，赤拟鸡冠，黄侔蒸栗。侧闻斯语，未睹厥状。虽德非君子，义无诗人，高山景行，私所慕仰。然四宝邈焉已远，秦汉未闻有良比也。”不难看出，这已像是一篇小小的玉赋，其体制与南北朝时期的咏物小赋相同，可以说，它已兆南北朝咏物小赋之先了。书体成为中国文学的一种主要文学样式，是从汉代开始的。司马迁的《报任安书》情辞兼备，为后人称赏。而曹魏对书体文学的贡献不能不推曹丕的诸作。

曹丕的胞弟、陈思王曹植比其兄文学成就更大。他于诗、赋、散文莫不精通。其《洛神赋》是古代文学中一篇写女神的精美的骈赋。明人徐师曾论赋时说，“三国、两晋以及六朝，再而变为俳”（《文体明辨序说》）。此赋可谓三国时代俳赋之代表。它在曹植五十余篇赋中是压卷之作，是《文选》中“情”类赋作仅有的三篇之一。虽其文辞曼延，已不是东汉抒情小赋体制，但其词采飞扬，而情思更动人，故不厌其长。兹录一段，以品其味：

> 其形也，翩若惊鸿，婉若游龙；荣曜秋菊，华茂春松。仿佛兮若轻云之蔽月，飘飖兮若流风之回雪。远而望之，皎若太阳升朝霞；迫而察之，灼若芙蕖出渌波。秾纤得衷，修短合度。肩若削成，腰如约素。延颈秀项，皓质呈露。芳泽无加，铅华弗御。云髻峨峨，修眉联娟。丹唇外朗，皓齿内鲜。明眸善睐，靥辅承权。瑰姿艳逸，仪静体闲。柔情绰态，媚于语言。奇服旷世，骨像应图。披罗衣之璀粲兮，珥瑶碧之华琚。戴金翠之首饰，缀明珠以耀躯。践远游之文履，曳雾绡之轻裾。微幽兰之芳蔼兮，步踟蹰于山隅。

这是一段描写容貌、服饰的文字，虽文辞华美而无堆砌辞藻之嫌，句法整齐，音韵谐婉。它以四言、六言为主，间以七言、九言；以单句对为主，间以隔句对，其中还穿插运用骚体句式。这也是整篇骈赋的共同特点。论者谓“子建此作，顽艳哀感，缠绵悱恻。美人香草，上继屈、宋比兴之思；俪字骈音，下牖江、鲍绮艳之习”（张仁青《中国骈文发展史》，第258页）。这个评价是很中肯綮的。

除骈赋外，曹植的论、书、章、奏、铭、碑、诔、令等类杂体骈文也都体现了成熟期的特点。《骈体文钞》就选有他各类骈文十五篇，是数量很多的一家，可谓众体兼备。他的应用之作也往往情采充沛，使人读而难忘。如《与杨德祖书》虽是议论文学，但如谭献所说“有波澜，有性情”，譬如“昔仲宣独步于汉南，孔璋鹰扬于河朔，伟长擅名于青土，公干振藻于海隅，德琏发迹于北魏，足下高视于上京。当此之时，人人自谓握灵蛇之珠，家家自谓抱荆山之玉。吾王于是设天网以该之，顿八纮以掩之，今悉集兹国矣。”“吾虽薄德，位为蕃侯，犹庶几戮力上国，流惠下民；建永世之业，留金石之功；岂徒以翰墨为勋绩，辞赋为君子哉！若吾志未果，吾道不行，则将采庶官之实录，辩时俗之得失，定仁义之衷，成一家之言。虽未能藏之于名山，将以传之于同好。”虽非字字如贯珠，但其玉润珠圆的特点还是不难体会的。在内容上则寓性情于波澜往复之中。

建安七子的主要成就是诗，散文方面则是次要的，其骈文远不如曹丕、曹植。在孔融、陈琳、王粲、徐幹、阮瑀、应玚、刘桢七人中，孔融位列七子之首，被谭献评为“深美宏约，詄丽奇隽，绝后空前”。《荐祢衡表》是其代表作。祢衡是一个“少有才辩，而尚气刚傲，好矫时慢物”（《后汉书》本传）的人。此文是为举荐祢衡而写，自然是夸耀其德才。值得注意的是隔句对和事典的大量运用，这是新的发展倾向。比如：“目所一见，辄诵于口；耳所暂闻，不忘于心。”“昔贾谊求试属国，诡系单于；终军欲以长缨，牵致劲越。”“钧天广乐，必有奇丽之观，帝室皇居，必蓄非常之宝。”而且基本上是四四式、四六式和六四式的隔句对。这是骈文趋于工巧的第一步。

孙梅指出：“古文至魏氏而始变，变而为矜才侈博，六朝由此增华，然而质韵犹存，沉刻峭拔，是其所长，无襞积饾饤之迹也；如钟索初变隶法，尚留古意。述俪者于此寻源，溯古者于此辨异。”（《四六丛话》卷三十一）这番分析是合乎骈文演变的历史轨迹的。在建安七子中，我们还可以为这个论断找到许多印证。如陈琳的《为曹洪与魏文帝书》，其中多用典事：“设令守无巧拙，皆可攀附，则公输已陵宋城，乐毅已拔即墨矣。墨翟之术何称？田单之志何贵？老夫不敏，未之前闻。盖闻过高唐者，效王豹之讴；游睢涣者，学藻缋之采。间自入益部，仰司马扬王遗风，有子胜斐然之志。”这段文字用典处凡八。这正预示着骈文发展的未来走向。又如阮瑀的《为曹公作书与孙权》也是典事穿插其间：“若韩信伤心于失楚，彭宠积望于无异，卢绾嫌畏于已隙，英布忧迫于情漏，此事之缘也。”“宁放朱浮显露之奏，无匿张胜贷故之变，匪有阴构贲赫之告，固非燕王淮南之衅也。”“昔苏秦说韩，羞以牛后；韩王按剑，作色而怒。”“高帝设爵以延田横，光武指河而誓朱鲔。”“是故子胥知姑苏之有麋鹿，辅果识智伯之为赵禽；穆生谢病，以免楚难；邹阳北游，不同吴祸。”“夫水战千里，情巧万端；越为三军，吴曾不御；汉潜夏阳，魏豹不意。”“昔淮南信左吴之策，汉隗嚣纳王元之言，彭宠受亲吏之计。三夫不寤，终为世笑。梁王不受诡胜，窦融斥逐张玄，二贤既觉，福亦随之。”整篇文章运用了大量的历史典故。谭献评其“运繁而不厌”，指出其有用典趋繁的这一倾向。

这种用典的新文风是具有普遍性的，反映了骈文发展的历史走向。又如不在七子之列的应玚之弟应璩的《与侍郎曹长思书》，这篇短小的书信也是充满了典事："德非陈平，门无结驷之迹；学非扬雄，堂无好事之客；才劣仲舒，无下帷之思；家贫孟公，无置酒之乐。"曹魏时期的用典特征是多用历史人物之事，尚少见语典，而且多明用，少暗用。应璩的另一篇书体骈文《与从弟君苗君胄书》也是多用典事的例子。如："虽仲尼忘味于虞韶，楚人流遁于京台，无以过也。""昔伊尹辍耕，郅恽投竿，思致君于有虞，济蒸人于涂炭。""然山父不贪天地之乐，曾参不慕晋楚之富，亦其志也。"等等。当时另一位非七子的作家吴质，其《答东阿王书》是有名的书体骈文，其中也多精炼的文辞叙写典事："非敢羡宠光之休，慕猗顿之富。""虽恃平原养士之懿，愧无毛遂耀颖之才；深蒙薛公折节之礼，而无冯谖三窟之效；屡获信陵虚左之德，又无侯生可述之美。""钻仲父之遗训，览老氏之要言。""使西施出帷，嫫母侍侧。""昔赵武过郑，七子赋诗。"等等。可以说，崇才尚工的风气已悄然形成。

张仁青认为，自汉迄魏晋，骈文有五大发展：一、双行意念之普及；二、排比句法之成熟；三、骈四俪六之方盛；四、声律色彩之并美；五、用典隶事之繁富。（见《中国骈文发展史》第五章第一节）这个概括基本是合乎历史事实的。实际上，除声律还未明显追求，用典已开始讲求但还未繁富外，其他三个方面在曹魏一代已经达到了。可以说，至曹魏时代已进入骈文的定型、成熟期。从前面所引的例子不难看出，句法文辞的精工、对骈偶的有意提炼都达到一定水平。之所以在这个时期骈文成熟，是因为文人五言诗的兴起。五言诗为文人提供了新的言志抒情的工具，而赋和散文则仅有描画和应用的功能了，因此可以借以娱兴，于是有意追求骈偶工整、用典就在这个背景下产生了。当然这个时期尚保存东汉的质朴风韵。

第四节　骈文的繁盛期

从西晋一直到初唐这四百五十多年是骈文最繁盛、最辉煌的时期。骈文由成熟而日臻完美，其句型逐渐归于四六为主的范式，文辞日趋精美、华丽，声韵日益讲求，典事愈加泛滥。而骈文在这一时期逐渐成为文坛的霸主，垄断了文坛的散文领域，亦因此招致了后人的唾骂。但骈文毕竟在文学史乃至文化史上有过这样一段奇特而辉煌的经历，这在它自己的历史中是最可引以为豪的。有的学者以这个时期为骈文的成熟期，实际上是把声韵、藻饰、典事这些骈文的从属条件作为骈文成熟的标志，这是不妥的。因为骈文的成熟应是以其句法的完善为标志的，这一点在东汉至曹魏时代就已完成了。

繁盛期骈文又可分为两晋时期、南北朝时期、隋及初唐时期三个阶段。虽然它们均是骈文的兴盛辉煌时期，但由于延续的时间长，历史背景有别，所以又呈现出阶段性特征，而繁盛却是共同的。胡适在《白话文学史》第八章中谈到六朝文学时曾说："'辞赋化'与'骈俪化'的倾向到了魏晋以下更明显了，更急进了。六朝的文学可说是一切文体都受了辞赋的笼罩都'骈俪化'了。议论文也成了辞赋体，记叙文（除了少数史家）也用了骈俪文，抒情诗也用骈偶，纪事与发议论的诗也用骈偶，甚至于描写风景也用骈偶。故这个时代可说是一切韵文与散文的骈偶化的时代。"这段话也为我们揭示了这一个时期骈文的特征。

一、两晋时期

两晋的士风是疏淡洒脱，但文学的自身发展潮流是逐步趋于华丽，所以在两晋骈文中就体现了这种交织着的特点。在对偶句式上两晋时期较前一时期整齐、练达了，但是文章的风格往往表现出一种疏淡洒脱的特点。钱基博论云："晋宋力弱，特饶韵致，亦由清淡之故，其体较疏，犹有东汉遗意。"（《骈文通义·流变》）这个描述是合乎实际的。即便体较疏放，但仍掩饰不了其演进的步伐。西晋时代即体现出了与成熟期不同的特征，骈偶意识的普及带来骈文的整炼，预示着向繁盛的转变。张仁青在谈到西晋骈文时指出："西晋之世，文尚整炼，理圆事密、联璧其章、迭用奇偶，节以杂佩，自铸伟辞，可谓为文学而文学之时代，亦即骈文之繁衍时代也。溯自建安文士胼手胝足，披荆斩棘，为骈文树立百代之弘规以后，历正始、元康以迄永嘉，为时不过百年，而骈文进步之速，有非一日千里所能形容者矣。"这种演进就体现在"建安之文，多主造意，故能吟咏情性，犹不失风雅之旨。西晋之文，重在造词，故缛旨星绸，繁文倚合，缀平台之逸响，采南皮之高韵，其风骨神韵虽不逮建安，而修辞协律则甚于曹王矣。"（《中国骈文发展史》，第275页）张仁青的对比分析揭示了西晋开始即有别于曹魏时代，说明一个新的时代的到来，它是向南北朝时期的过渡。

西晋的嵇康、阮籍是这个时代的诗人，他们的骈文也代表了新的特点。嵇康的《养生论》和阮籍的《达庄论》可视为代表作，李兆洛均选入《骈体文钞》中，作为论类骈文的代表。这两篇作品都有精丽整齐的特点，如："君子知形恃神以立，神须形以存；悟生理之易失，知一过之害生。故修性以保神，安心以全身；爱憎不栖于情，忧喜不留于意，泊然无感，而体气和平。"（《养生论》）"烛龙之光，不照一堂之上；钟山之口，不谈曲室之内。今吾将堕崔巍之高，杜衍漫之流，言子之所由几其痞而获反乎！天地生于自然，万物生于天地。自然者无外，故天地名焉；天地者有内，故万物生焉。当其无外，谁谓异乎？当其有内，谁谓殊乎？地流其燥，天抗其湿。月东出，日西入。随以相从，解而后合。升谓之阳，降谓之阴。在地谓之理，在天谓之文。”（《达庄论》）虽然表面有或清或壮之别，但丽则同一、工则同一。与嵇、阮同为“竹林七贤”的刘伶以“撮庄生之旨，为有韵之文”（何义门语，见《评注昭明文选》）写就的《酒德颂》空谷足音般占据了文学史的一页。它以寓言、卮言的手法，抒写了一种狂放不拘的精神，用极简练的语言创造了一个狂放孤傲的人物形象：“以天地为一朝，万朝为须臾，日月为扃牖，八荒为庭衢。行无辙迹，居无室庐，幕天席地，纵意所如。止则操卮执觚，动则挈榼提壶，唯酒是务，焉知其余？”这篇骈文虽篇幅很短，但“极真率、极豪迈、是醉语、是达语，浩浩荡荡，真足破除万事”（孙执升语，见《评注昭明文选》），成为以赋体作颂文的佳作。

嵇康、阮籍、刘伶之后，左思、潘岳、陆机是优秀的骈文家代表。左思是汉赋之后作赋篇幅最长的作家，他写的《三都赋》远远超过张衡的《两京赋》，字数逾万言，成为赋体之最。由于其文之长，其辞之美，于是豪贵之家竞相传写，洛阳为之纸贵。这部由《蜀都赋》《吴都赋》《魏都赋》三部曲组成的骈赋，虽在赋体文学上仍沿汉大赋体制，无甚进展，但是在骈文史上功莫大焉。在《三都赋》中，骈俪更工整，辞藻益繁丽，声韵趋和美，成为空前绝后的骈赋长篇。其状山川城邑、铺鸟兽草木、叙风谣歌舞，都力求其真，以追求藻饰与实义的结合，不作字林之展览。其骈体的纯熟显示了文人对这一文体的驾驭能力大大超过了之前的任何时代，所以骈文史不能不重视这篇巨制之贡献。仅举《蜀都赋》开头一段为证：

> 有西蜀公子者，言于东吴王孙，曰：盖闻天以日月为纲，地以四海为纪，九土星分，万国错跱。崤函有帝皇之宅，河洛为王者之里。吾子岂亦曾闻蜀都之事欤？请为左右扬搉而陈之。
>
> 夫蜀都者，盖兆基于上世，开国于中古；廓灵关以为门，包玉垒而为宇；带二江之双流，抗峨眉之重阻。水陆所凑，兼六合而交会焉；丰蔚所盛，茂八区而庵蔼焉。于前则跨蹑犍牂，枕倚交趾，经途所亘，五千余里。山阜相属，含溪怀谷；岗峦纠纷，触石吐云。郁葐蒀以翠微，崛巍巍以峨峨。干青霄而秀出，舒丹气而为霞；龙池瀥瀑溃其隈，漏江伏流溃其阿。汩若汤谷之扬涛，沛若濛汜之涌波。于是乎邛竹缘岭，菌桂临崖；旁挺龙目，侧生荔枝；布绿叶之萋萋，结朱实之离离；迎隆冬而不凋，常晔晔以猗猗。孔翠群翔，犀象竞驰；白雉朝雊，猩猩夜啼；金马骋光而绝景，碧鸡倏忽而曜仪。火井沉荧于幽泉，高焰飞煽于天垂。……

从中可见骈偶之精彩工整。《晋书》本传称左思为文“辞藻壮丽”，《三都赋》正是体现了这一特点。所以，陆机原也有此创作意图，及见左思之赋，“绝叹伏，以为不能加也，遂辍笔焉”（《晋书·左思传》）。

潘岳为文情辞哀艳，所作骈赋计有二十篇，以《文选》收录的《西征赋》《笙赋》《藉田赋》《射雉赋》《秋兴赋》《闲居赋》《怀旧赋》《寡妇赋》最为人称善。潘岳以哀艳的情韵见长，于诗则以悼亡诗著称，于文则以哀诔骈文见称，如《杨荆州诔》《杨仲武诔》《马汧督诔》《夏侯常侍诔》《吊孟尝君文》《哀永逝文》都是清艳缠绵、凄恻动人的篇章。刘勰说潘岳“贾余于哀诔，非自外也”（《文心雕龙·才略》），指出其才情有余，不是向外借力而为。谭献评《马汧督诔》一文“瑰玮绝特奇作也”，并说“世称退之起八代之衰，《曹成王》《杨燕奇》诸碑视此亦恐当僵如籍湜矣”；又评《夏侯常侍诔》“清空一气，破汉魏之整栗，成晋宋之运转”。(《骈体文钞》点评）从这些论断可以看出潘岳骈文的成就。

陆机可以说是西晋骈文成就最高者。近人瞿兑之在《中国骈文概论》中专列一章论《魏晋文与陆机》，对陆机评价甚高：“他的文学造诣，也实在超乎许多骈文作家之上，因为他不但有情感，而且以理致融合于情感之中。不但能作文，而且能写出作文的理法，不但擅长于一体，而且众体无不兼长。骈文到了陆氏，方才壁垒完备。”刘勰对陆机也评价甚高：“陆机才欲窥深，辞务索广，故思能入巧，而不制繁。”(《文心雕龙·才略》)到陆机手里，骈文涵盖的范围扩大了，不但可以为赋、为序，还可以为表、为论，达到了无体不备的水平，而且辞藻更铺排了，词采亦日趋华美了。如连珠一体前人多仅写数则、十数则，而陆机《演连珠》动辄五十则，成为连珠之最。所以时人张华说他“人之为文，常恨才少，而子更患其多”(《晋书》本传)。陆机骈文最为人所熟悉的是他以骈体写的《文赋》，这篇以骈赋论文学的作品成为文学理论史上的经典之作。作品从创作心理、创作个性、创作过程、文章体制特点等方面描述了文学创作的特征，成为刘勰之前最经典的文论代表。瞿兑之誉之为“《文心雕龙》洋洋数十篇的理论，几乎全被陆氏包罗在这一二千字里”(《中国骈文概论》)。《文赋》很易见到，不作具体引证。陆机的《豪士赋序》也是后人称道的佳作，全篇文章长气贯注，沉浑有力，谭献评此文说：“顿挫回薄，意内言外。”但仍体现了西晋的风尚，所以李兆洛在选入《骈体文钞》后评云：“此士龙（陆云）所谓清新相接者也。”仅从文章开端数句即可摄得其精髓：“夫立德之基有常，而建功之路不一。何则？循心以为量者存乎我，因物以成务者系乎彼。存夫我者，隆杀止乎其域；系乎物者，丰约唯所遭遇。落叶俟微风以陨，而风之力盖寡；孟尝遭雍门而泣，而琴之感以末。何者？欲陨之叶无所假烈风，将坠之泣不足繁哀响也。是故苟时启于天，理尽于民，庸夫可以济圣贤之功，斗筲可以定烈士之业。”虽骈偶工整，而清疏气息贯注其间。孙德谦《六朝丽指》云：“骈文宜纯任自然，方是高格。”陆机的骈文可谓得其要旨。

“文变染乎世情”（刘勰《文心雕龙·时序》），东晋百余年，社会背景不同于西晋，因此，文风也略异于西晋。沈约在《宋书·谢灵运传论》中评论道：“自建武（东晋元帝司马睿的第一个年号）暨于义熙（东晋安帝司马德宗的最后一个年号，距晋亡仅二年），历载将百，虽比响联辞，波属云委，莫不寄言上德，托意玄珠，遒丽之辞，无闻焉尔。”张仁青概括东晋骈文时分析说：“故此一时代之作者，非痛心于国破家亡，以慷慨悲歌鸣其不平，即消极地追踪于虚无缥渺的神仙之中，以寄托其郁伊困顿之思。前者以刘琨、卢谌为代表，后者以郭璞、孙绰称巨擘，建安以来闳美绮炼之风，遂一变而为质率自然之气。”（《中国骈文发展史》，第298页）这个总结说明了东晋骈文的状况。刘琨、卢谌之于表、书，郭璞、孙绰之于骈赋、碑诔，都是擅长的。刘琨的表奏往往于骈俪之中贯注慷慨悲壮之情，如《文选》所录的《劝进表》就显示了这种特点：“臣闻昏明迭用，否泰相济。天命未改，历数有归。或多难以固邦国，或殷忧以启圣明。齐有无知之祸，而小白为五伯之长；晋有骊姬之难，而重耳主诸侯之盟。社稷靡安，必将有以扶其危；黔首几绝，必将有以继其绪。伏惟陛下，玄德通于神明，圣姿合于两仪，应命世之期，绍千载之运。”钟嵘评刘琨的诗有“清拔之气”，其实在其骈文中也是如此。明人张溥在《刘中山集题辞》中称其“劲气直辞，回薄霄汉”。这一点我们在他的其他文章（如《答卢谌书》）中也可领悟到。孙梅评刘琨的骈文“寥寥数篇，才气杰然，足盖魏晋，其《劝进表》《答卢谌诗序》豪宕感激，从肺腑流出，无意于文，而文斯至”。可见后人对其是何等赏识。

以孙绰为代表的另一类风格也同样显示出骈文的演进。姜书阁论云：“晋人骈文，发展到孙绰，可以说是到了高峰。”（《骈文史论》，第 347 页）这个评价并非过誉之辞。《晋书》本传记载：“博学善属文，少与高阳许询俱有高尚之志。居于会稽，游放山水，十有余年，乃作《遂初赋》（今佚）以致其意。……绝重张衡、左思之赋，每云：‘《三都》《二京》，五经之鼓吹也。’尝作《天台山赋》，辞致甚工，初成，以示友人范荣期，云：‘卿试掷地，当作金石声也。’荣期曰：‘恐此金石非中宫商。’然每至佳句，辄云：‘应是我辈语。’”从这段记载可以看出其骈文的成绩。他已开始有意注重声韵之组接。《游天台山赋》今存《文选》中，其以清丽秀美之辞在模山范水的同时寄寓了清虚之境为指归的思想。仅从其序中文字就可窥见其骈体全貌：“天台山者，盖山岳之神秀者也。涉海则有方丈蓬莱，登陆则有四明天台。皆玄圣之所游化，灵仙之所窟宅。夫其峻极之状，嘉祥之美，穷山海之瑰富，尽人神之壮丽矣。所以不列于五岳，阙载于常典者，岂不以所立冥奥，其路幽迥，或倒景于重溟，或匿峰于千岭。始经魑魅之涂，卒践无人之境。举世罕能登陟，王者莫由禋祀。”而且骈文中已有意识用韵，隔句用韵的现象已很多，如“嗟台岳之所奇挺，实神明之所扶持。荫牛宿以曜峰，托灵越以正基。结根弥于华岱，直指高于九疑。应配天于唐典，齐峻极于周诗”。说明东晋骈文还是有所发展的。在声律方面，它在完善着骈文的体制。

除以上诸骈文家外，东晋的骈文家还有葛洪、桓温、陶渊明诸人。葛洪以《抱朴子》一书著名，此书无论内篇、外篇均是典型的骈文，其对仗技巧已是很熟练。可见，骈文的蔓延已使文人在写哲学著作时也用这一文体了。这既说明了骈文的势力日益扩张，也说明了时代风气的渲染使骈文将统治文坛，成为文坛霸主，在这种文化氛围下，耳濡目染或时代风尚使许多文人不自觉地加入这一大潮流中去。即便如陶渊明这样以清淡闲远为趣的隐士也写作了三篇骈体文章：《感士不遇赋》《闲情赋》《归去来辞》，虽然陶渊明笔下的骈文有更多的疏淡之风，但偶对本身即尚辞的表现。这正说明时代风气之盛，使处于此一时代的文人莫不如此。

二、南北朝时期

南北朝时期是骈文的黄金时代。历时近一百七十年的文学主要是骈文，这又主要是南朝即宋、齐、梁、陈的成就。过去文学史著作谈到南北朝时期的文学，就全面否定，原因是这个时代拥有两种文学现象：宫体诗和骈文。宫体诗不在本书讨论之列，姑且不论。骈文被作为唯美文学、形式主义的代表而被全盘否定。因此，南北朝时期成为文学的黑暗时代。这种认识不是历史唯物主义的观点。南北朝时代骈文的极盛亦是文化发展的必然，有其存在的合理性。张仁青在《中国骈文发展史》中指出有五大原因：一是“时代与社会之需求”，二是“地理环境之促成”，三是“君主之积极倡导”，四是“儒学之沉寂”，五是“声律之昌明”。他从文学的外部原因和内部原因两个方面为骈文在南北朝时期的极盛寻找到了答案。

骈文的鼎盛正是社会、文化、环境、文学自身诸方面的合力促成的。南北朝时期是国家四分五裂、政权频繁更迭、战乱纷起的时代，在这种历史背景下的文士朝夕难保，所以大多数文人墨客竞相迁徙江南，于政治追求已无望，唯求生活安宁以避战乱之侵扰，因此，只有在文苑中寄托自己的情趣，展示自己的才华。而江南文化有尚清绮华艳的传统，即所谓“江左宫商发越，贵于清绮”“清绮则文过其意”。（李延寿《北史·文苑传》）这种清绮华艳的传统又是与江南物产的丰庶、风光的秀美、环境的和谐相联系的。南朝各代君王及藩王又都是爱好文学的人，看看《六朝文絜》所选骈文里君王所占的数量就可明白了。而且他们都积极扶持文学创作，即所谓“自中原沸腾，五马南渡，缀文之士，无乏于时。降及梁朝，其流弥盛，盖由时主儒雅，笃好文章，故才秀之士，焕乎俱集”（《南史·文学传序》）。于是上有所好，则下必甚焉，华艳之风也就容易形成了。而这个时代儒家思想比较薄弱，代之而起的老庄之学昌盛，于是以经时济世的言志思想和文质彬彬的语言风格为特征的儒家文学观也沉寂了，代之而起是浪漫的情爱和浮华的文风。文学发展到宋齐梁陈，声律的秘密已被揭示出来，于是文人可以有意识地辨宫商、识音韵，更巧妙地构筑文章的内在结构，以期达到美轮美奂的境界。周颙的《四声切韵》、沈约的《四声谱》、王斌的《四声论》等音韵成果，为文人们打开了一个新的天地。正是在这种背景下，南北朝时期的骈文成为发展的极盛时期。

刘宋在南朝中算是国运较长的了，历时五十九年。刘宋的骈文家也多是由晋入宋的。这个时代的骈文作者主要有傅亮、何承天、颜延之、谢灵运、谢惠连、鲍照、谢庄、汤惠休等。刘宋的骈文于排偶更工整，于文辞更绮丽，于声韵愈注重，于典事尤崇尚。刘勰论刘宋之诗曾云：“俪采百字之偶，争价一句之奇，情必极貌以写物，辞必穷力而追新。”

(《文心雕龙·明诗》)此虽是就诗而言，但于骈文亦是符合的。我们在当时几个代表作家的作品中就可以感受到时代文风的巨大演进。如颜延之不但今天看来是刘宋骈文的代表作家，在当时也是享誉文坛的。《宋书》本传说他“文章之美，冠绝当时”。昭明太子萧统编《文选》尤钟爱于他，选入了他的六篇骈文作品：《赭白马赋并序》《三月三日曲水诗序》《阳给事诔》《陶征士诔》《宋文皇帝元皇后哀策文》和《祭屈原文》。由于他少年时便“好读书，无所不览”(《宋书》本传)，因此，这种博闻强记的工夫也体现在其创作中。鲍照尝评他的诗“铺锦列绣，雕缋满眼”，这也是其骈文的特点，词采纷呈、对偶精工、典事繁复。如其《赭白马赋》是一篇状咏马的赋，不但对仗精工，而且几乎无一句不有来历。如：

> 昔帝轩陟位，飞黄服皂；后唐膺箓，赤文候日。汉道亨而天骥呈才，魏德茂而泽马效质。伊逸伦之妙足，自前代而间出。并荣光于瑞典，登郊歌乎司律。所以崇卫威神，扶护警跸；精曜协从，灵物咸秩。暨明命之初基，罄九区而率顺。有肆险以禀朔，或逾远而纳赆。闻王会之阜昌，知函夏之充牣。总六服以收贤，掩七戎而得骏。盖乘风之淑类，实先景之洪胤。

从中可见其句法之精工，已开四六之先河；其典事之众多，已助堆砌之波澜。钟嵘评其诗“体裁绮密，情喻渊深”(《诗品》卷中)。以之证其骈文，亦莫不如此。其《三月三日曲水诗序》是唐前最美妙的诗序。谭献称该文“开阖动宕，情文相生，俪体之上驷也”(《骈体文钞》点评)。李兆洛指出此文的特点是富丽华美。他以此篇为例说：“隶事之富，始于士衡；织词之缛，始于延之。”（《骈体文钞》卷三）且引一段以证之：“南除辇道，北清禁林。左关严隥，右梁潮源。略亭皋，跨芝廛。苑太液，怀曾山。松石峻垝，葱翠阴烟。游泳之所攒萃，翔骤之所往还。于是离宫设卫，别殿周徼。旌门洞立，延帷接枑。阅水环阶，引池分席。春官联事，苍灵奉途。然后升秘驾，胤缇骑；摇玉銮，发流吹。天动神移，渊旋云被，以降于行所，礼也。”从这一小段便可以了解李兆洛、谭献之评不诬。

鲍照也是刘宋的骈文名家。许梿认为“明远骈体高视六代”（《六朝文絜笺注》卷七），评价是很高的。鲍照的骈文在骈文史上亦有一席之地。其文俊逸赡富，苍劲雄峻，气势深厚，为南北朝骈文之卓杰者。其《芜城赋》为六朝骈赋之杰构，《六朝文絜》奉为压卷之作。文章遒劲深厚，令人拍案叫绝，许梿读后称：“每读一过，令人辄唤奈何。”此文通过今昔盛衰的比照状写战乱给国家和人民带来的破坏和苦难。文辞精炼而俊逸，对仗工稳而畅达，比之颜延之又前进了一步，确立了四六句法的骈文最精妙体制。且看首段：“沵迤平原，南驰苍梧、涨海，北走紫塞、雁门。柂以漕渠，轴以昆冈，重江复关之隩，四会五达之庄。”此状写广陵城之地理，雄大高远。而写广陵之昔日富庶与山川形势则华采纷呈：“当昔全盛之时，车挂轊，人驾肩，廛闬扑地，歌吹沸天；孳货盐田，铲利铜山；才力雄富，士马精妍。故能侈秦法，佚周令；划崇墉，刳浚洫，图修世以休命。是以板筑雉堞之殷，井干烽橹之勤；格高五岳，袤广三坟；崪若断岸，矗似长云。制磁石以御冲，糊赪壤以飞文。观基扃之固护，将万祀而一君。”其文辞之遒丽可见一斑。鲍照的《登大雷岸与妹书》是一篇以家书形式写风景的骈文，所以，吴汝纶称赞此文“奇崛惊艳，前无此体，明远创为之”。此文叙写壮丽的风光，或烟云幻灭，或惊涛骇浪，极尽变化之态，画出江山之美。所以，许梿称此文“句句锤炼无渣滓，真是精绝”。

谢庄也是刘宋时代的名家之一。他的骈文清丽秀美，遂开骈文清丽一路，其《月赋》可为代表。此篇骈赋自月升始至月落结，专写月之精神风韵，深情婉致，清空遥远，有味外之味，令人咀嚼。如：“若夫气霁地表，云敛天末，洞庭始波，木叶微脱。菊散芳于山椒，雁流哀而江濑。升清质之悠悠，降澄辉之蔼蔼。列宿掩缛，长河韬映。柔祇雪凝，圆灵水境。连观霜缟，周除冰净。”许梿评这段文字云：“数语无一字说月，却无一字非月，清空澈骨，穆然可怀。”可谓撷其要旨。

南齐仅存二十三年，梁代存五十五年，加之齐梁文士往往贯通，所以，齐梁骈文多合为一体来论。齐梁骈文进一步发展了骈文的形式。钱基博云：“齐梁以下，四六之体渐兴，以声色相矜，以藻绘相饰，靡曼纤冶，文体亦卑。然律以沉思翰藻之说，则骈文一体，实为文体之正宗。”(《骈文通义·原文》)他实际上指出了齐梁骈文的形式特征。齐梁时代骈文已达到无孔不入的程度，以至于时人似乎忘记了还有散体文一体。这从写于齐明帝建武年间的《文心雕龙》就可见其播延范围之广了。刘勰的《文心雕龙》是古代篇幅最长的一部文学理论著作，洋洋五万余言。这部巨著系统严密，论述深刻，成为令后代叹为观止的丰碑。而这部皇皇巨著竟全是以骈体写就，而且偶对工整、文辞精炼，后世无人不认同其为骈文典范。在《文心雕龙》中，刘勰还专门列《丽辞》一章，探讨骈文的特征，是最早有关骈文的论述。从《文心雕龙》中我们还知道，在齐代已有“文”与“笔”之分，以有韵为文、无韵为笔，这个划分反映了在南齐时代文学的自觉观念有了加强，这对骈文的创作是有推动作用的。还应该提出的是，在南齐永明年间诞生了声律说。在南齐之前对声律的规律已有人作过探究，如魏时的李登写作了《声类》十卷，“凡一万一千五百二十字，以五声命字，不立诸部”（封演《封氏闻见记》卷二）。晋时的吕静有《韵集》五卷，宫、商、角、徵、羽各为一篇。但真正有意识寻求文学创作与声律的关系还是在齐代。齐时周颙最早提出四声之说，撰有《四声切韵》行于世（见《南史·周颙传》）。到“永明中，王融、谢朓、沈约文章始用四声，以为新变。至是转拘声韵，弥为丽靡”（《南史·庾肩吾传》）。由是而有“永明体”之说。《南齐书·陆厥传》亦云：“永明末，盛为文章，吴兴沈约、陈郡谢朓、琅邪王融以气类相推毂。汝南周颙善识声韵。约等文皆用宫商，以平、上、去、入为四声，以此制韵，不可增减，世呼为‘永明体’。”永明体不仅指诗，亦指骈文，即指文章中用声韵。由此，骈文艺术进入了一个新的时代。

南齐的骈文家主要有王融、谢朓、沈约等人。王融与谢朓、沈约、任昉、陆倕、范云、萧衍、萧琛号为竟陵八友。其中以王融的骈文成就最大，他的骈文博赡宏富，以《三月三日曲水诗序》最具代表性。据《南史·齐书》所载，此文是永明九年所作，当时即竞相传诵，成为“永明体”骈文的代表作。这篇与颜延之同题的骈文也与颜文一样流传广远。谭献比较两文时称此文“宽博过颜而精练稍逊，至于嫖姚生动同一机杼”，又称此文章法“以意运辞，可以取法”。（《骈体文钞》点评）从王融的这篇骈文可以看到齐梁文风的华丽雅奥。其文辞藻的过度精炼紧缩，语言的过分华美，已影响了读者的解读，影响了表达的流畅，使文章变得晦涩深雅，拉大了与读者的距离。即便其中算是浅近的文辞也十分雅奥了，如：“于时青鸟司开，条风发岁，粤上斯已，惟暮之春。同律克和，树草自乐；禊饮之日在兹，风舞之情咸荡。去肃表乎时训，行庆动于天瞩。载怀乎圃，乃眷芳林。芳林园者，福地奥区之凑，丹陵若水之旧。殷殷均乎姚泽，膴膴尚于周原；狭丰邑之未宏，陋谯居之犹褊。”可以看出华采连篇，对偶精切。谢朓的骈文虽有“文章清丽”(《南齐书》本传)之特点，但亦体现出“永明体”的特征，以《祭大雷周何二神文》为例，文风洗练奥奇：“大过在运，小雅尽缺，琼镜曰沦，金车未晰。周生电断，神谟英冠，正因部奇，风敛云散。晋德如毁，功资叶赞，山无猛鸷，时旷忠贤。流王于彘，龟鼎忽焉，忠肃布衣，君亲自然。驱狐上国，斩鲵中川，纷纶凯入，氛氲配天。”可见其音韵谐婉，宫商抑扬。

由齐入梁的沈约在《宋书·谢灵运传》专论文章音韵，称：“夫五色相宣，八音协畅，由乎玄黄律吕，各适物宜。欲使宫羽相变，低昂互节，若前有浮声，则后须切响。一简之内，音韵尽殊；两句之中，轻重悉异。”可见，声律的规则也已明确，即平仄错落有致。沈约自己的骈文也实践了他的观点，如他的《武帝集序》：“文思安安，钦明所以光宅；日月光华，南风所以兴咏。日角之主，出自诸生；锐顶之君，少明古学。汉高宋武，虽阙章句，歌大风以还沛，好清谈于暮年。……我皇诞纵自天，生知在御，清明内发，疏通外典，爰始贵游，笃志经术。究淹中之雅旨，尽曲台之奥义。”谭献称此文“一意滔滔，运辞如有不尽，可谓选言尤雅矣”。这是就行文言。如果从声律角度说，此文是轻重错落，达到了音韵谐美流畅之境界。

梁代骈文家最为光彩夺目，主要作家有江淹、任昉、刘峻、陶弘景、丘迟、吴均、裴子野、萧衍、萧统、萧纲、萧绎及徐摛、庾肩吾等。由于这些骈文家的天才和勤奋，梁代的骈文创作出现了繁花似锦的局面。江淹也同沈约一样，经历了宋、齐、梁三朝。其作骈文尤擅作骈赋，往往以凄恻哀艳之辞感动人心，《郡斋读书志》谓其："不事章句，往往留情于文章。"尤以《恨赋》《别赋》两篇独步文坛，令后人引颈。明人张溥在《江醴陵集·题辞》中称其文"长短篇章，能写胸臆""纵横骈偶，不受羁靮"。可谓得其要领。其《恨赋》以古事喻情，状写了帝王之恨、列侯之恨、名将之恨、美人之恨、才士之恨，高人之恨、贫困之恨、荣华之恨，写得淋漓尽致、慷慨激昂。许梿评云："通篇奇峭有韵，语法俱自千锤百炼中来，然却无痕迹，至分段叙事，慷慨激昂，读之英雄雪涕。"（《六朝文絜笺注》卷一）如写列侯之恨："若乃赵王既虏，迁于房陵。薄暮心动，昧旦神兴。别艳姬与美女，丧金舆及玉乘。置酒欲饮，悲来填膺。千秋万岁，为怨难胜。"其伤心之痛溢于言表。又如写美人之恨："若夫明妃去时，仰天太息。紫台稍远，关山无极。摇风忽起，白日西匿。陇雁少飞，代云寡色。望君王兮何期？终芜绝兮异域。"所营造出的幽怨凄绝之伤感氛围，令人惊呼大手笔之作。而《别赋》立意与《恨赋》相同，只是不同于后者的激昂壮怀，而是以柔婉委曲取胜。其中状写了富贵之别、任侠之别、从军之别、绝国之别、伉俪之别、方外之别、狭邪之别，一气呵成，言尽而意不尽。其文章之首以"黯然销魂者，唯别而已矣"提领全篇，惊天地，泣鬼神，托出无限凄凉，为一篇之文眼，亦为千古之绝唱。他善描写场景，以典型的场景烘托气氛，以浓郁的气氛传达出深厚的情思。如写富贵之别："至若龙马银鞍，朱轩绣轴，帐饮东都，送客金谷。琴羽张兮箫鼓陈，燕赵歌兮伤美人。珠与玉兮艳暮秋，罗与绮兮娇上春。惊驷马之仰秣，耸渊鱼之赤鳞。造分手而衔涕，感寂漠而伤神。"这一段极摹黯然销魂之情状，状景写物，缕缕入情。当然，江淹的骈文绝不仅是这两篇，恰恰相反，他的应用之作，公牍之篇占其集之什六七，但只此两篇便可使其在骈文史上占据不朽的一页。他对骈文的状情艺术做了成功的探索。

从梁代开始，以骈体状山水景物的风尚渐兴，且语言每每清丽疏朗，极少用典，又少加铺排，多以短制取胜。如陶弘景的《答谢中书书》："山川之美，古来共谈。高峰入云，清流见底。两岸石壁，五色交辉；青林翠竹，四时俱备。晓雾将歇，猿鸟乱鸣；夕日欲颓，沉鳞竞跃。实是欲界之仙都，自康乐以来，未复有能与其奇者。"其清丽流动之美扑面而来，纯以白描状景状物，并启后代山水文学之法门。又如刘峻的《东阳金华山栖志》："……山川秀丽，皋泽坱郁。若其群峰叠起，则接汉连霞；乔木布濩，则春青冬绿。迴溪映流，则十仞洞底；肤寸云谷，必千里雨散。信卓荦爽垲，神居奥宅。……枫栌椅枥之树，梓柏桂樟之木；分形异色，千族万种；结朱实，包绿裹，杌白蒂，抽紫茎。橚矗苯蓴，捎风鸣籁。垂条檐户，布叶房栊；中谷涧滨，华蕊攒列。至于青春缓谢，萍生泉动，则有都梁含馥，怀香送芬；长乐负霜，宜男泫露；芙渠红华照水，皋梦缥叶从风。"谭献称此文"绝似赋体"，就是指其以大量笔墨状摹山水景物，虽历历如在目前，而绝无堆砌辞藻之嫌。

这种以清丽雅洁之文辞状写山川景物是当时普遍的风尚。又比如吴均的《与施从事书》《与顾章书》《与朱元思书》诸文虽篇幅短小，但状景状物清新可爱，体现了他"清拔有古气"（《南史》本传）的特点。如《与顾章书》：

> 仆去月谢病，还觅薜萝。梅溪之西，有石门山者，森壁争霞，孤峰限日；幽岫含云，深溪蓄翠。蝉吟鹤唳，水响猿啼，英英相杂，绵绵成韵。既素重幽居，遂葺宇其上。幸富菊华，偏饶竹实。山谷所资，于斯已办；仁智所乐，岂徒语哉？

此文清新明快、简洁雅致，许梿评说道：“简澹高素，绝去饾饤艰涩之习。吾于六朝，心醉此种。”（《六朝文絜笺注》卷七）至于被许梿称赏为“扫除浮艳，澹然无尘”（《六朝文絜笺注》卷七）的《与朱元思书》更是清丽明快，以从容素淡之笔写清清雅雅之文：

> 风烟俱净，天山共色。从流飘荡，任意东西。自富阳至桐庐，一百许里，奇山异水，天下独绝。水皆缥碧，千丈见底；游鱼细石，直视无碍。急湍甚箭，猛浪若奔。夹峰高山，皆生寒树。负势竞上，互相轩邈，争高直指，千百成峰。泉水激石，泠泠作响；好鸟相鸣，嘤嘤成韵。蝉则千转不穷，猿则百叫无绝。鸢飞戾天者，望峰息心；经纶世务者，窥谷忘反。横柯上蔽，在昼犹昏；疏条交映，有时见日。

可以看出，这几乎就是一篇山水游记。其辞务浅易，文求清新，与习见的雕缋满目的面孔迥然有别。同时代的丘迟之文亦清丽峻洁，其《与陈伯之书》中的一段描写历来为学者所称道：“暮春三月，江南草长；杂花生树，群莺乱飞。见故国之旗鼓，感平生于畴日；抚弦登陴，岂不怆悢？”此书以情动人，而其描写虽着墨不多，却最能惹动故园之思、家国之念，所以为后代所共誉之。

以景语入骈体书信中成为梁代的时尚。虽景语才寥寥数句，而景中之情比纯议论更为动人，所以很受士人喜爱。除上举数例，又如任昉的《为庾杲之与刘居士虬书》：“访德则山林窅然，观道则风云自远。”“妙域筵山河，虚馆带川涘。”“夫山水无情，应之以会；爱闲在我，触目萧条。衡岳何亲？钟岭何薄？”这几处简练的描写使文章显得清丽自然。

所以谭献认为此文的最大特点乃是“巧丽出于自然”（《骈体文钞》点评）。又如梁简文帝萧纲的《与萧临川书》开篇即景语：“零雨送秋，轻寒迎节；江枫晓落，林叶初黄。登舟已积，殊足劳止。”这数语写景而情在其中，情文并茂，词笔交辉，婉转深情，娓娓动人。其结尾云：“白云在天，苍波无极，瞻之歧路，眷慨良深。”在景物叙写中已传达出凄苦的怀远之情。他的《与刘孝绰书》也是运用了不少景语描写来表达情思，如“玉霜夜下，旅雁晨飞”和“晓河未落，拂桂棹而先征；夕鸟归林，悬孤帆而未息”等，前人谓“有空山无人、天籁孤鸣之概”（王文濡语），正是指出它运用景语的妙处。以景语描写入书信中，增加了其文学意味，增强了艺术感染力。

梁代的骈文还受到这个时期宫体诗的影响，以声色入骈文，以华采为时尚。如由齐入梁的沈约就有《丽人赋》极尽描画，状其体貌、风姿。许梿称“曼声柔调，顾盼有情，自是六朝之俊”（《六朝文絜笺注》卷一），并说其描写“意态曲尽”，如：“亭亭似月，嬿婉如春。凝情待价，思尚衣巾。芳逾散麝，色茂开莲。陆离羽佩，杂错花钿。响罗衣而不进，隐明灯而未前。”萧纲写作宫体诗最极尽声色之能事，其为骈文亦无例外，如《舞赋》是宫体骈文的样板。姜书阁指出：“这里几乎看不到舞，而只是看到了那个舞女。”其描写人物细致入微，一顾一盼均活灵活现，显示了文学描写水平的进步，如：“尔乃优游容豫，顾眄徘徊；强纡颜而未笑，乍杂怨而成猜。或低昂而失侣，乃归飞而相袝；或前异而始同，乍初离而后赴。不迟不疾，若轻若重，眄鼓微吟，回巾自拥。发乱难持，簪低易捧。牵情侍恩，怀娇知宠。”其顾盼之态可掬，风姿绰约之情可见。萧纲之弟萧绎（梁元帝）也善以宫体声色内容写骈文，其有《荡妇秋思赋》《对烛赋》《采莲赋》《鸳鸯赋》《春赋》《秋风摇落赋》等骈赋，其中以《荡妇秋思赋》最为代表。许梿评该文“逼真荡妇情景，琢磨入细”（《六朝文絜笺注》卷一）。其写荡子之妇的幽怨之情可谓细致。许梿由此而认为：“史称帝不好声色，颇有高名。观此婉丽多情，余之未信。”（《六朝文絜笺注》卷一）他的《采莲赋》是描写采莲女子之作，亦是体物浏亮之篇，如“恐沾裳而浅笑，畏倾船而敛裾”写得妩媚可爱。萧绎曾著《金楼子》，提出了其文学观：“文者，惟须绮縠纷披，宫徵靡曼，唇吻遒会，情灵摇荡。”（《金楼子·立言》）他的骈文创作就是其理论的具体实践。之所以产生这种宫体骈文，原因除时代文风尚雕饰华采，还与这些作者糜烂的生活环境有关。他们生活在宫廷之内，整日与宫妃、歌女为伴，其生活的圈子狭隘，自然多局限于轻歌曼舞、宫女怨情之类的内容。这种宫体骈文一直延续到陈代。

陈代的骈文家以徐陵最有影响。其实，徐陵严格地说应是梁陈骈文家。他与由梁入北周被羁留的庾信被誉为骈文史上的集大成者。清人程杲在《四六丛话序》中说：“四六盛于六朝，庾、徐推为首出。”钱基博亦论云：“徐、庾华实相扶，尤于抽黄对白之中，灏气卷舒，采不滞骨，丽而能朗，用集六朝之大成，而导四杰之先路！”（《骈文通义》）刘麟生在《中国骈文史》中亦认为：“六朝文至徐、庾，骈文始臻极峰，然则徐、庾之文，可谓集骈文之大成，达美文之顶点。”可以说，徐、庾在后人的眼里其地位是很高的。在当时两人也享誉文坛，《周书·庾信传》云：两人“有盛才，文并绮艳，故世号‘徐、庾体’焉。当时后进，竞相模范。每有一文，京都莫不传诵”。徐陵、庾信两人一南一北，如日月光照文坛。张仁青指出徐、庾的贡献和特点有四：其一是“树四六句间隔作对之宏规”，其二是“开平仄声相互谐调之首唱”，其三是“四六句法之灵动”，其四是“数典隶事之繁富”。（《中国骈文发展史》）这个概括是基本符合实际的。兹将其两人骈文成就分别叙述如后。

徐陵，字孝穆，历经齐、梁、陈三朝，但其创作主要在梁、陈。《南史·陈书》卷二十六本传称："自有陈创业，文檄军书及禅授诏策，皆陵所制……为一代文宗，亦不以此矜物，未尝诋诃作者。其于后进之徒，接引无倦。世祖、高宗之世，国家有大手笔，皆陵草之。其文颇变旧体，缉裁巧密，多有新意。"可以看出徐陵在朝中的地位之高，这里也指出了其骈文的特点，既巧密又出新意。钱基博指出徐陵最擅长书记，其实这一点前人也看出来了。李兆洛在《骈体文钞》中指出："孝穆文惊彩奇藻，摇笔波涌，生气远出，有不烦绳削而自合之意。书记是其所长，他未能称也。"历代均以《在北齐与杨仆射书》为其压卷之作。这篇论事说理的书信凡二千五百字，是古代骈体书札中的最长篇，亦是最美篇。全文分十四段，对齐人设词不遣的八个理由加以辩驳，透彻深辟又激昂慷慨。首段言国难正起，何以淹留；二段言玄帝已即位，已兆中兴；三段言道路虽遥远，而归国之心已定；四段言纵使途中有险，亦在所不辞；五段言己与侯景对立，决不做他人之臣；六段言侯景对北方形势已很了解，自己归梁后，更不可能再去投靠侯景；七段言齐梁已通好，应当释放使者；八段言谢绝北齐之礼遇；九段言人寿有限，希望尽快归梁；十段以后各段则以思家念国为结。其文情辞深切，令读者感佩不已，如最末一段：

岁月如流，平生何几？晨看旅雁，心赴江淮，昏望牵牛，情驰扬越。朝千悲而下泣，夜万绪以回肠。不自知其为生，不自知其为死也。足下素挺词峰，兼长理窟；匡丞相解颐之说，乐令君清耳之谈，向所未疑，谁能晓喻？若鄙言为谬，来旨必通，分清灰钉，甘从斧镬。何但规规默默，龂舌低头而已哉？若一理存焉，犹希矜眷。何必期令我等必死齐都，足赵魏之黄尘，加幽并之片骨！遂使东平拱树，常怀向汉之悲；西洛孤坟，恒表思乡之梦。千祈以屡，哽恸良深。

这篇书札之作把事理的辩驳与感情的铺染融为一体，达到了极高的艺术境界，所以谭献指出："古人之格，自我而变，后人之法，自我而开。文章气力至此，正不必以皮相论矣。"（《骈体文钞》点评）这种手笔对后来有很大影响。瞿兑之评云："这种说事理的书札，几乎古今无第二手。惟有唐朝的李商隐，学他可算到了家。而陆贽也能运用他的长处，而不袭取他的形式。"（《中国骈文概论·书札文与徐陵》）另外，徐陵的《与王僧辩书》《为梁贞阳侯重与王太尉书》《报尹义尚书》等都是辞意并发、句法整饬之作。谭献说的"徐、庾出而大变六朝之体势，比于诗家之沈、宋"（《骈体文钞》点评），就是指这类书札骈文。

徐陵除书札很有成就外，序体文也很擅长。《玉台新咏序》是其代表作。《玉台新咏》是徐陵编选的一部齐梁时代的诗歌总集，专收表现妇女题材、宫中题材的诗歌，都是绮丽温厚之作。徐陵为此而写的序成为徐陵骈文的代表作，亦是六朝骈文的代表作。孙梅评其文之淳美时说："玉台新咏，其徐集之压卷乎！美意泉流，佳言玉屑。其烂熳也，若蛟蜃之嘘云；其鲜新也，如兰茝之集翠，洵足仰苞前哲，俯范来兹矣。"（《四六丛话》卷二十）此文不仅文辞华美，而且在声律、典事、句法工整上代表了骈文发展的新阶段，故许梿论道："骈语至徐、庾，五色相宣，八音迭奏，可谓六朝之渤澥，唐代之津梁，而是篇尤为声偶兼到之作，炼格炼词，绮绾绣错，几于赤城千里霞矣。"（《六朝文絜笺注》卷八）这些绝不是虚语，比如“楚王宫内，无不推其细腰；卫国佳人，俱言讶其纤手”。这一联对仗典型代表了这篇骈文的诸艺术特征：句法工整，已纯熟运用四六隔句对形式；声律严整，有意识讲求句内平仄，出句格律为“平平仄仄，仄仄平平仄平”，对句格律则应为“仄仄平平，平平仄平平仄”（加黑点字为节奏停顿处，加圈字为可平可仄字）。可以看出，在节奏点都是平仄对称的。此外，这一联还用了两个典事，出句用《后汉书·马援传》中关于“楚王好细腰，宫中多饿死”之典；对句用《诗经·魏风·葛屦》中之典：“掺掺（按《毛传》：‘掺掺，犹纤纤也。’）女手，可以缝裳。”《玉台新咏序》的骈文特点是“无字不工”达到了“四六之上驷，峭蒨丽密”（谭献《骈体文钞》点评）的地步，可以说达到了六朝骈文的艺术巅峰，集六朝骈文艺术之大成。

庾信，与徐陵齐名，本来也是南朝梁代的文学家。他与徐陵一样先后两次出使北朝，也都被扣留过，但徐陵在梁亡前随萧渊明南归，而庾信则因梁元帝降魏被杀，南归无望，遂在北朝为仕，经历西魏至北周灭亡。按惯例，庾信算是北朝的骈文家。庾信是诸体皆工的大家。宇文逌评他“妙善文词，尤工诗赋，穷缘情之绮靡，尽体物之浏亮，诔夺安仁之美，碑有伯喈之情，箴似扬雄，书同阮籍”（《庾开府集序》）。这看到了庾信的多方面才能和成就。庾信之所以能取得很大的成就，主要在于他的骈文集南北文化特质于一体，融秾丽与刚朴之气为一身，成为“结六朝之局，开三唐之派者”（何义门语）。倪璠在《庾子山集题辞》中就指出了这一点，他说：“南朝绮艳，或尚虚无之宗；北地根株，不祖浮靡之习。若子山可谓穷南北之胜。”《四库全书总目提要》也指出，庾信“北迁以后，阅历既久，学问弥深，所作皆华实相扶，情文兼至，抽黄对白之中，灏气舒卷，变化自如，则非陵（徐陵）之所能及矣”。所以，杜甫称赞“庾信文章老更成，凌云健笔意纵横”（《戏为六绝句》）。可见人们都看到真正代表庾信成就的是他入北朝的作品。虽然在入北朝前他写了诸如《三月三日华林园马射赋》《春赋》《七夕赋》《灯赋》《对烛赋》《镜赋》《鸳鸯赋》《荡子赋》等雅丽纤巧之作，但真正为人击掌的是入北朝后写的《小园赋》《枯树赋》《伤心赋》《哀江南赋并序》。这些作品融入北方的质朴刚健，更注入了作者的乡关之思、身世之痛、家国之哀，使作品呈现出深沉之忧郁、哀怨之愁情，状写出流寓异邦的感发。其中《哀江南赋并序》是其代表作。

《哀江南赋》题出自《楚辞·招魂》：“目极千里兮伤春心，魂兮归来哀江南！”“江南”自然是指庾信的“故国”梁朝了。全篇赋文以作者身世为经，叙写了梁朝由盛而衰的过程。论者以为可与杜甫之“诗史”并肩，誉为“赋史”。（张仁青《中国骈文发展史》）其通过身世之经历，以梁朝侯景之乱至灭亡的历史为表现，展示了江南这片土地上的兴衰存亡。论者亦谓此种结构乃有意摹仿《离骚》（姜书阁《骈文史论》），是倾尽其毕生之才华而表现的艺术。《北史》本传云：“信虽位望通显，常作乡关之思。乃作《哀江南赋》以致其意云。”可见这是酝酿已久的。正因为如此，才能在艺术上达到“密丽典雅，精思足以纬之，激气足以驱之，上结六代下开三唐，不止为子山集中压卷”（鲍桂星《赋则》）。且看其描写梁乱之前的承平气象：

> 于是朝野欢娱，池台钟鼓，里为冠盖，门成邹鲁。连茂苑于海陵，跨横塘于江浦。东门则鞭石成桥，南极则铸铜为柱。橘则园植万株，竹则家封千户。西赆浮玉，南琛没羽。吴歈越吟，荆绝楚

舞。草木之遇阳春，鱼龙之逢风雨。

何等安逸！何等富庶！而动乱乍起，国无宁日，百姓流离。对国家衰亡的描写和感思在赋的序文中表现得淋漓尽致：

日暮途远，人间何世！将军一去，大树飘零；壮士不还，寒风萧瑟。荆璧睨柱，受连城而见欺；载书横阶，捧珠盘而不定。钟仪君子，入就南冠之囚；季孙行人，留守西河之馆。申包胥之顿地，碎之以首；蔡威公之泪尽，加之以血。钓台移柳，非玉关之可望；华亭鹤唳，岂河桥之可闻！

其抒写亡国之恨、仕周之悔和漂泊流离之悲，令人感泣。大致说来，赋本文典雅、整饬，序文则较清新、自然，但都是倾注感情、慷慨悲凉之作，所以杜甫称“庾信平生最萧瑟，暮年诗赋动江关”（《咏怀古迹》）。

总的来说，庾信的骈文达到了骈文艺术的高峰，这表现在四个方面：一、对仗精工，自然而妥帖；二、音韵谐美，无论押韵还是句内宫商均有意追求合律；三、用事贴切，做到典事内容与表达内容融为一体；四、熟用隔对，把四六句型作为主要句型运用，巧用长短句的交错变化，同时注以散行之气，使文章于凝练中见舒畅。

三、隋及初唐骈文

隋朝的骈文作家不多，主要有颜之推、薛道衡。颜之推是由梁入北齐、北周至隋的骈文家。《北史》称他“辞情典丽”。他的代表作是那部二十篇组成的《颜氏家训》。这部论修养、学养的著作体现了由南北朝向唐代骈文的过渡性。全书基本用骈体写成，但语言平实而不华妍，重意义的表达而不重辞藻的艳丽，因此，几不用典，不用音韵，并常以散体之气贯注之。如《序致》篇："夫同言而信，信其所亲；同命而行，行其所服。禁童子之暴谑，则师友之诫，不如傅婢之指挥；止凡人之斗阋，则尧舜之道，不如寡妻之诲谕。"又如《文章》篇："辞与理竞，辞胜而理伏；事与才争，事繁而才损。放逸者流宕而忘归，穿凿者补缀而不足。"从中可见在整齐中仍不失朴厚的风韵。薛道衡今存文七篇，其中两篇为骈文。其骈文也体现出不尚华丽的风气，如《隋高祖文皇帝颂并序》："夏后殷周之国，禹汤文武之主，功济生民，声流雅颂；然陵替于三五，惭德于干戈。秦居闰位，任刑名为政本；汉执灵图，杂霸道而为业。当涂兴而三分峙，典午末而四海乱。九州封域，窟穴鲸鲵之群；五都遗黎，蹴踏戎马之足。"可以看出语言明白易解的文风。

这种与齐梁有别的特点，究其原因与隋文帝杨坚对浮华文风的态度有关。隋初，开皇四年，杨坚针对浮靡雕饰的文风下诏，令"公私文翰，并宜实录"（《隋书·李谔传》）。当时泗州刺史司马幼之因所上文表华艳，被移送所司治罪。李谔就曾大力抨击过浮华不实的骈文习气。他写了《上隋高祖革文华书》，在文中历数文风的华艳弊病："江左齐、梁，其弊弥甚，贵贱贤愚，唯务吟咏。遂复遗理存异，寻虚逐微；竞一韵之奇，争一字之巧。连篇累牍，不出月露之形；积案盈箱，唯是风云之状。世俗以此相高，朝廷据兹擢士。禄利之路既开，爱尚之情愈笃。"他请求"屏黜轻浮，遏止华伪"。可以说，到隋朝毕竟有了些转变，以李谔为代表的作家开始反对浮华的文风了，也预示了骈文的新走向。

但初唐的骈文仍是繁盛的，骈文独霸文坛的格局并未改变。除少数几个人作了少量的散体古文，几乎都是以骈体写作的。初唐骈文在发展的连续性方面与齐梁骈文的关系并未中断。宋祁在《新唐书·文艺列传》小序中曾提出过唐代文章"三变"之说：

> 唐有天下三百年，文章无虑三变。高祖、太宗，大难始夷，沿江左余风，絺句绘章，揣合底昂，故王、杨为之伯。玄宗好经术，群臣稍厌雕瑑，索理致，崇雅黜浮，气益雄浑，则燕、许擅其宗。是时，唐兴已百年，诸儒争自名家。大历、贞元间，美才辈出，擩哜道真，涵泳圣涯。于是韩愈倡之，柳宗元、李翱、皇甫湜等和之，排逐百家，法度森严，抵轹晋、魏，上轧汉、周，唐之文完然为一王法，此其极也。

宋祁在这里完全是把初唐与宋齐梁陈等量齐观的。把初唐骈文看做是繁盛期的最后阶段，这是正确的。清人阮元就认为初唐骈文是齐梁的延续，他说："唐初四杰，并驾一时，式江（淹）、薛（道衡）之靡音，追徐（陵）、庾（信）之健笔。"（《四六丛话后序》）一些论者把繁盛期的下限定在陈、隋，这实际上是按朝代来划分，而不是依文学自身的规律来区别。如果这样看待骈文，则割断了其发展的整体性，陷入了片面的形而上学的泥坑。

初唐骈文的代表是四杰（王勃、杨炯、卢照邻、骆宾王），其中，尤以王勃成就最大。《四库全书简明目录》评云："盖勃文章钜丽。为四杰之冠，诸家总集所录特多也。"孙梅亦云："夫瑰丽之文，以唐初四杰为最，而四子之中，尤以王氏子安为尤。"（《四六丛话》卷二十八）可以说，王勃是初唐骈文的代表。以王勃为代表的初唐骈文继承了徐、庾的骈文艺术成就，但又注以清新之风，振以疏荡之气，于是使骈文变繁缛为清丽，变滞涩为流畅，创造出气象高华、神韵灵动的时代风格，从而能在徐、庾的基础上更上一个台阶。杨炯《王勃集序》指称的“壮而不虚，刚而能润，雕而不碎，按而弥坚”的特点不仅是王勃的风格，也是初唐骈文的时代特征。

王勃骈文作品数量最多，仅序体骈文就有四十四篇，是有史以来创作序体骈文最多的骈文家。王勃发展了序体骈文，他的序体骈文除集序外，更多的是富于抒情色彩和文家描写意味的别序（十六篇）、宴序（十篇）、游序（八篇）。这些作品兼具词采的清丽华美和情思的意味隽永。特别是《滕王阁序》更是名噪千古的名作。孙梅说：“若乃兰亭志流觞曲水之娱，滕阁标紫电青霜之警，此宴集序之始也。”（《四六丛话》卷二十）这实际上指出了其开创之功，后人宴集序亦无能超过其文者。王勃能成为一代骈文的代表，因得于“构思无滞，词情英迈”（《旧唐书》本传）的天赋，但也是学习、继承六朝骈文艺术的结果。比如《滕王阁序》中“当时以为工”（《野客丛书》）的“落霞与孤鹜齐飞，秋水共长天一色”两句，前人就指出是有意学庾信的《三月三日华林园马射赋》：“落花与芝盖齐飞，杨柳共春旗一色。”（见《困学纪闻》《湛渊静语》）而文中的“层峦耸翠，上出重霄；飞阁流丹，下临无地”几句就是学王巾的《头陀寺碑文》：“层轩延袤，上出云霓；飞阁逶迤，下临无地。”可见王勃对前辈骈文家的继承。所以，钱基博说徐、庾“导四杰之先路”（《骈文通义·流变》），正是看到了四杰与六朝骈文的内在联系。但王勃并未亦步亦趋，而是以抒情为中心组织文章，以清辞丽句构筑华厦。刘麟生谓：“《滕王阁序》之妙，全在通篇一气呵成，雍容华贵，音调铿锵，疏快俊逸，完全为现代化之骈体文。此种文章上之时代精气，即此一篇，已可代表一切。”（《中国骈文史》，第75页）他的

“现代化”一词虽欠妥当，但其精神是指《滕王阁序》已超出齐梁诸大家，具有灵动、洒脱、流丽之风格，成为初唐骈文的优秀代表。这篇骈文写景善用色彩的对比、善状写壮阔之景，在工整凝练的对仗中显出作者的匠心。作品抒发了其雄才自负的心情，也倾吐了其怀才难遇、报国无门的感叹，表现出安贫知命、作客他乡、时不我待的失意情绪。其文辞华美，用典精切，成为其序体骈文最为突出的代表。清人蒋士铨评曰：“清华婉丽，秀逸圆匀，子安之序，推此第一。”（《忠雅堂评选四六法海》）

除《滕王阁序》外，王勃的其他序体骈文也精彩纷呈，如《游山庙序》《上巳浮江宴序》《绵州北亭群公宴序》《游冀州韩家园序》《还冀州别洛下知己序》《秋日饯别序》《春日孙学士宅宴序》《送白七序》《别卢主簿序》《送劼赴太学序》《感兴奉送王少府序》《秋日楚州郝司户宅饯崔使君序》《山亭思友人序》《山亭兴序》等篇都是脍炙人口的佳构。明末张燮评王勃序体骈文云：“小序碎金，辉动衫袖。”（《王子安集·序》）王勃的这些作品往往充溢着其压抑的壮心和对世俗的厌弃，如《游山庙序》：“吾之有生，二十载矣。雅厌城阙，酷嗜江海。常学仙经，博涉道记。知轩冕可以理隔，鸾凰可以术待。而事亲多衣食之虞，登朝有声利之迫。清识滞于烦城，仙骨摧于俗境。呜呼！阮籍意疏，嵇康体放，有自来矣。常恐运促风火，身非金石，遂令林壑交丧，烟霞板荡，此仆所以怀泉涂而惴恐，临山河而叹息者也。”又如《春日孙学士宅宴序》：“若夫怀放旷寥廓之心，非江山不能宣其气；负郁怏不平之思，非琴酒不能泄其情。则林泉为进退之场，樽罍是言谈之地。白衣送酒，青阳在节。凫雁乱而江湖春，梅柳开而庭院晚。楚屈平之瞻望，放于何之；王仲宣之登临，魂兮往矣。”在王勃的手里，骈文成为抒情言志的工具，而不仅是显示才学的工具。他把各种思想感情通过各种序体骈文展示出来，使读者在人们认为只是雕花琢玉的骈文中看到了他丰富多彩的人生。

在某种意义上可以说，到初唐"四杰"手里，骈文获得了新生，形式的束缚并不能扼杀思想的生命。他们在这种拘束的形式中自由而潇洒地畅游、舒展身心。王勃借江畔的孤凫自喻，表现其"幽忧孤愤之性""耿介不平之气"(《夏日诸公见寻访诗序》)，那种"迹已存于江汉，心非系于城阙。吮红藻，翻碧莲，刷雾露，栖云烟。迫之则隐，驯之则前，去就无失，浮沉自然"(《江曲孤凫赋》)的特点，正是他那种志不屈于王侯，身不绝于尘俗的心志的象征。在《春思赋》中，他借妾之口吻，以闺怨之题寓含士子之悲，表现"抚穷贱而惜光阴，怀功名而悲岁月"(《春思赋并序》)的感慨。卢照邻更是以五篇系列长篇骈文直接倾泻了其对人生社会的不满：《悲穷道》《悲才难》《悲昔游》《悲今日》《悲人生》(《五悲文》)。那种"才高而位下"(《悲才难》)的命运在其作品中得到深刻的表现。对于"虽有群书万卷，不及囊中一钱"(《悲今日》)的社会现实提出了尖锐的批判，对"一翻一覆兮如掌，一生一死兮若轮"(《悲人生》)的人生悲剧进行了深省的思索。骆宾王在《扬州看竞渡序》中把夏日江上竞渡的气氛状写得真切动人：

> 夏日江干，驾言临眺。于时桂舟始泛，兰棹初游。鼓吹沸于江山，绮罗蔽于云日。嫂娟舞袖，向绿水以频低；飘飏歌声，得清风而更远。是以临波笑脸，艳出浦之轻莲；映渚蛾眉，丽穿波之半月。靓妆旧饰，此日增奇；弦管相催，兹辰特妙。能使洛川回雪，犹赋陈思；巫岭行云，专称宋玉。

其顾盼之意可掬，喜悦之情可见。全篇以简洁清丽的文辞构筑一幅优美的图画。在另一篇《答员半千书》中，骆宾王则以飞动的神采抒写出自己的妙思奇想和高远的心志：

夫鲲之为鱼也，潜碧海，泳沧流，沉鳃于勃海之中，掉尾乎风涛之下，而濠鱼井鲋，自以为可得而齐焉？

鹏之为鸟也，刷毛羽，恣饮啄，戢翼于天地之间，宛颈乎江海之畔，而双凫乘雁，自以为可得而亵焉？

及其化羽垂天，抟风九万；振鳞横海，击水三千。宁肯借翰于抢榆，假力于在藻，资江滨涓流之水，待堀堁扬尘之风哉！

其文章气势磅礴，具有庄子那种汪洋恣肆的风采，呈现出一种灵动的气韵。

初唐骈文家正是在对六朝骈文艺术继承的同时进行了内部的更新，使用典变繁缛为简要，使辞藻变堆砌为清丽，从而使骈文跃上了一个新的台阶。初唐骈文是繁盛期的最高阶段，也是它的辉煌阶段。“四杰”等人为骈文的繁盛倾尽了其才华和精力，取得了极高的成就，从而获得了“四杰”的荣誉。尽管后来也遭到有的人非议，但正如杜甫所说的：“王杨卢骆当时体，轻薄为文哂未休。尔曹身与名俱灭，不废江河万古流。”（《戏为六绝句》）

第十章　骈文的历史演变（下）

第五节　骈文的变异期

从盛唐到南宋是骈文的变异期。这几百年里，骈文发生了一场变异式的更新。这就是受唐宋“古文运动”思潮的影响，骈文自身做了调整，吸收了散体文的优长，对骈文的内部形式作了自我改良，去华丽为质实，去典事为白描，成为具散体之神的骈体，从而使骈文与它的既有面貌有别。这段时期虽有晚唐五代宋初短暂的复旧思潮，但基本上是以一种平实的文风出现。

盛唐时代，诗已归于自然，王、孟的宁静恬淡，李白的潇洒飘逸，高、岑的豪迈激越，都是崇尚自然的表现。李白说：“清水出芙蓉，天然去雕饰。”崇尚自然是盛唐的时代风尚。这个时期骈文一统天下的文坛格局已被打破，出现了不少纯散体的优秀之作，如张说的《兵部尚书代国公赠少保郭公行状》《贞节君碑》《会诸友诗序》等都是流畅简洁的散体之作。自此开始，骈文与散体文呈现出双溪并流的局面。从此，散体文开始对骈文产生渗透影响，骈文也有意识地汲取了散体文灵活畅达的文风。因此，骈文在初唐的清丽的基础上，更趋向于明朗平畅、自然清新。这种新文风主要表现在丽辞渐少，平实之词渐多，用典更少，行文有灵动之气。比如王泠然的《汝州薛家竹亭赋》的描写已无铺衍的面貌：

> 闲亭一所，修竹一丛；萧然物外，乐自其中。其竹也，初栽尚少，未长仍小。杂以乔木，环为曲沼。遵远水以浇浸，编长栏而护绕。向日森森，当风袅袅。劲节迷其寒燠，繁枝失其昏晓。疏茎历历傍见人，交叶重重上闻鸟。其亭也，溪左岩右，川空地平。材非难得，功则易成。一门四柱，石础松棂，泥含淑气，瓦覆苔青。才容小榻，更设短屏。后陈酒器，前开药经。薛公谓予曰："自造此亭，未有兹客。"跪而应曰："自从为客，未见此亭。"

其文辞不尚华丽而重平实，其描写不重铺排而求简明，呈现出清新自然的风尚。这种平实的审美风尚在其他作家作品中也广有体现。如张九龄的《岁除陪王司马登薛公逍遥台序》是一篇山水游记，写薛道衡故亭周围的山川景物，其文清丽雅峻，如："其远则烟连墟并，指瓯貊以南驰；云合山川，距荆吴而北走。其近则深溪见底，鳞介之所出没；乔林夹岸，羽毛之所翱翔。"尽管文章铺尽其辞，但已不追求雕饰之美。

孙梅论骈文艺术时说："行文之法，用辞不如用笔，用笔不如用意。"（《四六丛话》卷二十八）盛唐骈文正是以意对仗的艺术。在散体化倾向这种时代氛围中，骈文自觉不自觉地吸收散体的特点。在文气上，骈文借鉴了散体文灵活自如、舒展流动的特长，在精神上具有散体文的优势。如陶翰的《送李参军序》："人生相知心乎？仆之心尝语君矣。相天疑以志，相忠以言；以居则无闷，以动则无悔。孰谓子非天下之知己乎？同官为僚，同志为友，岂不欲晤语终日，尽平生之欢。然而天时者盈虚也，人事者倏忽也。一合一否，与时而来。不有聚，何以同二人心；不有散，何以见四方志。长揖而去，勉哉东轩。杨花初飞，郊草先碧。自秦及洛，云山千里。《子衿》之首章善矣，吾从也。”可见其夹以散体句以疏通文气，多用虚词句，这种风尚在盛唐至中唐十分流行。由于不重辞藻，因此文章具有很强的流动感。李白的骈文可为代表。他虽以诗扬名，但其骈文亦才思勃发、清雄奔放。如《上安州李长史书》：“白孤剑谁托，悲歌自怜。迫于凄惶，席不暇暖。寄绝国而何仰？若浮云而无依。南徙莫从，北游失路。远客汝海，近还郊城。昨遇故人，饮以狂药，一酌一笑，陶然乐酣。困河朔之清觞，饫中山之醇酎。”其风格是辞高气远。由于重情感之抒写，不重词采之铺排，因此，也就不重典故之采集。相反，多用长骈句以造成似骈似散的效果。如李白的《为宋中丞请都金陵表》：“虽平嵩丘，填伊洛，不足以掩宫城之骸骨；决洪河，洒秦雍，不足以荡犬羊之膻臊。”这个三三九句式的奇言长骈句表观出一种清新流动之美和壮阔雄奇的气势。又如李白的《奉饯十七翁二十四翁寻桃花源序》：“昔祖龙灭古道，严威刑，煎熬生人，若坠大火。三坟五典，散为寒灰。筑长城，起阿房，并诸侯，杀豪俊，自谓功高羲皇，国可万世。思欲凌云气，求仙人，登封泰山，风雨暴作。虽五松受职，草木有知，而万象乖度，礼刑将弛，则绮皓不得不遁于南山，鲁连不得不蹈于东海。……阡陌未改，古人依然。白云何时而归来，青山一去而谁往？”或三言，或四言，或七言，或九言，时夹以散句，任其自然，呈现出狂放自由的特点。孙梅所说“太白诸宴集序，雅思骚骨，俪而逸者”（《四六丛话》卷三十二），正是指出了其精义所在。

到中唐人手里，由于古文运动的影响，骈文呈现更流畅自然、纯朴无华的文风。如刘禹锡的《陋室铭》以平易洒脱的文笔抒写其孤高超俗的情怀："山不在高，有仙则名；水不在深，有龙则灵。斯是陋室，惟吾德馨。苔痕上阶绿，草色入帘青。谈笑有鸿儒，往来无白丁。可以调素琴，阅金经。无丝竹之乱耳，无案牍之劳形。南阳诸葛庐，西蜀子云亭。孔子云：'何陋之有！'"语言清峻简洁，活脱自然。中唐的长骈句比盛唐更普遍，如白居易的骈赋《动静交养赋》就运用了十六言的长骈句："今之人知动之可以成功，不知非其时，动亦为凶；知静之可以立德，不知非其理，静亦为贼。"除开头"今之人"三字为补齐主语的衬字外，之后为七五四式长骈句型。又如白居易的另一篇《泛渭赋》亦有长骈句："亭亭华山下有人，跂兮望兮，爱彼三峰之白云；泛泛渭水上有舟，沿兮溯兮，爱彼百里之清流。"这是七四七式的十八言长骈句。而欧阳詹的《征君洪涯子图赋》则运用了二十言的长骈句："矫矫征君，居幽行闻，朗咏尧年之日，栖迟姑射之云；英英时杰，好奇艺绝，窥穷图绘之能，写得隐沦之哲。"在梁肃的《中和节奉陪杜尚书宴集序》中，则多单句为十言的对偶："群戏坌入，丝竹杂遝。球蹈槊舞橦悬索走之捷，飞丸拔距扛鼎逾刃之奇，迭作于庭内；急管参差长袖袅娜之美，阳春白雪流徵清角之妙，更奏于堂上。"这种追求长骈的风尚实是受古文运动的启发，以散体之内质表现骈体之风韵。柳宗元正是有意沟通二者以互取所长的作家。孙梅指出："独子厚以古文之笔，而炉鞲于对仗声韵间，天生斯人，使骈体古文，合为一家。"（《四六丛话》卷三十二）柳宗元的古文成就已是为人公认，但其古文多夹用骈体则尚未引人重视，其表、启更多以骈文写作则为人忽略。柳宗元的骈文对仗工整而文辞清峻，灵动自然。

中唐在使骈文从艰深的美文学变而为通俗平易的文体，并使之应用文化方面，作了变异式的发展。这是骈文史上的一大演变。虽然盛唐有“燕、许大手笔”之称的张说和苏颋在应用文方面很有成绩，特别是张说“笔力沉雄，直追东汉”（孙梅《四六丛话》卷三十二），但真正使应用骈文成大气候，一展芳姿的还是中唐的陆贽。陆贽致力于使华辞丽藻的骈体应用文平易化。钱基博称“宣公议论缅缅，自出机杼，易短为长，改华从实，笔文互用，工为驰骋。”（《骈文通义·流变》）他的骈文基本是奏议制诏之类，而能“真意笃挚，反复曲畅，不复见排偶之迹”（《四库全书简明目录》），使例不收骈文的《新唐书》独取陆贽骈文十余篇，司马光的《资治通鉴》也收其疏三十九篇。这是两书收骈文最多的作者。孙梅总结陆贽骈文的特点说：“指事如口讲手画，说理则缕析条分，旁延景物，则兴会飞骞；远计边琐，则武库森列。大抵义蕴得自六经，而文词则文选烂熟也。惟公兼体，是以独擅。”（《四六丛话》卷三十二）陆贽正是以其平易而富于逻辑力的骈文服务朝廷，并且起到了积极的作用。苏轼在《乞校正陆贽奏议上进札子》中说：“德宗以苛刻为能，而贽谏之以忠厚；德宗以猜疑为术，而贽劝之以推诚。德宗好用兵，而贽以消兵为先；德宗好聚财，而贽以散财为急。至于用人听言之法，治边驭将之方，罪己以收人心，改过以应天道，去小人以除民患，惜名器以待有功，如此之流，未易悉数。可谓进苦口之药石，针害身之膏肓。使德宗尽用其言，则贞观可得而复。”陆贽的应用骈文确实不是无病呻吟之作，而是于国有益的好文章。如《奉天改元大赦制》这篇代表作是建中之乱爆发时，德宗被叛军困在奉天，采纳陆贽建议大赦天下的告示。据权德舆《唐赠兵部尚书宣公陆贽翰苑集序》记载：“公洒翰即成，不复起草，初若不经思虑，及成而奏，无不曲尽事情，中于机会。仓卒填委，同职者无不拱手叹伏，不能有所助。”“诏书始下，虽武人悍卒，无不挥涕激发。议者以德宗克平寇乱，不惟神武之功，爪牙宣力，盖亦资文德腹心之助焉。及还京师，李抱贞来朝，奏曰：‘陛下在山南时，山东士卒闻书诏之辞，无不感泣……’”这篇骈文以真挚、虔诚之心写出一片忏悔之词，所以感动了乱臣贼子。

骈文发展到盛、中唐，不但形式方面起了变化，而且思想表现方面也有进步，那就是思想的层次提高了，内容的深刻性加强了。盛唐作家在初唐作家的基础上，在作品中融入了更深广的内容。他们或者展示对整个人生宇宙的体认，或者表现对社会现实的洞察，或者表达对历史与现实的反思。比如李白的《春夜宴从弟桃李园序》所体现出对人生哲理的观照：“夫天地者，万物之逆旅；光阴者，百代之过客。而浮生若梦，为欢几何？”作者对超越个人意义的生命价值作了思索，表观出深邃的生命忧患意识。高适的《东征赋》虽是咏史，却对“人生之涂炭”的战争提出了谴责：“六军悲牧野之师，万姓哭辽阳之鬼。嗟颠覆于曩日，指年代于流水。唯见长亭之烟火，悲旷野之荆杞。”对百姓的生死命运表现出了关心与同情。而郗昂的《骊山伤古赋》则对秦始皇的穷奢极欲，大起阿房之役作了控诉：“呜呼！骊山之隧，其庸几年？上周五里，下锢三泉。罄珠玑之布濩，尽金石之雕镌。匠人劳而无偿，反生埋于鬼埏；狐兔穴而尘积，牧竖焚而火连。”虽为咏史，而意在讽今。又如徐彦伯《登长城赋》由登长城而触发思古之幽情，亦表现了对现实的忧虑：“呜呼！长城之设，载逾九百。古往今来，岿然陈迹。穷海战士，孤亭戍客，登峻墉，陟穹石，嗟故里而不见，感殊方以陨魄者，亦何可胜道哉！”而李华的《吊古战场文》则通过对古战场荒凉、凄惨的图景的描写，对战争给人民造成的深重苦难给予了深深的同情：“苍苍蒸民，谁无父母？提携捧负，畏其不寿。谁无兄弟？如足如手；谁无夫妇？如宾如友。生也何恩？杀之何咎？其存其没，家莫闻知；人或有言，将信将疑；悁悁心目，寤寐见之。布奠倾觞，哭望天涯。天地为愁，草木凄悲。吊祭不至，精魂何依？必有凶年，人其流离。呜呼噫嘻！时耶命耶？从古如斯。为之奈何？守在四夷。”文中激荡着心忧天下之情志。这种深刻的思想内容在中唐骈文中亦继续保持着，如陆参的《长城赋》因睹长城之景而触发对秦亡历史的反思：“城未毕也，而秦已无。殊不知弃秦者身，寇秦者臣，丧秦者嗣，敌秦者民，而怒秦者鬼神。此可忧也，而秦弗忧。徒欲竭生民，垒胡尘，万里而涂炭，十年而苦辛，然且丧其民，亡厥身。”其感慨之深邃与初唐或六朝骈文大异。这种以咏史、怀古之题材写历史兴亡之慨叹，实是对现实社会的曲折批判。

在骈文的变异期中，出现过小小的反复。那就是在晚唐五代至宋初出现了一股复归齐梁的思潮。这股复归思潮的出现有其历史的原因。晚唐的国势已经衰微，藩镇势力的强盛，朝廷力量的削弱，使士大夫建功立业、报效朝廷的理想化为泡影。他们只能把满腹的才学寄托于辞章之中。到五代之时，世道纷乱，国家分崩离析，士大夫们更是无处施展满腹经纶，于是也只能寄托于辞章的雕饰之中。晚唐五代的骈文也就呈现出句式整齐精工、用典繁复、藻饰丰富的特点。晚唐的骈文家们多追慕徐、庾等人，以之为风范。李商隐在《樊南甲集序》中就说：“……后又两为秘省房中官，恣展古集，往往咽噱于任、范、徐、庾之间。”这便是晚唐五代复归思潮兴起的主观原因。

综观晚唐五代骈文，晚唐比五代更显典雅。特别是在用典事方面，五代往往少许用典，而晚唐多排比典事。乐朋龟为僖宗年间的骈文家，其撰写的《西川青羊宫碑铭》洋洋四千余言，句式几乎都是四六句，对偶之精巧可谓天衣无缝。文章铺尽其辞，典事如涌，声韵精切，堪称晚唐骈文宏富之代表。李商隐是晚唐骈文大家，孙梅更奉之为“今体之金绳，章奏之玉律”，因为其骈文“其声切无一字之聱屈，其抽对无一语之偏枯，才敛而不肆，体超而不空”。（《四六丛话》卷三十二）如其《上河东公启》是大中元年李商隐在柳仲郢幕下为判官时所作，前一年其妻病故，州府欲“赐一人”给李商隐，他谢绝了。文中叙其亡妻之痛云：“某悼伤以来，光阴未几。梧桐半死，方有《述哀》；灵光独存，且兼多病。眷言息允，不暇提携。或小于叔夜之男，或幼于伯喈之女。检庾信荀娘之启，常有酸辛；咏陶潜通子之诗，每嗟漂泊。”在这段不足百字的文字中，可以看出其句式的工整，而且用典凡七，语典与事典迭出，先后用了枚乘《七发》、王延寿《鲁灵光殿赋》的语典以及《晋书·嵇康传》《蔡琰别传》《周书·庾信传》《陶渊明集》的事典。又如其《为张周封上杨相公启》的一段：“某闻不祥之金，大冶所恶；自炫之士，明时不容。斯实格言，足为垂训。然或顾逢伯乐，但伏盐车；听属钟期，不调绿绮。皋壤摇落，老大伤悲。同刘胜之寒蝉，效子綦之枯木。则亦迹归弃世，行阙扬名。”这段文字也代表了李商隐骈文的风格特点，即句式以四六句为主，单句对、隔句对交错，对仗精巧，文辞精美，用典众多。仅这一段就依次用了《庄子·大宗师篇》、曹植《求通亲亲表》、《三国志·魏志·崔琰传》、《战国策·楚策四》、《吕氏春秋·本味篇》、傅玄《琴赋序》、《庄子·知北游》、谢玄晖《辞随王笺》、汉乐府《长歌行》、《后汉书·杜密传》、《庄子·齐物论》等书、文、诗中的事典和语典。这种用典使文风呈现出雅奥精美的特点。

五代的骈文家如欧阳炯、韦庄等人，其骈文的特点亦是精工华美，同样也好用典，如韦庄的《又玄集序》：“盖诗中鼓吹，名下笙簧。击凫氏之钟，霜清日观；淬雷公之剑，影动星津。云间分合璧之光，海上运摩天之翅。夺造化而雷云喷涌，役鬼神而风雨奔驰。但思其食马留肝，徒云染指；岂虑其烹鱼去乙，或至伤鳞？自惭乎鼹腹易盈，非嗜其熊蹯独美。然则律者既采，繁者是除。何知黑白之鹅？强识淄渑之水。左太冲十年三赋，未必无瑕；刘穆之一日百函，焉能尽丽。是知班、张、屈、宋，亦有芜辞；沈、谢、应、刘，犹多累句。虽遗妍可惜，而备载斯难。亦由执斧伐山，止求嘉木；挈瓶赴海，但汲甘泉。等同于风月烟花，各是其楂梨橘柚。”这段骈文典型地体现了五代骈文的特点，可以看出与晚唐文风的相似性。

这种风气一直延续到宋初，骈文仍遵循晚唐五代的风范，对仗以四六为宗，文辞求工求切，典事交错为美。这乃是文学的沿袭与继承所致。如杨亿的《驾幸河北起居表》：“臣闻：涿鹿之野，轩皇所以亲征；单于之台，汉帝因之耀武。用歼夷于凶丑，遂底定于边陲。五材并陈，盖去兵之未可；六龙时迈，固犯顺以必诛。矧朔漠余妖，腥膻杂类，敢因胶折之候，辄为鸟举之谋。固已命将出师，擒俘献馘。虽达名王之帐，未焚老上之庭。”由此可见宋初骈文风貌之一斑。瞿兑之说：“宋初文学，是以李商隐为圭臬的，杨亿、刘筠、钱惟演一班人，主持庙堂文学，步武唐贤，舂容大雅。”（《中国骈文概论·宋四六》）这种状态一直延续到欧阳修时才有所改观。

欧阳修是宋代远接中唐陆贽一派的第一人。《扪虱新语》云：“以文体为四六，自欧阳公始。”（引自《四六丛话》卷二十八）高步瀛说：“永叔四六，情韵俱佳，不尚藻丽，一出自然，遂开宋代之体。”（《唐宋文举要》乙编卷四）在高步瀛之前，孙梅也指出：“宋初诸公骈体，精敏工切，不失唐人矩矱，至欧公倡为古文，而骈体亦一变其格，始以排募古雅，争胜古人。”（《四六丛话》卷三十三）他们都看到了欧阳修与晚唐五代宋初诸家的不同，以及欧阳修对宋代文风的启导作用，但都忽略了其对唐人的远绪，只有《瑞桂堂暇录》稍稍触及：“（欧阳修）作四六，一洗昆体，作奏议，庶几陆宣公，盖得文章之全者。”（引自《四六丛话》卷二十八）中唐骈文家对欧阳修的影响是不应忽视的。

欧阳修的骈文在中唐人的基础上更加疏朗平实，有白描骈文之称。瞿兑之说：“（西昆体之后）宋朝一班讲古文的人，遇着作制诰笺表，不能不用骈体的时候，便又开辟一种新的文体来。这种新文体是不用典的骈文，是以古文作法来作的骈文，也可以说是白描的骈文，仿佛画家从金碧山水解放到水墨山水一样。大约这种风气，从欧阳修创始，一时善为古文者，亦无不能作这种骈文。”（《中国骈文概论》）仅以欧阳修的《上随州钱相公启》最后一段为例以观其貌：

> 相公以彝鼎之勋，极公台之重。独立不倚，群言互兴。中山之箧虽盈，南海之车终辩。《系辞》有云：“崇高莫大乎富贵。”古人叹曰：“富贵必履于危机。”伏惟推盈虚消长之言，究动静吉凶之理。秉珪璋之德，何恤瑕疵？挺松筠之心，不变霜雪。虽流路之谤，未免三年以居东；而在廷之臣，岂无一言之悟主？俟闻来复，以庆终亨。愿无以理而自明，当要既久而复见。区区之志，实在于斯。徒有恋轩之心，未知报恩之所。

在这篇骈体应用之作中，虽多四六句法，但正如高步瀛所评的“言情运事皆佳，然已纯为宋调矣”（《唐宋文举要》乙编卷四）。所谓“宋调”者，刘麟生指出表现在六个方面：“一曰散行气势，于骈句中见之。”

“二曰用虚字以行气。”“三曰用典仍重气势。”“四曰用成语以行气势。”“五曰喜用长联。”“六曰多用议论以使气。”（《中国骈文史·宋四六及其影响》）简而言之，就是以散体之气运骈体之文，崇尚清峻疏淡之风。欧阳修正是开启了这种宋代骈文的新范式。而这种新范式与盛、中唐骈文家们所走的正是同一道路。

欧阳修之后，后继者不绝，如王安石、曾巩、刘敞、苏轼、苏辙等人，无不效之。王安石是宋代古文大家，其骈文亦走清疏一路，如其《手诏令视事谢表》清空质实，纯是宋调：“所宜引分以固辞，乃敢冒恩而轻就。实恃明主知臣之有素，故以孤身许国而无疑。人习玩于久安，吏循缘于积弊。窾言不忌，诐行无惭。论善俗之方，始欲徐徐而变革；思爱日之义，又将汲汲于施为。以物役己，则神志有交战之劳；以道徇众，则事功无必成之望。恐上辜于眷属，诚窃幸于退藏。犹贪仰附于末光，亦冀粗成于薄效。”王安石的骈文亦体现了宋人少用典、语言质实的特点。高步瀛说：“典雅是荆公四六之长。”（《唐宋文举要》乙编卷四）这也仅是与其他宋代骈文家相比较而言的。

苏轼的骈文亦能代表宋代骈文的成就。他虽是古文大家，其骈文亦成就卓然。孙梅指出：“东坡四六，工丽绝伦中，笔力矫变，有意摆落隋唐五季蹊径，以四六观之，则独辟异境，以古文观之，则故是本色，所以奇也。”（《四六丛话》卷三十三）苏轼骈文中确有“奇”之特点，这种“奇”正是他关于“作文如行云流水，初无定质，但常行于所当行，止于所不可不止”（《宋史》本传）的文学观的具体表现。张仁青说：“东坡之四六，虽夺胎于欧公，而清空流转，情致缠绵，则又过之，并为骈文开拓得未曾有之新境，故能杰然出北宋诸家之外，独具一格。”（《中国骈文发展史》，第531页）这确是深得其中三昧的见解。苏轼由于独具个人特点，因此，不因循袭旧，以自己的语言写作，即使用经语亦如己出，“运典极精切，又极活动，可悟推陈出新之法”（高步瀛《唐宋文举要》乙编卷四）。如称赏欧阳修的《贺欧阳少师致仕启》之二段：

伏以怀安天下之公患，去就君子之所难。世靡不知，人更相笑，而道不胜欲，私于为身。君臣之恩，系縻之于前；妻子之计，推挽之于后。至于山林之士，犹有降志于垂老；而况庙堂之旧，欲使辞禄于当年。有其言而无其心，有其心而无其决。愚智共蔽，古今一涂。是以用舍行藏，仲尼独许于颜子；存亡进退，《周易》不及于贤人。自非智足以周知，仁足以自爱，道足以忘物之得丧，志足以一气之盛衰，则孰能见几祸福之先，脱屣尘垢之外。常恐兹世，不见其人。

伏惟致政观文少师，全德难名，巨材不器。事业三朝之望，文章百世之师。功存社稷，而人不知；躬履艰难，而节乃见。纵使耄期笃老，犹当就见质疑。而乃力辞于未及之年，退托以不能而止。大勇若怯，大智若愚。至贵无轩冕而荣，至仁不导引而寿。较其所得，孰与昔多。

其行文清疏质实，无华藻雕句之拖沓，无对偶声韵之束缚，真乃行于所当行，止于所当止，文辞随情事而起伏，婉转流利，落落大方。王志坚评该文云：“无限曲折，以排偶出之，势如叠浪，机如贯珠，可谓前无古人，后无来者。”（《四六法海》）称颂倍之。

降及南宋，虽以骈文所称者甚多，如汪藻、孙觌、周必大、杨万里、李刘、洪皓、洪迈、王安中、綦崇礼、陆游、真德秀、文天祥、王应麟等人，但文体渐卑。《四六金针》评宋代骈文以南渡为界前后有所不同，南渡前“格律浑厚，辞气雄雅，无后来雕镌之弊，余不足观也”，指出了南宋骈文比北宋骈文雕饰的特点。在南宋骈文家中，汪藻是较有影响的一个，《宋史》本传称他“工俪语”。陈振孙《直斋书录解题》也评其《浮溪集》云：“绍圣后，置词科，习者益众，格律精严，一字不苟，措若浮溪，尤其集大成者也。”这种精严就慢慢脱离了欧、苏等人的清疏质实之风，但并不是复归晚唐五代宋初。孙梅说：“浮溪之文，可称精切，南宋作者，未能或先，然何可与义山同日语哉！古之四六，句自为对，语简而笔劲，故与古文未远。其合两句为一联者，谓之隔句对，古人慎用之，非以此见长也。故义山之文，隔句不过通篇一二见。若浮溪，非隔句不能警矣。甚至长联至数句，长句至十数字者，以为裁对之巧，不知古意寖失，遂成习气，四六至此弊极矣。其不相及者一也。义山隶事多而笔意有余，浮溪隶事少而笔意不足，其不相及者二也。”（《四六丛话》卷三十三）孙梅以唐人为准的当然不可取，并无必要以唐人之是非为是非，但他也指出了汪藻比之欧、苏等人更显精切的特点。不过即以长联、长句、典少来说，恰是宋人之特长，不必以此为轩轾。试以其代表作《隆祐太后告天下书》观之：

比以敌国兴师，都城失守。祲缠宫阙，既二帝之蒙尘；诬及宗祊，谓三灵之改卜。众恐中原之无统，姑令旧弼以临朝。虽义形于色，而以死为辞；然事迫于危，而非权莫济。内以拯黔首将亡之命，外以舒邻国见逼之威。遂成九庙之安，坐免一城之酷。乃以衰癃之质，起于闲废之中。迎置宫闱，进加位号。举钦圣已行之典，成靖康欲复之心。永言运数之屯，坐视邦家之覆，抚躬独在，流涕何从？缅惟艺祖之开基，实自高穹之眷命。历年二百，人不知兵；传序九君，世无失德。虽举族有北辕之衅，而敷天同左袒之心。乃眷贤王，越居近服。已徇群情之请，俾膺神器之归。由康邸之旧藩，嗣我朝之大统。汉家之厄十世，宜光武之中兴；献公之子九人，惟重耳之尚在。兹为天意，夫岂人谋？尚期中外之协心，共定安危之至计。庶臻小惕，同底丕平。用敷告于多方，其深明于吾意。

这是篇辞精情切的骈体代言之作。罗大经《鹤林玉露》称其："事词的切，读之感动，盖中兴之一助也。"《四库全书简明目录》称此篇和另一篇《建炎三年十一月三日德音》："感动人心，几于陆贽兴元之诏。"刘麟生则分析指出，之所以如此乃在于"此篇层次分明，立言得体，而气势又极其悲壮"（《中国骈文史·宋四六及其影响》）。在文辞上，它比较工整，但不重华藻。用事典仅两处。"左袒"之典出自《汉书·高后纪》，典源内容是关于太尉周勃行令军中，拥戴刘氏者左袒，拥戴吕氏者右袒，军皆左袒。这个典事与文中所表达的内容十分切合。用重耳借秦国之力重返晋国之典亦很精当。

汪藻之外，杨万里的骈文亦是很有代表性的。孙梅认为："《诚斋集》四六小篇，俱精妙绝伦，往往属对出自意外，妙若天成，南宋诸公皆不及。"（《四六丛话》卷三十三）如其《辞免赣州得祠进职谢表》，高步瀛评云："其精切如玉合子底，配玉合子盖，竟是鬼斧神工。"（《唐宋文举要》乙编卷四）且读其中自陈经历的一段："伏念臣老不事事，才非奇奇。三圣旁招，蚤堕鹭廷之数；初潜豫附，晚参鹤禁之僚。方众贤依乘风云之秋，乃微臣僵卧山林之日。把麾江海，此朝士之荣光；丽日崆峒，亦诗人之佳郡。矧席过家之宠，曾微待次之淹。夫何右臂之偏枯，虚辱左符之重寄。陈力就列，不能者止；投闲置散，乃分之宜。吁天以闻，伏地而俟。闵劳均佚，仁不逮遗；进律示褒，礼亦异数。”所谓“精妙绝伦”“鬼斧神工”于此可见大概。

此外，真德秀的骈文亦多受后人重视，孙梅说：“南宋骈体，西山先生（其集曰《西山集》）为一大家，华而有骨，质而弥工，不染词科之习，野处、诚斋（杨万里）而下，皆不及也。”李刘的骈文也有一定影响，他撰有骈文集《四六标准》四十卷，《四库全书简明目录》评其“惟以四六为专门，大抵以流丽稳贴为宗，无复唐以来浑厚之气，亦世变为之也”，指出其文风之渐卑，亦江河日下之时势所致。孙梅也指出：“梅亭（李刘号梅亭）四六，雕琢过甚，近于纤冗。排偶虽工，神味全失。骈体至此，发泄太尽，难以复古矣。”（《四六丛话》卷三十三）可以说，骈文发展到南宋，文风归于工整。在北宋末南宋初出现的几部“骈文话”亦体现出这种思想。成于宣和四年的王铚《四六话》、成于绍兴十年的谢伋《四六谈麈》都关注于形式的工拙。王铚《四六话》是骈文话的开山之作。《四库全书简明目录》评曰：“所论多宋人表启之文，大抵举其工巧之联，而气格法律，皆置不道，故宋之四六日卑，然就一朝风气而言，则亦多推阐入微者，如诗家之有句图，不可废也。”又评《四六谈麈》曰：“论四六，多以命意遣词分工拙，所见在王铚《四六话》上，其论长句短句，尤切中南宋之弊也。”南宋世风日下，亦影响了骈文的风尚。

第六节　骈文的衰落期

元明两代可以说是骈文的衰落期。这种衰落主要体现在创作上的沉寂，从元至明数百年间，作者寥寥，作品亦寥寥；从作品实绩上看亦无多大起色。元代统治者对文人很轻视，把文人与妓、丐并列，时谓“九儒十丐”；长达九十余年停科举，使诗赋制策考试中止，加之其他文化虚无主义政策，使元代正宗文学变得沉寂，诗是如此，骈文亦如此。孙梅在《四六丛话》中于元代骈文家只标出六人：阎复、姚燧、王恽、袁桷、虞集、刘埙。这些人的才力亦有限，所以后代对他们的评价都不是很高，《四库全书简明目录》评刘埙：“才加雄赡，尤工于四六，隶事铸词，具有精采，然埙之所长，在以散体为四六，埙所短在以四六为散体，故其杂文，不古不今，转成伪体。”使散体融注于骈体之中，是元代仅有的少量骈文的特点。

姚燧的一些应用之制很能体现这个衰落期的特点，比如其《刘秉忠赠赵国文正公制》中的一段：“渊深而智，山静其仁。方见龙之在田，尝迨天之未雨。贯百王之一其道，于圣学以开明；敷五典之三为纲，肇人纪之修叙。身本斯立，政条用张。颁禄于陕之东西，屯田于淮之南北；从征六诏，与越三江。赞神武不杀之仁，洽民心好生之德；咸嘉谟之入告，至大业之佐成。”元人的骈文作品多显得空疏浅陋，缺乏意韵的回味，一般认为是“不学”所致。瞿兑之云：“元明以后，骈文绝响，为什么呢？那个时代承南宋人的风气，多不读书。于是乐散文之简易，而惮骈文之繁复，号称作者，都只作散文，应用方面，也以散文为多，而骈文只限于一部分的用处。于是骈文成为极狭隘的用途，也就变成极卑陋的风俗。”所谓“不读书”指的是不尚读书，不尚以才学为文。虽然才学与骈文并无直接因果关系，但这种社会风尚对骈文的兴衰不能说没有影响。姜书阁以虞集为例指出：“大抵元人不学，故其为文也显得空疏。虞集还是元代少有的推尊儒术、倡导理学的学者，但从其诗文看，并非如欧、苏、曾、王之博学，故亦不长于四六。”（《骈文史论》，第515页）政治上的失落情绪，大概是造成元人不学的时代风气的主要原因。

元代盛行写画像赞，以此寄托对前人的景仰，对朋友的钦敬之情。在元人骈文中，欧阳玄的《静修先生画像赞》算是较有影响的一篇。这篇赞文是品评元代北方大儒刘因的：“微点之狂，而有沂上风雩之乐；资由之勇，而无北鄙鼓瑟之声。于裕皇之仁，而见不可留之四皓；以世祖之略，而遇不能致之两生。乌乎！麒麟凤凰，固宇内之不常有也，然而一鸣而六典作，一出而《春秋》成，则其志不欲遗世而独往也明矣。亦将从周公、孔子之后，为往圣继绝学，为来世开太平者邪？”作者写此文时，刘因已故世。作者是通过画像赞的形式表现自己对刘因一生不仕的议论。作品刻画了一个怀有兼济之才而又独善其身的儒生形象。这篇骈文也体现了元人骈散夹用的特点。其中用了曾皙、子路、四皓、两生、周公、孔子等典事，援古证今都还切意。

元代戏曲大兴，是文人才华转移与下层艺人结合的产物。在散曲和杂剧唱词中，存在着大量的骈偶文辞。这是骈文以另一种面目形式出现的反映。它们文白夹用、骈散夹用，使得这些戏文富于华美的色彩。但这已不属于骈文所要讨论的范畴，所以从略叙述。

明代骈文也属衰落之列，究其原因则是文学内部的兴趣转移所致。姜书阁对此有深刻的分析，《骈文史论·明清骈余》云：“明初间有骈体四六之作，但已染有制艺时文之习气，非汉、魏、六朝、三唐旧风，亦非北宋欧、苏新变之体，实为骈俪、试赋、经义之混合物。而至明代中叶，前后七子出，大倡‘文必秦汉，诗必盛唐’，则此种非驴非马之四六骈俪亦绝迹于文人之集了。明代后期，稍矫前后七子之复古、拟古之习。唐宋派王慎中、唐顺之，以至归有光、茅坤基本上步韩、欧古文后尘，不作俪体；公安三袁（宗道、宏道、中道）主张抒写性灵，文笔清逸，虽无拟古之奥涩，亦不作六朝之偶对；‘竟陵’钟（惺）、谭（元春）大体亦如‘公安’，而矫其轻率浮浅，代之以幽深孤峭，与骈俪为益远。”他基本指出了明代骈文衰落的文学内部原因。文学思想上崇尚秦汉文章或唐宋古文，自然导致在创作上对骈文的排斥。

当然，不能说在有明一代骈文已绝迹了。也有一些作家仍以骈体写赋或其他杂体文章。譬如大戏剧家汤显祖就多用骈体写赋，不过此时代之骈赋毕竟失去了六朝人或唐人那种气象，显得零落、空疏了。如汤显祖的《庭中有异竹赋》是篇咏物赋，赋云：“大学之英，君子之亭，度灵台而选胜，绕圣林而启扃。丽圜桥之璧藻，荐方沼之文萍。被素风以悠衍，承翠气之葱菁。鱼相忘于在沚，鸟载肃于高冥。非游尘之所篴，实君子之攸宁。”从所引这一小段可以看出，明人的骈文缺乏一种灵动的气韵。在其他几位写骈文的作家如黄淳耀、陈子龙、张煌言的作品中皆存在这样的缺憾，这正是明代骈文的衰落体现。张仁青分析这一时代的文坛时指出：“其间虽有扬弃秦汉、瓣香齐梁者，究多粗制滥造。庸廓肤浅、无复作家风韵、难登大雅门堂。而此时律赋与八股，又如日方中，为全国举子之所必习，锢蔽作者之性灵、麻醉学者之思想、阻碍文学之进步、流毒华夏、亘数百年，谥之为骈文之黑暗时代（Dark ages）可也。”（《中国骈文发展史·清代骈文之复兴时期》）这番论断，虽有偏激之处，但还是颇中要害的。

第七节　骈文的复兴期

有清一代，骈文创作又开始复兴昌盛起来。这种复兴体现在作者日众、作品日多、佳作日富等方面，当然就其创作成就与发展而言，难以与六朝、唐宋媲美，只是相对于元明而言的。有的学者认为清代骈文并无实质的新变、创新，仍基本沿袭六朝、或唐、或宋之风，而谓应该否定“复兴”之说，实不应如此观。言其复兴只是就其兴盛之状况而言，非如欧洲文艺复兴领导一代之变革而言。明乎此，说清代骈文复兴尚是可以成立的。清代骈文的确没有也不可能超过六朝、唐、宋，因为骈文的各种体格、手法、句法、风格前人都已运用过，并已写作出美轮美奂的作品。要求清人超过前代，似乎不太合理，而且清代骈文也的确还有许多人所共知的缺憾，正如瞿兑之在《中国骈文概论》中所指出的，清代骈文有四大不足：一曰过于尖新，二曰用典不伦，三曰练字太过，四曰开阖势弱。而且，清代骈文过多地一味强调学前人，或崇六朝，或主唐，或尚宋，而不把着眼点放在自身的推陈出新上。这也决定了对清代骈文不可能有过高的评价。

清代前期的骈文家主要有陈维崧、毛奇龄、朱彝尊、尤侗等人。陈维崧有《迦陵文集》《湖海楼俪体文集》。陈维崧是位全才，于诗、词、骈文皆有名作。清人汪琬历来少称许人，而对陈维崧情有独钟，云：“唐以前不敢知，自开宝后七百年，无此等作矣。”虽有溢美之嫌，是有慨于明人之空疏而言的，但绝非空泛之论。近人王文濡评其骈文“四六哀艳芊绵，颉颃徐、庾”（《清代骈文评注读本》）。钱基博认为，其骈文“陈文绮密”“丽典新声”（《骈文通义·流变》）。张仁青的评价最为全面，其云：“至于四六之文，珠排玉戛，宫沉羽振，其体丽以则，其词博以赡，往往驱悬孤绝，灌溉芳润，山崖屋壁金石之文，以及稗官杂记怪迂之说，无不据摭搜采，尽罗腕底，论者以为上追徐庾，下揖王杨，可无愧色。”（《中国骈文发展史·清代骈文之复兴时期》）这些评论是公允的，如其代表作之一的《陆悬圃文集序》：

> 将使江萧染翰，弁龙门纪事之文；潘左操觚，序鹿洞谈经之作。则筵前授简，请以属之他人；座上挥毫，愿以俟夫君子。何则？燕函粤镈，递有专家；北辙南辕，要难并诣。一疏一密，既意满而靡宣；或质或文，复情睽而罕俪。然而诸家立说，趣本同归；百氏修辞，理惟一致。倘毫枯而腕劣，则散行徒增阘冗之讥；苟骨腾而肉飞，则丽体讵乏径奇之誉。原非泾渭，讵类玄黄。

从这段可以看出其骈文的典丽风格，王文濡评云：“文峰钜岳，墨海洪涛，开拓万古心胸，推倒一时豪杰。”（《清代骈文评注读本》）《四库全书总目提要》则云：“维崧虽导源于庾信，气派雄厚，如李梦阳之学杜。”指出他的作品并非庾信的翻板，而多了雄厚之气。张仁青也认为：“其才气奔放，思绪云骞，颇以堂堂富丽见长，徐陵凝重之气，庾信蕴藉之风，几不复见，知其濡染于初唐四杰者深者。”（《中国骈文发展史》，第590页）所以张仁青把陈维崧归于三唐派，而刘麟生归之为博丽派，都是看到了其骈文有四杰之博丽文风。陈维崧的名作还有《三芝集序》《娄东顾商尹诗集序》《归田倡和诗序》《寿徐健庵先生序》《请周翼微篆刻图章启》《与芝麓先生书》等名篇，都体现了其浑厚典丽的特点。

毛奇龄也是清代前期骈文一大家，刘麟生认为是自然派的代表。钱基博亦认为：“读其文章，颇合六朝矩矱，整散兼行，并非钩棘，如《沈云英墓志铭》入后人手，易为诡丽，而独以矜庄出之！雍容揄扬，骈文所长；而《平滇颂序》独出以驱迈！我用我法，真有来如云兴聚如车屯之势。”且看其另一名篇《复沈九康成书》：

累接来章，并讽妙句。知文衣在御，犹恋乌裘；炙毂争先，不遗穷辙。所恃子云待诏，笔札是好；东方执戟，阻饥无恙，是为慰耳。

昨者子长漫游长安，寓情赋物，登楼四望，雅似仲宣；研精十年，乃思玄晏。推其意旨，非谓藉此标榜；当有所遇，只以游子流离远道，同兹颠沛；曲借遐讯，慰我沦落……况以知交零落之年，加之远道栖迟之顷。自分憔悴，应先朝露，而斯人无故陨为秋草。则梁生之殡，异地堪怜；任咸之寡，同侪所念。又况乎览长途而悲薛收之亡，睹遗文而悼孔彰之逝者哉！曩时延陵贻剑，失之生前；今者西河赠篇，迟于身后。死而有知，古今同痛。兹丐足下焚前寄序，复诵是书，非敢云巨卿之信；能绍前期，庶几效栾公之哭犹为反命而已。

这篇书信文气雄浑、文势疏俊、用典自然，文辞于工整中夹以散句。王文濡评此文“立言真挚，笔意亦疏宕入古”（《清代骈文评注读本》），得力于作者博通典籍，学富五车，所以其为文纵横开阖，古今贯通，英气逼人，自成一家。

清代中期的骈文家中，以胡天游、邵齐焘、袁枚、洪亮吉、吴锡麒、汪中等人最为著名。以骈文知名天下的胡天游有《石笥山房文集》，其骈文沉博瑰丽，雄健闳肆，其中《拟一统志表》《逊国名臣赞序》《禹陵铭》被誉为当时奇作。谭献曾列举当朝骈文十五篇代表作，认为是“其中不愧八代高文，唐以后所不能为也”。其中胡天游一人就独占两篇，即《拟一统志表》和《禹陵铭》。刘麟生论清代骈文认为“胡天游之文，以博丽植其基，以雄奥使其气，所为《拟一统志表》《玉清宫碑》，皆以艰窘之题目，发为窈渺之文章。胡氏使典如贯珠，逞才如运气，《逊国名臣赞序》，长二千余言，而无举鼎绝膑之病，盖其文一以排奡之气行之，深得汉魏人文字之秘诀也。”（《中国骈文史·清代骈文之复兴》）仅以《拟一统志表》中之一段见其雄健闳肆又沉博瑰丽之特点：

> 若夫本朝作志以大一统，尤该前史所列而超百家。给札写绨，选员领局；久罄油素，昉殚汗青；剟厚轴之枢，括大腹之壮。表其准望，循其广轮。上核分野于躔次之错，下正圻略于组绣之绾。明之以绘画，使井井有条；纬之以尺幅，如寸寸而度。列省十五，省各有图；成卷数千，卷首有表。表傍行而如谱之可案，图环审而如目之朗陈。两戒河山，中原肩髀；雄州紧县，旧国故都；古今革沿，郡邑并省；名山支山之分，出水受水之所。邱陵坟衍，林衡泽虞；高下广深，沙垆坚耗。东南沧海，穷连百蛮；西北空同，包扰六翟。

该文在工整中游刃有余，于束缚中见潇洒瑰伟。证之钱基博所评其文“沉吟铺辞，句无虚语，语无虚字”（《骈文通义·流变》）的断语是符合的。

邵齐焘为骈文崇尚魏晋，其云：“平生于古人文体，尝窃慕晋宋以来词章之美。寻观往制，泛览前规，皆于绮藻丰缛之中，能存简质清刚之制，此其所以为贵耳。”（《答王芥子同年书》）这反映了其审美追求和骈文特点。钱基博指出其文：“才气苦弱，故务其清捷，殊得风流媚趣；

课其实录，则清便婉转而未为刚，藻绮映媚而未为丰。”（《骈文通义·流变》）其实，邵齐焘是有意取法魏晋，尽量少用典事，务求文气疏宕清纯，于繁缛之中别立清雅一派。且观其《送黄生汉镛往徽州诗序》中的一段：“余讲文此邦，才逾二载，空空自笑，愧韩愈之抗颜；济济相趋，得孔融之少友。方欣启予，遽慨离群；目极长衢，心驰遐路。垂杨濯濯，落絮萦愁；芳草芊芊，成茵藉恨。谷禽睍睆，求友相鸣；津树扶疏，落帆何处？西陵浙水，知有遇风之诗；渔浦桐庐，曾无维舟之待。新知生别，悲乐萃于一时；病骨空囊，劳怀极于千里。”王文濡评点此篇指出其“疏倩有致”，正抓住了其风格特质。

袁枚为诗为文均主张独抒性灵，其文流丽生动，文藻秀逸，善状情愫，又善议论，皆自然活脱。其《上尹制府乞病启》《与延绥将军书》《与蒋苕生书》《与杨蓉裳兄弟书》《余杭诸葛武侯庙碑》《重修于忠肃庙碑》《祭吴桓王庙文》皆为名篇。张仁青论云：“所为四六骈体，亦皆鹤翥龙惊，奇想天外，飞辩骋辞，溢气坌涌，世人心所欲出不能达者，悉为达之，以才运情，使笔如舌，诚词人中之孑然者欤！”（《中国骈文发展史》，第631页）如《上尹制府乞病启》多用长联句，以如怨如诉的笔墨抒写其乞归侍母的焦虑心情。且看其中所云：“人虽草木，必不谢芳华于雨露之秋；水近楼台，益当效涓滴于高深之世。”虽然愿意为朝廷尽力，但无奈“故里书来，慈亲卧病”，所以乞归。下面叙母亲之艰辛培养：“伏念枚东浙之鄙人也，世守一经，家徒四壁。对此日琴堂之官烛，忆当年丙舍之书灯。授稚子之经，划残荻草；具先生之馔，撤尽环簪。余胆罢含，断机尚在；未尝不指随心痛，目与云飞。”这一段通过五个古代母亲督学的典事，状写出对母亲的难以忘怀之情。

洪亮吉与孙星衍是常州派骈文的代表，其骈文以轻倩清新为其特征。

但孙不及洪，孙星衍才力苦弱，而洪亮吉情辞相辉，彪炳可玩。钱基博认为："洪亮吉思捷而才隽，理赡而辞坚，尚气爱奇，动多振绝。"(《骈文通义·流变》)其《游天台山记》是篇骈体游记，状写了天台山之幽、奇、高、丽的特点，层次明晰，次序井然，写景细腻而富于韵味，寄托了作者超尘绝俗的情志。如写琼台之幽："山最幽者为琼台。沉埋沧溟，凌历世宙。金碧之影见层霄之中，云霞之光衣九地之表。山花抽篮，圆叶疑扇；林翼接翠，和声同琴。樵踪蛇纡，升降数十；石脊猱奋，回皇半时。岩果润肺，作朝霞之红；灵泉清心，漾夕涧之绿。双阙峙其前，绝壑振其表。霜同剥藓，偶印来踪；云与昔贤，难停去影。登陟既疲，久坐石室，作华陀'五禽戏'乃返。"其文辞于工整中见清新雅洁，于骈偶中穿插一二散句，纯任自然。另外，其《伤知己赋序》多苍凉激楚之辞、沉郁缠绵之情，论者以为乃"江、鲍之遗"(王文濡《清代骈文评注读本》)而《再与孙季逑书》则"满腹牢骚，倾筐倒箧而出之，意致之沉郁、文笔之隽洁，如读鲍照、吴均诸书"(王文濡《清代骈文评注读本》)。而《出关与毕侍郎笺》则感动人心，"悱恻缠绵，读之令人增交谊之重"(王文濡《清代骈文评注读本》)。其他如《八月十五夜泛舟白云溪诗序》之清丽，《蒋定安墓碣》之哀凄，都是极生动的佳作。

汪中是清代的大学者，其骈文与洪亮吉并称"汪洪"。钱基博指出："汪洪并称，洪不逮汪之厚，汪不逮洪之奇，洪文权奇，汪文狷洁。"论者多以为清之汪、洪，犹唐之王杨、六朝之徐庾。但汪中以其才学，以其古朴茂穆而逼近六朝，被誉为清代六朝派之代表。王念孙论云："容甫淡雅之才，跨越近代，……其文合汉魏晋宋作者而铸成一家之言，渊雅醇茂，无意摩放，而与之合，盖宋以后无此作手矣。"(《述学序》)张仁青申之云："大抵容甫之文，与六朝最近，哀感顽艳，志隐味深，无后人规模汉魏、排比奇字之失，故能孤秀独出，震铄古今，终清之世，除阳湖洪亮吉外，未有能出乎其上者。”（《中国骈文发展史》，第582页）向来最为人称道的是他的代表作《哀盐船文》。这篇骈文记叙的是一次盐船失火事件，叙写火势情状和船民惨状，惊心动魄，历历如在目前：“……于斯时也，有火作焉。摩木自生，星星如血。炎光一灼，百舫尽赤。青烟睒睒，熛若沃雪。蒸云气以为霞，炙阴崖而焦爇。始连楫以下碇，乃焚如以俱没。跳踯火中，明见毛发。痛誉田田，狂呼气竭。转侧张皇，生涂未绝。倏阳焰之腾高，鼓腥风而一吷。洎埃雾之重开，遂声销而形灭。齐千命于一瞬，指人世以长诀。发冤气之焄蒿，合游氛而障日。行当午而迷方，扬沙砾之嫖疾。衣缯败絮，墨查炭屑，浮江而下，至于海不绝。”此文一出，轰动京师，其先辈骈文家杭世骏欣然为之作序，赞云：“采遗制于《大招》，激哀音于变徵，可谓惊心动魄，一字千金者矣。”

清代后期骈文家主要有李慈铭、王闿运等人。李慈铭有《越缦堂骈体文钞》，其骈文诸作有东汉魏晋风格，追求平淡清空之美，于华美中见清疏之韵。刘麟生归之于“自然派”，张仁青归之于“宋四六派”，都是看到了其平易清疏的特点。王文濡评其《夏日雨中集天宁寺记》云：“酌奇而不失其真，玩华而不坠其实。神与古会，开府之遗。”（《清代骈文评注读本》）认为李慈铭得庾信之真髓，其实他比庾信要平实得多。且看其写景：“是日以雨，道俗阒记，鸟隐树而不飞，云摄山而俱敛。磬风过竹，已作秋声；茶烟出帘，欲为暝色。近揽梵塔，黛压诸天；遐俯畿甸，碧合大地。山泽通其清气，雷霆走于下方。盖又极峥泓之观、寥旷之想矣。酒炙既行，言笑遂洽。麈挥偶击，则山花乱飞；觥筹杂投，则檐叶共响。留连晚色，徙倚柯阴。幢影迷离，随青霭为表里；屐声下上，冲泾翠以往来。钟杵一鸣，田水四落。泉石悦其羁魄，风雨证其素心。则若忘京华之居，息久旅之感焉。”何等清空拔俗！何等平易浅近！于景物描写中已寓含其王孙不归之心志。

王闿运作为清代骈文之殿军而光耀文坛。其为文刻意摹拟六朝，所以满纸珠璧，文采灿烂。因此，刘麟生和张仁青都把他列入“六朝派”。论者也多指出其骈文有创意少而模仿多之病。如其模仿庾信而作《哀江南赋》，甚至连用韵也全依庾信《哀江南赋》之韵。但就其内容来说则是站在清政府的立场上诬蔑太平天国农民起义，与庾信抒写故国之思不可同日而语。它只是形式上的亦步亦趋，而缺乏内在的超越。倒是其《秋醒词序》于文采藻饰之中抒发一种生命的感发，对宇宙人生的感悟。所以王文濡评曰：“超然象外，得其环中，会心处正不在远。”(《清代骈文评注读本》)且读其中一段：“嗟乎！镜非辞照，真性在不照之间；川无舍留，静因有不流之体。然则屡照足以疲镜，长流足以损川。推移之时，微乎其难测也。且夫齐有穿石之水，吴有风磨之铜，油不漏而柱焦，毫不坠而颖秃，积渐之势也。笋一旬而成竹，松百年而参天，迟速之效也。人或百年而为促，而不知积损之已久；或以耄期为寿，而不悟佚我之无多：是犹夏虫之疑冰，冬鹖之忌雪矣！一年以来，偶有斯觉；未觉之顷，相习为安。况同景异情，觉而仍梦，庸得不即机自警，依影冥心者哉！”这一段里夹用了少量的散句，并适当吸收了宋人的长骈句法，所以文章有灵动之气，内容亦深广厚实，不似无病呻吟之叹。

清代骈文作为复兴期还体现在大量的骈文选本、论著的出现。论著如本书广泛引述的孙梅《四六丛话》，以及彭元瑞编的《宋四六话》等，都是这方面的代表。选本如许梿编的《六朝文絜》、彭元瑞编的《宋四六选》、吴鼒编的《八家四六文钞》、张寿荣编的《后八家四六文钞》、李兆洛编的《骈体文钞》、陈均编的《唐骈体文钞》、曾燠编的《国朝骈体正宗》、张鸣珂编的《国朝骈体正宗续编》，等等，对骈文的复兴起了推波助澜的作用，为士子们提供了阅读和写作的范本。其本身也装饰了清代骈文兴盛的局面。

第八节　骈文的消亡期

自五四新文化运动后，骈文进入了消亡期。所谓消亡期，指骈文作为一种特殊的文体正逐渐寿终正寝。五四新文化运动作为反帝反封建的思想文化运动，开启了国人麻木不仁的心灵，迎来了现代思想文化的曙光。在这场新文化运动中，落后于时代的封建文化被摈弃，白话文代替了文言文，新文学代替了旧文学，新体自由诗取代了旧体格律诗，白话小说的地位明显提高，而作为贵族文学的代表，以文言文写作的骈文自然也被扫入历史之中。

自五四新文化运动至今，骈文基本上成为一种文物，极少有人再以这种文体写作，但并非已销声匿迹。张仁青曾撰写了《六十年来之骈文》一书，可惜海峡阻隔，未能目睹。在这数十年中致力于骈文写作的首先要数成惕轩。

成惕轩（1911—1989），字康庐，号楚望，湖北阳新人。早年颠沛流离，后移居台湾，先后任台湾几所大学的教授，著有《楚望楼骈体文》，并编有《骈文选注》。其骈文多叙故乡之思和人生旅途，亦多写景记游之作。其作品章法精巧工整，文辞整饬雅洁，喜用四六句法，有庾信之遗风，得王勃之神韵。其代表作《山房对月记》是篇内蕴极丰富的作品。其抒写望月之感，叙写其生平历程，由武昌而南京、而重庆、而沪杭、而台湾，以月贯穿平生之旅程，实乃自述身世之作。文章多感发忧思之痛，寄学子兴亡之叹。首段即点出主题："绵绵远道，东西南北之人；黯黯流光，离合悲欢之迹。羡闲鸥物外，直忘黍谷暄寒；问皎兔天边，几阅蓬瀛清浅。试稽弦望，用志沧桑。"其立意昭然若揭。且读其中几段以见其风貌。第二段写早年亲历两湖大水灾造成的哀鸿遍野之惨象：

粤当弱冠之年，适遘多艰之会。掠郡而角方倡乱，辞家则粲赋从军，扬彼秋帆，憩于夏口。尔乃冯夷肆虐，黔首罹灾。平陆成江，讶老蛟之未死；层楼独夜，招黄鹤而不来。湿萤与坠露争飞，泽鸠共寒芦一色。挽澜无计，横槊谁歌。极人事之萧条，嗟江山之摇落。此汉皋之月也。

早年作者曾作《愁霖赋》状写水灾之祸，传诵一时。在此又以精炼之笔哀民生之痛苦。再读第三段写抗战前后在南京之感受：

嗣旅上京，欣瞻弘业。龙蟠虎踞，盛开一代风云；草长莺飞，消尽六朝金粉。眷怀名迹，刻意清游。尝坐花以揽澄辉，或瀹茗而消永夕焉。天不佑汉，海忽扬波。见迫强邻，遂兴义战。时则惊乌绕树，突骑窥江。傍桃渡以星稀，望芦沟而云暗。磨牙鲸鳄，自矜海国之雄；赦尾鲂鱼，真痛王城之毁。拜手向紫金陵墓，敢告在天；举头指白玉楼台，誓当还我。相看寥廓，无限低徊。此南都之月也。

以战时之离乱与战前之升平作对比，揭示出还我河山之心志。再看第六段写寓居台湾岛后之归思，以及对于国家统一、天下太平之祈望：

金瓯再缺，铁幕四垂。转徙羊城，揭来鲲峤。故园归梦，托河苇以徒劳；倦客羁愁，随阶蓂而共长。杜鹃枝外，咽笳吹于三更；铜马声中，莽关河其万里。乡心五处，思白傅之弟兄；皓魄连宵，忆鄜州之儿女。谁遣晶盘出海，盛泪遥年；但期银汉分潮，洗兵来日。此蓬壶之月也。

其悠悠思念，眷眷归心，跃然纸上。此作虽大量化用前人的语典、事典，但融注于情感脉络之中，可谓天衣无缝。用骈体之形式写当代人之思想，铸其成功之典范。

以骈体之形式，寓现代之心，不独成惕轩。八路军将领聂荣臻、舒同在抗战时期写有一篇情采飞扬的骈体书信。1991 年 9 月 18 日《人民日报》以《中日关系史上的一份珍贵教材》为题重新发表了这篇《致东根清一郎书》。这篇书信原发表在 1939 年 9 月 17 日晋察冀《抗敌报》上，被史学家们誉为“一个民族与另一个民族的对话”。此书的背景是我军在一次战斗中俘虏了日军宣抚官浦田好雄，浦田的好友、宣抚班班长东根清一郎知道其被俘后受到我军优待，就致函聂荣臻司令员、舒同主任，请释浦田好雄。聂、舒在书信中以通篇骈体之辞写道：

中日两大民族，屹然立于东亚，互助则共存共荣，相攻则两败俱伤，此乃中日国民所周知，而为日本军阀所不察。彼军阀法西斯蒂，好大喜功，贪得无厌，平日压榨大众之血汗，供其挥霍；战时牺牲国民之头颅，易取爵禄。既掠台湾、朝鲜、澎湖、琉球，复夺辽宁、吉林、龙江、热河，遂以中国之退让忍耐为可欺，日本之海陆空军为万能，妄欲兼并华夏，独霸亚洲。故继“九一八”之炮火，而有卢沟桥之烽烟。中国迫于亡国灭种之惨，悚于奴隶牛马之苦，全国奋起，浴血抗战，戮力同心，以御暴敌，惟在驱逐穷兵黩武之日本军阀，非有仇于爱好和平之日本国民也。是非曲直，人所共见，阁下竟谓出于误会，岂非淆混黑白之语？

中国人民之生命财产，虽横遭日本军阀之蹂躏摧残，然为独立自由而战，为正义和平而战，其代价之重大，非物质所能衡量，故不惜牺牲一切，以与暴敌抗战到底。

日本国民既无夙仇于中国，未受任何之侵凌，强被征调，越海远征。其离也，委厂肆于城廓，弃田园于荒郊，父母痛而流涕，妻子悲而哀嚎，牵衣走送，且行且辍，虽属生离，实同死诀。其行也，车有过速之恨，船有太急之感，见异域之日迫，望故乡而弥远，梦幻穿插，生死交织，心逐海浪，不知何之。

及登中国之陆，立送炮火之场，军威重于山岳，士命贱于蚊虻，或粉身而碎骨，或折臂而断足，或暴尸于原野，或倒毙于山窟，所为何来？

其或幸而不死，经年调遣转移，炎夏冒暑而行，冽冬露营而宿。时防遭遇，日畏游击，征战连年，无所止期。军中传言，充耳伤亡之讯；家内来书，满纸饥寒之语。山非富士，不见秀丽之峰；树无樱花，莫睹鲜艳之枝。望复望兮扶桑，归莫归兮故乡。生愁苦于绝国，死葬身于异邦，能勿痛乎？

战争进行，瞬将两年。中国损失之重，破坏之惨，固勿论矣；

日本死伤之多，消耗之大，又如之何？国家预算，增至一百一十万万，国民负担平均一百五十余元。日用必需，剥夺殆尽；军需原料，罗掘一空。长此继续，已是崩溃有余；设遭意外，其将何以应付？老成凋谢，竖子当国，轻举妄动，祸人害己。识此，日本军阀法西斯蒂，不特中国国民之公敌，实亦日本国民之公敌也。识者果一反其所为，东亚秩序，不难立定，世界和平，不难实现。

这是一篇内容严肃的作品，绝非个人愁苦之音、风花雪月之吟所可相比。但它以散体之文气运骈体之句法，朴实之中不掩风华之美，叙述之间最见激情之思，确有增强艺术感染力之效果。就其内容而言，纯为国家大事之载道之作；就其文风特点来看，与盛中唐诸家远接。形式与内容，融和无间，相得益彰。这说明，骈体就其文体而言，并无形式主义之先天特征，主要在于作者运用。它既可成为贵族文学，亦可成为普罗文学。由此亦使人反思：骈文是否应入打倒之列？亦提出了是否可以有白话骈文这个有待验证的问题。

但这数十年间，骈文毕竟凋零了。骈文在当代的延续正以另一种变异形态而存在，那就是联语。联语包括喜联、春联、楹联、寿联、挽联等。联语并非近代才有，据文献可征者，最早至少在五代后蜀时已产生，后蜀君主孟昶于蜀亡前的除夕，自题桃符板于寝门云："新年纳余庆，嘉节号长春。"（据梁章钜《楹联丛话》引《蜀梼杌》）其后不断繁衍，慢慢融入中国人的生活中，使生活艺术化、艺术生活化。自宋至今，凡名山胜迹、庭园台阁，莫不树以咏物咏景咏怀咏史之楹联。此外联语渗透到生活的各个角落。凡嫁娶莫不以喜联衬托气氛，寿庆则无不撰寿联以贺，吊丧则以挽联相慰，遇到一年一度的春节更是于门柱张贴春联，平日在富豪庭院亦多悬以名家对联以显高雅。后来凡盛大庆典或节日、会议也莫不以对联映衬环境。可以说，联语作为骈文的变异形式而存在于日常生活之中。联语虽古亦有之，但五四新文化运动以来它作为骈文的替换形式而长盛不衰。作为一种固定的生活艺术方式，相信它必将永久延续下去。

联语的写作有两种方式，一种是诗体的，如五言句、七言句，其作法与律诗中的颔联、颈联相同，有的甚至是集前人诗句而成。另一种是骈文体的，如各种隔句对，尤以四六句、三七句、五八句以及长联句为多。世上最长的对联是清季学者俞樾的《题彭玉麟祠》，每联长达一百五十六字，内容多颂扬之词，无多感发之思。其次长的楹联是昆明大观楼的长达九十言的对联。此联上联写景、下联状情，挥挥洒洒，引入驻足仰止：

五百里滇池奔来眼底，披襟岸帻，喜茫茫空阔无边。看：东骧神骏，西翥灵仪，北走蜿蜒，南翔缟素。高人韵士何妨选胜登临。趁蟹屿螺洲，梳裹就风鬟雾鬓；更苹天苇地，点缀些翠羽丹霞。莫辜负：四周香稻，万顷晴沙，九夏芙蓉，三春杨柳。

数千年往事注到心头，把酒凌虚，叹滚滚英雄谁在？想：汉习楼船，唐标铁柱，宋挥玉斧，元跨革囊。伟烈丰功费尽移山心力。尽珠帘画栋，卷不及暮雨朝云；便断碣残碑，都付与苍烟落照。只赢得：几杵疏钟，半江渔火，两行秋雁，一枕清霜。

这类长联更是骈文的变体。它追求的是整体对仗与句内对仗的多重对仗的统一。就抒写内容来说，它比一般对联更厚实、丰富。又如王力先生晚年为桂林月牙山小广寒阁作的长联，是当代楹联中的珍品：

> 甲天下名不虚传。奇似黄山，幽如青岛，雅同赤壁，佳似紫金，高若鹫峰，穆方牯岭，妙逾雁荡，古比虎丘，激动着倜傥豪情。志奋鲲鹏，思存霄汉，目空培塿，胸涤尘埃，心旷神怡消块垒。
>
> 冠寰球人皆向往。振衣独秀，探隐七星，寄傲伏波，放歌叠彩，泛舟象鼻，品茗月牙，赏雨花桥，赋诗芦笛，引起了联翩遐想。农甘陇亩，士乐缥缃，工展宏图，商操胜算，河清海晏庆升平。

每一联亦长达六十九言，概括了桂林的景观和桂林山水的特点，以其精炼、丰富和品位高蹈而为士林所称道。

骈文今后能否复兴？大范围的骈文创作看来是不会的。因为现代社会的生活方式、生活内容、生活节奏以及时代的审美趣味特质决定了它难以复活。但它给当今的文学创作提供了在语言锤炼的技巧方面的种种经验，这是不应排斥的。作为它的变体和替换形式，联语将永存人间，点缀人们的生活，为当代文化建设服务。

附　录

本书主要参考引用文献举例

〔清〕严可均校辑：《全上古三代秦汉三国六朝文》，中华书局 1958 年版。

〔清〕董诰等编：《全唐文》，中华书局 1983 年版。

〔梁〕萧统编，〔唐〕李善注：《文选》，中华书局 1977 年版。

〔宋〕吕祖谦编：《宋文鉴》，《四库全书》本，上海古籍出版社 1987 年版。

〔清〕许梿评选，〔清〕黎经诰笺注：《六朝文絜笺注》，中华书局 1962 年版。

〔清〕李兆洛编：《骈体文钞》，《万有文库》本，商务印书馆 1937 年版。

高步瀛选注，中华书局上海编辑所编辑：《唐宋文举要》，中华书局 1963 年版。

王文濡评选，蒋殿襄、陈乃乾注：《清代骈文评注读本》，文明书局 1923 年版。

成惕轩选注：《骈文选注》，正中书局 1971 年版。

黄均、贝远辰、叶幼明选注：《历代骈文选》，湖南文艺出版社 1986

年版。

谭家健主编：《历代骈文名篇注析》，黄山书社 1988 年版。

〔北周〕庾信著，〔清〕倪璠注：《庾子山集注》，中华书局 1980 年版。

〔唐〕王勃著，〔清〕蒋清翊注：《王子安集》，上海古籍出版社 1995 年版。

〔唐〕卢照邻、〔唐〕杨炯：《卢照邻集 杨炯集》，中华书局 1980 年版。

〔唐〕李白著，瞿蜕园、朱金城校注：《李白集校注》，上海古籍出版社 1980 年版。

〔宋〕苏轼著，孔凡礼点校：《苏轼文集》，中华书局 1986 年版。

〔宋〕欧阳修著，洪本健校笺：《欧阳修诗文集校笺》，上海古籍出版社 2009 年版。

〔宋〕陈振孙：《直斋书录解题》，上海古籍出版社 1987 年版。

〔宋〕晁公武：《郡斋读书志校证》，上海古籍出版社 1990 年版。

〔南朝〕刘勰著，周振甫注：《文心雕龙注释》，人民文学出版社 1981 年版。

〔宋〕王铚：《四六话》，《丛书集成》本。

〔宋〕谢伋：《四六谈麈》，《丛书集成》本。

〔宋〕杨囦道：《宛委别藏》本，《云庄四六馀话》，江苏古籍出版社 1988 年版。

〔清〕彭元瑞：《宋四六话》，中华书局 1985 年版。

〔清〕孙梅著，李金松校点：《四六丛话》，人民文学出版社 2010 年版。

〔明〕吴讷著，于北山校点：《文章辨体序说》，人民文学出版社1962年版。

〔明〕徐师曾著，罗根泽校点：《文体明辨序说》，人民文学出版社1962年版。

〔清〕阮元：《揅经室集》，中华书局1985年版。

〔清〕刘开：《刘孟涂集》，《续修四库全书》本。

〔清〕李调元：《赋话》，中华书局1985年版。

〔清〕永瑢等：《四库全书总目提要》，商务印书馆1933年版。

〔清〕永瑢等：《四库全书简明目录》，上海古籍出版社1985年版。

钱基博：《骈文通义》，大华书局1934年版。

谢无量：《骈文指南》，中国书局1927年版。

金秬香：《骈文概论》，《万有文库》本，商务印书馆1933年版。

瞿兑之：《中国骈文概论》，世界书局1934年版。

张仁青：《骈文学》，文史哲出版社1984年版。

张仁青：《中国骈文发展史》，台湾中华书局1970年版。

姜书阁：《骈文史论》，人民文学出版社1986年版。

罗宗强：《隋唐五代文学思想史》，上海古籍出版社1986年版。

褚斌杰：《中国古代文体概论（增订本）》，北京大学出版社1990年版。

王瑶：《中古文学史论》，北京大学出版社1998年版。

〔德〕黑格尔著，朱光潜译：《美学》，商务印书馆1979年版。

〔德〕格罗塞著，蔡慕晖译：《艺术的起源》，商务印书馆1984年版。

再版后记

莫道才

骈文是中国古代一种重要的文体，通过对偶的文辞构筑篇章，是汉语独有的书面文学样式。骈文作为中国古代美文的代表，整齐华美的文辞和抑扬顿挫的节奏，使其成为传统文章的典范。在古代是具有仪式感的话语方式。在两千多年的发展过程中，诞生了一大批像王勃《滕王阁序》这样优秀的骈文作品。关于骈文的文辞结构、文体特征、艺术形式、产生原因、发展过程以及代表作家的作品风格，是很多骈文读者希望了解的。

1990 年写作本书时，我已接触骈文研究 6 年。本书是在广西永福县广福乡外放“体验生活”一年时，为打发寂寞陆续写成的。当时写作的环境不太好，我住在一座 1949 年前修建的旧木楼二楼的一小间，可以参阅的资料有限。每个月回学校一两次，每次都是步行一小时山路，走到一座四等小站——葡萄站，坐那趟唯一的绿皮慢车；回来时再带上下一部分要撰写内容的参考资料。当时决定写这本书，主要是觉得文学史中对骈文的介绍不够全面，而且倾向于对其进行否定，而读者需要一部骈文入门书，于是就按照基本概论的结构写作了这本书，目的是让初入门的读者对骈文有一个基本的正面了解。本书的第一版是广西教育出版社出版的，印数不多，但流布甚广。有一年我去台湾政治大学讲学，素未谋面的主持人廖国栋教授在讲座开始前介绍我时拿出本书，说他看过。我才知道在台湾地区的大学图书馆也藏有这本书了。2001 年去香港大学讲学，在学校图书馆也看到藏有此书。2010 年，鉴于很多读者反映市面上已经很难买到此书，当时网上出售的旧书已经标价三百多元，我将此书的专有出版权给了齐鲁书社，出版了修订本。对个别的文字、段落作了修订，对注释作了核对。按照出版社的建议，保留了当初的随文注形式。这次再版修订本，仍然采取这种形式。只是对个别有问题的注释引文作了核对校改，个别文字印刷讹误作了更正。初版的《后记》在修订版删除了，又加了一个《后记》。本次再版两个《后记》都没有保留。

本书出版后，曾受到数位学术界前辈的评论。当时中国社会科学院文学研究所的沈玉成先生撰文指出，《骈文通论》“是以现代意识和综合方法审视探讨骈文这种文体的第一部专著”。周满江先生认为，“独辟蹊径，新人耳目”“资料丰富、体系完备，研究视角新”是其特点。蒋寅先生把拙著列入清代文学研究基本书目。这些过誉评价实不敢当。自本书初版后，骈文研究又推进了三十年，取得了突飞猛进的成果，已经远远超越了本书的认识水平，但对于入门的读者来说，本书仍然是一本有意义的骈文初阶著作。加之 2010 年的再版修订本在市场上已难觅踪迹，所以齐鲁书社再次出版本书也是有其市场需求的。

20 世纪 80 年代以来，学界对骈文已经从当年的否定性评价变为正面性评价，文学史著作和教科书从忽视其存在变为给予充分认可，骈文已经不再作为古文的对立面介绍了。骈文在文学史上的意义和艺术价值也获得了充分肯定。在重视中华优秀传统文化继承和发展的今天，近些年骈文研究几乎每年都有国家社科基金项目支持，截至目前已经有 23 项普通项目、3 项重大项目获得国家社科基金。几乎每年都有骈文研究著作出版，每年发表的研究论文约六七十篇。专门刊登骈文研究成果的学术集刊《骈文研究》已经出版 6 辑。自 1996 年在桂林举办首届骈文学术研讨会后，近些年每隔两年就在全国各高校轮流举办骈文国际学术研讨会。骈文研究不再是冷门学科，而是变成了一门显学。这些都说明骈文研究队伍在扩大，骈文正越来越被人们接受和欣赏，当代写作骈文骈赋的人也越来越多。新的读者群体需要了解骈文最基本的知识，《骈文通论》仍然有巨大的读者市场。能够将一个冷门的学科做成热门，这也是我所欣慰的。